CW00420637

RÉSILIENCE

RÉSILIENCE

DAMIEN LEBAN

2ème édition papier
Copyright © 2018 – Damien Leban

Tous droits réservés.

Illustration de Matthieu Biasotto.

Tous droits réservés.

À mes parents,

« C'est quelles séquelles
C'est tout ce qu'il me reste de caractère. »
Volontaire – Alain Bashung

« Lock all the doors !
Maybe they'll never find us
I could be sure, like never before, this time. »
Lock all the doors – *Noel Gallagher*

Prologue

Le jeune garçon fit irruption dans le salon, hors d'haleine, excité et plein d'énergie comme tous les enfants de son âge. Il portait une casquette à l'effigie des Chicago Bulls et tenait à la main son plus beau trésor, une caméra SVHS avec une qualité d'image de deux cent quarante lignes, un must. Il l'avait gagnée un jour à la fête foraine et ne l'avait plus jamais lâchée depuis.

Dans la pièce, le ventilateur tournait à pleine vitesse et le souffle qu'il produisait faisait virevolter les rideaux non loin de là. Ces tissus d'une blancheur passée filtraient à peine les rayons du soleil qui surchauffaient le séjour. Les volets étaient cassés depuis les fortes bourrasques de l'automne, personne n'avait pris le temps de les réparer ou juste de les remettre en place. Une heure plus tôt encore, sa mère avait maudit son père et l'avait insulté de noms d'oiseau pour ne pas s'être bougé davantage malgré ses milliers de promesses. Pour les volets qui ne fermaient plus, la machine à laver qui couinait à la mort ou encore la fuite dans les toilettes qui les obligeait à évacuer la merde au seau d'eau.

La brise en plein visage, la femme buvait une bière au goulot. Le garçon de douze ans compta les cadavres : c'était la quatrième depuis la fin du repas. Des raviolis en boîte, plat habituel, mais lui et sa sœur avaient fini par aimer ça. Quand on a faim, on ne fait pas la fine bouche, avaient-ils appris. Sa mère regardait dans le vide alors qu'à côté d'elle, la télévision braillait des espaces publicitaires à rallonge vantant les performances incroyables d'une nouvelle lessive.

Pour attirer son attention et se faire entendre, le gamin baissa le volume du poste et se tint devant sa mère, la privant du souffle d'air. Le garçon savait qu'il prenait des *risques, qu'il était à la limite du suicidaire. Sur le visage de sa mère, très marqué malgré sa petite trentaine, des mèches de cheveux étaient collées par la sueur et ondulaient comme des serpents. Une grimace se forma sur ses lèvres et elle vociféra en bonne ivrogne.*

— Dégage de là. Tu n'vois pas que tu m'gênes, bon sang ?

Allongée sur un canapé davantage creusé que ses cernes, elle joignit le geste à la parole en balançant son pied dans les côtes de son fiston. Habitué, celui-ci esquiva en partie le coup et daigna se déplacer d'un petit mètre, tout en restant bien dans son champ de vision ; sinon, il savait qu'elle aurait oublié sa présence dans la seconde. Il attendit une nouvelle interjection de sa mère avant de se lancer.

— Qu'est-ce qu'y a ? Qu'est-ce tu veux encore ? J't'ai pas dit de déguerpir p't-être ?

Le jeune garçon connaissait malheureusement sa mère par cœur et il savait à quel moment et comment procéder pour qu'elle lui dise oui à coup sûr. Et il était tellement enthousiaste à l'idée de jouer avec sa petite frangine qu'il s'appliqua dans sa demande.

— Est-ce qu'on peut aller jouer à la cave, fouiller dans les vieux cartons, s'il te plaît ? Nous ne ferons pas de bruit et te laisserons te reposer...

Il compta dans sa tête jusque cinq. Un, deux... Il savait que sa mère, lorsqu'elle était affalée dans le divan, mettait toujours plus longtemps à répondre. Trois, quatre... Une seconde supplémentaire par canette engloutie, c'était la moyenne. Cinq. Puis, il enchaîna, sûr de lui.

— Je t'amène une bière si tu veux. Et j'en remets quelques-unes au frais pour plus tard.

La femme n'était pas dupe du jeu de son rejeton et un sourire pathétique se dessina sur son visage ravagé par les excès. Néanmoins, le gamin savait y faire et l'offre était trop alléchante. Et puis, si les gosses cassaient quelque chose à la cave, cela donnerait une leçon à son incapable de mari qui n'avait qu'à mieux ranger son bordel.

Le garçon fila dans la cuisine sans jamais poser un instant sa caméra. Il y tenait trop pour la laisser à portée de main de son alcoolique de mère. Il n'était pas idiot... Il préparait cet instant depuis plusieurs semaines déjà. Tout avait été planifié minutieusement et tout était désormais prêt. Il avait chargé les batteries de l'appareil et avait mis une cassette à bande magnétique toute neuve dedans.

Quand il donna la canette à sa mère, il voulut s'éclipser au plus vite, mais elle le retint un moment, fixant d'un mauvais œil ce que son fils tenait dans la main.

— Ne m'dis pas qu'c'est pour ton satané film ?

Il baissa les yeux. Il avait redouté cet instant où elle se mêlerait encore de son projet. En voyant les dessins qu'il avait oubliés de cacher, elle avait fait montre d'un certain scepticisme teinté d'horreur. Ceux-ci illustraient les scènes du court-métrage qu'il prévoyait de tourner. Quand elle avait parlé à son père de ce story-board, celui-ci avait simplement rétorqué que ce n'était qu'un gosse, qu'il fallait le laisser s'amuser et qu'à cet âge-là, on aimait se faire peur. Occupée à changer la bouteille de gaz sous la cuisinière, elle n'avait rien trouvé à ajouter. Comme à cet instant-là, face au jeune gringalet qui fixait tristement ses pieds. Après tout, elle n'était pas psy et cela faisait bien longtemps qu'elle n'essayait plus de comprendre ce qui se passait dans la tête de son aîné.

— Merci pour la mousse. Maintenant lâche-moi la grappe, j'suis fatiguée.

Il ne se fit pas prier et fila dans le couloir où l'attendait sa petite sœur. Elle venait de souffler ses six bougies la semaine auparavant. Du haut de son mètre dix, elle était restée en retrait, comme le lui avait ordonné son frère. Sans plus attendre, elle le suivit comme elle le faisait tout le temps, un vrai petit chien. Il était son modèle, sa référence, son camarade de jeu mais aussi l'unique enfant qu'elle fréquentait. Bientôt elle irait à l'école, mais elle n'était pas pressée d'y user ses fonds de culottes, il lui disait sans cesse que c'était nul.

Les deux enfants descendirent à la cave par l'escalier en bois qui s'enfonçait dans les ténèbres. Par pur réflexe, ils avaient tenté d'allumer le plafonnier, mais à leur connaissance, jamais il n'avait fonctionné. Peu à peu, leurs yeux s'habituèrent à la faible luminosité des lieux qui provenait des soupiraux. Et par pur réflexe là aussi, la petite fille prit la main de son protecteur. Car elle avait peur du noir, des araignées mais aussi des bruits de tuyauterie. Elle pensait toujours que des souris cavalaient dans les canalisations et rongeaient les parois pour s'en évader et leur sauter dessus afin de les dévorer. Comme toujours, elle avait cru son frère sur parole, lui qui débordait d'imagination et qui prenait parfois un malin plaisir à l'apeurer.

Ils firent le tour d'une grande table sur laquelle étaient entreposés des dizaines de cartons qu'ils avaient déjà visités à plusieurs reprises lors de précédentes excursions. Le garçon savait ce qu'il cherchait et entreprit sans plus attendre de fouiller quelques caisses. À ses côtés, sa sœur avait dû rompre le contact et se rassurait tant bien que mal en feuilletant un vieil album photo. Des encadrés aux couleurs pâles sur lesquels ses parents se mariaient. Ils avaient l'air heureux comme jamais. Ils avaient l'air de s'aimer. Mais à chaque fois, elle se cherchait dans les clichés mais ne se trouvait pas. Ni son frère d'ailleurs.

— Ça y est, j'ai trouvé ! On va pouvoir y aller.

L'enthousiasme du réalisateur en herbe était palpable mais l'actrice ne comprenait pas ce en quoi le miroir qu'il tenait entre les mains le rendait si euphorique. Elle ne comprit pas non plus pourquoi il le brisa volontairement par terre.

— Qu'est-ce que tu fais ? Papa va être furieux s'il voit que tu as cassé ses affaires.

— T'occupe grincheuse, il n'en saura jamais rien. Et puis si ce miroir avait eu une quelconque valeur, t'inquiète *pas qu'il l'aurait déjà échangé contre un apéro chez Finchy.*

Il s'accroupit au-dessus des débris et contempla longuement son reflet morcelé. Il rayonna d'un sourire glacial quand il eut choisi le morceau qui convenait parfaitement à sa mission. La forme d'un triangle très aplati. Il prit une étoffe dans un carton voisin et enroula celle-ci autour du bris en verre pour en faire un manche.

— *C'est dangereux, nan ?*

La fillette eut un mouvement de recul. Elle ne comprenait pas réellement que son frère venait de se fabriquer une arme mais elle sentait le danger que représentait cet objet. Maman était toujours furibonde quand elle cassait un verre. Elle hurlait à tue-tête de ne pas bouger d'un iota avant qu'elle n'ait tout ramassé. Et la gamine s'en prenait une belle dans la gamelle à chaque fois, à lui déchausser les dents.

— *Tu vois bien que je prends mes précautions justement. Allez, filons au grenier maintenant. Nous avons tout ce qu'il nous faut pour tourner la scène.*

Ils remontèrent au rez-de-chaussée. Il jeta un œil dans le salon pour constater que leur mère s'était bien assoupie puis avalèrent sans faire de bruit les marches pour atteindre l'étage. Ils s'arrêtèrent dans le couloir qui desservait les chambres et regardèrent au plafond la trappe pour atteindre le grenier.

— *T'es sûr qu'on a le droit d'y aller. Je n'y ai jamais mis les pieds, moi.*

— *Ben moi si. Alors tais-toi avant de réveiller maman et tiens-moi ça, je n'ai que deux mains !*

Il lui tendit à la fois le caméscope auquel il tenait et l'arme tranchante qu'il avait confectionnée. Elle hésita un instant à prendre les deux objets. Elle savait que si elle cassait la caméra, il rentrerait dans une colère noire, une rage encore plus violente que celle que faisait leur père devant le réfrigérateur vide. Et tenir le bout de miroir ne la

15

rassurait pas non plus. Elle avait peur du sang, elle ne voulait pas se couper.

Devant sa réticence, il se mit à la hauteur de sa sœur et la regarda droit dans les yeux.

— Tu veux que je reste encore avec toi après ou que je te laisse tomber comme une vieille chaussette ? Bon, c'est ce que je pensais. Alors tiens ça et n'en parlons plus, OK ?

Elle obéit sans plus attendre. Elle aimait son frère et ne voulait pas le décevoir. Elle aimait jouer avec lui, même si c'était toujours lui qui choisissait le jeu et les règles. Elle était sa chérie et elle aimait tout simplement se sentir aimée.

Il prit la canne dans un coin du couloir et la tendit vers le crochet de la trappe. À bout de bras, sur la pointe des pieds, il parvint de justesse à s'y accrocher. Il tira de toutes ses forces et le plafond s'ouvrit. L'escalier pliable apparut. Une nouvelle fois, à l'aide de la canne, il le déplia jusqu'à ce qu'il touchât le sol.

— C'est magique. Une échelle qui descend du ciel !

La jeune fille était émerveillée par ce qu'elle venait de découvrir. Cela lui évoqua un conte dans lequel des anges descendaient d'un arc-en-ciel via une immense passerelle. C'était son frère qui le lui avait lu quelques semaines plus tôt. Elle avait fait de beaux rêves cette nuit-là.

— Ouais, c'est ça. Grimpe maintenant. Attention, c'est raide. Je te suis, ne t'inquiète pas.

Il lui prit la caméra et le couteau des mains et la poussa vers le premier barreau. Devant son insistance, elle n'eut que le choix d'obéir. Et puis, la curiosité la piquait et monter ces marches, c'était partir à l'aventure, c'était repousser les limites de cette maison dont elle ne franchissait que rarement le perron.

Essoufflée par le périple, elle se retrouva dans une chaleur suffocante qui l'étreignit brusquement. Son frère la suivit dans la seconde mais ne sembla nullement incommodé par la touffeur des combles. Il était bien trop *absorbé dans ses pensées. À peine avait-il franchi le seuil du grenier, qu'il s'était mis en action.*

Toute sa mise en scène était prête. Il posa la caméra sur un trépied de fortune déjà installé et vérifia le cadre dans l'objectif de celle-ci. Il traversa la pièce, tout aussi encombrée et poussiéreuse que la cave et ouvrit le rideau miteux qui cachait une petite fenêtre. Satisfait du surplus de lumière, il revint vers le décor sommaire qu'il avait préalablement installé et régla quelques détails.

La petite n'avait pas avancé d'un pas. Son regard s'était fixé sur la chaise qui trônait au milieu du grenier. Une vieille chaise en bois avec des accoudoirs. La paille était trouée et le bois grisé par le temps. Mais ce qui l'obnubilait tant était plutôt les grosses ceintures dont son frère vérifiait les fixations méticuleusement.

Elle fit alors un pas en arrière et ce fut à cet instant-là qu'il se retourna vers elle, l'ayant sans doute vu reculer du coin de l'œil. Les mains occupées avec ces liens en cuir, il tenait son arme entre les dents. Voyant une certaine terreur s'emparer de sa petite sœur, il retira le morceau de miroir de sa bouche et se voulut rassurant.

— Qu'y a-t-il sœurette ?

— J'ai trop chaud, je ne me sens pas bien. Je veux voir maman.

Elle recula une nouvelle fois et regarda derrière elle le trou béant dans le plancher. Elle eut le vertige et renonça à descendre seule, se sentant incapable de prendre la fuite.

— J'en ai pour une minute. Après, on pourra commencer. Ce ne sera pas long. Et puis, comme promis, je saurai te récompenser si tu joues le jeu.

Il lui sourit et elle se sentit bête de réagir ainsi, effrayée par cette mise en scène dans ces lieux inconnus. Tout ceci n'était qu'un amusement pour son frère. Elle n'avait rien à craindre. Sauf peut-être de sa mère si elle les surprenait ici. Elle prit donc son courage à deux mains et le rejoignit. Il semblait pleinement satisfait de son travail. Sur une table basse coincée entre le sapin de Noël et ce qui devait être un portemanteau, elle vit alors un amas de dessins. Elle les examina un à un et reconnut sommairement la chaise avec les quatre ceintures. Une fille aux cheveux longs était attachée. Elle avait un bâillon dans la bouche. Sur un autre dessin, un second personnage s'approchait de la prisonnière avec un couteau à la main. L'histoire que voulait filmer son frère se présentait à elle dans un story-board amateur mais parfaitement compréhensible. Elle avait compris qu'elle serait une victime attachée et que son frère jouerait le grand méchant loup. Quand elle regarda le dernier dessin, son frère le lui prit des mains avec autorité.

— Si tu vois la fin du film avant l'heure, il n'y aura plus de surprise.

— Ces tâches rouges à terre sur la feuille, c'est du sang ?

— Évidemment ! C'est un film d'horreur que je vais tourner. Il faut de l'hémoglobine, il faut que le spectateur ait la frousse en le voyant.

Plutôt calme jusqu'à présent, l'excitation de son grand frère était de plus en plus palpable, même pour sa jeune sœur qui n'avait que peu de jugeote. Il lui prit le bras et la fit asseoir sur la chaise. C'est à cet instant-là qu'elle se souvint. D'un reportage à la télévision. Sa mère lui avait dit de ne pas regarder mais son père avait protesté en disant qu'il fallait qu'elle et son frère sachent ce qui arrivait aux meurtriers de la pire espèce dans ce pays. Elle y avait vu une chaise semblable à celle sur laquelle son frère était en train de l'attacher. Une chaise électrique, ils l'avaient appelée à la télé. Et c'était pour tuer les méchants. Elle se souvint avoir vu son frère dévorer l'écran.

— Je ne veux plus jouer. Je veux partir maintenant. Laisse-moi descendre ou je le dis à maman !

Il lui serra fortement la première ceinture sur son bras droit. Il tira au maximum le lien jusqu'à comprimer la chair. Il s'interrompit un instant et fixa sa petite sœur droit dans les yeux. Elle était pâle, aussi pâle que lorsqu'elle avait fait sa mononucléose des semaines durant.

— Maintenant la pisseuse tu la fermes, compris ? Si on fait ça en une seule prise, y'en a pour cinq minutes tout au plus. Je filme tout ça et après tu iras pleurnicher où tu voudras.

Elle se mit à pleurer et lorsqu'elle s'apprêta à appeler sa mère, il lui enfonça un bout de chiffon dans la bouche jusqu'à l'écœurement. Elle ravala un haut-le-cœur et se débattit de toutes ses forces. Ce ne fut pas suffisant pour dissuader son frère de cesser ses préparatifs. En quelques instants, elle se retrouva totalement figée sur sa chaise, incapable de s'échapper, incapable de crier. Seules des larmes coulaient sur ses joues.

À travers ses yeux humides, elle vit son frère se diriger vers sa caméra. Sans doute démarrait-il l'enregistrement. Puis, lentement, très lentement, il revint vers elle. Il semblait s'amuser à l'éblouir avec le reflet de sa lame de miroir. Il jouait avec son arme, fasciné par le pouvoir qu'elle lui conférait. Il ne disait rien, il se contentait de vivre la scène qu'il avait tant imaginée dans son esprit depuis des semaines. Il dévisageait sa victime avec envie, avec folie, prêt à aller au bout de ses fantasmes.

1

Le vent, provenant de l'est, de l'Atlantique, s'élevait peu à peu, chargé d'iode. Il poussait de lourds nuages sombres, prémices d'une tempête annoncée par les autorités. Elle était à l'heure et d'après les prévisions, elle allait souffler pendant un long moment et assez fortement pour que les bateaux ne quittent pas le port plusieurs jours durant.

Quand Charline Karletti sentit le vent glacial glisser sur ses bas, elle sut qu'elle devait impérativement rentrer. C'était soit maintenant, soit Dieu seul sait quand, après la tempête. Elle accéléra le pas et pressa son fils de suivre le mouvement.

— Dépêche-toi, Kévin, il ne faut pas manquer le taxi-bateau.

Du haut de ses talons aiguilles, la manœuvre était délicate mais sa berline n'était garée que deux pâtés de maison plus loin, dans le centre ville de Rockland. Elle avait pu y faire les boutiques et s'acheter quelques vêtements, tandis que Kévin en avait profité pour squatter le magasin de jeux vidéo. À chacun son bonheur.

— Éteins-moi cette console et lève le nez pour marcher!

Le ton n'était pas sévère mais le garçon obéit sans attendre. Son éducation stricte dans son collège privé portait ses fruits. Sa mère sourit et lui ébouriffa les cheveux. Kévin n'aimait pas cette marque d'affection, il pensait ne plus avoir l'âge pour cela, en tout cas en public. Il n'en dit rien et remit discrètement sa mèche en place tout en vérifiant que personne dans la rue n'avait vu la scène.

— Tu crois qu'on va l'attraper à temps ? Le ciel est noir sur l'océan.

Charline répondit par l'affirmative, optimiste de nature. Et puis elle ne se voyait pas dire à son mari qu'ils n'avaient pu rentrer à la maison parce qu'elle avait trop longtemps hésité entre deux foulards, l'un à fleurs tendance sixties et l'autre très coloré mouvance orientale. Ils grimpèrent dans la Mercedes et prirent rapidement la direction des quais. C'était son quotidien, toujours surveiller l'heure afin de prendre le bateau et ne pas devoir attendre le suivant.

Une file de voitures stationnait sur l'embarcadère alors qu'un à un, les véhicules montaient à bord. La traversée durait une bonne heure et Charline espérait qu'elle se passerait sans trop de secousses car elle appréhendait souvent ce type de voyage. Pour s'en persuader, elle scruta l'horizon. Mais il n'était pas de bon augure, un mineur se serait cru au fond de son trou.

— Bonsoir, madame Karletti. Sale temps, hein ?

Greg, le vieux capitaine, n'attendit pas de réponse. Il la guida pour lui indiquer sa place sur le pont, il fallait – plus encore aujourd'hui – équilibrer au mieux le navire. Une fois le frein à main serré, elle coupa le moteur et sortit un livre de la boîte à gants. Elle aimait occuper son temps à lire, sa grande passion après les boutiques de luxe. Là, elle attaquait le dernier thriller de Grisham.

— Tu n'as pas de devoirs à faire ?

Les yeux de nouveau rivés sur l'écran de sa console, Kévin prit quelques secondes pour argumenter que c'était le week-end, et que, étant donné la météo prévue, il aurait tout le temps pour les faire. Charline acquiesça avec un léger sourire puis se plongea dans la lecture de son roman.

À la première grosse vague qui ébranla le bateau, elle referma son bouquin. Lire dans ces conditions lui donna la nausée. Elle passa alors son temps à regarder autour d'elle. Elle reconnut la plupart des personnes embarquées dans la même galère qu'eux. Certaines s'étaient aventurées en dehors de leur voiture, affrontant les rafales de vent et les projections d'eau, provenant de la mer ou du ciel. Toutes étaient des connaissances qu'elle saluait quand leurs regards se croisaient. Tous se côtoyaient plus ou moins, unis par l'île sur laquelle ils habitaient tous. Vinalhaven.

La traversée fut très agitée et bien avant d'atteindre le port de Vinalhaven, tous les passagers avaient été sommés de remonter dans leur voiture en raison du danger. Ils connaissaient tous le spectacle de l'océan déchaîné et à chaque fois, celui-ci les saisissait, les fascinait, comme un classique du cinéma vu et revu mais dont on ne se lasse pas. Or, il y avait une différence de taille entre admirer le phénomène sur la côte et le vivre en pleine mer. Personne n'était téméraire et tous connaissaient des histoires de pêcheurs qui avaient mal fini. Ainsi, tous avaient sagement obtempéré.

Pour Charline Karletti, l'arrimage de la navette fut accueilli avec un soulagement certain. Poser ses roues sur l'île la rassura un peu mais elle devait désormais affronter des trombes d'eau qui se déversaient du ciel et noyaient l'asphalte. La visibilité était très limitée, aussi elle quitta le petit centre-ville à vitesse modérée. Quelques centaines de mètres plus loin, elle s'engouffra dans l'obscurité du ventre de l'île. Si beau, si amical, si plaisant en temps normal ; celui-ci était ce soir-là plutôt inhospitalier avec ses petites routes boueuses qui serpentaient dans une forêt étouffante.

— Papa sera rentré ?

Kévin croisa le regard de sa mère dans le rétroviseur.

Totalement concentrée sur sa conduite et angoissée de ne pas parvenir jusqu'à sa maison, sa mère sursauta légèrement.

— Non, tu sais bien. Le vendredi, il a sa réunion hebdomadaire… Il rentrera tard… Si le temps le lui permet. Avant que tu ailles te coucher peut-être…

Le visage de l'enfant marqua sa déception. Il adorait son père et regrettait sa trop rare présence. Sa mère lui faisait des promesses qu'elle ne pouvait pas tenir car son père n'avait pas d'heure quand il avait ses réunions de famille… Néanmoins, Kévin ne pouvait reprocher à sa mère de tenter de le réconforter ; et ne pouvait en vouloir à son père de faire son boulot. Un jour, il lui succéderait et lui ferait honneur.

Charline sortit sa télécommande pour ouvrir le portail et savoura enfin le fait de rentrer chez elle. Elle remonta l'allée de la propriété et se gara au plus proche de la porte d'entrée. Elle devait décharger le coffre et ne souhaitait pas finir trempée comme une serpillière.

— Tu veux bien me donner un coup de main ? Il y a du lourd à porter pour un costaud comme toi.

Tous deux se penchèrent dans le coffre et le vidèrent des achats de l'après-midi.

— On dirait que la lumière extérieure est grillée alors attention à ne pas marcher dans les flaques d'eau.

Elle ouvrit la porte verrouillée à double tour et valida sans attendre le code pour désactiver l'alarme. Il n'y avait aucun domestique la semaine, ainsi en avait-elle décidé contre l'avis de son mari.

Une fois le tout empilé dans l'entrée, Charline entreprit de se dévêtir quand quelque chose attira son regard au fond de son jardin.

— Je peux aller regarder un dessin animé, maman ? C'est le week-end… S'il te plaît.

Perturbée par la couleur rouge qu'elle distinguait au niveau de la haie de sapins malgré l'épais rideau de pluie, elle répondit à son fils machinalement, tout en retournant à l'extérieur.

— Oui, oui… Enlève tes chaussures et lave-toi les mains avant. Et pas trop longtemps devant la télé…

Elle n'en toucherait pas un traître mot à son mari quand elle lui raconterait l'histoire mais elle s'avoua ne pas être très franche de s'aventurer dans les profondeurs de son terrain ainsi plongé dans la pénombre. Elle prenait sur elle. Serrant contre elle les pans de son manteau pour que l'eau ne s'infiltre pas, elle traversa à pas mesurés la pelouse détrempée qui la séparait de cette forme rougeâtre. Pourquoi avait-elle décidé un jour de se passer de petites mains la semaine ? Désormais, elle la voyait légèrement flotter au gré du vent. Elle s'essuya le visage d'un revers de main. Son maquillage waterproof n'y résista pas.

Dans un tremblement qu'elle ne put contrôler, Charline s'approcha jusqu'à tendre la main vers ce qui se révéla être une large étoffe d'un mètre carré environ, un morceau de drap déchiré sans doute. Celui-ci était noué à son extrémité à une branche. La présence de ce tissu était étrange, il n'avait rien à faire là. Face à cette singularité, elle commença à regretter son excursion au milieu des arbres squelettiques de son verger. Elle n'aimait pas ce qui sortait de l'ordinaire, de *son* ordinaire. Lorsqu'elle chercha à détacher la toile, elle s'aperçut qu'il y avait des lettres écrites à la peinture blanche dessus. Elle l'étira et un message apparut.

Il lui fallut quelques instants pour appréhender ces quelques mots puis elle comprit la signification de toute cette mise en scène. Elle fit volte-face et se mit à courir à toutes jambes en direction de sa maison. Toutes les lumières du rez-de-chaussée étaient allumées mais cela ne l'apaisa nullement. Hormis serrer son fils dans ses bras, rien ne pourrait la rassurer. Car le mot lui était destiné et il était explicite : « *Merci de m'avoir ouvert la porte.* »

À bout de souffle, les sens en alerte, en proie à une panique dévastatrice, Charline Karletti franchit le seuil de son entrée. Ses yeux parcoururent le périmètre : les chaussures de son fils traînaient à côté du tapis, une manche de son blouson dépassait du grand placard, il y avait de la lumière dans la salle de bains et à l'opposé, dans la cuisine. Ses oreilles perçurent une musique enfantine en provenance du salon. Elle fila vers cet espoir et monta deux à deux le petit escalier qui la séparait de son fils et manqua de tomber avec ses semelles boueuses.

— Kévin ! Kévin ! Tu es là ?

Une fraction de seconde, son esprit l'incita à prendre une arme. Le vase sur la table de la cuisine, un couteau dans le tiroir, le tisonnier qui rouillait sous la cheminée ou le Magnum que son époux lui avait dit de conserver à portée de main. Où était-il ce satané flingue dont elle n'osait jamais toucher la crosse ? Mais une autre partie de son être lui criait qu'elle était folle, paranoïaque, que tout cela n'était pas réel, qu'il fallait simplement respirer un bon coup.

…Que personne ne lui avait tendu un piège.

Dans le salon, elle vit l'écran de télévision s'animer de couleurs vives. Le volume était trop fort, comme souvent. Quand elle contourna le canapé, son cœur s'arrêta de battre, sa respiration cessa. Son fils n'était plus là.

…Qu'elle n'avait pas été assez idiote pour tomber dans ce piège.

Au bout du tunnel qu'elle traversa, déconnectée du monde, des cris de joie d'enfants à la télévision l'arrachèrent à sa stupeur. Sa raison refit surface. Peut-être était-il dans la maison ? Aux toilettes ou dans la salle de bains à se laver les mains. Elle éteignit le poste et appela son fils. Elle sursauta lorsque, dans l'écran devenu noir, une grande silhouette se refléta.

Elle ne sut pas ce qu'elle vit en premier. Le regard affolé de son fils ou l'imposante lame brillante prête à l'égorger. Les deux visions faisaient partie du même tableau. Puis ses yeux s'attardèrent sur le peintre mais ils ne purent s'accrocher à aucun détail.

La personne qui menaçait son fils était vêtue de noir des pieds à la tête. Des bottes, une combinaison intégrale, des gants, une cagoule, des lunettes de soleil. Elle ne voyait d'elle qu'un déguisement. Pas un millimètre de peau. Pas le moindre élément caractéristique. Instinctivement, elle pensa à un homme, d'après la corpulence sans doute, ou peut-être parce qu'une femme, une mère comme elle, aurait été incapable d'effrayer un enfant.

— Lâchez mon fils !

Était-ce une menace, une supplique, un ordre ? Elle n'en savait rien mais cela n'eut aucun effet sur l'homme qui ne répondit pas, ne bougea pas. De la main gauche il tenait Kévin par l'épaule, de la droite, il tenait sa vie.

Encore plus affolée face à ce mutisme surprenant, elle ne sut que faire, que dire. Que fait une mère héroïque dans ce genre de situation ? Que pouvait-elle faire pour sauver son fils ? Rester calme. Être coopérative. Obéir.

— Ne lui faites pas de mal, s'il vous plaît…

Derrière ses verres noirs et sa tenue de camouflage, rien ne filtra.

Entre ses mains, Kévin implorait sa mère du regard. C'était le plus douloureux pour elle. Être là, face à eux et ne rien pouvoir faire. Impuissante qui deviendrait coupable dès le moindre faux pas. Elle tenta de maîtriser sa respiration, regarda son fils droit dans les yeux et lui fit comprendre d'en faire de même.

— Qui êtes-vous ? Que voulez-vous ?

Enfin, il réagit. Pas par la parole mais par un simple geste, économe, à peine perceptible. De la pointe du menton, il lui indiqua de s'asseoir dans le canapé. Ce fut son interprétation en tout cas. Elle s'exécuta docilement, cherchant dans les reflets des lunettes un contrordre.

— Prenez tout ce que vous voulez mais laissez-le tranquille…

Il entra dans la pièce, maintenant fermement l'enfant contre lui. Elle tendit une main vers son fils quand il passa à un mètre d'elle. Mais l'homme continua d'avancer jusqu'au vaisselier de la salle à manger. Lentement, méticuleusement. On aurait dit qu'il avait toute la nuit devant lui, qu'il savourait chaque instant à sa juste valeur. Devant un tel sang-froid, Charline tenta un coup de poker. Peut-être ridicule, mais que pouvait-elle faire d'autre ?

— Mon mari va bientôt rentrer… Prenez tout et…

D'un coup sec du manche de son couteau, il éclata la vitrine du meuble. Kévin tressaillit et eut le réflexe de se protéger le visage avec les bras. Sa mère bondit en hurlant. Des morceaux de verre volèrent en tout sens puis retombèrent dans un vacarme assourdissant sur le sol.

Puis il reposa sa lame aiguisée sur la gorge du petit. Madame Karletti comprit qu'elle devait se rasseoir et se taire. L'homme qui la dominait n'était pas un simple cambrioleur. C'était un psychopathe qui avait décidé de jouer avec eux.

Il continua son petit tour, marchant sur les débris de verre qui grincèrent sous ses lourdes bottes. Du même geste, il explosa la deuxième vitre. Charline ne bondit pas en hurlant cette fois-ci, elle se mit à pleurer. Le gamin était le héros de l'histoire, il ne la quittait pas des yeux, il cherchait en elle la force de résister. Elle retint au mieux ses sanglots mais la représentation ne semblait que commencer, elle ne tiendrait pas longtemps.

Tout y passa. La télévision grand écran technologie haute-définition, la lampe en verre soufflé qu'elle avait hérité de sa grand-mère, le vase en porcelaine cadeau de son mariage, le vieux fauteuil qu'affectionnait tant son mari, le triptyque accroché au mur peint par un artiste de renommée. Un pan de sa vie se morcelait désormais sur son parquet dix-neuvième.

Et cette enflure qui n'avait pas encore décroché un mot.

Il ne l'avait pas quittée des yeux. Dans un silence appuyé, il lui envoyait un message clair qu'elle avait bien compris : ceci n'était que le commencement. Elle avait perdu la notion du temps et ne savait pas quelle heure il était. Mais elle avait deux certitudes : son mari ne devait pas rentrer avant un long moment et personne ne viendrait leur rendre visite ce soir, surtout avec cette météo exécrable. Ils étaient seuls… avec lui.

Après sa ronde destructrice qui lui avait sans doute apporté entière satisfaction, il se planta devant elle et s'exprima de nouveau d'un léger coup de menton. Elle sortit du séjour et regagna l'entrée, suivie comme une ombre par le diable en personne. Le salopard avait refermé la porte derrière elle et le trousseau de clés n'était pas en vue. La fuite n'était pas envisageable.

Ses pensées s'entremêlaient et elle ne parvenait pas à se souvenir de l'endroit où elle avait planqué le revolver. Certainement hors de portée de son fils. C'était quand déjà ?

Depuis tout ce temps, l'une des femmes de ménage l'aura délogé. L'attaque n'était pas non plus envisageable.

— Laissez-le partir, ce n'est qu'un enfant…

Quant à la négociation, avec un intrus muet et inexpressif, cela était voué à l'échec. Pour seule réponse, il fit glisser sa lame sur le visage de Charline en en dessinant les contours gracieux. Elle resta stoïque tandis que Kévin avait tenté de crier. Intervention immédiatement stoppée par un puissant avant-bras étreignant son cou. L'inconnu pointa alors son arme vers l'escalier. Et madame Karletti sentit ses jambes rompre sous elle.

Elle adorait les séries policières, les thrillers qui l'effrayaient, et aimait s'amuser à se faire peur. Mais à chaque fois son mari la serrait dans ses bras, et lorsque cela ne suffisait pas, elle fermait les yeux, détournait le regard, se bouchait les oreilles. Lui riait à gorge déployée, restait parfaitement insensible devant toutes ces visions. Devenir la victime innocente de l'un de ces films, elle ne l'avait jamais envisagé. Elle ne pouvait pas éteindre la télévision, mettre le DVD en pause ou aller se servir une glace pendant qu'un taré découpait une jeune vierge avec un scalpel. Elle devait subir.

Charline Karletti réussit néanmoins à monter les marches, les unes après les autres, sachant que chacune d'entre elles les rapprochait de l'enfer. Dans son dos, elle entendait les gémissements étouffés de son fils. Lui ne connaissait pas les horreurs dont était capable l'Homme, mais son instinct de survie l'alarmait de l'extrême danger.

D'une inclinaison de la tête, il la fit entrer dans la chambre parentale. Face à face, plus aucun d'entre eux ne s'exprima pendant près d'une minute. L'un savourait l'attente, l'autre perdait pied à chaque seconde écoulée. Pour se ressaisir, elle plongea son regard dans celui de son enfant et joua une dernière carte. Celle du sacrifice.

— Libérez mon fils et je ferai ce que vous voudrez… Tout ce que vous voudrez.

La proposition sortit de sa bouche sans aucune hésitation. L'amour pour son garçon était plus fort que tout face au désespoir. Elle était terrifiée. Elle ne contrôlait rien, ce qu'elle détestait dans la vie. Elle, épouse de George Karletti, un homme riche et puissant. Elle, réduite en esclave. Et la paire de menottes que l'homme jeta sur le lit le lui fit bien comprendre. Elle ne décidait de rien, elle n'avait pas le choix.

Mais elle n'était pas seule dans la balance. Son amour de huit ans avait tant d'années à vivre, de rêves à réaliser. Pour elle, elle devait lutter et tout faire pour les sortir de l'impasse qu'il leur imposait.

— Laissez partir mon fils sain et sauf ou je ne ferai plus rien.

Le sang qui commença à couler dans le cou de son fils la pétrifia. Kévin se retint de hurler de terreur, son pantalon se trempa d'urine. Sa mère resta immobile un instant, la mâchoire serrée, le corps entièrement contracté. Elle réfléchit à toute vitesse, forçant son cerveau à tenir le coup, à ne pas décrocher. Mais il n'y avait qu'une seule option. Celle que lui dictait l'homme en noir.

Elle attrapa les menottes, serra l'un des bracelets autour de son poignet, l'autre autour du montant du lit. Néanmoins, cela ne lui suffit pas car il resta là, toujours aussi glacial. À peine eût-il légèrement incliné son couteau qu'elle se résigna, forcée. Elle serra davantage la menotte qui l'emprisonnait, ne se laissant cette fois-ci plus aucun espoir pour s'échapper.

Il tira alors le gamin hors de la chambre. Kévin appela sa mère au secours. Charline Karletti, désespérée, prit appui sur le lit et essaya en vain de se libérer. Aucun miracle ne se produisit. La porte de la chambre voisine claqua. Et l'effroi fut alors à son paroxysme : l'homme allait-il s'en prendre à elle ou à son enfant ?

2

Il était minuit et le shérif adjoint Desmond Lowery aurait bien aimé faire autre chose que vadrouiller, mais la tempête allait sans doute l'accaparer toute la nuit. Les appels s'étaient multipliés et les sollicitations venaient de toutes parts. Le shérif l'avait donc envoyé à la rescousse sur le terrain aux quatre coins de l'île. Là, il s'apprêtait à venir en aide à un vieux bonhomme coincé sur la *North Haven Road.*

Seuls les phares de la voiture de Buddy trouaient l'obscurité au milieu de l'épaisse forêt. Ils étaient braqués sur un arbre qui barrait la route sur toute sa largeur. Tout autour il n'y avait aucun horizon, uniquement des murs de végétation malmenés par les vents violents. La voiture s'était encastrée dans le tronc, sans faire de blessés. Buddy n'avait vu l'obstacle que tardivement et son véhicule avait dérapé sur plusieurs mètres sur un macadam glissant.

L'axe était le seul qui desservait tout le nord de l'île. Desmond s'était fait une priorité de le dégager au plus vite. Avant de descendre de son tout-terrain, il s'arma de sa puissante lampe torche et prit de la corde. Puis il mit la capuche de son imperméable jaune qu'il sortait pour la première fois et affronta les trombes d'eau. L'océan se déversait littéralement sur lui avec pour seule mission de noyer Vinalhaven et rayer l'île de la carte.

— Mais vous alliez où comme çà, Buddy, à une heure pareille ?

Le shérif adjoint Lowery n'attendait pas réellement de réponse. Il s'était déjà mis au travail. À savoir : attacher solidement le tronc de l'arbre avec la corde. Le vieux Buddy l'aida comme il put, encore dépassé par les événements.

— Je m'inquiète pour mon bateau… Je voulais vérifier que les amarres étaient encore en place…

Dès son arrivée à Vinalhaven, Lowery avait compris qu'il serait entouré majoritairement de pêcheurs et que leur bien le plus précieux ne serait ni leur pick-up ni leur maison, mais leur petite embarcation. Tout en nouant la corde à l'attache remorque de son Range Rover, Desmond tenta de le rassurer :

— Nous avons fait le tour du port en début de soirée pour vérifier tout cela, ne vous inquiétez pas. Une fois la route dégagée, rentrez chez vous et attendez que cela se calme.

Certes, le port était à l'abri des fortes houles mais il n'échappait pas aux rafales de vent. Les bateaux devaient tanguer à rendre malade le plus féru des capitaines. Lowery savait qu'il y aurait des dégâts conséquents mais son devoir était de dissuader le marin d'aller affronter le danger. De toute façon, soyons clairs, face à une nature déchaînée il n'y a rien à faire.

Il pria Buddy de reculer sa voiture puis enclencha la première afin de tirer l'arbre vers le bas-côté. Les chevaux rugirent sous le capot et l'arbre se laissa traîner assez facilement. Quand il voulut descendre de nouveau pour dénouer et récupérer sa corde, son téléphone portable sonna. Malgré le volume de la sonnerie à son maximum, il l'entendit à peine dans le vacarme de la pluie tambourinant sur la carrosserie et du vent qui hurlait sa rage dans les branchages.

Quand il prit la communication, le vieux Buddy quittait déjà les lieux en lui faisant signe. La tête de mule ne rentrait pas chez lui, il prenait la direction du port.

— Lowery, j'écoute.

À cause des interférences et du boucan alentour, il ne captait qu'un mot sur deux.

— Veuillez répéter, s'il vous plaît. Et parlez plus fort.

Puis il ne comprit pas tout mais retint l'essentiel. Une personne venait d'être tuée sur *Dyers Road*. Tandis que la voix s'affolait, Lowery tira la portière à lui pour se mettre à l'abri. Il ne connaissait pas encore parfaitement les recoins de Vinalhaven et des dizaines d'îlots éparpillés tout autour mais il avait déjà eu l'occasion de se rendre dans ce recoin de l'île. À vol d'oiseau, ce n'était qu'à deux kilomètres, mais les détours faramineux étaient légion ici, il parcourrait plus du double avant d'y parvenir.

— Restez calme, j'arrive le plus vite possible, je préviens le shérif. Surtout ne touchez à rien.

3

— Où veux-tu en venir ? Que c'est de ma faute ? Non mais c'est le monde à l'envers !

Le ton de Blaze Hanson était impérieux. D'un simple signe de la main, il envoya ses enfants dans leur chambre. Ils ne se firent pas prier, ils avaient l'habitude des disputes et des colères de leurs parents. Soit ils les vivaient en direct la tête baissée pour ne pas voir le mépris dans le regard de leur père, soit ils les entendaient à travers les fines cloisons et se bouchaient les oreilles pour ne pas faire d'horribles cauchemars ensuite. Dans tous les cas, le lendemain, ils voyaient les yeux rougis de leur mère après une nuit chaotique.

Le volume monta instantanément d'un cran. Le simple accrochage devenait une véritable altercation. Il ne se souvenait déjà plus de la broutille à l'origine de cette montée en puissance face à son épouse. Était-ce au sujet des devoirs du plus grand qu'elle n'avait pas vérifiés ou était-ce en rapport avec les cours de danse de la petite que la gamine avait manqués à plusieurs reprises ? Qu'importe. C'était sans doute une autre pierre de cet édifice instable qu'était devenu leur mariage, qu'avait finalement toujours été leur union.

— Je n'ai pas dit cela, mais avoue que personnellement, je ne pouvais pas faire autrement !

La voix de Stefanie tendait plus vers l'apaisement. Mais le choix de ses mots ne fut pas judicieux et le « personnellement » prit des proportions inattendues. Blaze revint à la charge, tel un taureau dans l'arène, excité par l'agitation frénétique d'un simple bout de tissu rouge.

— Tu te fous de ma gueule ? Tu as vu la tempête dehors ? Je pense qu'il y a des priorités. Et le cours de danse de la gamine et le devoir de l'autre bon à rien, je m'en tamponne le coquillard dans ces moments-là. Toi, où étais-tu ? À tricoter avec tes pouffiasses de copines ?

Blaze Hanson ne faisait pas partie des époux qui laissaient à leur moitié l'opportunité de porter la culotte. C'était lui qui décidait, lui qui imposait, cela avait toujours été ainsi, comme gravé dans la table des dix commandements de leur famille. C'était lui aussi qui insultait, rabaissait, humiliait, vexait. Un travail à plein temps.

Ce soir-là, plus encore que d'ordinaire, Blaze Hanson était un véritable baril de poudre. Sa femme, démunie, était malgré elle, bien souvent la petite étincelle.

Face à lui, à sa haine qui bouillait dans ses yeux, à la veine de sa tempe qui battait à tout rompre, elle sut qu'il allait remettre ça. Qu'il allait la transformer en tapis et essuyer ses godasses dessus. Sans espoir, elle temporisa et tenta des excuses maladroites.

— Chéri, ce n'est pas grave. Tu as raison, c'est de ma faute. Je vais de ce pas aller voir les parents de Kimberley. Ils se sont inquiétés pour rien.

— Mais tu n'as rien compris encore une fois ! On s'en fout des parents de Kim, c'est à ta fille que tu dois présenter tes excuses ! C'est toujours le même cirque avec toi. Tu oublies, tu n'as pas le temps, tu blesses les enfants, il faut qu'on te fasse des reproches pour que tu réagisses et après deux trois vagues excuses, il faut tout balayer et passer à autre chose. Tu es vraiment une bonne à rien, juste bonne à être mère porteuse, putain !

Stefanie encaissa sans broncher, trop fragile pour combattre. Il n'y avait bien que face à son époux qu'elle pouvait accepter une telle humiliation. Cependant, ce ne fut pas simple à gérer, intérieurement elle ruminait. Mais elle savait au fond d'elle-même qu'il n'avait pas tout à fait tort, à bien y réfléchir, elle lui donnerait même raison sur certains points. Et puis, toute objection décuplerait sa punition, alors pourquoi insister ? Mais bon Dieu, elle avait su qu'en se mariant à un Hanson, elle épousait une terreur, une brute. Une bête. Elle sortit sa dernière carte, celle de la femme qui acquiesce, qui se rabaisse et qui se fera pardonner au pieu le soir même. Bien souvent cela fonctionnait, jusqu'au lendemain.

— Tu as raison. Je vais tout entreprendre pour me faire pardonner, de toi, de Jennifer et des parents de Kim.

— Non, Steffy. Je crois que cette fois, il est trop tard. C'est trop facile. J'ai laissé couler tant de fois… Je vais te foutre dehors une bonne fois pour toute.

Hanson s'enflamma. Et l'incendie fut fulgurant. Il n'avait pas eu réellement le choix. Elle le méritait. Il l'agrippa pour la tirer vers la porte d'entrée. Dehors, le chaos régnait, la pluie frappait les vitres comme des balles de mitraillette.

Elle ne sut quoi lui répondre, lui la grande gueule, lui qui aimait toujours avoir le dernier mot. Elle se contenta de se débattre mollement au début, puis férocement quand elle comprit que ce salopard qui était le père de ses enfants allait réellement la balancer à la rue sous le déluge.

Les larmes lui vinrent aux yeux lorsqu'elle entendit ses deux enfants pleurer dans la pièce voisine. Ils avaient tout entendu et avaient l'âge de comprendre désormais. Sans doute avaient-ils bien mieux saisi que leurs parents l'impasse dans laquelle leur famille se trouvait.

Le téléphone sonna avec cette chanson rythmée et joyeuse des *Beach Boys*, *Good Vibrations*, que Blaze aimait tant. Le couple cessa la bagarre, Stefanie allongée par terre, s'accrochant de toutes ses forces à un pied de table, son mari tirant l'une de ses jambes. La musique rendait la situation encore plus pathétique. Le morceau s'arrêta en plein refrain.

Ils se fixèrent. Le guetteur et sa proie. Le bourreau et sa victime. Le duel pouvait reprendre.

Ils devaient réagir en tant qu'adultes, en tant que parents. Ils avaient des responsabilités. Ils avaient un minimum d'honneur à sauver. Mais il devait y avoir un gagnant et un perdant, c'était la règle de leur jeu.

Aucun ne lâcha prise. Blaze Hanson n'osa jeter un œil à son portable, il soutint le regard de son épouse. Aucun n'avait de mot pour clore les débats, la fin de dix ans de vie commune.

Ce fut la sonnerie du téléphone fixe cette fois-ci qui offrit une fin au conflit, certes insatisfaisante mais bienvenue. On essayait de le joindre à tout prix et ce ne pouvait être que pour le boulot. Une urgence forcément. Blaze ne résista que quelques secondes. Il laissa tomber la jambe de sa femme avec dégoût, lui tourna le dos, s'approcha du combiné puis décrocha.

— Shérif Hanson.

D'une oreille il entendit le récit de son adjoint Lowery lui expliquant les faits, de l'autre il entendit les sanglots de Stefanie puis le claquement d'une porte.

— J'arrive tout de suite.

Il se retourna alors pour constater le vide qui s'offrait à lui.

Oui, il plaidait coupable.

4

La visibilité était faible. Les essuie-glaces n'en finissaient pas de balayer les trombes d'eau qui se déversaient sur le pare-brise. Par intermittence, des grêles cognaient et rebondissaient sur la carrosserie. Des gamins claquant des pétards n'auraient pas fait autant de bruit. Aux dernières nouvelles à la radio, ils avaient annoncé que le plus dur de la tempête serait pour la nuit à venir et que les phénomènes ne se calmeraient que le lendemain soir au plus tôt. De longues heures à venir en perspective…

Desmond Lowery pénétra sur *Dyers Road* et remonta jusqu'aux gyrophares bleus qui peinaient à trouer l'épaisseur aqueuse. C'était la voiture de patrouille de Laureen. Plus loin, sur le pont en bois qui menait à la résidence, stationnait celle du shérif Hanson. Au jeu des obstacles sur la chaussée, il avait perdu et arrivait bon dernier.

Desmond descendit de son Range Rover et affronta les éléments sans se plaindre. En traversant le pont, il dut courber le dos et lutter contre les rafales de vent qui tentaient de le jeter par-dessus la rambarde, dans l'océan, qui se déchaînait dix mètres plus bas. Il ne les entendait pas mais il percevait en contrebas les vagues qui se pulvérisaient contre les rochers. Les poutres de bois du pont vibraient à leur rythme et craquaient sous la contrainte. Il remonta l'allée avec une certaine anxiété car il avait une vague idée de ce qui l'attendait au-delà : l'horreur.

Le shérif adjoint ne prit pas le temps d'admirer les abords de la villa, la vue sur la baie ou encore l'architecture grandiose du bâtiment. Quand il entra dans la maison, un monde fracassé en mille morceaux s'offrit à lui. Une autre tempête s'était invitée dans les moindres recoins de la maison.

— C'est un vrai travail d'orfèvres. Tout briser avec autant de minutie…

Laureen Finley avait dit cela d'une voix neutre, dénuée d'expression. Elle pourtant toujours si joviale et expressive d'ordinaire, avait le visage livide, aussi blanc que ses mèches peroxydées. Son corps d'habitude si vivant était raide, camouflé sous une longue cape noire. Ses bras pendaient comme deux poids, démunis face à ce spectacle de désolation. Elle ne put s'empêcher de regarder à nouveau les vestiges d'un ouragan, d'un fou furieux.

— Impressionnant, en effet. Où est Hanson ?

— Il est dans le salon. Mais avant d'aller lui parler, tu devrais monter pour comprendre réellement ce qu'il s'est passé ici. Ce n'est pas beau à voir, je te laisse y aller seul, ça m'a filé la gerbe une fois, ça m'a suffi.

Desmond monta l'escalier lentement, ne pouvant éviter les débris de toutes sortes d'objets, brisés avec acharnement. Sous chacun de ses pas, des morceaux de verre crissaient. Sur l'immense palier, la même vision de destruction encadrait la victime. Une scène de crime abominable.

Un homme était torse nu, assis et ligoté sur une chaise avec plusieurs tours de chatterton. Sa tête penchait mollement sur le côté. Ses yeux fixaient le plafond, ses traits exprimaient son effroi, sa bouche grande ouverte rappelait ses cris de douleur. Des marques sanglantes recouvraient l'intégralité de son corps : des perforations de quelques centimètres laissées par des coups de couteau plus ou moins appuyés. À vue d'œil, il y en avait bien une trentaine. George Karletti avait été torturé jusqu'à ce que mort s'ensuive. Une entaille plus profonde au niveau du cœur avait sans aucun doute été le coup létal.

Desmond Lowery s'était perdu dans sa contemplation et n'avait pas entendu venir sa collègue. Elle vint à ses côtés, son bras touchant le sien, sa main effleurant la sienne. Laureen aimait le contact, elle aimait toucher l'autre, cela la rassurait, l'apaisait. En général, Desmond était plus distant et froid avec les gens. Face à Laureen, à son joli minois, à son sourire craquant, il avait baissé la garde sans s'en rendre compte. Depuis six mois qu'ils travaillaient ensemble, ils commençaient à bien se connaître et une réelle complicité était née entre eux. Aussi, il tourna la tête et tenta de détendre l'atmosphère.

— Tu es remontée finalement. Tu veux un plastique pour vomir ?

— Fous-toi de moi. Tu as vu ta tête ? Tu es plus blanc qu'un macchabée. Comment peux-tu plaisanter dans des moments pareils ?

Desmond fit la moue et regarda à nouveau le cadavre devant eux. Du sang s'était déversé en quantité et avait imprégné la moquette sur une large zone. Les vêtements de la victime traînaient non loin de là. Un costume hors de prix, taillé sur mesure, boutons de manchette en or.

— C'est ton premier cadavre ?

— Non, j'en ai déjà vu d'autres à la télévision.

L'adjoint avait la réplique facile. C'était un jeu innocent. Il voyait bien la détresse de sa collègue face à l'épouvante de la situation. Elle ne devait surtout pas s'imaginer ce que Karletti avait enduré ou elle ne dormirait plus jamais d'un sommeil tranquille…

— Cette affaire sent mauvais. Il a été massacré. On dirait une vengeance. On dirait qu'on a tenté de lui faire avouer quelque chose.

— Dès qu'il y a du fric, ça sent mauvais. Restons simples adjoints au shérif, ma chère Laureen et nous n'aurons jamais ce genre de problèmes de riches.

L'adjointe Finley était dubitative. Était-ce un crime pour l'argent ? Certes, la victime semblait avoir des planches à billets à revendre, mais il ne fallait pas tirer de conclusion hâtive. La mise en scène du meurtre, le théâtre qu'était devenue la maison, tout cela détonnait d'un simple meurtre pour l'argent. Il devait y avoir autre chose.

— Ramenez vos fesses, les zéros !

Le shérif Blaze Hanson était un amour de patron, du genre à prendre soin de son petit personnel. Ses deux adjoints avaient vite pris le parti d'ignorer les sobriquets débiles que leur collait leur supérieur, même en présence des habitants de l'île.

— On arrive, gros blaireau.

— Elle était facile celle-là. Tu as déjà fait mieux, mon petit démon.

— S'il te plaît, va vomir en silence dehors. Merci.

Laureen donna un coup de coude vengeur à son ami et prit la direction du rez-de-chaussée sans plus tarder. Quand ils arrivèrent dans le salon, face à l'épouse et au fils de la victime, ils blêmirent instantanément et retrouvèrent un ton plus grave et adéquat aux circonstances. Ils saluèrent discrètement la mère tandis qu'elle enlaçait son fils, le regard humide, perdu dans le vague.

— Vous avez prévenu le docteur De Boer ? Il n'est pas psychologue, mais il pourra leur administrer des tranquillisants…

— Il est en route.

Le shérif Hanson répondit sèchement, visiblement contrarié qu'on le prenne pour un incapable. À moins que ce ne soit pour autre chose ? Par l'affaire en elle-même ? Par le simple nom de la victime plus précisément ? Karletti…

— Vous allez interroger les deux témoins. J'ai quelques coups de fil à passer. Surtout, pas de bourdes les mioches, sinon vous êtes dans la merde et je ne vous sortirai pas le parachute.

Laureen échangea un regard avec Desmond qui voulait en dire beaucoup. Encore un surnom à la noix. C'est quoi ces menaces ? Mais aussi et surtout, comment s'y prend-on pour interroger deux proches d'une victime, en plein état de choc ? Tu y vas ? Toi d'abord…

— Je suis le shérif adjoint Lowery. Je sais que le moment est douloureux et que mes questions pourront être pénibles mais pouvez-vous me dire ce qui s'est passé ?

Avec une tristesse absolue, Charline Karletti regarda son fils. Ils avaient vécu un véritable calvaire et avaient la lourde croix de la culpabilité à porter, celle d'avoir survécu. Charline s'en voudrait tout le reste de sa vie, elle n'avait pas pu empêcher le drame, c'était même elle qui avait ouvert la porte au meurtrier... Et pour cette raison, quoi que lui diraient tous ses proches, elle se convaincrait à jamais qu'elle avait une part de responsabilité dans le drame. D'une voix cassée par les cris et les sanglots, elle lui répondit.

— Nous sommes rentrés de Rockland, comme d'habitude. On a déchargé la voiture. Kévin est parti regarder la télévision. J'ai vu quelque chose au fond du jardin avec un message...

Madame Karletti s'interrompit. Les larmes lui montaient de nouveau aux yeux. Après de longues secondes, elle se reprit comme elle put. Les deux agents restèrent patients et respectueux face à la fracture d'une vie.

— Merci de m'avoir ouvert la porte. Le message est sans doute encore accroché au fond du jardin.

Laureen posa une main compatissante sur l'épaule de Charline pour lui montrer leur soutien, pour l'encourager à poursuivre.

— Je suis revenue en courant dans la maison et il était là, dans le salon, il menaçait de tuer mon fils.

— Qu'a-t-il dit ?

Charline Karletti marqua un temps d'arrêt, semblant revivre intérieurement les événements.

— Il n'a pas prononcé un seul mot. Il s'est fait comprendre par des gestes menaçants. Jusqu'à son départ, je n'ai pas entendu le son de sa voix...

— Pouvez-vous nous décrire cet individu ?

— Je ne voyais rien de lui, il était intégralement recouvert de noir. Je ne peux juger que de sa gestuelle... Il maîtrisait la situation et moi, je n'ai rien pu faire.

Le traumatisme était bien présent, évident à chacune des syllabes qu'elle prononçait mais Charline s'accrochait.

— Vous ne pouvez donner aucun détail sur cet homme ?

Laureen fusilla Desmond du regard car ce n'était pas une simple question, c'était plutôt un reproche maladroit. Son ton un peu sec l'indiquait en tout cas. La femme, préoccupée par le silence prolongé de son enfant, répondit sans détour, pour écourter l'interrogatoire. Malgré la panique, elle avait eu du temps – bien trop de temps – pour observer son agresseur.

— Un mètre soixante-quinze, quatre-vingts kilos, large d'épaules, visiblement assez musclé. Je ne peux rien vous dire d'autre.

— Pas de marque de chaussures, de vêtement ? Gaucher ou droitier ? Quelle démarche ?

— Adjoint Lowery, ne rentrons pas dans les détails. Tout cela attendra demain.

Laureen Finley ne put retenir sa colère envers son collègue quelque peu indélicat. Elle le savait parfois froid et distant, mais là, il ne s'y prenait pas correctement. Elle le foudroya une nouvelle fois du regard et lui fit comprendre qu'elle poursuivrait l'entretien. Desmond, mal à l'aise après sa bévue, précisa professionnellement :

— C'est-à-dire que le temps presse. À l'heure actuelle, cet enfoiré est forcément bloqué sur l'île, et ce, jusqu'à la fin de la tempête. C'est une opportunité pour nous mais aussi une obligation de l'appréhender avant qu'il ne puisse quitter Vinalhaven... Le moindre indice peut se révéler utile.

Devant un tel plaidoyer, Laureen n'intervint pas et madame Karletti consentit à poursuivre, en se concentrant sur ces détails qui pourraient faire arrêter ce monstre.

— Je n'ai pas remarqué d'étiquette, de logo de marque... Il avait une démarche tout à fait quelconque. Il tenait son arme de la main droite.

D'elle-même, sans attendre de nouvelles interrogations, elle poursuivit un récit qu'elle n'oublierait jamais.

— Il nous a fait monter à l'étage, nous a séparés. Il m'a obligé à me menotter au montant du lit et il a enfermé Kévin dans le placard. Heureusement, il ne lui a pas fait plus de mal. Puis il est revenu dans la chambre. Il a déposé la clé des menottes en haut de l'armoire, à un endroit inaccessible, il me provoquait. Il s'est approché en me narguant avec sa lame. Il m'a ordonné de me déshabiller. Je l'ai fait tant que j'ai pu.

— Vous a-t-il touchée, agressée sexuellement ?

Laureen avait posé la question avec une douceur apaisante. Elle avait compris le point de vue de Desmond : ils devaient savoir cela aussi afin de comprendre toutes les motivations du meurtrier et d'en esquisser un profil pour permettre de l'identifier.

— Non… Non, il m'a regardée, nue. Il se nourrissait de ma peur, se délectait de ma détresse. Il est resté longtemps à me fixer, à jouer avec son couteau. Je ne l'ai pas supplié, je n'ai rien dit. Je suis restée muette, comme lui. J'ai senti qu'il attendait que je hurle pour passer à l'acte. C'est peut-être ça qui m'a sauvé la vie… Puis mon mari est arrivé.

Elle serra davantage son enfant. Malgré l'enfer qu'elle avait vécu, avec ce recul et ces mots qu'elle posait sur ce qu'elle avait traversé, elle s'apercevait qu'elle avait échappé au pire. Ce malade l'avait manipulée, traumatisée, mais il ne l'avait au final même pas effleurée. Il ne lui avait même pas parlé. Il les avait laissés en vie, elle et son fils, après avoir joué avec eux, livrés à leurs souvenirs, emprisonnés dans un chaos psychologique. Sa vraie proie avait été George Karletti.

— Comment était-il à ce moment-là ?

— Tout aussi calme qu'avant, je dirai. Il a attendu patiemment que George arrive dans la chambre, totalement paniqué en me voyant ainsi. L'homme l'a surpris par derrière et l'a assommé.

Elle fit une longue pause qu'aucun des deux policiers n'osa interrompre. Définitivement au bord du précipice, revivant l'insoutenable dans ses pensées, la veuve finit par cracher ce que sa mémoire n'oublierait malheureusement jamais.

— Mon mari n'a cessé de hurler, de nous appeler... J'ai tout fait pour me libérer, je me serais coupé la main si j'avais pu pour arrêter les tortures qu'il lui infligeait. Il criait, il criait... Je ne vous dirai rien... Laissez ma famille tranquille... Ne leur faites pas de mal... Puis au bout d'un interminable moment, il s'est tu. Pour toujours...

Machinalement elle se massa le poignet, meurtri dans la chair par les cercles d'acier.

— Je ne vous dirai rien ? À quel sujet ?

Charline Karletti détourna le regard, embrassa son fils, muet et immobile dans ses bras. Le traumatisme d'une vie, à cet âge... Comment lui et sa mère pourraient-ils remonter la pente après une telle chute ? Était-ce réellement possible ?

— Je ne sais pas. Comme je vous l'ai dit, je n'ai pas entendu une seule fois la voix de l'homme.

— A-t-il volé quelque chose ? De l'argent, des bijoux, des documents, de l'high-tech ?

— Je ne sais pas... Je ne sais pas...

La femme était à bout. Laureen décida d'en rester là pour ce premier entretien. Ils avaient de quoi travailler, se creuser la tête... mais au final, n'avaient strictement aucune idée de l'identité du psychopathe qui avait tué George Karletti.

Desmond s'éloigna et laissa Laureen s'occuper des survivants. Elle était douce et semblait à l'aise dans ce rôle de soutien moral. Elle leur servit un verre d'eau et tenta gentiment de sortir le gamin de sa torpeur. Même si Laureen n'avait pas d'enfants, elle savait visiblement leur parler. Tandis que Desmond s'intéressait dorénavant à la discussion qu'avait le shérif au téléphone, Laureen continua à materner les témoins. Les voyant ainsi décomposés, il se dit qu'ils auraient certainement préféré mourir aussi...

Faisant les cent pas dans la pièce voisine, Hanson était passablement agité. Il ne cessait de regarder l'écran de son téléphone, à vérifier qu'il était bien toujours en communication. Desmond ne comprit pas la moitié de ce que le shérif disait car dehors, en plus des rafales incessantes, désormais le tonnerre grondait à tout rompre. Des éclairs flashaient le décor comme une guirlande de Noël clignotante.

— C'est l'un des fils Karletti, je te dis ! Tu m'entends, père ? George Karletti.

Ainsi, le petit rejeton Hanson téléphonait à son père, Monsieur le maire de Vinalhaven en personne, juste après la découverte d'une scène de crime. Karletti, Karletti… Ce nom semblait bien faire peur à Blaze Hanson. Sans doute avait-il raison. Le plus discrètement possible, Desmond tendit l'oreille afin d'entendre la conversation mais le shérif ne dit plus rien, son père devait sans doute dicter ses instructions.

Après quelques minutes où le fils Hanson avait su fermer sa gueule, celui-ci vint vers ses sous-fifres pour les informer des suites à donner à l'affaire.

— Vous oubliez ce que madame Karletti vient de vous dire, c'est bien compris ? Ici, on ne touche à rien. Pas de photos, pas de notes, rien. Vous avez enregistré ça dans vos caboches, les lutins ?

Les deux agents furent stupéfaits par l'annonce et marquèrent leur surprise par des froncements de sourcils hostiles. Desmond sut se contrôler un minimum et répondit le plus poliment possible à son chef.

— Sauf votre respect, *chef*, c'est quoi ce délire ?

Hanson vira rouge brique dans la seconde. Il s'approcha de l'adjoint Lowery et pointa un doigt menaçant vers son visage. Seulement séparés d'une dizaine de centimètres, les yeux dans les yeux, il vociféra comme il n'avait jamais vociféré ; et pourtant, le salopard avait du vécu.

— Écoute-moi bien, Jésus de Nazareth, ici c'est moi qui commande. J'ai dit « on ne fait rien » alors on ne fait rien, on ne touche à rien, on ne bouge pas d'un putain de millimètre. C'est l'un des fils Karletti qui gît là-haut dans une mare de sang. Un Karletti, tu entends ? On ne déconne pas, on obéit, on attend les ordres ! S'il y en a un de vous deux qui pète de travers, il aura la gorge tranchée, et ce n'est même pas moi qui aurait le plaisir de vous exécuter !

Blaze Hanson reprit sa respiration, jeta un coup d'œil dans la pièce voisine vers Charline Karletti afin de vérifier qu'elle n'avait rien entendu. Il s'éloigna vers la fenêtre et prit de la distance avec ses deux officiers qui restèrent bouche-bée. Le message était passé.

Il se donna une contenance en regardant les ravages de la tempête au dehors. Il sursauta lorsqu'un éclair et un puissant tonnerre se joignirent pour foudroyer l'un des immenses pins du jardin. Le craquement fut long et effroyable. L'arbre centenaire s'abattit de tout son long vers la maison, heureusement sans l'atteindre. Le sol vibra lors de l'impact et toute la vaisselle dans les placards frémit.

— Retournez chez vous vous reposer. Demain à l'aube, soyez sur le pied de guerre, je pense qu'il y aura une sacrée pagaille à nettoyer.

Les deux agents acquiescèrent silencieusement, pas prêts à subir une nouvelle fois la colère et la vindicte de Hanson. Lorsqu'ils s'apprêtèrent à quitter la pièce, le portable du shérif sonna.

— Oui, c'est moi-même… Quoi ? À quelle heure ?

Le shérif regarda sa montre puis fit signe à ses deux sbires d'attendre. Finalement, ils n'étaient pas prêts à goûter à leur repos bien mérité.

— Vous avez des hommes pour nous épauler ? Trois ? On fera avec, je vous envoie mes adjoints dans la minute. Tenez-moi au courant !

Il coupa son portable et les fixa d'un regard sombre. Derrière ses pupilles, ses neurones s'activaient à toute vitesse, il avait des décisions à prendre et visiblement, elles le dépassaient totalement. Il ne pouvait tout de même pas appeler à nouveau son père devant ses subordonnés…

— Changement de plan. On vient de me signaler l'évasion d'un prisonnier au centre de détention. Ils ont eu une longue coupure de courant et ils viennent seulement de s'apercevoir qu'un de leurs détenus manque à l'appel depuis plusieurs heures. Vous filez au centre et vous me retrouvez cet homme dans les plus brefs délais.

Un schéma très simple se dessina dans l'esprit des policiers. Une évidence ou une coïncidence, ils ne pouvaient le savoir, mais il n'y avait effectivement pas une seconde à perdre.

Avant de partir en mission, revancharde, Laureen Finley lança une pique.

— Je pensais qu'on ne faisait rien, qu'on attendait ?

— Joue pas au con avec moi, petite morveuse. Fais ce qu'on te dit et tout ira bien pour ta petite gueule de pute.

Desmond réagit au quart de tour face à l'insulte proférée par le shérif, mais Laureen fut encore plus vive que lui. En deux enjambées, elle se retrouva face au connard qui la méprisait tant, qui méprisait tout le monde en fait. Elle lui agrippa les couilles et serra sèchement.

— T'as bien de la chance, il y a un enfant à côté, sinon je te les aurais arrachées.

5

— Pourquoi tu ne démissionnes pas ?

La météo était réellement dantesque.

Desmond qui avait pris le volant osait à peine passer le troisième rapport et Laureen à côté de lui n'en menait pas large, peu rassurée par tout ce déchaînement naturel qui l'entourait. En feux de croisement ou en pleins phares, cela ne changeait rien, un mur d'eau se dressait tout autour d'eux ; il fallait le transpercer en espérant rester sur l'asphalte en même temps.

À tel point dantesque qu'il était presque impossible de s'orienter, comme au cœur d'un épais brouillard. L'incessant ballet des essuie-glaces n'était pas d'une grande aide, c'était inutile de lutter.

— Et toi, pourquoi tu ne démissionnes pas ?

— Sans blague. Tu les lui aurais vraiment arrachées ?

Au jeu d'une réponse sous forme d'une nouvelle question, les deux collègues étaient de vrais professionnels. Laureen se tut suite à cette dernière, mais son silence en révélait beaucoup sur son état d'esprit. Des souvenirs la perturbaient, bien plus qu'elle ne l'aurait pensé. Le shérif allait bien souvent trop loin dans son irrespect envers son petit personnel, mais là, il avait clairement dépassé les limites de l'acceptable.

— Pour tout te dire, Hanson m'a déjà fait des avances à plusieurs reprises. Des avances, tu l'imagines bien, un peu trop appuyées et carrément salaces. Je l'ai gentiment éconduit au début. Je me suis même inventé un petit ami imaginaire, histoire de me justifier et de le refroidir. Ensuite, j'ai dû le repousser physiquement avec beaucoup moins de tact. Je l'ai menacé d'en parler à son père. Là, il est devenu fou, comme aujourd'hui. Il m'a alors traitée de pute, d'allumeuse... Enfin, tu vois le genre, le shérif Hanson dans son art le plus primitif possible.

Desmond médita un instant sur les révélations que son amie venait de lui faire. Jamais il n'avait pensé qu'une telle situation, sous son nez, puisse lui échapper. Même s'il était très concentré sur sa conduite, il réfléchit à la situation de Laureen avant de rebondir dans la conversation avec une intonation très personnelle.

— Ainsi, tu ne démissionnes pas car tu ne veux pas lui faire ce plaisir, tu ne veux pas qu'il pense qu'il a gagné, que d'une certaine façon il se serait imposé à toi, il t'aurait dominée, obligée à faire quelque chose que tu ne désirais pas.

— Tu nous la joues psychologue, mon petit démon ?

Laureen sourit mais n'osa pas regarder son ami. Elle bottait en touche car elle ne voulait pas en dévoiler plus sur elle, sur sa personnalité, sur son histoire. Elle n'attendit pas sa réponse et porta l'éclairage sur Desmond afin de ne plus avoir à se souvenir.

— À toi aussi, il a fait des avances, c'est pour ça que tu tiens tant à ton poste d'adjoint ?

— Oui, j'avoue. Mais je ne suis qu'un second couteau. Il est seulement venu me voir après que tu l'as rembarré.

Laureen apprécia l'humour et rit de bon cœur. Desmond savait la détendre quelles que soient les circonstances. Elle oublia quelques secondes le shérif Hanson, le cadavre mutilé de Karletti et les trombes d'eau. Elle ferma les yeux et profita de l'instant.

La traversée de l'île fut longue et périlleuse. Des branches, des coulées de boue et des buissons encombraient les routes et rendaient leur progression encore plus pénible. Jamais ils n'avaient mis autant de temps à en joindre les deux extrémités. En effet, le camp de détention était situé sur North Vinalhaven, la deuxième plus grande île de l'archipel, seulement séparée de la première par un bras de mer d'une dizaine de mètres.

— Et concernant le meurtre de George Karletti, que fait-on ?

Le sous-entendu était clair. Desmond traduisit de suite la question : malgré l'interdiction du shérif de se mêler de l'affaire, devaient-ils enquêter de leur côté ? Sa réponse fut tout aussi limpide.

— Avec un meurtre aussi abominable entre les mains, après avoir vu la veuve et son enfant, il est évident que nous allons agir quoi qu'en dise Hanson et quoi qu'en pense son père ou la famille Karletti. C'est pour cette raison que je ne vais pas démissionner.

Laureen était évidemment sur la même longueur d'onde et acquiesça d'un hochement de tête. Néanmoins, elle tenait à sa vie et voulut tout de suite des précisions sur la manière de procéder.

— Il est évident que nous ne pouvons affronter Hanson père et fils et le clan Karletti sans y laisser des plumes, voire beaucoup plus, alors je te propose de manœuvrer dans la plus grande discrétion.

— Oui, agent Scully, comptez sur moi. Mais nous verrons cela plus tard ; pour le moment, nous voilà enfin arrivés.

Suite à une pancarte leur précisant qu'ils arrivaient au « Centre de détention de North Vinalhaven », ils traversèrent un pont large d'une seule voie. Enfin se dressa devant eux un immense portail infranchissable à mains nues, coincé entre deux tourelles d'une dizaine de mètres de hauteur. Elles plantaient le décor de ce qui se cachait derrière cette muraille : une prison pour délinquants de courte et moyenne peine. Après quelques coups de klaxon rageurs, un puissant spot troua l'obscurité et éclaira leur véhicule en les aveuglant au passage. Le portail s'ouvrit et un homme encapuchonné vint à eux, il se noyait dans un aquarium géant. Desmond se résolut à baisser sa vitre de quelques centimètres pour que le gardien puisse les identifier et leur parler. De suite, l'habitacle prit l'eau et un vent glacial les fouetta.

— Adjoints Finley et Lowery, je présume. Entrez, le directeur vous attend. Remontez l'allée principale et arrêtez-vous au second pavillon, celui de l'administration.

Les deux agents ne se formalisèrent pas d'un contrôle d'identité aussi laxiste. Ils présumèrent que face à des personnes lambda dans des conditions normales, le gardien de nuit aurait au moins demandé à voir leurs insignes.

Grâce aux multiples éclairages qui balayaient la zone, ils purent distinguer de grandes étendues de verdure assez étonnantes pour un lieu d'incarcération. Ils laissèrent sur leur gauche un premier bâtiment qui ne payait pas de mine, cubique, gris et sans fioritures puis se garèrent devant le pavillon administratif qui avait des airs de maison coloniale du dix-huitième siècle, typique de la Louisiane. Décidément, cette prison n'était nullement le reflet de ce qu'ils avaient imaginé.

Ils prirent leur courage à deux mains et coururent en apnée jusqu'au perron. Cependant ils ne purent y échapper, ils se retrouvèrent de nouveau trempés des pieds à la tête. Lowery jura entre ses dents tandis que Finley grelottait de tous ses membres. Ils s'engouffrèrent dans la chaleur de l'entrée et prirent de suite leur aise en ôtant leurs imperméables.

Ils n'eurent pas le temps de reprendre leur souffle qu'un homme distingué vint à eux leur serrer la main. Il était diablement plus élégant qu'eux dans son costume gris anthracite tiré à quatre épingles. Son regard était noir et perçant, sa poigne franche et virile. Desmond repensa à son directeur d'école qui l'avait tant de fois terrorisé. Après de rapides présentations, Edgar Smedley les invita à le suivre dans son bureau et commanda des cafés à l'officier de permanence à l'accueil.

Le bureau du directeur était somptueux, de par le mobilier noble mais aussi de par la multitude d'objets de décoration datés d'un autre temps, soigneusement choisis et mis en valeur. Une ambiance qui collait bien à l'architecture de la bâtisse. Par instinct de survie peut-être, les deux adjoints se dirigèrent spontanément vers une grande cheminée dans laquelle crépitaient des flammes réconfortantes.

— Je ne m'en sers que lors d'hivers exceptionnellement rudes mais aujourd'hui, des bûches y brûlent parce que le chauffage a été coupé plusieurs heures. Mais ceci est le plus minime des embarras dans lequel cette tempête nous a mis.

L'officier leur amena des cafés fumants dans des tasses raffinées en porcelaine. Ils étaient loin des mugs multicolores empilés à côté de la cafetière bon marché du bureau du shérif. Un autre univers, définitivement, avec d'autres finances.

— Ainsi, me voilà bien embêté de devoir vous solliciter pour un problème qui normalement ne vous concerne pas et dont l'origine est de ma responsabilité. Le générateur électrique a semble-t-il sauté quand la tempête s'est levée et a entraîné la panne de notre groupe électrogène. Le temps que mes hommes réparent les dégâts et remettent en route la machine, un détenu s'est évadé. Durant plusieurs heures, tous les systèmes de fermeture électronique étaient inopérants, la vidéosurveillance à l'arrêt et mes officiers ont vite été débordés. Un groupe de prisonniers a tenté l'évasion, un seul a pu franchir l'enceinte du centre. Mais le temps qu'on s'en aperçoive après rassemblement et comptage de tous les détenus, le fuyard avait déjà pris une belle avance.

— Vu ce qu'il y a dehors, il ne doit pas être dans un périmètre si grand que cela. Ses possibilités sont extrêmement réduites. Excepté se cacher dans les bois dans le noir absolu et trouver un abri pour survivre à la nuit, les conditions extérieures ne sont pas en sa faveur, il doit bien avoir du mal à progresser dans sa fuite.

Edgar Smedley n'avait pas l'air spécialement d'accord avec cette affirmation, aussi ne put-il s'empêcher de donner son avis sur la question. Le directeur était un homme qui aimait avoir raison et qui, dans tous les cas, voulait imposer sa vision.

— Je pense qu'un homme qui s'échappe d'une prison a une telle motivation pour réussir sa cavale que quelques gouttes de pluie et l'obscurité d'une nouvelle lune ne le ralentiront qu'à peine. Et c'est pour cela que j'ai besoin de votre soutien. Trois de mes hommes sont déjà partis à sa poursuite. Ils ont ordre de ne pas abandonner leurs recherches avant l'aube où une autre équipe prendra le relais. Malheureusement, je ne peux affecter plus de personnel pour cette mission.

Laureen et Desmond échangèrent discrètement un regard. Smedley devait tenir ses troupes d'une main de fer. Ils étaient tous deux du même avis : partir sur les traces de l'évadé, plusieurs heures après son départ, dans des circonstances où les intempéries avaient forcément effacé toutes traces de son passage, cela ne rimait à rien. Mais les adjoints s'abstinrent d'exprimer leur opinion. Un petit quelque chose leur disait que cela ne servirait pas leur cause. Ils étaient déjà bien en froid avec Hanson, se mettre à dos Smedley ne serait pas la meilleure des options à prendre.

— Votre détenu connaît-il Vinalhaven ?

Le directeur ne cacha pas son incompréhension mais répondit néanmoins à la question.

— Je ne pense pas. Il est originaire du Michigan. Pourquoi voulez-vous savoir cela ?

— S'il ne connaît pas l'île, dans le noir, il a dû se diriger au hasard sans savoir ni où aller ni quoi chercher. À sa place, je rentrerais dans la première maison que je croiserais. Je pense donc qu'il faut émettre un appel à la vigilance auprès des habitants, notamment ceux du nord de l'île. L'évadé est-il dangereux ?

Smedley était un homme appliqué, il avait préparé et lu attentivement le dossier du détenu. Il en résuma les principaux traits.

— Michael Simmons, trente ans. Blanc, un mètre quatre-vingts pour quatre-vingts kilos. Arrêté à de multiples reprises pour détention de stupéfiants. Il a été envoyé ici suite à l'agression d'un policier. Donc potentiellement dangereux. Depuis son arrivée au centre il y a huit mois, il se tenait à carreau. Il lui restait un an tout au plus à tirer s'il faisait preuve de bonne conduite.

Smedley avait parfaitement synthétisé les informations. Desmond analysa la situation.

— Il est encore jeune et irréfléchi. Un an au trou et il repartait chez lui les mains dans les poches. Là, il risque très gros et quand il le réalisera, il pétera un plomb comme face au flic qu'il a agressé. Aussi, je ne pense pas qu'il faille prendre ce Simmons à la légère. Nous allons passer un appel à la radio afin de prévenir la population qu'un détenu s'est échappé, nous allons interdire toute sortie en mer jusqu'à nouvel ordre et enfin, dès que nous pourrons, nous organiserons une battue avec des volontaires, devant l'urgence de la situation nous n'en manquerons pas, c'est certain. Se cacher sur une île n'est pas chose facile, il ne tiendra pas longtemps soyons-en sûrs.

Le directeur sembla satisfait du plan mis en place par l'adjoint Lowery. Bien sûr, il aurait aimé que la chasse à l'homme s'organise de suite et que toute cette affaire reste confidentielle, mais il se rendait bien compte de la réalité du terrain. Le plus important était que Michael Simmons soit stoppé sans effusion de sang.

— Excepté son physique assez commun, avez-vous des détails à nous donner sur lui qui puisse nous aider à l'identifier, des informations utiles à transmettre aux habitants de Vinalhaven ?

— Vous faites bien de me le demander. J'allais oublier de vous donner une précision qui n'apparaît pas dans le dossier. Simmons s'exprime très peu à cause de son problème de diction, c'est un bègue sévère.

Laureen, jusque là en retrait, calée au coin du feu, sa tasse brûlante blottie entre ses mains, faillit renverser son café à cette annonce. Le directeur la dévisagea, ne comprenant pas la situation. Et il détestait être largué.

— Qu'y a-t-il ? Pourquoi semblez-vous si troublée ?

— Je crois que nous avons un sérieux problème, directeur Smedley. Avant de venir ici, nous étions sur les lieux d'un crime. Je ne rentrerai pas dans les détails, l'enquête vient de s'ouvrir, mais les témoins nous ont affirmé que le meurtrier n'avait pas prononcé un seul mot et qu'il s'était fait comprendre par des gestes…

Le directeur s'assit derrière son bureau. La révélation le prenait à la gorge, il était réellement sous le choc. Il savait avoir une part de responsabilité dans cette triste finalité. Si Simmons était bel et bien le meurtrier, Smedley devrait répondre de son évasion. Il dénoua son nœud de cravate afin de mieux respirer. Lowery vint à lui afin d'avoir quelques confirmations.

— À quelle heure exactement la coupure d'électricité a-t-elle eu lieu ?

— À dix-sept heures treize précisément, aux premiers gros coups de vent.

Smedley joignit ses mains devant ses lèvres, prêt à faire une prière. Il se décomposait littéralement. Il n'avait plus rien à voir avec l'homme sûr de lui et parfaitement apprêté devant ses hôtes. Comme tout le monde, il avait ses faiblesses et il était humain.

Desmond se tourna vers Laureen et ne put laisser échapper un léger rictus en annonçant la relative bonne nouvelle.

— Je crois que nous avons notre homme ! Dix-sept heures treize, ça lui laissait juste le temps de courir à travers l'île et d'arriver chez George Karletti avant dix-huit heures.

Derrière lui, à l'écoute du nom de la victime, Smedley faillit s'étrangler. Quand Desmond se tourna vers le directeur, il crut que celui-ci allait mourir sur place. Il était livide et pétrifié. Il ne pouvait contenir ses tremblements.

6

Ils étaient frigorifiés et trempés jusqu'aux os. S'ils n'attrapaient pas la crève, c'est qu'ils mourraient avant. Laureen et Desmond rentrèrent dans la petite maison, épuisés par leur journée qui s'était étalée jusqu'au cœur de la nuit. Un parcours du combattant quelque peu éreintant qu'ils étaient bien heureux d'interrompre pour au moins quelques heures. Au chaud, au sec, avec quelques calories à ingurgiter car leurs estomacs criaient famine.

Ils ôtèrent leurs chaussures et leurs chaussettes noyées, se défirent de leurs imperméables et de leurs blousons de shérif adjoint, humides à souhait. Ce serait un miracle si tout séchait d'ici l'aube.

En voyant la cheminée éteinte, Desmond s'appliqua sans attendre à la transformer en une source agréable de chaleur. Il la chargea d'une bûche et l'embrasa en un tour de main. Il apprécia de suite le réconfort des flammes mais aussi les couleurs et l'intensité de celles-ci. À être plongé dans les ténèbres depuis plusieurs heures, il en avait oublié les bienfaits de la lumière.

— Tu es un homme parfait, dis-moi. Je n'ai même pas eu le temps de regarder ce qu'il y avait à grignoter dans le frigo que la maison se réchauffe déjà.

— Eh, femme indigne, dépêche-toi de me ramener une bière, et que ça saute !

Il eut à peine le temps de se retourner que Laureen lui envoyait une canette.

— Bien, femme. J'ai failli attendre.

Il lui fit un clin d'œil et elle y répondit avec un sourire malicieux. Ils s'affalèrent dans le canapé, trinquèrent en silence et savourèrent comme rarement les premières gorgées de bière bien méritées.

Depuis qu'ils avaient quitté Edgar Smedley, perdu dans ses prières, ils avaient couru comme des dératés lors d'un marathon dans la boue. Après avoir fait leur rapport par téléphone à leur shérif vénéré, ils avaient filé à la tour radio près du port principal. L'enjeu était double : prévenir les habitants qu'un évadé potentiellement dangereux rôdait sur l'île – le terme de criminel n'avait pas été prononcé, il ne fallait pas trop faire monter la tension et la paranoïa – et appeler les hommes à participer à la battue dès l'aube. DJ Max, dont l'ombre planait sur les ondes de la station de radio locale trois cent soixante-cinq nuits par an, s'était engagé à relancer l'appel tous les quarts d'heure. Un citoyen modèle qui n'avait même pas cherché à en savoir plus. Lui commencerait sa nuit tandis qu'eux se shooteraient à la caféine pour tenir le coup au lever du soleil.

Ce n'est qu'après avoir fini sa bière que Desmond regarda réellement le séjour qui l'entourait. C'était la première fois qu'il découvrait le lieu de vie de sa collègue. On en apprenait tant sur un propriétaire en analysant l'intérieur de sa maison – évidemment sans que celui-ci n'ait eu le temps de tout ranger, de tout normaliser avant votre visite. Il ne fut pas vraiment surpris de réaliser que la pièce était chaleureuse et coquette, comme sa propriétaire. La décoration était soignée et le côté excentrique de Laureen transparaissait dans des détails amusants. Un tapis rose flashy dans l'entrée, des coussins de toutes les couleurs et de toutes les formes sur le canapé, la photo d'une vache dans un cadre sur la petite table basse du salon ou encore des bougies qui ressemblaient étrangement à des phallus sur l'appui de fenêtre.

Desmond aurait eu mille et une questions à poser à Laureen, mais il était mal à l'aise, avait l'impression de forcer l'intimité de sa collègue. Lui n'aurait pas aimé cette visite à l'improviste dans son antre, dans son intimité. Mais Laureen avait insisté. Sa maison n'était qu'à une centaine de mètres des locaux de la radio alors que Desmond vivait à l'autre extrémité de Vinalhaven. Le calcul fut vite fait dans la tête de la jeune femme, il était hors de question qu'il s'aventurât seul encore dans cet enfer.

Alors qu'elle leur préparait des plateaux-repas dans la cuisine, Desmond se détendit enfin et se laissa aller à la découverte de la bibliothèque surchargée qui garnissait tout un mur de la pièce. Il n'y connaissait strictement rien en littérature mais enviait véritablement Laureen qui avait la patience de s'enivrer de romans de tous genres.

— Pizza micro-ondes, salade en sachet et yaourt nature, tu m'excuseras mais si j'avais su que tu venais, j'aurais au moins acheté du sucre en poudre.

— Trop aimable ma chère, mais ne t'en déplaise, cela me convient très bien.

— Et un petit verre de vin français pour faire passer toute cette bouffe industrielle, ça te dit ?

Le repas se passa agréablement, entre une nourriture bienvenue et un somptueux vin de Bourgogne enivrant. La rediffusion de *Die Hard 2* à la télévision leur permit de se vider un peu la tête avant qu'elle n'explose. Une heure fila sans qu'ils repensent à leur journée maudite.

Quand le générique de fin apparut, ils vidèrent la bouteille dans un dernier verre. Les yeux pétillaient, de fatigue mais aussi d'une douce ivresse naissante. L'alcool pouvait faire des ravages mais à petite dose il permettait d'évaporer les problèmes quotidiens durant quelques instants. Une illusion nécessaire pour ne pas devenir fou.

Une fois les plateaux débarrassés et le poste éteint, les flammes dans la cheminée peuplèrent les murs d'ombres et de lueurs. Ils se retrouvèrent face à face dans cette ambiance romantique, dans un léger moment de flottement, qui après quelques secondes se transforma en gêne. Desmond prit les devants mais sembla décevoir son amie qui se cacha derrière son verre de vin rouge.

— Tu connais la famille Karletti ?

Désappointée par la question, Laureen mit un certain temps à faire le tri dans ses pensées. À ranger au fond du placard de la honte celles qui n'étaient visiblement pas partagées et à faire émerger la réponse qui contenterait l'interrogation de Desmond.

— Pas plus que toi, je suppose. Famille très riche, très puissante, que tout le monde respecte sur l'île... Je devrais même dire que tout le monde *craint*. Je ne les ai jamais côtoyés, à peine croisés en ville. Quant à madame Karletti, la chef de clan si j'ose dire, elle ne quitte jamais Greens Island, je ne la connais que de nom. Et les habitants de l'île ne sont pas très bavards au sujet de cette famille.

— En tout cas, Simmons devait forcément bien connaître George Karletti. Il n'y a aucun doute là-dessus. Il a foncé direct chez lui, donc il connaissait l'île, son adresse, il savait que la propriété était sous alarme, il a rusé pour y pénétrer sans qu'elle se déclenche. C'est forcément une affaire personnelle et un meurtre prémédité.

À se replonger dans les horreurs qu'ils avaient vues, les effets de l'alcool se dissipèrent assez vite. Ils retrouvèrent toute leur lucidité et n'avaient au final pas très envie de dormir. Laureen enchaîna, revigorée.

— Il va falloir comprendre le lien qui unit ces deux hommes. Que voulait-il lui faire avouer ?

— Tu as entendu le directeur comme moi. Petite délinquance, trafic de drogue... Le lien est sans aucun doute là.

— Tu veux dire que George Karletti serait mêlé à des affaires de ce genre ?

Desmond laissa échapper un petit rire moqueur. Les yeux plein de malice, il finit son verre cul sec.

— Parce que tu crois que sa fortune vient d'où ? Pourquoi crois-tu que la famille Karletti est tant crainte ? Pourquoi Hanson père et fils se montrent aussi prudents dans cette affaire ?

Ils évaluèrent les conséquences de leur hypothèse et rapidement des images de familles mafieuses leur vinrent à l'esprit. Le genre de milieu où l'on règle ses comptes dans des bains de sang, où on a la mainmise sur la police et la justice locales, où toute personne un peu trop curieuse ou bavarde finit coulée au fond de l'océan les pieds dans un bloc de béton.

— Demain, je vais effectuer des recherches approfondies sur Simmons et sur Karletti. Je ne sais pas si je trouverai quelque chose mais sinon j'appellerai la police judiciaire de Portland, ils auront forcément des informations plus précises que celles du dossier succinct du directeur Smedley.

— Évidemment dans la plus grande discrétion, ma chère Laureen. Hanson nous jetterait aux requins s'il apprenait qu'on magouille dans son dos. Et puis, pour moi une chose est assez claire : Hanson et les Karletti voudront retrouver Simmons, pas pour le livrer à la justice mais pour venger la mort du fils Karletti.

Si leur hypothèse de base se révélait exacte, cette finalité était une évidence. Ils avaient intérêt à jouer serré et à ne pas se faire prendre. Ils méditèrent un instant avant de constater qu'il était bientôt quatre heures du matin. Ils n'avaient plus trop le choix s'ils voulaient tenir debout à l'aube afin de partir à la chasse, sans doute pour une bonne partie de la journée. Une journée on ne peut plus réjouissante…

Laureen s'isola quelques minutes dans la salle de bains, se brossa les dents et hallucina devant sa mine exténuée dans le miroir. Elle enfila le tee-shirt XXL des Pistons de Detroit qu'elle portait en pyjama et rejoint Desmond qui s'était installé dans le canapé. Des coussins lui calaient la tête contre l'accoudoir, un plaid recouvrait ses jambes. Il somnolait déjà dans les bras de Morphée.

Elle resta immobile, penchée par-dessus le divan à l'observer. Elle hésitait, se mordillant la lèvre inférieure, comme si le petit pincement qu'elle s'infligeait lui donnerait la réponse qu'elle attendait. Une fois certaine qu'il dormait profondément, elle prit son téléphone et son ordinateur portable qui traînaient sur la table de séjour, puis éteignit les lumières avant de se glisser dans l'obscurité de sa chambre.

7

L'ambiance au sein du café du port était très particulière.

Un brouhaha infernal d'une trentaine de personnes. Leurs voix toutes plus graves les unes que les autres finissaient inexorablement par augmenter de volume faute de pouvoir se faire entendre. Un cercle vicieux, cette mécanique.

Des odeurs très contrastées. Celle du café du matin, noir comme le charbon, mais indispensable pour se lancer dans la quête du jour. Celle du chasseur détrempé, accompagné des relents de son chien mouillé qui attendait et aboyait dans la voiture. Mais aussi celle de la poudre des carabines, ayant déjà servi mille fois à abattre des bêtes ; et ce matin-là, prêtes à abattre la bête.

Les adjoints Finley et Lowery étaient accoudés au bar, le nez dans leurs tasses à essayer d'émerger d'une nuit aussi courte que la vision d'une étoile filante. Depuis le réveil, un certain silence s'imposait entre eux, assez inhabituel. Ils se contentaient donc d'écouter les propos des hommes volontaires pour retrouver Simmons et sentaient bien que la journée allait se dérouler sous très haute tension. Ils préférèrent ne pas participer aux conversations et laisser au shérif Hanson le soin de gérer ce joli champ de mines.

Ce dernier pénétra dans l'établissement accompagné de plusieurs hommes. À leur entrée, les discussions cessèrent et les regards se portèrent tous sur eux. Lowery et Finley ne se levèrent pas pour rejoindre leur shérif, celui-ci n'avait visiblement pas envie de leur parler directement, sans doute avait-il encore leur altercation en travers de la gorge et les couilles un peu douloureuses. Passablement peu sûr de lui face à l'assistance, il se posta aux côtés de son père qui prit la parole, avec l'aisance et l'assurance du politicien qu'il était.

Hugh Hanson était maire de Vinalhaven depuis plus de trente ans et il avait été réélu maire à chaque fois à une large majorité car il incarnait parfaitement son rôle et occupait ce poste fait sur mesure pour lui. Natif de l'île, il était né pour ça. Il avait les cheveux grisonnants et le visage sévère. Sous son long imperméable chic, il était en costume classique. Jamais personne ne l'avait vu sans sa chemise et sa cravate parfaitement nouée lors d'une représentation officielle, même à l'époque actuelle des hommes politiques décontractés à la Barack Obama. Quand il s'adressa à ses habitants, il eut la posture et le ton adéquat. Il montra de suite le portrait de l'homme recherché.

— Si vous êtes ici présents ce matin, c'est pour cet homme, Michael Simmons. Il s'est évadé du centre de détention et est suspecté d'un meurtre abominable…

La stupéfaction puis la colère s'exprimèrent sur les visages des hommes armés. Des jurons fusèrent de toute part. À cet instant Laureen hallucina : le maire Hanson n'avait-il pas senti la lourdeur de l'ambiance à son arrivée, cette folle excitation de la chasse à l'homme ? Pourquoi l'attisait-il en évoquant ce qui avait été jusqu'à présent omis par les autorités ?

— … George Karletti a été sauvagement assassiné hier à son domicile. Son épouse et son fils sont en vie mais ils ont été terrorisés par cet homme qui n'est autre qu'un psychopathe de la pire espèce. Par conséquent, je vous demande en tant que maire mais aussi en tant qu'ami et voisin, de ne prendre aucun risque inconsidéré en partant à sa recherche. Cet individu est dangereux…

Desmond regarda attentivement les deux hommes venus avec les Hanson. Il reconnut l'un d'eux. Il s'agissait de Nick Karletti, le frère de la victime. Il était grand et fort, à la carrure de boxeur, il en avait aussi le visage, quelque peu maltraité par les coups durs. En deuil, il était entièrement vêtu de noir mais il affrontait la foule devant lui avec une intensité impressionnante. Une rage folle de vengeance l'habitait.

Par contre, il n'identifia pas l'autre homme encore plus impressionnant. Une armoire à glace à l'air franchement peu commode. Un videur de boîte de nuit ou plus vraisemblablement – Desmond en aurait mis sa main au feu – un tueur à gages. Un tortionnaire de l'acabit de Simmons, un homme capable de jouer d'égal à égal avec le meurtrier de Karletti.

Tandis que Hugh Hanson expliquait la stratégie à suivre, Blaze étalait une grande carte de l'archipel de Vinalhaven sur l'une des tables du bar. Instinctivement, les hommes se rapprochèrent et se penchèrent pour voir ce qu'on attendait d'eux.

— Par groupes de trois hommes minimum, vous remonterez l'île principale du sud au nord, en vous distançant d'une cinquantaine de mètres tout au plus. Le but est d'agir comme un filet en mer, le poisson ne doit pas pouvoir passer entre les mailles. Il est impératif que vous vérifiiez toutes les maisons, que vous fouilliez toutes les granges, tous les abris à bateaux… Soyez plus malins que lui, à chaque fois, l'un d'entre vous fera le guet dehors pour qu'il ne puisse pas s'échapper. Soyez rigoureux et ne laissez aucune zone d'ombre non vérifiée.

Le shérif Hanson sortit alors de son sac une dizaine de talkies-walkies. Par acquit de conscience, il expliqua rapidement leur fonctionnement puis les fit passer dans l'assemblée.

— Le temps joue contre nous, chers amis. Dès que la tempête aura baissé d'intensité, Simmons pourra prendre la mer soit pour se cacher sur les petites îles, soit pour prendre définitivement le large. Alors ne perdons pas une minute de plus…

Dehors le vent maltraitait inlassablement le décor, la pluie n'en finissait pas de dégouliner des cieux. La lumière filtrait tant bien que mal à travers cette épaisse couche de nuages. Mais elle s'imposait assez pour qu'à présent, tous puissent voir les embarcations de pêche danser frénétiquement dans l'eau du port.

Quand les volontaires commencèrent à quitter le bar par petits groupes, avec en tête la position où ils devaient se rendre, Finley et Lowery s'approchèrent du maire pour le saluer. Hanson senior était bien moins con que son fils et ils n'avaient jamais eu de soucis notables avec lui. Il leur serra la main et se sentit obligé de présenter Nick Karletti et le colosse qui se tenait en retrait. Desmond laissa échapper un rictus quand le maire affirma simplement que ce dernier était « un ami de la famille Karletti ».

Desmond n'hésita pas alors à mettre les pieds dans le plat, histoire de clarifier une bonne fois pour toute la situation avec le maire, le shérif et la famille Karletti.

— Qu'en est-il de l'enquête, monsieur le maire ?

Il y eut un silence qui parut s'étirer indéfiniment. Quelques regards échangés, puis une réponse cordiale mais sans ambiguïté.

— Retrouvez-moi ce Simmons, c'est tout ce qui compte.

En fin tacticien, Desmond Lowery n'insista pas et acquiesça d'un mouvement de tête affirmatif. Il évita soigneusement le regard du shérif qu'il imaginait bien noir orageux.

Les deux adjoints sortirent à leur tour rejoindre la cohorte des chasseurs. Ils allaient diriger les recherches le long des côtes, à vérifier les criques et les rochers, l'un à l'ouest, l'autre à l'est. Ils fermèrent leurs blousons et leurs imperméables et affrontèrent l'hécatombe. Ils allaient déguster.

À voix basse pour que personne d'autre que Laureen ne l'entende, Desmond prévint :

— On a vraiment intérêt à le trouver avant eux, sinon Simmons est un homme mort.

Mais cela ne semblait pas être la principale préoccupation de Laureen. Elle retint son collègue par le bras et attendit que leurs regards se croisent.

— Fais bien attention à toi…

8

Les vents devaient bien atteindre les cent kilomètres par heure. La végétation tanguait sous ses assauts, des branches finissaient par céder et s'arrachaient en de sinistres craquements. Un violent orage s'abattait sur Vinalhaven comme s'il avait décidé de la punir dans une véritable fin du monde.

L'agent Laureen Finley avançait tant bien que mal face aux éléments. Sa mission était de longer la côte est de l'île et de vérifier si Michael Simmons ne s'y cachait pas. Personne n'oserait s'y cacher, pensa-t-elle, tellement la tempête excitait l'océan en des rugissements perpétuels d'écume. Elle était épaulée par l'ami de la famille Karletti. Elle avait gagné le gros lot en compagnie du tueur professionnel.

Cela faisait déjà une heure qu'ils remontaient les allées au bord du rivage. Mais à combattre ainsi les forces de la nature, ils avaient l'impression d'être partis la veille et de s'être épuisés sans arrêter leurs recherches. En tout cas, c'était le sentiment de Laureen. À l'approche d'une cabane de pêcheur qui tenait encore debout, la jeune femme la désigna et s'y engouffra sans demander l'avis de son accompagnateur. Ils ne s'étaient pas échangés un seul mot depuis leur départ mais de toute évidence, avec le fracas terrible aux alentours, jamais ils n'auraient pu discuter normalement. Et puis, Laureen n'avait pas tellement envie de faire la connaissance de cet homme au visage aussi carré que ses épaules.

— Vous permettez que l'on fasse une pause ? Je suis exténuée, je n'ai pas beaucoup dormi cette nuit, vous l'imaginez bien…

Il ne lui répondit pas. Ne lui rendit même pas le sourire qu'elle avait tenté d'esquisser. Il regardait à travers la fenêtre le décor qui pliait sous les rafales et elle comprit ainsi que la pause ne devrait pas s'éterniser.

Pour se donner une contenance et pour briser le silence relatif dans la cabane, Laureen sortit son talkie-walkie pour joindre Desmond et savoir s'il progressait de l'autre côté de Vinalhaven. Mais ses tentatives restèrent sans réponse. L'orage les isolait définitivement. Ce qui ne rassura nullement Laureen. Même si ce tueur professionnel n'en avait pas après elle, la présence d'un être froid et inhumain à quelques mètres d'elle la déstabilisait.

— Vous êtes toujours aussi peu causant d'habitude ou c'est juste pour privilégier ma petite personne ?

Il feignit de l'ignorer mais Laureen vit son regard changer d'expression. Alors qu'elle s'hydratait en ne le lâchant pas des yeux, il se tourna enfin vers elle. Autour d'eux, les murs de planches vibraient sous le déluge.

— Racontez-moi comment s'est évadé ce Michael Simmons.

Sa voix était neutre mais son phrasé mécanique. L'image du T-800 du film Terminator vint à l'esprit de Laureen et après analyse, elle se rendit à l'évidence : il y avait bien du T-800 dans ce tueur à gage.

— Nous aurions pu parler de la pluie et du beau temps mais qu'à cela ne tienne, parlons de l'homme que nous chassons.

Elle lui résuma alors ce que Desmond et elle avaient appris auprès du directeur Smedley. Ensuite, elle se releva et remit son sac à dos, prête à reprendre la route, plus pour éviter de devoir poursuivre leur conversation que par envie d'affronter à nouveau les déchaînements météorologiques.

— Conduisez-moi au local électrique où a eu lieu ce problème de surtension. Si je ne me trompe pas, il ne doit pas être très loin d'ici.

Visiblement agacée de recevoir un ordre, l'agent Finley répondit sur un ton sec.

— Pourquoi ? Vous pensez que ce Simmons s'y cache peut-être ? Il ne doit pas être aussi idiot que ça ! En plus, par temps orageux, ce n'est pas l'endroit le plus sûr pour se planquer…

L'homme la toisa pour manifester lui aussi son agacement. Il n'avait apparemment pas l'habitude qu'on lui tienne tête.

— Peut-être mademoiselle, mais cela ne coûte rien de vérifier le niveau d'idiotie de notre homme. Et de plus, cela me permettra peut-être de clarifier les origines de ce problème électrique.

Cette fois-ci piquée par la curiosité, Laureen répondit sans aucune condescendance.

— Vous voulez dire que Simmons aurait pu bénéficier d'une aide extérieure pour s'échapper du centre de détention ?

Il ne prit pas la peine de donner suite, il sortit de la cabane et reprit d'emblée le rythme. Avant de ranger son talkie-walkie, elle envoya un message en espérant qu'il soit entendu.

— Agent Lowery, ici l'agent Finley. Nous quittons l'itinéraire prévu et nous nous dirigeons vers le local électrique qui dessert le centre de détention. Mon nouvel ami veut que nous nous fassions griller sous l'orage. Si vous sentez l'odeur de barbecue, c'est qu'il est trop tard pour nous.

En un pas, elle se retrouva la tête sous le martèlement des gouttes et les pieds dans les flaques qui grandissaient sur la terre humide et gorgée d'eau. Le sol était à saturation, comme elle, tandis que le vent charriait inlassablement des rafales de pluie.

Laureen prit le commandement des opérations, résignée à traverser la forêt dans la gadoue. Ses rangers de randonnée n'étaient pas un luxe dans de telles conditions. Quant à sa tenue, malgré son imperméabilité, elle prenait l'eau sous les assauts continus et Laureen grelottait. Elle savait d'avance qu'elle pouvait prendre rendez-vous chez le médecin pour le lendemain.

Ils parcoururent péniblement le kilomètre qui les séparait de leur destination. Sous le toit de branches de la forêt, le jour était encore plus sombre. À se frayer un passage dans la végétation basse, à sauter par-dessus les ruissellements de boue qui couraient vers la mer, ils s'épuisèrent définitivement. Le souffle court, ils arrivèrent en vue du petit bâtiment de béton. Reprenant sa respiration, Laureen annonça la bonne nouvelle à T-800 – ainsi l'appelait-elle intérieurement.

L'homme sortit alors un revolver de sa poche, qu'il avait depuis le début de l'excursion à portée de main. Cela n'étonna nullement l'agent Finley. Il s'apprêta à avancer dans le dernier périmètre quand celle-ci lui bloqua le chemin avec autorité.

— Hé ! Vous comptez faire quoi comme çà ? Allez trouver Simmons pour le flinguer sans sommations ? Si notre homme est là-dedans, il en sortira vivant, sous ma responsabilité. C'est clair ?

L'armoire à glace acquiesça, uniquement pour que la demoiselle lui lâchât la grappe. Dès que celle-ci le laissa passer, il se faufila de tronc en tronc tout en sécurisant la zone. Laureen put constater avec amertume que le type avait été formé chez les militaires. C'était réellement un professionnel. Un mercenaire moderne.

Elle le suivit, pointant comme lui son arme droit devant elle. Ses mains mouillées avaient des difficultés à tenir son pistolet fermement et l'eau qui dégoulinait sur son visage et dans ses yeux la gênait passablement pour progresser.

En moins de deux minutes, ils se retrouvèrent de part et d'autre de l'unique entrée du local. La porte métallique était légèrement entrouverte et deux cadavres de cadenas traînaient à terre. Les quatre murs étaient aussi troués de fines lucarnes situées juste sous la toiture, afin de laisser passer un peu de lumière, mais il était évident que, ce jour-là, à l'intérieur l'obscurité régnait. Tous deux sortirent leur lampe-torche. Novice dans les assauts d'élite, elle copia les mouvements de l'expert devant elle. La torche dans la main gauche, l'arme dans la droite, les deux mains jointes, le canon et le faisceau lumineux exactement dans le même alignement. Elle avait déjà vu faire mais uniquement au cinéma ou à la télévision.

Le cœur de Laureen battait la chamade. Elle ferma les yeux pour se concentrer au maximum, pour évacuer le stress et dompter l'adrénaline. Elle respira profondément avant de pénétrer à la suite de Terminator. Elle s'était lancée comme on se lance lors d'un premier saut à l'élastique. Avec une appréhension certaine et beaucoup de courage.

Quelques secondes plus tard, plusieurs détonations retentirent dans le noir. Elles ne perturbèrent nullement le jeu des éclairs brisant le ciel et des coups de tonnerre assourdissants.

9

Quand il pénétra dans l'impasse encastrée entre deux hauts immeubles décrépis par des années d'oubli, la puanteur lui satura les narines. Une odeur nauséabonde imprégnait la ruelle, à peine éclairée par une lune voilée et de lointains lampadaires. Elle mélangeait les effluves d'amas d'immondices que personne ne prenait la peine de ramasser et d'urines qui souillaient chaque recoin de cet espace inhospitalier. Le cadre aurait fait fuir n'importe quel touriste, fût-il égaré à ce point des grands axes animés.

Le bruit de ses pas se perdait dans les abysses brumeux de cet automne particulièrement pluvieux et concurrençait les couinements des rongeurs occupés à se goinfrer d'ordures ménagères. Les poings enfoncés dans les poches de son blouson en cuir, il remonta l'allée et se dissimula derrière le dernier container. Il sortit un chewing-gum à la nicotine et se mit à mâcher frénétiquement la gomme afin de s'abstenir de fumer. Il ne devait ni dévoiler sa présence, ni laisser de trace sur les lieux. Si tout se passait comme prévu, il n'aurait pas à attendre très longtemps.

Du fond de ce trou à rats, seuls quelques échos de la ville lui parvenaient. Des coups furieux d'accélérateurs, un chien qui aboyait, les sons graves d'une chanson rap, un couple qui s'engueulait. Les joies d'un environnement urbain étouffant. Il oublia tout cela et se concentra sur les clapotis des gouttes d'eau qui chutaient des gouttières perforées par le temps. Les prévisions météorologiques annonçaient de la pluie pour toute la nuit. Parfait, cela nettoierait le bitume après son départ et détruirait d'éventuelles preuves de son passage.

Des murmures de plus en plus nets se rapprochèrent. Un type au téléphone qui crachait ses paroles et semblait avoir des difficultés à tempérer sa colère. Un type qu'on n'avait pas envie d'énerver ou de simplement croiser sur un trottoir. Un type avec un look étrange, un mixage entre le voyou des banlieues et le parrain de la mafia. Un type au milieu de l'échelle sociale des gangsters, devant s'imposer face aux petits dealers de la cité mais devant s'écraser face au boss. Le type qu'il attendait.

Lorsque la conversation fut terminée, il l'entendit jurer de rage. Il ne se risqua pas à jeter un coup d'œil depuis sa cache, se fiant uniquement à son ouïe. Le claquement d'un Zippo, le vacillement d'une flammèche, le soupir d'un gars qui savoure une tige salvatrice en faisant les cent pas. Plutôt stressé pour un type qui se la jouait dur comme une batte de base-ball.

Puis une seconde personne arriva, accompagnée de petits bruits aigus, précipités, caractéristiques des talons aiguilles. À l'allure où elle s'avançait, elle allait se fouler la cheville. Mais le patron ne devait pas attendre, sans doute était-ce la règle numéro un qu'une pute devait apprendre.

Il n'écouta pas en détail la conversation mais le ton monta rapidement. Mais il n'y avait que le mec qui s'excitait, la jeune femme pleurnichait. Une débutante qui ne s'était pas encore endurcie et qui encaissait petit à petit le diktat de son proxénète. Il imagina l'homme la prendre par le bras, serrer fort, très fort, volontairement, pour lui faire mal, pour lui faire peur. Puis, la claque fendit l'air comme un éclair. Le coup fut si violent, qu'il entendit la prostituée valser au sol.

Il ajusta ses gants en cuir, serra les poings et sortit de sa cachette.

L'homme au chapeau blanc, réplique des modèles des gangsters de la prohibition, lui tournait le dos. Il s'appliquait à frapper son employée dans les reins. Là où cela fait très mal, mais là où il n'abîmait pas trop sa marchandise. Dans dix minutes à peine, après sa raclée, elle retournerait faire le tapin pour lui ramener un maximum de billets verts. Dans son acharnement à dompter la belle, l'enfoiré ne vit pas le coup venir.

Il balança son pied dans la jambe du proxénète. Exactement sur un point de pression, comme il avait appris. Ses muscles ne pouvant plus maintenir ses jambes fermes, le corps de celui-ci s'affaissa à terre, aux côtés de sa prostituée. Quel triste tableau ! Mais le sale type se releva d'un bond, galvanisé par sa fureur, humilié qu'il était devant un de ses sujets.

Alors qu'il ajustait son chapeau pour se donner une contenance et s'apprêtait à débiter son discours formaté quand un mec osait le provoquer, il se prit une droite qui le renversa une nouvelle fois. Sans ses sbires protecteurs, il n'avait pas fière allure.

La jeune femme essayait péniblement de se hisser à une poubelle pour se relever. La douleur la paralysait. Elle ne savait comment réagir. Se réjouir ou être terrorisée de voir son mac se faire démonter à son tour. Elle avait une bombe lacrymogène dans son sac à main en skaï rouge, qui suivait si bien avec son gloss. Devait-elle la sortir et venir en aide à son maître ou se sauver, de peur d'être la suivante sur la liste d'un acharné en blouson de cuir noir ?

— Casse-toi, putain ! lui ordonna-t-il pour couper court à toute hésitation.

Elle ne se fit pas prier et trouva les ressources pour s'éloigner en claudiquant. Elle ne put s'empêcher de se retourner régulièrement. Son proxo se faisait violemment défigurer. Malgré son affolement, elle nota que l'agresseur attendait toujours que sa victime se relevât après chaque coup pour lui en asséner un autre. Un combat d'homme à homme, d'égal à égal, qu'il dominait largement. Au dernier regard, elle ne distingua que deux silhouettes dans la pénombre mais elle imagina l'une d'elle ruisselant de sang, salement amochée, comme elle l'aurait peut-être été si l'inconnu n'était pas intervenu.

Ce soir-là, elle ne fit pas le trottoir. Elle rentra directement chez elle, apeurée, ne trouvant pas le sommeil, attendant que son employeur vienne assouvir sa vengeance.

Mais il ne vint pas, ni cette nuit-là, ni le lendemain. Le gars au blouson noir l'avait tabassé à mort.

10

Desmond Lowery avait la fâcheuse impression de perdre son temps. Après plusieurs heures d'une marche effrénée sous une pluie diluvienne, il était rincé. Ses pieds pourrissaient dans des chaussures détrempées, ses chevilles étaient meurtries par les terrains accidentés et glissants qu'il empruntait, ses yeux étaient usés de fouiller le décor caché derrière ce rideau de pluie et la fatigue ajoutée à tout cela le rendait d'humeur exécrable.

Ce Michael Simmons paierait cher son évasion si Lowery lui tombait dessus.

Ainsi Desmond ruminait tout en sillonnant la côte ouest escarpée de Vinalhaven. Il jurait d'autant plus qu'il sentait bien que leur stratégie du filet de pêche, certes perfectionnée, était loin d'être infaillible. À cause des trombes d'eau qui se déversaient sans cesse, les chiens ne reniflaient rien et n'étaient d'aucune utilité, et les hommes n'y voyaient rien non plus. Si ce Simmons avait une once de jugeote – et son évasion réussie allait dans ce sens –, il saurait se planquer sans se faire prendre. Grimper à un arbre, se fourrer dans des buissons, se cacher dans le grenier d'une grange... Le jeu de cache-cache pouvait durer longtemps.

— Agent Lowery, vous m'entendez ?

Desmond mit quelques secondes à réagir à l'appel. Dans le fond sonore monotone et hypnotique des gouttes frappant le sol, son ouïe s'était laissé endormir.

— J'ai du mouvement. Je répète j'ai du mouvement ! J'attends les instructions.

— Restez au point mort pour l'instant. Quel est votre secteur ? J'arrive au plus vite.

L'agent analysa sa position par rapport à celle qu'on venait de lui indiquer, visualisa mentalement le plan de l'île et espéra ne pas se tromper de direction. Il courut à travers les broussailles, évita au mieux les racines qui serpentaient sans logique et grimpa la colline qui, d'après ses calculs, masquait une vieille carrière.

Plusieurs hommes se joignirent à lui sur le trajet. L'adrénaline galvanisait les troupes qui retrouvaient un souffle inespéré. La sueur se mêla à la pluie tandis que l'excitation et la tension fusionnaient dangereusement. Du coin de l'œil, Desmond vit les carabines chargées prêtes à en découdre, il cessa alors sa course et pria la petite troupe autour de lui de faire de même. Ils ne devaient pas être à plus de cinquante mètres du lieu dit. Il s'adressa aux chasseurs à ses côtés et aux autres aux alentours via son émetteur.

— Nous allons encercler la zone puis, à mon signal uniquement, nous resserrerons lentement vers la cible. Interdiction d'ouvrir le feu sans menace réelle. Si Simmons est armé, laissez-moi parlementer avec lui avant d'entreprendre quoi que ce soit. Tout le monde a bien compris ?

Certains n'apprécièrent pas qu'on s'adressât à eux comme à des enfants mais tous acquiescèrent en serrant fermement leur arme dans leurs poings. Devant ce réflexe gestuel, Lowery ne fut pas plus rassuré. Puis rapidement tous se mirent en mouvement, tels de bons petits soldats, ravis visiblement de jouer à la guerre. Après quelques minutes, il jugea que tous devaient être en position. Il donna alors le signal pour fondre sur l'ennemi.

Dans une tourmente diluvienne qui ne leur laissait aucun répit, ils avancèrent pas à pas, traquant le moindre mouvement qui ne serait pas dû aux bourrasques. Une distraction des plus angoissantes dans cet état d'épuisement et d'exaltation. Lowery fut instantanément sorti de sa concentration quand un premier puis un second coup de feu retentirent non loin de lui. L'un des chasseurs avait vidé sa carabine. Une fraction de seconde lui suffit pour que

Lowery reprenne les rênes de ce qui s'annonçait déjà comme un désastre.

« Je l'ai touché ! » entendit-il au loin, incapable d'évaluer à quelle distance se trouvait le tireur. En réponse, il hurla à gorge déployée, sans retenue, sous le déluge démentiel qui le narguerait jusqu'au bout de sa mésaventure.

— Cessez le feu ! Cessez le feu !

Puis libérant sa colère dans son talkie-walkie :

— Qui a tiré, bordel de merde ? Qui a tiré ?

N'attendant pas la réponse, il s'approcha avec précaution vers leur proie blessée, voire tuée. Dans ce second cas, il porterait la lourde responsabilité de cet échec, de cette bévue. Et cet enfoiré de Hanson s'en donnerait à cœur joie pour le lyncher en public, le jeter aux lions comme au temps des cirques romains. Le shérif ne lui en voudrait pas d'avoir laissé Simmons se faire trouer comme une bête, il ne lui pardonnerait simplement pas de ne pas avoir laissé l'opportunité aux Karletti de le faire.

Il s'inséra dans l'attroupement qui se formait en plein cœur de la forêt et vit avec stupeur des visages tantôt consternés tantôt amusés. Ne comprenant pas les réactions, il baissa les yeux sur le sang qui maculait la victime. Un pauvre faon d'une vingtaine de kilogrammes dont la belle fourrure était souillée à jamais par la méprise d'un homme.

Le teint livide et l'âme désespérée, Lowery conclut la supercherie sur un ton qu'il peina à maîtriser.

— Je ne sais pas qui a tiré et qui a jugé que cet animal pouvait représenter un quelconque danger, mais que cette personne sache que j'ai une corde à louer pour qu'elle s'y pende. Vous pouvez rentrer chez vous, nous cessons les recherches pour l'instant.

Sans tarder, Desmond reprit le chemin du retour, direction le bureau du shérif pour lui faire un rapport haut en couleur. À cause de cette histoire qui deviendrait à coup sûr une anecdote qui se transmettrait de génération en génération, Simmons avait peut-être eu l'occasion de passer leur barrière humaine sans difficulté. Personne ne pouvait le dire. Dans le doute, tout était à recommencer... Mais ce serait sans Desmond dont la patience avait atteint ses limites avec le ridicule de cet épilogue.

Son talkie cracha des paroles incompréhensibles, ce qui accentua son exaspération. Il détestait perdre son temps, il détestait les incompétents, il détestait cette putain de tempête ! Il pria l'homme qui tentait de le joindre de bien vouloir répéter. La réception était très mauvaise. Décidément, rien n'allait. Il aurait bien pulvérisé son émetteur contre un rocher pour se défouler, pour expulser définitivement ce qui bouillait à l'intérieur de lui.

Il reconnut alors la voix du shérif Hanson.

— Lowery, on a un sérieux problème, ramène tes fesses au poste !

Blaze Hanson était un véritable trou du cul. Un anus quatre étoiles que Lowery aimait détester. Lorsqu'il avait demandé à en savoir plus, le shérif n'avait dénié répondre, le laissant dans l'expectative. Or, ce n'était pas réellement le moment d'énerver Desmond, il l'était déjà bien assez. Il était en mode cocotte-minute sous pression et un rien le ferait exploser.

C'était donc dans cet état d'esprit, que l'agent Lowery parvint à rejoindre – non sans difficultés – le poste de police de l'île, après un ultime périple qui avait pompé ses dernières ressources.

Le petit bâtiment qui abritait les bureaux du shérif et de ses adjoints était simplement composé de trois pièces principales : un accueil où Finley et Lowery pouvaient taper leurs rapports et recevoir le public, un bureau privé pour Hanson et une cellule qui prenait bien souvent la poussière. Depuis son arrivée sur l'île, il n'avait vu que Peter Furringham y séjourner pour état d'ébriété avancé.

Quand il y entra, il savoura la douce température des lieux et défit son imperméable, son blouson et son chapeau. Mais dessous, l'eau avait tout de même réussi à s'y infiltrer.

Il n'avait pas d'affaires de rechange sur son lieu de travail et n'avait qu'une seule envie, se mettre définitivement au sec avec une bonne soupe pour se réchauffer.

Filtrant à travers la porte du bureau d'Hanson, il put entendre les bruits d'une conversation entre hommes. Le « fils de » devait être encore chaperonné par son père. Desmond alla à leur encontre afin de savoir de quoi il retournait.

— Ah ! Lowery, enfin !

Alors qu'il dégoulinait d'eau sur le carrelage, ce dernier faillit s'étrangler face au ton de reproche que venait d'employer son patron. Celui-ci était accompagné du maire et de Nick Karletti. Tous trois buvaient tranquillement le café, confortablement installés dans les fauteuils disposés autour d'une table basse. Le frère Karletti fumait même un cigare, dans une posture décontractée, les jambes croisées, le bras par-dessus le dossier. Aucun d'entre eux ne se leva pour venir à lui.

— Oui, désolé shérif, mais il y avait des bouchons sur l'autoroute.

Blaze Hanson le dévisagea mais Desmond comprit à son regard que cet imbécile ne comprenait même pas la pique qu'il venait de lui lancer. Pressé d'en finir, il sauta les formules de politesse et demanda directement quel était le sérieux problème auquel ils étaient confrontés.

— Lionel Black est mort. Il a été tué de deux balles. On l'a retrouvé à proximité du centre de détention.

Lowery devina que Lionel Black était le nom de l'homme de main engagé par la famille Karletti pour capturer voire supprimer Simmons. Desmond se retint de rebondir sur l'ironie de la situation. Une seule question lui brûlait les lèvres.

— Laureen était avec lui, comment va-t-elle ?

Le shérif eut un petit sourire méprisant devant l'empressement de Lowery à savoir si sa putain de collègue était toujours de ce monde.

— Elle s'en sort bien. Une balle dans le bras, elle a riposté en tirant à son tour mais elle a manqué sa cible.

— Où est-elle ?

— Il y a mieux à faire, agent Lowery. Il faut poursuivre vos recherches jusqu'à coincer ce meurtrier. Il est visiblement prêt à tout, il faut l'arrêter pour la sécurité de tous.

Le discours du shérif était très scolaire, du pur récité de ce qu'on attendait de lui. Mais l'ensemble sonnait faux. Rien n'était crédible sortant de la bouche de Blaze Hanson et son père s'en rendait certainement compte encore car il ne cessait de dandiner sur son fauteuil, embarrassé par sa progéniture face à un membre de la famille Karletti.

— Tant que la tempête ne sera pas passée, cela ne sert à rien d'y retourner. Tous les hommes sont exténués et se déplacer sur l'île est assez dangereux. Ce Simmons peut-être n'importe où. Je préconise de relancer nos troupes dès qu'il y aura une accalmie et d'interdire le moindre départ d'embarcation. Si cela ne vous convient pas, shérif, je ne peux que vous proposer d'aller mouiller la chemise à votre tour.

Le shérif devint rouge brique. Ses yeux semblèrent sortir de leurs orbites. Il l'aurait étripé sur place pour l'insubordination que ce petit merdeux venait de lui manifester devant témoins. Il n'en fit rien sur l'instant afin de ne pas définitivement perdre la face mais saurait régler le compte de son agent en temps voulu.

Monsieur le maire se leva enfin et clôt les débats en douceur, en fin tacticien.

— L'agent Finley est soignée dans le cabinet du docteur. Allez la rejoindre, elle est secouée. Soyez frais et disponible dès qu'il y aura une opportunité pour repartir sur le terrain.

— Je vous remercie, monsieur.

Lowery salua dignement le maire de Vinalhaven, couronnant l'humiliation du fils Hanson. Il n'avait jamais eu pour habitude d'être irrespectueux envers les autorités, les institutions ou encore le sacré, mais pour lui, le shérif Blaze Hanson resterait à tout jamais un trou du cul de la pire espèce.

À son arrivée au cabinet du docteur Peaches, la porte s'ouvrit devant Desmond. Inquiet dans une certaine mesure de la gravité de la blessure de son amie, il fut de suite rassuré en la voyant sortir de la pièce sur ses deux jambes avec simplement un bandage sur l'avant-bras et une écharpe pour maintenir celui-ci. Quand elle leva les yeux sur lui, ils s'illuminèrent. Desmond s'approcha comme on s'avance au chevet d'un blessé de guerre, avec anxiété et émotion.

— C'est gentil d'être venu, mon petit démon.

— C'est gentil d'être toujours vivante et en un seul morceau, ma petite Lolo.

Il la serra contre lui et elle lui rendit son étreinte. Laureen blottit sa tête contre son épaule et savoura l'instant après le stress, la douleur et les soins.

— J'adore tes câlins, Desmond, mais la prochaine fois, change de vêtements s'il te plaît !

Sur la route pour la reconduire chez elle, les deux agents parlèrent des événements. Laureen répétait en détail pour la troisième fois déjà ce qui s'était passé dans le local électrique. Mais comme elle l'avait précisé d'emblée, il n'y avait pas grand-chose à raconter.

— Nous sommes entrés arme au poing avec nos lampes torches. Lui le premier, moi en second. Tu imagines bien dans quel état j'étais… Il faisait très sombre à l'intérieur et le transformateur ronronnait comme un gros tigre. Nous sommes chacun partis d'un côté. Dès que je me suis retournée, Black s'est fait tirer dessus par deux fois. J'ai fait volte-face en me mettant à couvert, il a fait feu dans ma direction et m'a touchée. J'ai riposté pour me protéger, néanmoins, je tirais dans le vide, je ne le voyais pas. Après une minute à rester terrée, à l'affût du moindre mouvement, je me suis risquée à me mettre à découvert mais Simmons avait déserté la zone. J'ai alors pris le pouls de Black, il était mort sur le coup.

Desmond roulait à faible allure, luttant contre le mauvais temps. Il écoutait attentivement le récit de Laureen et posa sa main sur la sienne quand elle eut terminé.

— Ça va aller ?

— Pourquoi ? Tu penses que je vais me morfondre pour ce tueur sanguinaire qui est mort ? Aucune compassion pour ce genre de pourriture.

— Non, pour toi, idiote. Tu vas savoir te débrouiller ainsi amputée de ton bras gauche ?

Elle sourit devant tant de sollicitude. Elle se pencha vers lui et lui susurra quelques mots à l'oreille. Il ne réagit pas mais laissa sa main sur la sienne. Le silence se fit jusqu'à ce que la voiture pénètre dans l'allée desservant la maison de Laureen.

— Comme tu ne pourras pas être à cent pour cent sur le terrain, je voudrais que tu enquêtes discrètement sur le meurtre de George Karletti. Cette famille pense avoir le pouvoir sur tout ce qui vit sur cette île mais elle se trompe. Elle cache forcément de lourds secrets et je tiens à les découvrir.

Elle acquiesça mollement, s'attendant à autre chose. Elle lâcha la main de son ami et entreprit d'ouvrir la portière, cependant, Desmond n'en avait pas terminé. Il était en pleine réflexion à élaborer un plan pour résoudre eux-mêmes l'enquête que le shérif Hanson négligeait volontairement.

— De mon côté, je vais continuer les battues jusqu'à retrouver Simmons. J'irai revoir le directeur Smedley pour tenter de comprendre le lien entre notre évadé et Karletti.

Laureen pinça les lèvres en signe d'accord mais son regard était désormais fuyant. Elle voulait abréger la conversation, préférant affronter la tempête que de foncer tête baissée dans l'impasse émotionnelle que lui réservait son ami. Elle sortit donc de la voiture et Desmond, lui dit alors d'un ton badin :

— Promis, je repasse chez toi ce soir et je te savonnerai le dos si besoin…

Avant de refermer la porte, elle lui sourit mais le cœur n'y était pas vraiment. Desmond adorait jouer avec elle mais Laureen n'appréciait pas pleinement les règles qu'il avait fixées. Elle avait bien peur de ne pas toutes les comprendre et d'en souffrir par la suite…

11

Sous un ciel menaçant, Desmond Lowery quitta son domicile en milieu d'après-midi. En l'espace d'une petite heure, il avait pris une douche bien chaude, changé de vêtements, avalé un repas sur le pouce et fait une micro-sieste de quinze minutes. De quoi se revigorer et repartir du bon pied, la suite de la journée s'annonçant comme une véritable course contre la montre.

Sa première mission consistait à retourner au centre pénitencier afin d'approfondir ses connaissances sur Michael Simmons. Jusqu'ici il n'avait pas réussi à le remettre derrière les barreaux alors Lowery avait dans l'idée d'en apprendre plus sur ce dernier pour mieux l'appréhender. Il fut sur place en vingt minutes.

Avec le système de roulement dans les postes de surveillance, l'agent Lowery n'eut pas affaire aux mêmes hommes que lors de sa première visite. Il dut se présenter à nouveau, mais son nom avait déjà circulé et les événements qui s'étaient déroulés depuis l'évasion hantaient tout le monde dans la prison, chacun se sentant en partie responsable des drames.

— Le directeur n'est pas dans son bureau mais il ne devrait plus tarder.

Lowery regarda ostensiblement sa montre et grimaça pour faire comprendre au jeune officier devant lui que cela était bien regrettable. Celui-ci devait avoir une petite vingtaine et avait encore un visage d'adolescent, il se laissait pousser légèrement la barbe, sans doute pour paraître plus viril ou tout au moins plus âgé.

— Est-il possible de visiter la cellule de Simmons en attendant le retour de monsieur Smedley ? Le temps presse et une nouvelle battue est prévue dès qu'il y aura une accalmie.

L'évocation de la chasse à l'homme n'était pas anodine, elle signifiait au jeune gardien que le shérif et son équipe devaient corriger les erreurs des employés du centre de détention. Et qu'à partir de là, les responsables se devaient de tout faire pour les aider. Lowery avait bien l'intention de tirer sur cette corde afin d'obtenir tout ce qu'il voulait, et ce, dans les plus brefs délais.

Après une légère hésitation, à regarder tout autour de lui pour accrocher un regard qui lui dirait ce qu'il devait répondre pour bien faire, l'officier consentit à le conduire à la cellule du délinquant. Ils n'étaient que deux, personne ne put le conseiller. Pour le rassurer dans sa démarche, Desmond lui tapa l'épaule comme un grand frère le ferait pour féliciter son cadet d'une bonne action.

Afin de ne pas se reprendre une saucée, ils passèrent dans le tunnel reliant le bâtiment administratif à celui de détention. Un passage d'ordinaire interdit à toute personne étrangère au service. Ils franchirent plusieurs portes fermées à clé ou verrouillées par un code. Desmond s'était fait un grand ami et ne cessait de poser des questions sur la prison afin de ne pas laisser gamberger le jeune quidam sur les multiples infractions au règlement qu'il était en train de commettre.

— Les lieux ont l'air très anciens ; néanmoins tout est parfaitement rénové et entretenu. Ce n'est pas l'image que j'avais des prisons américaines en général.

— Je ne saurais pas vous dire. Ici, c'est mon premier poste. Mais d'après ce que mes collègues m'ont raconté, c'est qu'en plus du financement public de base, il y a un mécène qui verse régulièrement de l'argent à la prison quand elle en a besoin.

Lowery tiqua. Alors qu'ils remontaient un long couloir où s'alignaient des portes blindées avec chacune un œil de bœuf pour observer à l'intérieur, il voulut en savoir davantage.

— Je connaissais le mécénat pour l'art, pour sauver un hôpital, pour ouvrir une école, mais j'avoue que pour améliorer les conditions de vie des prisonniers dans un centre pénitentiaire, je ne m'y attendais pas.

— C'est vrai qu'ils sont choyés ici. Cellule individuelle pour tout le monde, c'est assez unique en son genre paraît-il. Quant au mécène, je ne peux vous en dire plus. Peut-être un ancien détenu devenu millionnaire ?

L'hypothèse émise par le gardien, plus une boutade qu'une réelle conviction, eut une résonance particulière dans l'oreille de Desmond. Il nota de vérifier sa théorie avec Smedley.

Après une traversée monotone au gré des échos de leurs pas entre ces murs sans fenêtre, ils s'arrêtèrent devant la cellule 72 qui ne se différenciait des autres que par son numéro. L'officier tourna deux fois sa clé et ouvrit la lourde porte.

Desmond put constater que les détenus étaient réellement gâtés. Douche et toilette privatifs, flambant neufs, entièrement carrelés. Une petite chaîne hi-fi avec une collection impressionnante d'albums, tous parfaitement empilés. Une fenêtre qui donnait sur la nature. Des peintures aux couleurs agréables, des rideaux à motifs. Certes tout cela n'était que matériel, cela ne rendait nullement la liberté aux prisonniers, mais l'environnement quotidien était ici plutôt exceptionnel.

— Je suppose que l'endroit a déjà été fouillé de fond en comble après l'évasion de Simmons.

Le gardien valida d'un signe de tête. Il avait lui-même participé à la perquisition de la cellule. Ses collègues et lui n'avaient absolument rien décelé de remarquable. Amèrement, Desmond le comprit en fouinant à son tour. Des tenues toutes identiques aux couleurs de la prison, quelques paquets de biscuits, des livres, une machine à écrire, des empilements de feuilles. Il en prit quelques-unes et survola ce que Simmons avait tapé dessus.

— Il écrit des scénarios, c'est bien ça ?

— Oui, nous avons parcouru la plupart de ces pages, cela ne nous a rien révélé d'extraordinaire.

Lowery fut quelque peu étonné de cette découverte. Un gars avec un casier judiciaire déjà bien chargé pour son âge qui écrivait des scénarios, c'était assez atypique. Il parcourut alors les tranches des livres qui s'alignaient sur l'étagère. Tous prouvèrent le réel intérêt de Simmons pour l'écriture de scénarios. *Anatomy of scenario*, *Lessons of scenario*, *Dramaturgy*... Par réflexe, par goût de la lecture et par plaisir du contact avec le livre objet, Desmond prit l'un d'eux pour le feuilleter, pour en lire quelques phrases ici et là. À peine eut-il ouvert l'essai de John Truby, qu'une photo tomba du livre sur la table.

Sur fond d'île paradisiaque, Simmons plus jeune posait avec une jolie fille. La pose des deux personnages ne permettait pas de savoir s'il s'agissait d'un couple, de simples amis ou d'une fratrie. Il la retourna pour voir si une date, un lieu ou des noms avaient été notés à l'arrière. Excepté quelques traces d'usure prouvant les nombreuses manipulations de cette photo, rien n'y avait été noté.

— Que pouvez-vous me dire sur Michael Simmons ?

L'officier haussa les épaules et fit une moue perplexe. Desmond se dit que le gamin qu'il avait face à lui était d'une transparence à faire peur, jamais il n'aurait pu devenir bandit, jamais il n'aurait su mentir sous la pression.

— Pas grand-chose. Vous savez, il ne parlait pas. Je crois qu'il était bègue, ça devait le gêner. En tout cas, à ma connaissance, il ne faisait pas d'histoires.

Desmond remit le livre en place et balaya la pièce d'un dernier coup d'œil. Elle ne lui dévoilerait rien d'autre. Il fit signe au jeune homme qu'ils pouvaient sortir et profita de cette diversion pour glisser discrètement la photo dans sa poche.

— Bon, retournons au bureau du directeur, en espérant qu'il ait terminé sa réunion. C'est quoi ton nom, déjà ?

— Eddy, monsieur.

— Oh, tu peux m'appeler agent Lowery, tu sais. Non, je plaisante, moi, c'est Desmond. Avec deux « d » comme Eddy.

Desmond venait de sceller définitivement leur amitié comme deux gamins le font avec le mélange de sang après s'être piqué le doigt avec une aiguille. Sauf que contrairement à Eddy, il savait mentir et cette camaraderie n'était que de surface, elle cachait un certain intéressement. Eddy semblait si manipulable que Desmond n'allait pas se priver pour récolter de plus amples informations...

En parlant de tout et de rien, mais surtout du mauvais temps, ils prirent le chemin à l'envers jusqu'au bureau de Smedley. Quand ils s'aperçurent que celui-ci n'était pas encore revenu, l'agent Lowery exagéra sa frustration et fit valoir ses petits talents de comédien.

— Le shérif Hanson va de nouveau me prendre la tête si je suis en retard...

— Si tu le souhaites, je vais essayer de trouver le directeur et de lui dire que tu l'attends et que c'est urgent.

Oui, désormais les deux comparses se tutoyaient. Bientôt ils s'échangeraient leur numéro de téléphone pour aller ensemble draguer les filles au bar.

— Fais donc ça, tu as raison. Mais en attendant, peux-tu m'ouvrir le bureau du chef que j'aille me réchauffer devant la cheminée ? J'ai passé la journée sous la flotte à tracer ce cher Simmons, ça va me détendre.

Ce cher Eddy n'hésita même pas. Il lui ouvrit la porte du bureau, s'éclipsa rapidement et partit en mission. Lowery eut beaucoup de peine pour le jeune gardien, si incrédule.

Dès qu'il eut la certitude qu'Eddy s'était éloigné à la recherche de son directeur, Lowery fonça droit sur le meuble à tiroirs au fond de la pièce. Chacun d'entre eux portait une étiquette avec des lettres de l'alphabet. Il ne fallait pas être plus malin qu'Eddy pour comprendre qu'ils contenaient les dossiers des détenus du centre.

Tout en guettant le moindre bruit dans le couloir, il ouvrit le dernier tiroir pour dénicher le dossier complet de Simmons. Il le trouva au bon emplacement et compulsa son contenu en diagonale. Conscient que le temps lui manquait, que son ami Eddy pouvait revenir dans la seconde, il sortit son téléphone portable et prit en photo chaque feuille sans distinction.

Il le remit en place et après s'être assuré que tout était calme aux alentours, il entreprit de consulter quelques autres dossiers afin d'avoir une idée plus précise de la population carcérale que le centre hébergeait. Son œil s'arrêta sur le nom de Sunford. Cela lui évoquait quelque chose mais sur l'instant, il ne sut rien associer à son sentiment. Là aussi, sans perdre de temps, il prit les différents éléments en photo. Chez lui, il aurait le temps de parcourir en détail tout cela.

Lowery ouvrit un autre tiroir au hasard, piocha à la volée quelques chemises et mémorisa le tout dans son Smartphone. Quand son regard tomba sur Beneris, il eut aussi l'impression de connaître ce Dylan Beneris. Dans ce cas, sa mémoire se mit en branle instantanément. Il avait lu un article concernant ce jeune délinquant qui avait braqué une station essence à Rockland, ce devait être il y a quelques mois à peine.

Par intuition et pour en finir – car il ne devait pas se faire prendre –, il prit simplement un cliché de l'ensemble des étiquettes de dossiers, de chaque tiroir. Des centaines de noms. Qu'avaient fait tous ces individus pour finir entre ces murs ? Qu'étaient devenus ceux qui avaient recouvré la liberté ?

Quand il se redressa, il entendit la voix de Smedley au loin. Au ton de sa voix, Lowery comprit qu'il faisait des reproches à son subordonné. À cause de lui, Eddy allait trinquer sévèrement. Et encore, avait-il fait la bêtise de lui dire qu'il l'avait accompagné dans la cellule de Simmons sans son assentiment ?

— Oui, shérif, je sais. L'heure tourne mais le directeur Smedley ne devrait plus tarder. Ah, le voilà justement. Je vous laisse shérif. Oui, j'arrive tout de suite après notre entretien.

Le shérif adjoint fit semblant de couper la communication et rangea son portable.

Smedley avait l'air furieux en rentrant dans son bureau ouvert à un étranger. Mais il fut accueilli par le visage sévère de Lowery, faussement furieux de s'être fait remonter les bretelles par sa hiérarchie. Tout deux semblèrent prendre sur eux-mêmes afin que leur entrevue se déroule le plus cordialement possible.

— Avant de vous donner les conclusions de mes techniciens, permettez-moi de m'enquérir de l'état de santé de votre collègue, agent Lowery.

En fin diplomate, le directeur Smedley prouvait en quelques secondes qu'il avait le statut et la personnalité pour être à l'échelon le plus élevé de cette administration pénitentiaire. Eddy, plus pâle qu'un linge passé à la Javel, aurait dû prendre note de la performance au lieu de se morfondre pour les heures de surveillance qu'il allait devoir subir en punition.

— Elle survivra, même si elle n'est pas passée loin de l'amputation... La balle lui a déchiré une partie du bras, ce n'était pas beau à voir.

Desmond sourit intérieurement en voyant la grimace du directeur. Smedley devait se sentir responsable du drame qu'avait traversé l'agent Finley et Desmond comptait bien là-dessus pour obtenir des réponses. Il poursuivit sans laisser à son interlocuteur le temps de reprendre la parole. Il voulait diriger les débats et faire bref.

— J'aurais voulu savoir quels sont les mécènes qui participent au financement de votre établissement.

Le directeur Smedley écarquilla les yeux, estomaqué par la question qui semblait provenir de nulle part. Mais l'air impassible du policier lui fit comprendre que cette dernière était sérieuse et qu'il attendait une réponse. Lowery eut une pensée pour Eddy qui venait à l'instant de quitter le bureau, la tête basse. Le pauvre, il allait subir les foudres de son patron, voire il se verrait montrer la porte de sortie pour en avoir trop dit.

— Écoutez, il n'y a pas de secret, je vais être franc avec vous. Madame Karletti est une bienfaitrice pour le centre de détention. Grâce à elle, nous offrons les meilleures conditions d'isolement pour nos détenus et nous ne souffrons jamais de coupes budgétaires qui affectent tant les prisons d'ordinaire. Mais pourquoi me demandez-vous cela ?

Lowery retrouva sa fâcheuse manie de répondre à une question par une autre. Il était le maître du jeu et avait bien l'intention de le rester, tout en déstabilisant au mieux son adversaire.

— Vous pensez que Simmons s'est sauvé d'ici pour aller directement tuer le fils de madame Karletti car la purée servie ici n'était pas à son goût ?

— Mais enfin, non ! Quel est cet interrogatoire sans queue ni tête ?

Smedley sembla de nouveau excédé, deux fois en quelques minutes, le policier avait le don de le mettre hors de lui. En effet, Desmond le poussait subtilement dans les derniers retranchements de sa diplomatie.

— Je vais vous dire, directeur Smedley. La queue c'est ce Simmons qui a déjà tué deux personnes et grièvement blessé un agent du shérif, il était sous votre responsabilité. La tête, c'est justement la vôtre, effrayée, lorsque vous avez appris que la première victime était George Karletti. Alors, dîtes-moi pourquoi vous avez si peur des Karletti ? Pourquoi madame Karletti déverse-t-elle des sommes colossales dans votre prison, qu'en retire-t-elle exactement ?

Smedley se détourna, ne pouvant soutenir plus longtemps le regard de Lowery. Tous deux surent alors que le point névralgique avait été atteint. Le shérif adjoint avait touché dans le mille. Il avait eu une réponse muette qui confirmait sa théorie de départ, après il n'attendait pas plus d'explication. Le directeur était visiblement bien trop sous l'emprise et la menace des Karletti pour les trahir ou ne serait-ce que se risquer à en dire trop.

— Je ne sais pas ce que vous insinuez mais je vous prierai de bien faire attention à ce que vous dites. Ma prison est respectable, je suis un homme respectable, la famille

Karletti est respectable. Qu'en est-il de vous, agent Lowery ? À m'attaquer comme cela, à tenter de me mettre la pression alors que vous avancez sans l'ombre d'une preuve, pouvez-vous en dire tout autant ?

Lowery avait vu juste. Il n'en saurait pas plus. Face à lui, il eut le côté sombre de Smedley, celui qui ressort quand la bête est acculée. Un brin menaçant mais finement dosé dans le ton, la posture, le regard.

— Vous avez parfaitement raison, directeur. Je ne suis ni respectable ni même fréquentable. Mais au moins, si Simmons continue sa tuerie sur l'île, moi, on ne me retrouvera pas enterré au fond d'une cave. En tout état de cause, si dans les jours à venir vous avez quelque chose à me dire, à l'abri des oreilles indiscrètes, vous avez mes coordonnées.

L'atmosphère dans la pièce était pesante. Les deux hommes se jaugeaient, jugeant les moindres réactions, les petites choses presque invisibles que le corps laisse transparaître. Le pouls, la transpiration, les tics. La scène était immortalisée sous un crépitement de flashs. Dehors, le tonnerre claquait sans discontinuer. Vinalhaven était dans le cœur de la tempête. L'œil noir du cyclone les survolait.

L'homme au costume cravate céda un peu de lest et fit un premier geste vers la paix.

— Simmons a un complice.

À son tour, Smedley sut déstabiliser son interlocuteur. La bombe qu'il venait de larguer était une véritable ogive nucléaire. Il ménagea le suspense sans ajouter un mot de plus. Il voulait reprendre le dessus en obligeant Lowery à se mettre à genoux. Desmond ne tint pas longtemps, néanmoins il tenta de faire bonne figure en prenant un ton faussement emprunté.

— C'est-à-dire ?

— C'est la conclusion à laquelle nous venons d'aboutir avec mon équipe. L'examen détaillé du déroulement de l'évasion et l'analyse du local électrique nous ont confirmé ce que nous pensions dès le départ, qu'un individu ne peut s'évader de notre établissement sans aide extérieure, et je ne parle pas ici de la tempête. Je vous certifie que d'après mes hommes, quelqu'un a saboté le transformateur reliant l'éolienne et la prison, que la foudre n'y était pour rien. De plus, nous avons reconstitué l'emploi du temps précis de Simmons juste avant la coupure de courant et il s'avère qu'il avait demandé à pouvoir téléphoner quelques minutes avant, ce qui lui a permis d'être hors de sa cellule à ce moment-là.

Devant une telle révélation, Lowery baissa les armes et oublia leur affrontement.

— Vous avez le numéro de téléphone qu'il a joint, je suppose ?

— Numéro de portable prépayé, impossible de remonter à l'acheteur, vous le savez aussi bien que moi. Nous avons eu la confirmation que l'appel était bien passé par le relais de Vinalhaven. Simmons a bien appelé une personne se trouvant sur l'île juste avant de s'évader.

Enfin, les deux hommes furent sur la même longueur d'onde avec en face d'eux la même problématique. Chacun avait un intérêt certain dans l'histoire. L'entretien se termina sur une constatation amère : désormais, ils n'avaient pas qu'une seule personne à appréhender, mais bien deux.

12

L'agent Laureen Finley n'avait pas résisté bien longtemps. Elle ne tenait pas en place. Elle avait tout tenté afin de se raisonner mais au final elle avait succombé à ce qui se révélait être de la folie. De toute façon, tout ce qu'elle vivait dernièrement était de la folie. Elle s'était retrouvée plongée dans une enquête criminelle avec pour victime un fils de riche famille alors qu'elle ne portait l'uniforme d'adjointe au shérif que depuis quelques mois ; et en postulant à Vinalhaven, ce n'était franchement pas le plan initial prévu. Et elle s'était éprise de son partenaire Desmond avec qui l'aventure aurait pu bientôt commencer.

Ainsi, après avoir arpenté le parquet de sa maison, en long, en large et en travers, après avoir tenté de se détendre devant le poste de télévision, après avoir voulu se coucher pour dormir quelques heures, elle s'était résolue à admettre qu'elle était comme une fumeuse en début de désintoxication : incontrôlable. Malgré son bras en écharpe et la douleur qui irradiait tout son côté gauche au moindre mouvement, elle quitta son domicile et prit le volant de sa voiture.

Elle avança lentement mais sûrement jusqu'à la propriété de George Karletti, déterminée à enquêter sur le meurtre de ce dernier malgré la volonté manifeste du shérif Hanson de boucler le dossier en moins de temps qu'il lui fallait pour mater sa poitrine lorsqu'elle passait dans son périmètre.

Quand elle arriva face au portail menant à la maison de la victime, elle devina un homme devant celui-ci, submergé par les eaux, secoué par les vents mais droit comme un piquet. Il vint à elle et sembla la reconnaître – l'uniforme aidant sans aucun doute. Elle sentit de suite que le gardien fraîchement installé dans ses fonctions n'allait pas être d'accord pour lui permettre d'entrer ; alors elle attaqua la première, un mensonge pour laissez-passer.

— C'est le shérif Hanson qui m'envoie. Je dois fouiller les jardins à la recherche d'indices.

— Par un temps pareil ?

Il répondit comme on prend une balle au rebond. Laureen enchaîna la partie de ping-pong avec un naturel qui convainquit le gardien dans la foulée.

— C'est bien pour cela que le shérif Hanson n'est pas venu le faire lui-même !

Il lâcha un petit rire rauque et enclencha l'ouverture électrique du portail. Laureen se demanda à quoi pouvait servir ce grand gaillard. À protéger madame Karletti et son fils ? Si le meurtrier avait voulu leur mort, il se serait occupé d'eux en même temps que du père de famille. Il serait tout à fait suicidaire de revenir sur les lieux du crime après le cauchemar qu'il avait laissé derrière lui.

Elle pénétra dans la propriété, remonta l'allée principale au pas, tout en surveillant dans ses rétroviseurs le gardien qui l'observait de loin. Elle se gara devant le porche et fit semblant de s'affairer dans la boîte à gants, continuant à lorgner dans sa direction, mais ce bougre ne la lâchait pas. Afin de ne pas éveiller ses soupçons, elle prit son courage à deux mains et se lança sous les trombes d'eau, prête à traîner dans les parages – le temps qu'il se désintéresse d'elle –, à la recherche d'indices qui n'auraient pu subsister sous ces précipitations acharnées. Elle braqua sa lampe torche devant elle pour gagner en crédibilité. Le soir n'était pas encore venu mais la noirceur des nuages absorbait toute la clarté du jour. De mémoire, elle ne se souvint pas avoir vécu un phénomène climatique aussi impressionnant en intensité et en durée.

Elle se dirigea vers l'océan. Elle le distinguait à peine à travers le rideau de pluie. Il était d'un gris d'une tristesse déprimante. Il était démonté comme rarement. Il montrait toute sa puissance, balançant des rouleaux compresseurs contre les escarpements rocheux sans jamais sembler être repu. Elle regarda le spectacle, hypnotisée par les ressacs violents qui emporteraient quiconque oserait s'y aventurer. Elle balaya de sa lumière les alentours et vit le hangar pour les bateaux. Tout riche propriétaire en possédait un sur l'île, sa grandeur étant souvent proportionnelle à la fortune de la famille. Les autres se contentaient d'une simple jetée en bois ou se limitaient à arrimer leur petite embarcation au port municipal.

Le bâtiment fait de bois noble abritait une vedette bimotrice. Malgré l'abri, le bijou était secoué de toutes parts. Finley crut vomir en lisant le nom du bateau « Karletti III ». Certains ne savaient plus comment exposer leurs signes extérieurs de richesse. Elle détestait cela. Et même si elle avait toujours vécu dans une relative pauvreté, ce sentiment n'avait rien à voir avec de la jalousie. Elle exécrait tous ceux qui se sentaient supérieurs aux autres du fait de la taille de leur compte en banque. Et ce sentiment était décuplé devant tant de luxe car elle savait que l'argent provenait d'origines plus que douteuses…

Après quelques minutes d'une vague inspection, elle prit le chemin de la sortie. Elle jeta tout d'abord un œil par l'interstice de la porte et fut satisfaite d'entrapercevoir le portail refermé sans l'ombre du gardien. Elle baissa le regard pour vérifier qu'elle n'allait pas marcher dans une énorme flaque et remarqua alors, tout au long du mur, à l'abri du rebord de la toiture du hangar, à l'écart des ruissellements d'eau qui s'écoulaient vers l'océan, des traces de pas nettement marquées dans de la terre meuble.

Il lui fut de suite évident qu'elles étaient suspectes car elle n'imaginait personne remonter le mur d'aussi près. De plus, plusieurs marques se chevauchaient, preuve que l'individu avait quelque peu piétiné sur place. Elle se positionna sur les traces inexploitables et se mit dans la peau du prédateur. Elle venait de trouver l'endroit exact où le tueur avait attendu l'arrivée de Charline Karletti car il était idéal, il permettait d'avoir une vue parfaite sur le portail, l'entrée de la maison et le fond du jardin où le message destiné à la victime avait été accroché ; et tout cela, en étant à couvert.

Elle n'était pas une experte de la police scientifique, ni même une débutante, alors elle réfléchit un instant à la manière de procéder. Comment identifier la pointure, voire le modèle de chaussures que portait le meurtrier ? Elle sortit un crayon et son smartphone cachés sous son imperméable. Elle posa son repère à terre, juste à côté de l'empreinte de pas la plus profonde et la plus nette, et prit plusieurs photographies. Une fois satisfaite, elle fila vers le perron de la maison.

Laureen tapa deux coups à la porte et attendit qu'on lui ouvre. C'était visiblement une domestique. Tenue impeccable, cheveux tirés en chignon, comme dans les grands hôtels – enfin, de ce qu'elle en avait vu à la télévision.

— Bonjour, je suis l'adjointe au shérif Finley. Je désire m'entretenir avec Charline Karletti. Pouvez-vous me conduire à elle ?

La femme qui avait la cinquantaine et le teint d'une fumeuse invétérée, l'invita à la suivre. Avec une certaine surprise, elle constata que les lieux, dévastés un jour auparavant, avait déjà presque retrouvé leur normalité. D'autres employés étaient à l'œuvre dans les pièces voisines. Laureen entendait un aspirateur d'un côté, le bruit d'un meuble qu'on déplace de l'autre et remarqua des va-et-vient dans l'escalier. Elle comprit qu'ils déménageaient une pièce entière de l'étage au rez-de-chaussée.

Devant ce spectacle, la domestique crut bon de donner une explication à l'agent de police.

— Madame ne souhaite plus dormir à l'étage. Nous déplaçons donc ses affaires dans la chambre d'amis.

— Qui vous a autorisé à nettoyer cette scène de crime ?

Il n'y avait eu aucune inspection détaillée des lieux, aucune recherche d'empreintes digitales, de cheveux, aucune photo n'avait été prise... Absolument aucune investigation n'avait été menée dans la maison alors qu'ici même un malade mental avait séquestré et malmené une mère et son fils puis torturé à mort le mari et père. Cela la consternait et l'énervait au plus au point.

— C'est madame Karletti qui nous a demandé d'effacer toutes les traces du drame, agent Finley.

— Charline Karletti, vous voulez dire ? Mais elle sait pertinemment que l'enquête est en cours et que cela requiert la préservation de la scène de crime !

Alors qu'elles marchaient vers le salon, l'employée de maison s'arrêta et se retourna vers Laureen. Elle la fixa et lui dit à voix basse comme elle l'aurait fait pour lui révéler le plus inavouable des secrets.

— Non, l'ordre est venu directement de *madame* Karletti. Nous avons tous été dépêchés sur place malgré la tempête. Elle souhaite que sa belle-fille et son petit-fils bénéficient d'un soin extrême et puissent faire leur deuil dans les meilleures conditions.

L'agent Finley n'en pensa pas moins mais se retint d'ajouter quoi que ce soit. Cela n'aurait servi à rien. Elle ne sut jauger l'employée, à savoir si elle aurait été prête à plus de confidence ou non. Elle ne s'y risqua pas pour cette fois et opta pour utiliser ses dernières forces à s'attaquer à Charline Karletti.

La belle jeune femme se servait un énième café dans la cuisine. Elle était élégante dans une robe légèrement moulante, noire, de circonstance. Elle s'était coiffée avec soin et des lunettes à grands verres fumés cachaient sans doute ses cernes. Dans ce type de milieu, il faut toujours savoir faire bonne figure, même dans les instants douloureux, même face à de simples femmes de ménage.

— Ça y est, vous l'avez trouvé ?

Sa voix était douce et faible. À peine l'avait-elle aperçue à la porte de la cuisine, que sa première pensée fut pour le meurtrier de son mari. Impressionnée par tant de classe, alors qu'elle-même devait avoir l'air sortie de la machine à laver, Laureen répondit tout aussi doucement et faiblement.

— Non, madame. Les recherches n'ont rien donné et ont dû être interrompues. Elles reprendront dès que les conditions météorologiques le permettront.

Charline Karletti congédia la domestique d'un signe de la main et proposa une tasse de café à la policière. Laureen l'accepta afin de bien démarrer leur entretien.

— Que vous est-il arrivé, agent Finley ?

— Rien de bien grave. Les risques du métier, madame.

Elle ne souhaitait pas se poser en victime devant une femme en deuil. Il était hors de question de s'étaler sur sa blessure. Par contre, elle se plaindrait volontiers face à Desmond afin qu'il la dorlote à l'envi.

— Vous pouvez m'appeler Charline, vous savez. Les « madame par ci », « madame par là », cela n'a jamais été trop ma tasse de thé.

— Appelez-moi Laureen alors.

Sans paraître trop indiscrète, elle s'inquiéta de l'état de santé du petit Kévin. D'après sa mère, il était encore traumatisé par le jeu pervers de l'inconnu mais ne semblait pas encore avoir pleinement réalisé que son père était mort. Sa baby-sitter était chargée de lui changer les idées en ces journées de turbulences.

Ensuite, après un moment de silence, alors qu'un lien de sympathie s'était noué entre les deux femmes, Charline revint au sujet de l'homme dont elle souhaiterait longtemps la mort.

— Pensez-vous pouvoir arrêter ce Simmons avant qu'il ne quitte Vinalhaven ?

— Que nous l'attrapions ou non ne changera rien à l'enquête concernant le meurtre de votre mari, Charline.

— Comment ça ? Que voulez-vous dire ?

La confiance était désormais établie et Laureen appliqua sa stratégie comme elle l'avait prévue.

— Permettez-moi d'être honnête avec vous. Pour l'instant, il n'y a aucune investigation lancée afin de trouver le véritable meurtrier. Le shérif Hanson et son père sont persuadés de la culpabilité de Michael Simmons, l'évadé de la prison. Et leur stratégie, visiblement appuyée par votre belle-mère est d'arrêter cet homme à tout prix pour se venger de la mort de votre mari. Mais vous l'aurez compris, pour moi, Simmons n'est pas l'homme qui vous a maltraitée. Ces deux affaires sont distinctes et ne doivent leur simultanéité que par la tempête qui s'est abattue sur nous depuis hier et qui était favorable non seulement à l'évasion de la prison mais aussi à la discrétion de l'homme en noir.

Charline but quelques gorgées de café, le regard dans le vague. Elle incorporait les nouvelles données que lui fournissait l'agent Finley. Mais plongée dans un drame à plaie béante, elle avait des difficultés à appréhender tous les tenants et aboutissants de l'histoire.

— Et pourquoi pensez-vous cela ?

— Tout simplement parce qu'il y a des incohérences. Tout d'abord au niveau du timing. L'évasion de Simmons a eu lieu vers dix-sept heures quinze et l'individu était chez vous avant votre arrivée, soit avant dix-huit heures. Cela ne lui aurait laissé que quarante-cinq minutes maximum pour traverser presque la totalité de l'île, or aucun véhicule n'a été signalé volé. De plus, Simmons s'est évadé dans sa tenue de prisonnier. L'homme qui vous a agressé était entièrement vêtu de noir d'après votre récit. Comment cela peut-il être possible ? Et même si par je ne sais quel miracle Simmons y serait parvenu, par l'intermédiaire d'un complice ou autre, pourquoi aurait-il fait tant d'efforts pour cacher son identité face à vous alors qu'avec son évasion juste avant, son identité et son visage auraient directement été connus ?

Les arguments de l'agent Finley percutèrent l'esprit embrumé de Charline Karletti, qui ne pouvait être que convaincue. D'une main tremblante, elle posa sa tasse sur la table de la cuisine. Elle ne savait plus quoi penser, plus quoi dire. Laureen profita de cet instant de faiblesse pour avancer ses pions.

— D'après vous, qui aurait pu vouloir attenter à la vie de votre époux ?

— Je ne sais pas…

La réponse tomba trop rapidement. Elle avait un goût de réponse toute faite. Quatre mots trop faciles à placer quand on n'avait pas envie de dire la vérité.

— Charline… Réfléchissez. Sans vous, je ne pourrai pas avancer dans mon enquête. Si vous souhaitez que le vrai meurtrier soit arrêté et jugé, faites-moi confiance et aidez-moi. Tout le monde a des ennemis. Votre mari, du fait de sa richesse, en avait sans doute plus que d'autres.

La veuve détourna le regard. Elle savait parfaitement où voulait en venir l'agent Finley. Son approche avait été subtile mais était désormais claire comme de l'eau de roche. Charline ne lui en voulut pas. Laureen avait l'air sincère et inspirait bien plus confiance que le shérif Hanson. Elle décida de fendre sa carapace pour avouer ce qui la torturait désormais depuis la mort de George.

— J'aime mon fils et je tiens à lui plus que tout. Mais du sang Karletti coule dans ses veines et de ce fait, il appartient tout autant au clan qu'à moi. J'ai peur de le perdre, Laureen. J'ai vraiment peur que la famille ne me le prenne…

L'agent Finley comprit le dilemme qui tiraillait Charline Karletti. Son statut de veuve Karletti n'était pas enviable. Si elle trahissait le clan, elle perdrait bien plus que sa fortune, elle perdrait son enfant. Sa position était bien trop délicate pour que le calcul ne soit pas limpide. Elle comprenait évidemment cela et compatissait même. Néanmoins elle tenta une dernière fois sa chance.

— Dites-moi Charline, quelle était la profession de George ? Que faisait-il dans la vie ?

— Vous devez bien avoir une vague idée sur la question…

13

La pièce était saturée de fumée de cigare et le maire Hugh Hanson détestait cela. Il avait de nombreux vices et succomber au tabac sous toutes ses formes en avait fait partie. Mais depuis que l'image du parfait politicien ne collait plus avec le tabac, il avait su se motiver et cesser définitivement ce suicide à petit feu. Dès lors, il ne supportait plus de sentir les vapeurs de nicotine. Il ne se gêna donc pas pour ouvrir toutes les fenêtres du bureau après le départ de Nick Karletti, et ce, malgré le froid et l'humidité qui régnaient au-delà des vitrages.

— Je vais encore devoir envoyer mon costume au pressing pour supprimer cette odeur abominable !

Il parlait plus à lui-même qu'à son fils qui était encaissé dans son fauteuil en cuir derrière son bureau. Les deux hommes avaient clairement un air de famille, étant tous deux plutôt grands et athlétiques, ils avaient les yeux marron, le teint très pâle et les lèvres épaisses. Avant de gagner ses cheveux grisonnants avec l'âge, Hugh était tout aussi brun que son fils. Physiquement, la génétique avait donc fait son œuvre et les gènes du maire avaient bien été transmis. Mais quant au reste, cela faisait fort longtemps que Hugh Hanson se répétait l'éternelle question du mari trompé : cet idiot est-il réellement mon fils ?

— Ce connard m'a littéralement humilié devant Nick Karletti. Je vais le virer comme un malpropre, le lyncher en public, lui…

— Ta gueule, Blaze. Tout cela, c'est de ta faute. Tu ne sais pas t'affirmer sans violences, verbales ou physiques. Et tu ne sais pas gérer une équipe de deux adjoints, bon sang de merde !

— Tu parles d'une équipe…

Blaze ruminait comme un gamin, la tête basse, les doigts triturant le moindre objet à portée de main. Son regard noir fixait son nom écrit en lettres d'or sur le présentoir de son bureau. C'était lui le shérif et un pauvre crétin d'adjoint s'était permis de l'ignorer devant des notables de l'île. C'était lui le shérif et une petite pute s'était permis de lui broyer les burnes. Putain, il n'avait jamais été autant énervé.

— Cette équipe, nous l'avons choisie ensemble, je te le rappelle. Juste après avoir viré tes deux anciens adjoints car eux aussi ne te convenaient pas ! Un jour, il faudra peut-être te remettre en cause, tu ne penses pas ?

Hugh Hanson n'attendait pas de réponse. Il sermonnait son fils comme il l'avait toujours fait mais savait d'avance que son rejeton ne suivrait pas encore ses conseils. Il ne le faisait jamais et en payait toujours les pots cassés. Et lui, maire de Vinalhaven, réparait comme il le pouvait les multiples imperfections et bévues de son idiot de fils. Sa dernière intervention de taille avait justement été l'éviction des deux précédents adjoints, devenus indésirables car ils faisaient une bien trop mauvaise publicité de la famille Hanson autour d'eux. Il s'en était personnellement chargé et les deux emmerdeurs avaient été officiellement virés pour faute grave. En fait, ils n'avaient pas demandé leur reste après avoir été pris en flagrant délit avec des mineures sous la couette. Un coup monté de toutes pièces, un classique du genre. Les âmes innocentes pouvaient crier au complot, dans le pays, ce type d'affaire ne pardonnait pas.

— Ouais… Le Desmond Lowery, c'est toi qui me l'as imposé, je n'ai pas eu mon mot à dire…

Blaze commençait à lui gâcher son single malt. Il posa donc son verre pour reprendre sa dégustation plus tard. Côté alcool, il avait aussi sérieusement réduit les doses. Désormais, il surveillait drastiquement sa ligne et tout abus était proscrit. Ainsi, le peu qu'il s'autorisait, c'était pour la qualité et le raffinement. Et ce sombre crétin lui gâchait son plaisir. Il se leva et se posta devant le bureau, il s'appuya de tout son poids sur celui-ci pour bien marquer son mécontentement. L'autre en face se carra dans son fauteuil.

— Le choix de Lowery était un choix raisonné. C'était pour contrebalancer la jolie blonde que tu avais choisie pour ses fesses et ses nichons. Je ne dis pas qu'elle est incompétente, loin de là, elle est sans doute plus apte à ce métier que toi, mais ce jour-là, tu l'avais dévorée des yeux, tu avais laissé parler ta bite sans connecter ta cervelle. Combien de fois t'ai-je dit de ne jamais mélanger sexe et travail ? Cela avait failli me coûter ma première réélection, jamais je n'ai refait cette erreur. Les femmes n'apportent que des emmerdes, sache-le une bonne fois pour toute.

Blaze fit rouler son fauteuil pour s'échapper du regard vindicatif de son père. Son père. Le maire de Vinalhaven en personne. La personnalité de l'île. Le pilier, la référence, l'exemple à suivre, l'être à ne pas décevoir. Il le détestait autant qu'il l'aimait. Pour se donner une contenance après sa leçon du jour, il referma les fenêtres. Quand il eut fini, son père s'était de nouveau installé dans le canapé, son verre de whisky à la main. Il en appréciait la couleur marbrée avant d'en humer les parfums. Un savoureux mélange boisé, fruité et épicé. Afin de ne plus jamais avoir à y revenir, il clôt les débats définitivement.

— Après le coup des putains mineures qui m'ont coûté un bras, tu n'as pas le choix. Ces deux adjoints-là, tu les garderas ; que tu le veuilles ou non.

Blaze Hanson se gara devant chez lui avec l'esprit obnubilé par tout ce qui l'empêchait d'être heureux, épanoui, en paix. Le patriarche l'avait encore sermonné comme un sale morveux, et lui, avait gardé un certain mutisme propre à l'adolescent qui laisse couler la colère de l'adulte sur sa peau. Le vieux voulait lui coller les deux emmerdeurs à vie. Il en était hors de question. Ils l'avaient tous les deux humilié, ils le détestaient, ils complotaient dans son dos et pire que tout, la salope qui lui avait résisté semblait en pincer pour l'autre abruti de barbu. Ça ne se passerait pas comme ça...

Quand il pénétra dans sa maison, bouillonnant de rage, dégoulinant des pieds à la tête pour les dix mètres qu'il avait dû parcourir entre sa voiture et la porte d'entrée, une odeur de nourriture cramée imprégnait les lieux. L'autre bonne à rien s'était mise derrière les fourneaux, éructa-t-il.

Il se déchaussa et se défit de sa veste détrempée. Des jouets traînaient à terre dans l'entrée. Il les repoussa du pied avec dans l'idée de tout foutre à la poubelle pour être tranquille.

— C'est quoi ce bordel dans l'entrée, là ?

Ses enfants et sa femme étaient attablés devant des assiettes garnies de steak haché accompagné de pâtes. Tous trois le regardèrent entrer. Aucun ne sembla joyeux de le retrouver après sa fin de journée.

— Alors, c'est comme ça qu'on accueille son père ?

Le ton qu'il employait était teinté de reproches. Après un léger flottement, ses deux enfants vinrent lui faire la bise sans dire un mot. Sa femme se leva aussitôt pour lui préparer son repas. Il sortit une bière du réfrigérateur et s'installa sur la chaise qui lui était réservée en bout de table, avec la meilleure vue sur l'écran plat du salon.

À peine eut-il posé ses fesses que son téléphone sonna. Il jura entre ses dents et prit le temps de quelques gorgées de bière avant de répondre. C'était madame Henrik. Il avait eu régulièrement eu affaire à elle et son mari, pour des impayés qu'il avait dû aller réclamer. Qu'est-ce qu'elle pouvait bien lui vouloir, la bonniche de service ?

— Oh la salope... Je ne lui ai jamais demandé d'aller voir la Karletti !

Blaze coupa la communication avant que son interlocutrice lui demande quelques faveurs en échange de cette information. S'ils avaient de nouveau des retards de paiement, il les foutrait derrière les barreaux pour montrer l'exemple à la population. Il avait bien l'intention de se faire respecter et de faire respecter les lois – quand cela l'arrangeait… Quant à cette Finley, elle ne perdait rien pour attendre, il lui réglerait son compte en temps voulu avec les intérêts en plus.

Devant lui, ses enfants terminaient en silence leurs féculents, tête baissée. Stefanie avait allumé le poste de télévision pour qu'il puisse voir son programme favori. Alors qu'il finissait de siffler sa bière, son épouse le servit. Il la prit par la taille et la serra contre lui, elle n'apprécia pas le contact et voulut se défaire de cette étreinte. Tandis qu'elle déversait une plâtrée de pâtes fumantes sur un steak tendance carbonisé, il la relâcha enfin pour pouvoir la regarder en face.

— Putain, c'est quoi ce bout de semelle cramoisi ?

Instantanément sur la défensive, elle se décala et déposa sa poêle dans l'évier et répondit d'une voix éteinte.

— Ce n'est pas de ma faute, le repas était prêt à l'heure, tu es arrivé un peu en retard. La viande est un peu trop cuite sur le dessus, c'est tout.

Il bondit de sa chaise, la faisant valser au passage. Ses enfants sursautèrent. La petite en fit tomber ses couverts par terre. Devant le visage en furie de son mari, Stefanie recula jusqu'à se retrouver piégée contre l'évier.

— Tu te fous de moi ? Un peu trop cuite, non mais, tu as vu ça ? Même un clébard n'en voudrait pas.

Blaze prit son assiette et la fracassa par terre. Les regards que ses proches lui portaient étaient terrorisés. Dans la maison, seul le présentateur de NBC ne s'était pas arrêté. Tous étaient stupéfaits par l'emportement du shérif. Ils avaient l'habitude des excès de colère du chef de famille mais souvent il se limitait à injurier le monde entier, il ne brisait pas la vaisselle pour un steak trop cuit.

— Et c'est quoi cette remarque, *ce n'est pas ta faute* ? C'est la mienne peut-être, espèce de conne.

Acculée contre le meuble, Stefanie voyait Blaze s'approcher d'elle, centimètre par centimètre, les traits tirés par la rage, les veines gonflées à bloc. Elle avait en tête l'épisode de la veille qu'elle n'était pas près d'oublier. Sa main droite dans son dos saisit la poignée de la poêle. Elle la souleva et la brandit mollement comme une menace ultime si son homme osait avancer encore. Son bras tremblait mais sa main était ferme, l'adrénaline lui boostait le cœur.

— Tu veux la jouer femme battue prête à se battre ? Pose-moi ça tout de suite avant que je te mette la dérouillée de ta vie !

Elle jeta un coup d'œil à ses enfants et jugea de la situation. Elle savait que le point de non-retour était encore franchi.

— Filez dans vos chambres les enfants, papa et maman doivent parler.

Pétrifiés sur leur chaise, ils restèrent immobiles, conscients de la gravité de la situation mais incapables d'intervenir dans l'affrontement ou de réagir à l'ordre de leur mère.

— Filez dans vos chambre, je vous ai dit, obéissez !

Blaze Hanson profita du second appel pour arracher la poêle des mains de sa femme. Surprise, elle vacilla sur le côté avant de se retenir au bord du meuble. Elle était désormais à sa merci. Devant la rage intense de son mari, elle se résolut à lui demander pardon, à le supplier. Dans un état d'angoisse avancé, elle ne sut pas si c'était sa petite chérie ou son grand garçon qui hurla à son père d'arrêter. Elle vit son mari jeter ce qu'il tenait sur la plaque de cuisson. Elle crut qu'il abdiquait, qu'il avait enfin repris le contrôle, qu'il mesurait enfin la portée de ses actes. Mais à peine se fut-elle redressée qu'elle chuta de tout son poids sur le carrelage sous la violence de la claque qu'il lui décocha.

Ses deux chéris se frayèrent un chemin jusqu'à elle pour faire barrage entre leur mère et le bourreau. Hanson resta de marbre devant eux, devant ce drame familial dont il était l'auteur impardonnable, l'unique coupable. Il n'eut alors qu'une pensée à cet instant. Un conseil que lui avait donné jadis son père, quelques mois après son mariage qui virait déjà au vinaigre.

« Si tu dois un jour la battre, les coups ne doivent pas se voir. Ne la frappe jamais à la tête. »

Et merde, se dit-il.

14

Cela faisait bien longtemps qu'il en avait eu envie. Il n'aurait su dire depuis quand il y avait pensé mais l'idée trottait désormais dans sa tête à chaque instant et ce soir-là, il avait décidé d'aller la voir. Elle l'attendait et au son de sa voix au téléphone quand il l'avait avertie de son arrivée, il avait compris qu'elle était encore plus enthousiaste que lui. *Je te laisse monter dans ma chambre. Je prépare ton arrivée afin que tu n'oublies jamais cette soirée.* Deux phrases pleines de promesses.

Même si ces dernières heures avaient été noires et intenses en émotions, il n'avait nullement l'intention de se complaire dans un certain abattement. Il s'était facilement convaincu qu'un peu de plaisir charnel ne lui ferait pas de mal.

Il monta les marches de l'escalier avec des images plein la tête, fantasmant sur ce qu'elle lui réservait, sachant d'avance qu'il ne pourrait être déçu. Il ne l'avait même pas encore vue que son entrejambe palpitait déjà. Quand il toqua à la porte de la chambre, son sang bouillonnait d'excitation.

La pièce baignait dans une lumière tamisée, des bougies étaient parsemées sur les meubles et leurs petites flammes virevoltèrent au petit courant d'air qu'il créa en ouvrant la porte. Un délicieux parfum doux et vaporeux lui emplit les narines. Et au milieu de ce décor attisant ses sens, elle l'attendait dans une pose sensuelle, dans une tenue légère tout à fait sexy. Il était prêt et savait qu'ils atteindraient à nouveau l'extase. Elle vint à lui et découvrit avec gourmandise ce que cachait la bosse sous son pantalon.

Tous deux s'échauffèrent en caresses exquises et paroles tacites, se déshabillèrent et glissèrent enfin sous les draps. Dehors la tempête s'acharnait et n'avait que faire de leurs ébats. Le vent violent qui frottait les murs et la toiture de la maison couvrait leurs gémissements. Par moments des bruits plus caractéristiques perturbaient sa monotonie, lorsque des branches raclaient sur une fenêtre, lorsqu'un objet pris dans un tourbillon finissait par s'écraser au sol. Mais les deux amants n'entendirent rien du déchaînement de la nature, ils étaient deux, seuls au monde, jusqu'au moment où une vitre éclata au rez-de-chaussée.

Alors qu'il la pénétrait avec ardeur, elle repoussa son torse musclé un instant, tendant l'oreille à l'affût d'une réplique.

— Ce n'est rien... Juste le vent qui envole tout dehors...

Il tenta de la rassurer et poursuivit son mouvement de va-et-vient mais lorsque le bruit se répéta, distinctement, il sut qu'il n'atteindrait pas la jouissance. Devant le regard de sa maîtresse, interrogatif et quelque peu apeuré, il se décida à quitter le lit douillet pour voir de quoi il retournait.

— D'accord, je vais voir. J'espère simplement qu'il ne va pas prendre froid...

Il désigna son sexe porté à l'équerre et fit un clin d'œil à sa partenaire, ce qui leur redonna le sourire. Dans quelques minutes, ils pourraient à nouveau se défouler et se vengeraient de la tempête en criant plus fort qu'elle.

Il descendit quelques marches de l'escalier et sentit déjà un courant d'air glacial. Il n'eut qu'à suivre le sifflement intense du vent qui s'engouffrait dans la maison pour découvrir une grosse branche aussi épaisse qu'une cuisse de rugbyman qui avait éventré l'une des fenêtres de la cuisine. Portée par le vent, la pluie s'invitait elle aussi dans la pièce et inondait déjà le sol. Il n'eut pas trop le choix, la seule solution pour éviter des dégâts encore plus importants était de fermer le volet dans les plus brefs délais.

Nu comme un ver, il sortit donc par la porte la plus proche et contourna l'angle de la maison pour découvrir le sinistre vu de l'extérieur. De l'eau gelée lui fouettait le corps, ses plantes de pieds se meurtrissaient dans les cailloux. La branche qui se reposait sur le rebord de la fenêtre ne lui résista pas plus de quelques secondes. Il la laissa tomber à terre et s'empressa de fermer les battants du volet. Lorsqu'il rentra dans la maison, l'affaire n'avait duré qu'une minute tout au plus, mais ce fut bien suffisant pour qu'il soit frigorifié. Son sexe pendait alors mollement entre ses cuisses. Il n'avait envie que d'une seule chose, se coller à sa belle pour poursuivre l'aventure. Après son effort héroïque, elle ne pourrait rien lui refuser.

Il évita les débris de verre qui jonchaient le sol et galopa vers l'escalier, transi de froid. Ses pieds étaient douloureux mais il n'avait pas l'intention de se plaindre, il avait bien mieux à faire. Il remonta à l'étage et sourit en se revoyant ainsi dévêtu allant braver la tempête.

— Tu vas devoir appeler un vitrier, une branche a cassé la...

Les derniers mots ne sortirent pas de sa bouche qui s'immobilisa dans une grimace de surprise tout d'abord puis d'angoisse.

Sa maîtresse était menottée aux montants du lit, les membres du corps figés comme les branches d'une étoile de mer. La scène était tout droit sortie d'un film pornographique où l'actrice aurait joué une scène sadomasochiste, ce qui habituellement ne lui aurait pas spécialement déplu. Mais son amante était bâillonnée et il lut dans ses yeux un sentiment qu'il ne lisait d'ordinaire que dans ceux de ses pires ennemis. De la terreur.

Le choc visuel fut trop violent, il n'eut pas le temps de reprendre ses esprits et de faire le moindre geste, qu'on lui plaqua sèchement une longue lame tranchante contre la gorge, ce qui lui coupa la respiration.

Dès que ses poumons s'emplirent de nouveau d'oxygène, par pur réflexe, il proposa un deal comme il savait si bien le faire dans sa vie qu'il qualifiait de professionnelle...

— Pas de geste brusque l'ami. Mon portefeuille est dans ma veste là, sur la chaise. Prends tout ce que tu veux, la montre, les bijoux, tout, mais surtout pas d'actions irréparables.

Même s'il paraissait relativement à l'aise malgré les circonstances, il était intérieurement terrorisé. Un mec était prêt à lui trancher la gorge, et lui était nu comme un ver sans aucun moyen de se défendre. La seule chose qu'il pouvait tenter était de proposer un marché en échange de sa vie, et ça, il avait dû y avoir recours à plusieurs reprises.

— Je suis un homme riche et puissant. Je peux t'avoir tout ce que tu veux, alors relâche la pression sur ton couteau et discutons si tu veux bien…

Devant le silence obstiné de l'intrus qui se tenait dans son dos, il commença à perdre son assurance et sa voix le trahit. Perdant pied, il risqua une dernière piteuse tentative.

— Tu peux même avoir la belle nana devant toi, elle est plutôt pas mal, tu ne trouves pas ?

La femme attachée dans une position obscène rugit derrière son bâillon. Elle s'agita frénétiquement dans tous les sens mais elle gaspillait son énergie. Furibonde, elle les dévisagea, conscient qu'elle était à la merci d'un tortionnaire vêtu intégralement de noir et d'un beau salopard d'amant qui la vendrait pour une bouchée de pain.

Comme l'inconnu ne lui répondait pas, qu'il n'avait rien d'autre à mettre en avant pour négocier sa vie, il commença à gamberger et comprit alors qui était l'homme qui le menaçait. Son sang se glaça alors instantanément, parfaitement conscient que ce type avait trucidé son frère après une lente descente aux enfers.

— Je suis Nick Karletti mais je pense que vous le savez déjà. Vous, vous êtes Michael Simmons. Je n'ai aucune idée de qui vous êtes réellement et pourquoi vous vous en êtes pris à mon frère. Aidez-moi à comprendre et je vous aiderai à mon tour.

Tandis que Nick Karletti déglutissait péniblement, son cerveau tournait à plein régime. Il devait trouver une solution à son problème sinon l'issue lui serait pénible et fatale. Mais, ainsi à la merci de Simmons, il peinait à connecter les éléments entre eux…

— Que me voulez-vous ?

Il temporisa tout en envisageant l'attaque. Il se savait perdu s'il n'agissait pas alors pourquoi ne pas tenter l'estocade ? Certes il voulait s'en sortir mais il aurait bien aimé aussi comprendre la situation et le mutisme de l'homme en noir le déstabilisait plus encore.

— Bon, OK… Je ne sais pas ce que vous attendez de moi mais une chose est claire. Mes hommes sont déjà à votre recherche et vous vous retrouverez à ma place d'ici quelques heures si vous me butez. Alors prenez une décision et rapidement sinon…

Un courant électrique d'une puissance extrême parcourut tout son corps, paralysant ses muscles et empêchant toute réaction. Les quatre-vingt-dix kilos de Nick Karletti se soulevèrent avant de s'écrouler une fois que Simmons eut libéré la charge de son taser. En quelques manipulations parfaitement orchestrées, ce dernier assit Karletti. Il lui menotta les chevilles derrière les pieds avant de la chaise et les mains derrière le haut dossier, l'empêchant ainsi de bouger et lui promettant une chute face contre terre s'il tentait de se lever.

Encore groggy par les électrons qui l'avaient traversé de part en part, Nick ne sentit pas le coup venir. La douleur fut fulgurante et le sortit immédiatement de son état de torpeur. Ses hurlements n'eurent aucun écho au cœur de la tempête et quand il réussit à reprendre un tant soit peu conscience, il vit avec horreur l'origine de ses douleurs. Un couteau traversait sa cuisse et sa pointe s'était figée dans l'assise en bois de la chaise.

Il regarda ensuite autour de lui, se rappelant que l'univers ne se limitait pas à la plaie sanglante qui l'élançait au moindre tremblement.

Sa maîtresse l'observait sans pouvoir agir. Elle semblait redouter le pire pour lui mais aussi pour elle, ainsi livrée à la bête qui maniait le couteau comme un véritable boucher.

Simmons s'était écarté de lui et semblait savourer la scène obscène et maléfique qu'il venait de créer de toutes pièces. Il les laissa ainsi s'observer, angoisser, imaginer ou prier tandis que lui restait parfaitement immobile et impassible aux souffrances. Une fois satisfait de l'effet dévastateur de son silence et de l'attente qu'il imposait, il reprit place derrière Karletti et péniblement, se concentrant avec effort sur sa diction, il prononça quelques mots.

— Le clan... Karletti doit être... anéanti.

Il sortit alors un second couteau. Seule la putain allongée sur le lit pouvait le voir. Ses traits s'étirèrent, des cris s'étouffèrent dans le chiffon qui rendait son visage encore plus difforme. Karletti s'affolait mais sa chair se déchirait un peu plus à chaque soubresaut. Il eut juste le temps de voir un éclair se refléter dans la lame en acier avant d'évacuer sa détresse dans des hurlements infinis. Sa seconde jambe venait de subir le même sort que la première.

Quelques secondes plus tard ou des minutes peut-être, Karletti ouvrit les yeux. L'homme en noir s'était accroupi face à lui pour être à sa hauteur. Il jouait avec un autre couteau dans sa main et en caressait le profil tranchant à travers son gant de cuir. Puis dans un phrasé lent et mécanique, il sonna le glas.

— Mais... pour cela... Nous avons tout... notre... temps.

15

Desmond Lowery toqua plusieurs fois à la porte avec en tête les riffs de guitare d'un tube mythique du groupe de hard-rock AC/DC, vestige de son enfance. Malgré l'épuisement qui le guettait, il était plutôt de bonne humeur et prêt à passer un moment décontracté en essayant de décrocher un tant soit peu du boulot qui l'obnubilait.

— Bonsoir mademoiselle, c'est l'infirmier. Puis-je entrer ?

Laureen Finley sourit de bon cœur à la vue de son collègue et rit dés le premier contact. Il avait ce don pour lui faire oublier tous ses soucis en un clin d'œil. Et ce soir-là, elle en avait particulièrement besoin. Elle le fit entrer avec une réplique, qui l'espérait-elle, donnerait le ton à la soirée.

— Ça fait un peu première scène de film érotique, non ?

Il fit semblant d'être offusqué et lui tendit une boîte de chocolats qu'il dissimulait jusqu'alors dans son dos.

— Je n'en ai aucune idée, je n'en ai jamais vu, mais toi si apparemment... Voici quelques gâteries pour tenir le choc. Comment va ma blessée perforée... heu... préférée ?

— Très drôle... heu... très bien.

Ils s'installèrent dans le canapé, plus à l'aise que la veille. Ils trinquèrent avec des bières à la santé de Laureen puis elle sortit tout le nécessaire pour soigner sa blessure. Elle défit son écharpe maladroitement comme elle put et s'approcha de son ami. Elle avait le visage radieux de celle qui allait apprécier le contact avec l'homme qu'elle aimait. Desmond se leva et eut de suite des gestes tendres et sûrs pour lui défaire son bandage.

— Je pense qu'il va falloir amputer, mademoiselle. Je connais un bon bûcheron justement et...

— Tais-toi idiot et si tu me fais mal, je mets direct à la poubelle les lasagnes que je t'ai préparées d'une seule main.

Il devint alors tout à fait sérieux et s'appliqua exagérément. Il siffla d'admiration devant la plaie rouge et les points de suture. La balle avait traversé le bras, il trouva une marque similaire à l'arrière et se demanda combien de temps prendrait la cicatrisation.

— Si mon infirmier le permet, j'aimerais prendre une bonne douche avant les soins et le bandage. Tu m'aides à enlever mon débardeur ?

Ce n'était pas vraiment une question, elle se retourna et tira d'un côté le vêtement en attendant que Desmond se décide à l'aider à se déshabiller. Elle savoura le glissement du tissu sur sa peau et sentit avec délice la main de son équipier lui frôler l'épaule. Elle n'osa le regarder afin de savoir s'il appréciait autant le moment. Elle fila vers la salle de bains en le remerciant.

— Pour le jean et le soutien-gorge, si tu as besoin d'un coup de main baladeuse…

Lui aussi aimait jouer avec elle à ce jeu dangereux de la séduction mais encore une fois, comme Desmond ne savait jamais être sérieux avec elle, elle ne savait pas à quoi s'en tenir. Elle se glissa dans la douche et tira le rideau. Quand l'eau chaude se déversa sur son corps, elle aperçut l'ombre de son ami sur la toile à motif qui les séparait. Elle se mordit la lèvre inférieure et resta là, plantée, immobile, sous le jet d'eau.

— Tu ne m'as pas encore donné de nouvelles de Charline Karletti. Comment supporte-t-elle le choc ? Et son gamin ?

Laureen s'empara du gel douche et grimaça lorsque la pression de l'eau raviva la douleur de sa blessure. Elle se lava machinalement tout en racontant son après-midi et notamment sa fameuse découverte.

— Non ? Il aurait fait une erreur aussi grotesque ?

— Vu l'endroit où j'ai trouvé les empreintes et leur disposition, je n'ai franchement pas de doutes. Peut-être s'attendait-il, vu les pluies intenses, à ce que tout soit effacé après son passage. En tout cas, à première vue il chausse du quarante-deux. J'ai envoyé les photos à la PJ de Rockland, ils ont tout ce qu'il faut pour faire des recherches et nous retrouver le modèle et pourquoi pas nous ouvrir une piste ? Bien évidemment, je n'ai pas précisé le contexte de ma demande de recherche… Discrétion oblige.

L'ombre de Desmond avait disparu mais il n'était pas loin quand il lui répondit.

— D'après son dossier à la prison, la pointure de Simmons est du quarante-cinq. Ce qui tendrait à prouver que ce n'est pas lui notre tueur.

— Dans le mille. Tu me passes le shampooing, s'il te plaît ?

Desmond fouilla du regard les étagères et trouva la bouteille souhaitée. Sans chercher à voler la nudité de la jeune femme qui lui faisait du charme, il glissa le flacon du bout des doigts derrière le rideau.

— Simmons a un complice.

Il entendit au bruit de l'eau qui devint régulier que Laureen avait stoppé net sa toilette. L'effet de surprise passé, il lui expliqua de quoi il retournait.

— Oh, merde. Ça se complique encore plus alors ?

— Je ne sais pas, nous avons deux têtes à chercher au lieu d'une. Mais que Simmons ait un complice ou non, je reste persuadé qu'il n'a rien à voir avec le meurtre de George Karletti. Et là, ça se complique pour nous car nous n'avons rien pour avancer, à part, peut-être, ton empreinte de chaussure.

Le silence se fit, laissant les adjoints au shérif méditer sur la tournure de leurs enquêtes. Ils avaient eu l'intention de passer un agréable moment en coupant le cordon qui les reliait au boulot mais cela était plus fort qu'eux. Ils avaient un job qui ne les lâchait pas et au final, ils aimaient ça, être pris dans l'intrigue, dans l'action, dans l'inconnu. Mais ce soir-là, Laureen avait vraiment d'autres pensées en tête.

— Tu veux bien me préparer ma sortie de bain et une petite serviette pour mes cheveux. Il y en a sous le lavabo.

Lorsqu'il se redressa avec celles-ci dans les mains, Laureen avait entrouvert le rideau, dévoilant juste une partie de ses charmes, pour attiser l'envie de celui qu'elle convoitait. Desmond écarquilla les yeux et résista à l'envie de laisser son regard vagabonder sur les courbes exquises.

— Au fait, pendant ta convalescence, il faudrait que tu me fasses des recherches approfondies sur une liste de noms. Je t'ai mis tout ça dans un mail. Tu pourras l'envoyer à ton pote à Rockland.

Elle enfila la sortie de bain et se frotta énergiquement les cheveux. Elle voyait bien qu'il résistait à ses attaques et qu'il jouait avec elle à relancer la conversation sur leurs enquêtes. Les cheveux en pétard, encore humides, elle décida de lancer l'assaut final car elle ne pouvait plus rester dans le doute, à savoir si elle lui plaisait, s'il la désirait, s'il cachait ses sentiments derrière sa carapace de boute-en-train.

Elle approcha son visage du sien, dans une lenteur qui arrêta le temps. Leurs yeux ne se quittaient plus. Elle posa sa main sur son torse lorsqu'un téléphone portable sonna avec le premier tube des Rolling Stones, *Satisfaction*. Il sortit son iPhone et visionna l'écran. L'élan de Laureen s'essouffla, elle hésita un instant puis son courage se volatilisa dans la vapeur d'eau. Elle lui déposa un baiser sur la joue avant de quitter la salle de bains.

— Je te laisse répondre, je vais m'habiller.

Ses gestes étaient compréhensibles par le plus crétin des hommes et Desmond avait préféré regarder qui l'appelait ! Exaspérée, elle fila à travers la maison et s'enferma dans sa chambre, bien décidée à enfiler son plus vieux et repoussant pyjama et abréger les soins. Elle n'était désormais plus d'humeur...

— Agent Finley, nous devons y aller. C'était Hanson. Il y a eu un deuxième meurtre. Nick Karletti n'est plus.

L'ambiance était glaciale dans la voiture qui les menait à l'adresse indiquée par le shérif. Habitués à subir les torrents d'eau, ils ne virent même plus la tempête les encercler. Tous deux étaient plongés dans leurs réflexions et quand Desmond décrocha enfin un mot, Laureen comprit qu'ils ne pensaient définitivement pas à la même chose, ce qui la fit chuter encore un peu plus dans le puits obscur qu'elle imaginait autour d'elle.

— Apparemment, le tueur a suivi le même type de mode opératoire que pour son premier crime.

Elle ne répondit rien et laissa s'installer le malaise entre eux. Ce fut donc dans un silence inhabituel qu'ils arrivèrent à destination. Lorsque la voiture s'arrêta, Laureen voulut descendre sans attendre.

— Attends, s'il te plaît...

Le ton de Desmond était hésitant, ce qui ne lui ressemblait pas. Elle referma la portière et sut d'emblée que son ami avait compris le message qu'elle venait de lui envoyer. Elle redoutait désormais ce qu'il allait lui dire. Son visage, à peine éclairé par le plafonnier, était celui des mauvaises nouvelles.

— J'apprécie sincèrement ta compagnie, Laureen. Mais pour ce que tu désires, c'est compliqué.

— Compliqué ? Tu peux m'expliquer ?

Laureen fut assez sèche mais un sentiment d'humiliation l'avait envahie vingt minutes plus tôt et là, elle avait l'impression de revivre des expériences adolescentes avec des types qui n'assumaient pas et se justifiaient par ce genre de balivernes.

— Disons que je ne suis pas un mec pour toi, c'est tout.

C'est tout... Et ce fut tout ce que l'homme qu'elle désirait tant lui concéda comme explication avant de disparaître dans l'encre de la nuit.

Elle entra à toute hâte dans la maison après avoir enjambé une grosse branche d'arbre. Quand elle eut découvert les dégâts dans la cuisine, les débris de verre et les traces d'eau sur toutes les surfaces, elle saisit le début du scénario. Le meurtrier avait de nouveau mis en scène son entrée dans les lieux du crime. Après le message qui attire l'œil au fond du jardin, il avait orchestré l'éventration d'une fenêtre pour faire diversion. Il semblait se donner beaucoup de mal pour pénétrer dans les habitations, elle se demandait bien pourquoi.

La première personne qu'elle croisa était littéralement décomposée. Prostré sur une chaise dans le séjour, l'homme un tantinet bedonnant et dont la calvitie clairsemait sa chevelure, faisait peine à voir. Laureen Finley vint à lui en douceur et se présenta. Elle dut attendre que l'individu refasse surface, remonte du gouffre dans lequel il s'était abîmé. Son visage exprimait un mélange complexe de sentiments que n'aurait su décrire l'adjointe. L'homme lui désigna l'escalier.

L'agent Lowery l'avait précédé cinq ou dix minutes plus tôt, elle n'insista pas et ne chercha pas à l'interroger de nouveau. Visiblement cet homme était dans un tel état de choc que la souffrance qu'il ressentait le coupait de son environnement. Le monde autour de lui continuait à tourner et à tracer sa route sur son orbite, totalement indifférent à son sort.

Elle monta les marches qui la séparaient de l'horreur. À chaque pas, elle s'y préparait mentalement. La décharge qu'elle allait recevoir la secouerait jusqu'au plus profond de son être, lui arracherait les tripes et violerait son cerveau pour s'y mémoriser pour l'éternité. Elle le savait mais ne pouvait s'empêcher d'avancer vers cette torture psychologique. Elle n'était pas la victime mais se mettrait dans sa peau afin de ressentir ce qu'elle avait vécu. Elle n'était pas non plus cet être abominable capable de tortures, mais s'insinuerait aussi dans sa tête ; tout cela afin peut-être de comprendre les agissements du meurtrier.

Sur le palier, une femme emmitouflée dans une couverture se balançait d'avant en arrière, assise sur le rebord d'une commode. Le shérif Hanson, non loin de là, le portable vissé à l'oreille se détourna d'elle quand Laureen apparut. Il devait être en communication avec son cher père afin de savoir quoi faire. Elle préféra ne pas s'arrêter et entra directement dans la chambre. Elle se joignit à l'agent Lowery qui contemplait le massacre.

— Tu me briefes ?

Devant elle, le cadavre de Nick Karletti gisait dans une posture similaire à celle de son frère George. Au premier coup d'œil, Laureen dénombra autant de coups de couteau que lors du premier crime. Il n'y avait dès lors absolument aucun doute : il s'agissait du même meurtrier qui opérait sensiblement de la même façon. Son regard se porta sur le lit où elle retrouva des menottes. Là aussi une constante, la femme attachée. Mais elle nota une différence sans doute cruciale : Nick avait été torturé devant la femme alors que George avait été charcuté à l'écart. Le sadisme du tueur était monté encore d'un cran face aux témoins qu'il laissait volontairement derrière lui. Pour raconter l'histoire, pour raconter *son* histoire…

— C'est le mari qui a découvert la scène. Sur le lit c'était sa femme. Nick Karletti était l'amant de madame. Tu comprends l'abattement du mec. Il découvre que sa femme le trompe et face à elle, l'amant vient de se faire déchiqueter par un psychopathe.

— À sa place, j'aurais laissé la femme attachée.

La réplique cinglante de Laureen le scotcha. Il ne lui avait pas imaginé un esprit de vengeance aussi acéré ou, plus vraisemblablement, il comprit qu'elle n'avait pas encore avalé la pilule suite à leur conversation dans la voiture et qu'elle la recrachait sous forme de méchanceté gratuite.

— Si je comprends bien, nous ne sommes pas chez Nick Karletti, alors comment notre homme savait-il qu'il le trouverait ici ? Et comme il aime aussi traumatiser la compagne des victimes, comment était-il au courant de cette liaison extraconjugale ? Elle était de notoriété publique ?

Sans oser lui faire face, Desmond lui répondit :

— Je ne sais pas, mais dans tous les cas cela signifie qu'il surveillait depuis un moment les habitudes des Karletti. Effectivement, il sait bien trop de choses à leur sujet pour qu'il y ait improvisation. Les deux scènes de crime sont trop similaires et le modus operandi a été respecté à la lettre, cela serait impossible sans préparation minutieuse.

Cette constatation ne plut pas à Laureen qui en conclut que le tueur était un être intelligent, discret et méthodique. Trois caractéristiques qui leur promettaient bien du plaisir pour l'attraper.

— À ton avis, pourquoi a-t-il tué Nick Karletti devant sa maîtresse contrairement à George ?

— C'est la seule différence notable avec le premier crime, c'est un message qu'il nous laisse et je pense que cette charmante dame va nous le transmettre. Allons l'interroger si notre vénérable shérif le veut bien.

Sans regrets, ils sortirent de la pièce, laissant derrière eux une vision qui ne les quitterait plus. Hanson dévala alors les escaliers sans leur adresser la parole, le portable toujours collé à l'oreille. Ils en profitèrent pour aborder Jessie King dont le mouvement de balancier incessant inquiétait les deux agents quant à son état de santé mentale après le calvaire qu'elle avait subi. Intérieurement, ils se dirent qu'ils auraient pu voir ce type de comportement dans un asile psychiatrique. Après ce drame, il y avait de vraies probabilités pour qu'elle finisse chez les fous…

Suite à l'expérience de l'interrogatoire de Charline Karletti, ce fut Laureen qui prit les devants et s'accroupit face à la femme dont la beauté transparaissait nettement même derrière ce masque de contrecoup.

Avec une voix douce et des mots choisis avec soin, elle réussit à la faire parler. Des réponses monosyllabiques au départ qui leur confirmèrent qu'il s'agissait bien d'un homme entièrement vêtu de noir, puis, avec patience, Jessie King sut articuler des phrases qui permirent aux deux adjoints de comprendre ce qu'il s'était passé dans cette chambre.

— Il l'a poignardé. Une fois. Deux fois. Puis une troisième fois. Après, je ne sais plus trop. Je crois qu'il est venu à moi. Une main s'est abattue sur ma tête et j'ai dû perdre connaissance car je ne me souviens plus de rien.

Il y avait forcément quelque chose à comprendre car pourquoi le tueur l'aurait forcée à assister au début de sa mise à mort et pas à la fin ? Sachant qu'il y avait eu une vingtaine d'entailles, Jessie n'avait vu qu'une petite introduction.

— Il voulait que vous voyiez le début de son crime alors a-t-il fait quelque chose de particulier qui pourrait nous intéresser ? Une sorte de message ?

Encore une fois, Desmond n'avait pu se retenir d'intervenir. Il ne savait pas rester en retrait, inactif.

— Si, si. Il a dit qu'il voulait anéantir le clan Karletti. Oui, les anéantir. Ce sont ces termes.

Laureen ne put cacher son étonnement et reprit le flambeau.

— Vous voulez dire qu'il a parlé ?

La femme qui s'était désormais redressée et qui buvait un verre d'eau à petites gorgées, dévisagea la policière comme si elle l'avait prise pour une débile mentale. Mais les regards impassibles qui étaient posés sur elle la persuadèrent que ce fait anodin n'en était finalement pas un.

— Oui. Mais, il avait du mal à prononcer ses mots. Il… Il bégayait, voilà. Il luttait contre son bégaiement.

Madame King ne put leur en apprendre davantage. Elle ne put en tout cas leur révéler ce qui s'était déroulé une fois inconsciente. Ils se retirèrent un instant pour faire le point avec cette question en tête : Pourquoi le tueur l'avait-il empêchée de voir la suite ?

— Parce qu'il ne voulait pas qu'elle sache ce qu'il voulait faire avouer à Nick Karletti. Souviens-toi du témoignage de Charline sur ce qu'elle avait entendu. *Je ne vous dirai rien*, avait répété son mari sans qu'elle sache de quoi il retournait.

Enfin, les deux adjoints se regardèrent directement, ayant oublié leur histoire personnelle, étant noyés dans une affaire qui les dépassait. Comme un énorme nœud inextricable dont on sait pourtant qu'il se défait, Desmond s'attela à le dénouer avec une première analyse.

— Notre homme tente de faire porter le chapeau à Michael Simmons avec ce bégaiement. Il voulait à tout prix que le témoin sache qu'il avait un défaut de langage. Une fois qu'elle avait enregistré ce fait, il l'a assommée. Mais au fait, comment a-t-il su cela ?

Laureen rebondit instantanément.

— Ne cherche pas, Blaze a la langue bien trop pendue... Le tueur charge Simmons mais nous, nous sommes les seuls à savoir qu'il n'y est pour rien. C'est un malin mais nous avons désormais un coup d'avance sur lui. Il faut qu'on prévienne Hanson.

D'un geste, Desmond la retint. À son contact, il sentit le corps de sa collègue se raidir. Décidément, la tension était encore vive. Il espérait sincèrement que leur amitié et leur complicité ne seraient pas remises en cause à long terme après la clarification qu'ils avaient eue sur leur relation.

— Attends, attends... On ne va pas lui faire de fleur à ce merdeux. Oui, d'une façon ou d'une autre il va falloir le mettre au courant mais j'ai mon idée quant à la manière...

Il murmura son plan à Laureen qui ne fit aucune objection. Blaze Hanson était l'illustration parfaite de la gestion de ses sentiments. Quand elle détestait quelqu'un, elle le détestait viscéralement et était incapable de pardon ni même de demi-mesure. Dans ce début de nuit morose et morbide, s'en prendre au shérif était un bon défouloir et lui ferait beaucoup de bien.

Durant le quart d'heure qui suivit, chacun d'eux s'occupa des deux époux dont la vie commune s'était brisée en milliards de petits souvenirs qui avaient tous désormais un goût amer de tromperie pour l'un, d'horrible gâchis pour l'autre. Même s'ils n'étaient pas psychologues, ils firent au mieux pour leur apporter du soutien en attendant l'arrivée du médecin de famille. Vinalhaven restant toujours coupée du reste du monde, dans l'immédiat, les deux médecins généralistes exerçant sur l'île étaient les seuls recours possibles dans ces circonstances.

Pendant ce temps, le shérif Hanson s'était isolé dans la chambre où Nick Karletti attendait qu'on le libère de ses menottes. Comme son frère, il serait conservé dans une des salles réfrigérées du seul boucher que comptait l'archipel. Bien que réfractaire à accueillir des macchabées, l'artisan avait vu ses locaux réquisitionnés d'office par le shérif en attendant que les corps puissent prendre la mer pour être autopsiés à la police judiciaire de Rockland, qui disposait d'un médecin légiste.

Comme les deux adjoints l'avaient prévu – mais ils n'avaient que peu de mérite pour cela – le maire Hanson arriva sur place rapidement. Son costume s'était froissé au fur et à mesure que les événements de la journée avaient tourné en sa défaveur. Et le clou du spectacle l'avait complètement enseveli. Un tsunami lui passait dessus et il pensait ne jamais pouvoir en sortir indemne. L'air dépité et le dos légèrement arqué, Hugh Hanson vint vers les deux adjoints qui lui firent un topo de la situation. La mise en scène. Le mode opératoire. Ils terminèrent en lui citant le message que le tueur leur avait adressé : « Le clan Karletti doit être anéanti ».

Hugh Hanson se frotta le menton, conscient du problème qui se posait à eux. Il allait non seulement devoir appeler madame Karletti pour lui apprendre le décès de son deuxième fils mais aussi lui signifier que sa famille était sous la menace d'un homme machiavélique et déterminé.

— Vous les connaissez mieux que nous, monsieur le maire. Quand il parle du clan Karletti, hormis George et Nick, qui d'autre a-t-il dans le viseur ?

Il se détourna, se massa machinalement la nuque et se résolut à leur répondre en toute honnêteté, sans détour.

— S'il vise le clan Karletti qui trempe dans les affaires, il y a les trois frères et madame Karletti. Comme il ne semble pas s'intéresser aux conjointes et aux enfants, je limiterai sa liste à Alfred Karletti et à madame Karletti elle-même.

En plein conciliabule, ils furent rejoints par Blaze qui avait été alerté par les voix. Il regarda d'un mauvais œil l'assemblée devant lui dans laquelle il n'avait pas été directement invité. Son adjoint Lowery posait une question à son père.

— Alfred Karletti est-il sur l'île ?

— À ma connaissance non. En tout cas, c'est le seul de la fratrie à ne pas avoir de villa sur l'île. Il vit du côté de Boston, il gère l'entreprise familiale là-bas.

Desmond se retint de tout commentaire à l'évocation de l'« entreprise familiale ». Un vocabulaire très politiquement correct qui frisait le ridicule. Il ne lui en tint pas rigueur, après tout, Hugh Hanson était un homme politique, manier la langue de bois et jouer avec les mots faisaient partie de sa boîte à outils.

— Et madame Karletti ?

— Elle vit sur Greens Island et n'a pas quitté son île depuis plusieurs années. Je n'y ai jamais mis les pieds même en tant que maire mais je pense qu'elle y est recluse comme dans une forteresse surprotégée. Au début de ma carrière déjà, de nombreux pêcheurs étaient venus se plaindre que lorsqu'ils s'approchaient trop des côtes de Greens Island, on leur faisait comprendre de vite prendre le large. On les menaçait. J'imagine fort bien que l'île est ultra-sécurisée, Simmons ne parviendra pas à atteindre madame Karletti comme il a eu ses fils. Surtout que désormais, elle sera sur ses gardes.

Blaze, qui n'avait pas encore pris part à la discussion, intervint d'un air sûr de lui qui ne convainquit pourtant personne, pas même son propre père.

— J'attraperai cet enfoiré de Simmons avant qu'il ne s'en prenne à d'autres.

L'utilisation de la première personne intensifia le mépris de ses agents à son égard. Desmond et Laureen échangèrent un regard et le premier se lança tel un rouleau compresseur prêt à aplatir la vermine qui se cachait derrière une étoile dorée à cinq branches.

— Sauf qu'arrêter Simmons n'arrêtera nullement la série de meurtre.

Blaze n'avait pas vu le coup venir et comme à chaque fois qu'il se sentait attaquer, il contre-attaqua avec les meilleurs arguments qu'il pouvait trouver.

— Ouais et qu'est-ce que t'en sais, limace ?

— Excusez-moi shérif, mais je ne vous parlais pas. J'apportais cette petite précision à votre père, plus réceptif.

Le shérif lui aurait foncé dessus sans ménagement si son père ne lui avait jeté un regard noir qui le cloua sur place. Il n'y avait donc bien que le chef de famille pour tenir en laisse ce chien fou, constata Desmond, tout à fait satisfait de son coup alors que le meilleur était à venir.

— Expliquez-moi donc ça, agent Lowery. Et soyez sûr de vos propos si vous tenez à faire de vieux os à Vinalhaven.

Et le plaidoyer de Lowery, que Finley vint appuyer dans les détails, fut implacable. Les Hanson reçurent les arguments les uns après les autres comme des uppercuts en plein visage. L'ensemble du raisonnement ne pouvait que les convaincre qu'ils faisaient fausse route depuis le début. À plusieurs reprises, Blaze tenta des interventions de protestation pour la forme, pour éviter maladroitement l'humiliation, mais son père le toisait si lourdement que son fils semblait petit à petit s'enfoncer dans le sol.

— Très bien, agents Lowery et Finley, vous m'avez convaincu. Les affaires Simmons et Karletti ne seraient donc pas liées, le hasard temporel nous a donc envoyés sur une fausse piste. Alors que préconisez-vous afin de coincer le meurtrier ? Comment pensez-vous l'empêcher de quitter Vinalhaven ?

— Oh, sauf votre respect, monsieur le maire, je ne pense pas que notre homme en noir veuille quitter l'archipel avant d'en avoir terminé avec le clan Karletti.

16

— Vous pouvez entrer !

Le maire Hanson tenait encore le téléphone dans la main quand les adjoints Finley et Lowery pénétrèrent dans son bureau. Il les avait priés d'attendre quelques minutes le temps qu'il appelle madame Karletti pour lui annoncer le décès de son deuxième fils. Une mission délicate qu'il n'aurait jamais confiée à son fils et qu'il se devait d'assumer en tant que premier citoyen de l'archipel. Il posa lentement le combiné sur sa base, totalement perdu dans ses pensées. Il les regarda comme des fantômes, ne se souvenant plus de les avoir invités à entrer.

— Un petit verre de whisky peut-être ?

Ses traits étaient meurtris par le coup de fil qu'il venait de passer. Il se dirigea vers une grande bibliothèque et ouvrit un battant qui cachait un minibar aux yeux des administrés. Tandis qu'il leur servait une rasade d'alcool marbré, il les invita à s'asseoir face à son imposant bureau sur lequel traînaient les dossiers des affaires courantes. Face aux événements, il n'avait pas eu le temps de les clore ou de les classer.

Desmond accepta la potion magique avec plaisir, il avait lui aussi besoin d'un remontant. Les heures s'enchaînaient avec chacune leur lot de mauvaises surprises et son corps et son esprit n'avaient eu droit qu'à peu de sommeil. La lutte contre l'épuisement était engagée, toute aide était la bienvenue.

Il n'avait jamais eu l'occasion de voir le bureau du maire et tout en savourant son breuvage, il en parcourut les murs du regard. L'essentiel de la décoration résidait en plusieurs collections de photographies. Derrière le bureau, trônaient fièrement à côté des drapeaux des États-Unis d'Amérique et de l'État du Maine, des clichés de Hugh

Hanson en compagnie de politiciens plus ou moins célèbres à l'échelle locale ou nationale. Desmond ne s'était jamais intéressé au folklore des hautes sphères mais crut reconnaître un sénateur, le maire de Rockland et même l'ancien vice-président Al Gore. Sur le côté opposé à la bibliothèque, Vinalhaven était mise en valeur par de magnifiques prises de vue où se joignaient océan, forêts, rochers et couchers de soleil. Tous entouraient une grande carte détaillée de l'archipel. Vinalhaven, North Vinalhaven et les dizaines d'îles qui perçaient la surface de l'eau tout autour.

— Ne vit-on pas dans un cadre magnifique, agent Lowery ?

Hanson l'avait surpris à contempler le panorama de sa ville. Lui aussi aimait se perdre dans ses pensées face à ces photographies qu'il avait lui-même prises depuis son enfance. Desmond finit son verre d'un trait.

— Oui, je vous avouerai que depuis mon arrivée, j'ai apprécié chaque recoin de l'île et j'admire chaque jour encore ce bel environnement. Et en voyant ces tableaux de la nature, je m'aperçois que je n'ai pas encore vu toutes les merveilles que recèle Vinalhaven.

— Il vous faudra toute une vie pour cela, jeune homme. Et d'où êtes-vous originaire au fait ?

— De Boston. J'ai vécu dans un immeuble, au milieu d'un monde qui ne s'arrêtait jamais de vibrer. Le bruit, la pollution, l'étouffement, c'était mon univers avant que je décide de tout plaquer pour ce que je pensais être un havre de paix.

Desmond fit une allusion aux récents événements afin de recentrer la conversation sur ce qui l'intéressait. Il n'aimait pas parler de lui et ne souhaitait pas jouer sur le terrain de la vie personnelle avec le maire Hanson. Bien que ce dernier fût charmant et agréable, il n'en restait pas moins un pur politicien et Desmond ne faisait nullement confiance à cette espèce d'individus.

— Et vous, agent Finley, d'où venez-vous ?

— Du cœur du Michigan.

Laureen ne s'étala pas non plus, se contentant de répondre poliment d'une voix parfaitement neutre, sans aucune trace de nostalgie. Hugh Hanson comprit alors que les deux agents n'attendaient qu'une chose : qu'ils abordent les sujets délicats.

N'ayant pas encore bougé le petit doigt dans les deux affaires qui secouaient l'île et après la leçon qu'il avait reçu par ses adjoints devant son père, Blaze Hanson avait été cordialement invité à organiser et à effectuer une nouvelle battue, comme son titre de shérif l'exigeait. Le maire lui avait expliqué tout ce qu'il devait entreprendre, comme un maître donne soigneusement les consignes à ses élèves avant de faire un exercice. L'humiliation avait été à son paroxysme. Blaze Hanson devait déjà orchestrer sa vengeance… Avant cela, son père lui avait ordonné de retourner à la station de radio afin de lancer de nouveaux appels à témoin. Sans effrayer la population, les Hanson avaient pour devoir de l'alerter que plusieurs personnes dangereuses rôdaient à Vinalhaven et que tous devaient être sur leurs gardes.

Ainsi, trois personnes étaient recherchées sur l'île : Michael Simmons, son complice et le meurtrier. C'était en tout cas, le scénario retenu avec les éléments actuels.

— Nous allons devoir organiser la venue de madame Karletti. Elle désire voir le corps de ses deux fils avant qu'ils ne partent pour l'autopsie. Elle viendra dès que les conditions en mer le permettront. Même si elle sera sans doute entourée de sa garde personnelle, nous devrons veiller à sa sécurité. Si le meurtrier profite de sa sortie pour sévir, nous en serions pleinement responsables…

Desmond se redressa dans son fauteuil.

— D'ailleurs, comment souhaitez-vous que l'on gère l'affaire ? Depuis le départ, on nous a gentiment mis de côté mais désormais ?

La pique n'échappa à personne mais Hanson l'accepta. Il était tout aussi coupable que son fils du fiasco de ce début d'enquête. Cependant, il n'y avait pas grand-chose à faire selon lui.

— Il y a eu double homicide. L'affaire est donc du ressort de la police judiciaire de Rockland. Vous serez mis à la disposition du chef de la PJ dès qu'ils seront au courant.

Cette fois, ce fut Finley, bien silencieuse jusqu'à présent, qui intervint. Elle n'avait pas touché à son whisky. Si elle le buvait, dans son état, elle n'aurait plus les idées claires. Pour certains l'alcool boostait le corps dans les moments de fatigue, pour d'autres, il les assommait définitivement. Elle faisait partie de la deuxième catégorie.

— Que voulez-vous dire ? Que la PJ n'a pas été encore avertie de tout ça ?

Hugh Hanson sembla gêné mais se reprit vite. Les questions embarrassantes, il connaissait et il savait se maîtriser pour y répondre sans perdre pied. Face aux deux agents, il joua cartes sur table car il n'avait aucun intérêt à leur mentir. Enfin, disons qu'il avait plus à perdre à ne pas leur expliquer la situation qu'à y gagner. Le fin stratège Hanson opérait en continu sans même s'en rendre compte.

— Pour l'évasion de Simmons, si. Pour les meurtres de George et Nick Karletti, pas encore en effet. Madame Karletti m'a demandé un délai avant de rameuter toutes les huiles de la PJ. J'attendrai demain matin à la première heure pour les joindre.

Devant l'étonnement de son auditoire, il poursuivit en argumentant sa décision.

— J'ai accepté et j'en assumerai la responsabilité. Mais pour tout vous dire, je n'avais pas vraiment le choix. Madame Karletti m'a clairement fait comprendre que mon fils et moi-même étions fautifs dans l'histoire et que si le meurtrier n'était pas rapidement retrouvé, des têtes seraient coupées. J'ai protégé mon fils incompétent.

Finley ne jugea pas ces justifications sachant que « des têtes seraient coupées » n'était pas à prendre dans le sens figuratif. Elle alla alors directement à l'aspect pragmatique.

— Et comment allez-vous expliquer cela aux flics de la PJ ?

— Je dirai que l'antenne relais téléphonique était hors service à cause de la tempête.

Sa réponse coula de source dans sa bouche. Il avait tant l'habitude de déverser des mensonges à la pelle, qu'il en était convaincant et qu'il était même convaincu par ce qu'il rapportait. Finley n'insista pas devant tant d'aplomb. Lowery s'intéressa lui à l'étrangeté de la demande de madame Karletti.

— Et que compte-t-elle faire de ce laps de temps ?

Hanson se leva et se posta face à une fenêtre, regardant le déluge s'abattre sur les jardins de la mairie. Il les regarda alors d'un air dur et prit un ton professoral.

— Tout ce que je vais vous dire ne doit jamais sortir de ce bureau, jeunes gens. Quand on est dans les *affaires* comme les Karletti, l'annonce de deux assassinats dans la famille peut provoquer la chute de l'empire. Avec deux piliers en moins le clan est en danger, donc madame Karletti va profiter de la soirée et de la nuit pour s'organiser et prévoir la contre-attaque face aux requins qui vont se jeter sur sa famille dans ce moment de faiblesse. Dès que les flics seront au courant, les médias aussi...

Avec ce brin d'explication, ils estimèrent vite les enjeux mais n'en revinrent pas que le maire Hanson parlait là d'une famille de mafiosi implantée depuis des décennies sur son territoire.

— Peut-être est-ce le but du meurtrier ? Peut-être a-t-il été envoyé par des *concurrents* afin de les anéantir en les supprimant un à un ?

Hanson avait déjà réfléchi à la question et ne sembla pas trouver cette première hypothèse pertinente. Les actes de torture faisaient partis du monde souterrain de la mafia, mais les mises en scène révélaient des aspects trop personnels pour que ce soit un tueur à gage qui se cachât derrière les deux meurtres.

— Je ne pense pas... Je ne sais pas si c'est la culture populaire qui me fait penser cela mais pour moi, un meurtre dans ces milieux se fait plus à la mitraillette en passant dans la rue ou au pistolet sur la tempe. Vu l'implication du tueur et les risques inconsidérés qu'il a pris à deux reprises, je pencherais pour une vengeance personnelle. Cela me semble plus plausible.

Les réflexions de Finley et Lowery allaient aussi dans ce sens mais ils ne pouvaient jurer de rien. Laureen rappela un détail qui, s'ils le découvraient, leur donnerait forcément la réponse.

— Dans tous les cas, cet individu cherche à apprendre quelque chose des Karletti en commettant ces meurtres. Reste à savoir quoi.

Hugh Hanson acquiesça avant de méditer. Il se retourna vers la fenêtre et après de longues secondes, finit par réaliser que le vent était tombé, que les tresses de pluie s'affinaient, que la lune apparaissait en filigrane à travers un nuage pour la première fois depuis deux nuits.

— Je crois que la tempête vient de quitter l'île. On va pouvoir se remettre au boulot.

17

Les deux adjoints au shérif et le maire Hanson remontaient à pied le quai principal du port. Ils appréciaient la balade sans être trempés jusqu'à l'os et sans devoir marcher courbés pour lutter contre le vent. C'était une sensation étrange. Comme si un hiver interminable venait de céder la place en un instant à une magnifique journée d'été. Et pourtant, il pleuvinait encore et tous dormiraient avec une couverture cette nuit, mais le départ soudain de la tempête leur fit une impression d'absence. Elle les avait accompagnés durant deux jours, elle les avait quittés soudainement sans dire au revoir. Cependant, elle avait laissé quelques traces et souvenirs de son passage aux habitants de l'île…

Autour d'eux, la population des pêcheurs était déjà au travail et constatait amèrement les dégâts sur leurs embarcations. À la lueur des lampadaires, ils comptèrent plusieurs mats pliés et d'innombrables chocs sur les coques malgré les bouées de protection. Au lever du soleil, il était certain que les sinistres seraient encore plus visibles et déprimants. Le maire hélait la plupart des personnes qu'ils croisaient, échangeait quelques mots de soutien et serrait les mains avec une compassion sincère.

Sur la route, dans les pelouses ou encore sur les toitures des maisons, ils apercevaient des branchages absolument partout. La tempête avait désossé les arbres les plus frêles et avait dispatché le tout comme des confettis. En voyant ainsi de près les dommages, le maire téléphona à son chef d'équipe afin qu'il prépare un plan d'action exceptionnel pour que Vinalhaven retrouve fière allure dans les plus brefs délais.

Lorsqu'ils arrivèrent au bar qui avait une vue imprenable sur les ravages, ils tombèrent nez à nez avec le shérif Hanson. Il était passé minuit et le local était plein à craquer comme à l'heure de l'apéro après une pêche miraculeuse. Blaze s'apprêtait à quitter l'enseigne avec une petite bande de chasseurs tous dévoués à sa personne. Desmond reconnut parmi eux l'abruti qui avait joué de la gâchette lors de leur première virée. Il fut bien heureux d'avoir la bénédiction du maire pour ne pas subir à nouveau cette épreuve et nota avec dégoût qu'il jouissait d'une faveur d'un politicien. Il se maudit avec ironie.

— J'ai demandé à DJ Max de renouveler les messages de prévention à la radio tous les quarts d'heure jusqu'à nouvel ordre et lui ai confié le soin de recueillir les appels téléphoniques, d'en faire le tri et de me prévenir s'il le jugeait nécessaire.

L'animateur radio avait beau avoir un pseudonyme tendance nineties et s'habiller comme un jeune de banlieue malgré sa quarantaine, il demeurait néanmoins une personne en qui on pouvait avoir confiance. Ainsi, Hugh Hanson reçut l'information sans avoir de reproches à faire. Cependant, Blaze ne put s'empêcher de terminer par une petite pique à l'adresse de ses adjoints.

— Ben oui, je ne peux pas tout faire tout seul.

Il ne demanda pas son reste et mena sa troupe vers l'extérieur. Son père conclut l'échange avec une pointe de désespoir.

— Je pense que ma femme et moi n'avons pas eu la meilleure des éducations quand je le vois comme ça...

Puis il s'excusa et s'éloigna, engageant la conversation avec d'autres connaissances. Desmond en profita pour se poser au comptoir. Assis sur un tabouret en skaï rouge, vue sur l'océan, c'était un habitué des lieux. Il venait régulièrement jouir de sa place luxueuse mais jamais de l'ambiance de salle. Le barman, le visage fatigué par les heures alignées derrière le zinc, lui servit un café noir sans qu'il ne le commande. Machinalement, celui que tous appelaient Zimmer s'occupa les mains en essuyant des verres et lança innocemment :

— Elle fait la tête ta donzelle, aujourd'hui ?

Zimmer lorgna sur l'agent Finley qui prenait la direction de la sortie sans avoir décroché le moindre mot. Desmond haussa les épaules et fit une moue de fausse incompréhension. Il aimait bien le propriétaire des lieux mais tout comme les politiciens, il ne lui faisait pas confiance ; il avait la langue bien trop pendue pour se confier à lui. Par contre, Desmond savait profiter de cette faculté pour lui tirer bon nombre d'informations quand il en avait besoin.

— Des news ?

— Non. Ici c'est tempête, tempête, tempête... Et Karletti aussi. George et maintenant Nick si les rumeurs sont exactes. Sale histoire tout ça.

D'humeur peu loquace, Desmond haussa les sourcils pour acquiescer. Bien qu'ils aient déjà échangé sur tous les sujets possibles depuis sa première venue, discuter des Karletti avec l'ami Zimmer n'était pas envisageable. L'enquête était en cours et le sujet resterait sans doute très longtemps tabou... Il n'eut pas le temps de finir son café que Hugh Hanson faisait déjà son retour.

— J'ai besoin de vous. Allons-y.

Devant l'urgence exprimée par le maire, Lowery ne se fit pas prier et lui emboîta le pas. Une fois dans l'obscurité de la nuit, à bonne distance des oreilles des habitants, Hanson dit enfin ce qui l'avait mis dans un état pareil. Il avait le souffle court et ne cessait de regarder dans toutes les directions pour bien veiller à ce que personne n'entende ce qu'il avait à dire.

— Je viens d'avoir un appel. C'était madame Karletti en personne. Elle arrive !

— Comment ça ? Là, maintenant, tout de suite ?

Les deux hommes se comprirent et regardèrent l'océan. Il s'était calmé petit à petit. Les vagues s'étaient dégonflées. Il émettait à nouveau cette douce berceuse tranquille et apaisante.

— Le temps qu'ils traversent The Reach et qu'ils accostent, madame Karletti et tout son service d'ordre seront là dans cinq à dix minutes tout au plus. Je compte sur vous pour sécuriser sa venue. Elle souhaite simplement se recueillir devant ses enfants.

Desmond lut l'heure sur sa montre. Un réflexe de flic afin de pouvoir dater chaque événement de taille. Et l'arrivée de madame Karletti en était un de premier ordre. Elle qui ne quittait jamais sa forteresse, allait franchir enfin ce demi-kilomètre d'eau salée après le double drame qui avait frappé sa famille.

— Elle débarque de nuit, sans prévenir… Elle se sent en danger et prend le maximum de précautions face au tueur.

L'agent Lowery pensait tout haut. La stratégie de la vieille dame était bien calculée. Il ne put approfondir ses réflexions avant que deux puissants spots ne trouent l'encre noire de la nuit à l'entrée du port. Le bateau s'approcha avec la lenteur requise. Il faut dire que la vedette était imposante et que le port souffrait d'un désordre anormal après les intempéries. Des obstacles en tout genre flottaient à la surface de l'eau.

Au bout de quelques minutes, le patrouilleur finit sa manœuvre d'approche et accosta en toute discrétion. Désormais dans la lueur du quai, Hanson et Lowery purent distinguer pas moins de quatre silhouettes sur le pont. L'une d'elle était de plus petite taille et tenait un parapluie.

— Vous l'avez déjà rencontrée ?

— Qu'à de rares occasions et la dernière fois remonte à plusieurs années.

Lowery s'avança au bord du quai afin d'aider à l'amarrage. Il vit ensuite débarquer trois colosses qui lui rappelèrent l'*ami de la famille* tué par Simmons. Ils en étaient des copies conformes et il préféra dès lors laisser Hanson aller à leur encontre. Il n'entendit pas les termes de l'échange mais celui-ci fut extrêmement court. Madame Karletti traversa alors à son tour la passerelle. Elle était habillée d'un long imperméable de haute couture, son large col était remonté, le parapluie lui cachait la tête, Desmond n'apercevait d'elle aucun détail.

— Nous allons les accompagner jusqu'à la chambre froide. Nous marcherons, c'est au coin de la rue.

Ils se mirent en route, l'agent Lowery ouvrant le défilé dans un silence de glace.

Hugh Hanson lui avait expliqué où les trois cadavres avaient été conduits. Il avait insisté pour que la température dans la chambre froide ne dépasse pas quatre degrés Celsius. D'après lui, c'était le seuil limite afin de bien conserver les corps le temps que la tempête s'éloigne. Au vu de la notoriété et de l'identité des individus, il avait été aux petits soins avec eux mais Vinalhaven ne disposant pas de pompes funèbres, il avait fait allonger les trois dépouilles et les avait fait recouvrir de draps blancs.

La marche funèbre s'arrêta devant l'enseigne à néon de la boucherie. Hanson sortit un trousseau de clé de sa poche – le double du magasin qu'il avait demandé à garder le temps que la PJ intervienne – et leur ouvrit la porte. Il murmura à l'attention de l'adjoint au shérif :

— Je te laisse entrer, je ne supporte pas la présence des morts.

En temps normal, Desmond aurait rétorqué par une boutade dont il avait le secret mais avec le cortège funèbre derrière lui, il obéit dans la dignité. Il releva tout d'abord le volet à lamelles qui protégeait l'entrée de la boutique. Celui-ci grinça dans un vacarme dérangeant. Puis, il poussa la porte vitrée et sentit le souffle glacial qui filait vers l'extérieur. Dans la faible luminosité, il chercha à tâtons les interrupteurs pour les éclairages. Quand il les actionna, il fut aveuglé par les crépitements des tubes à la blancheur spectrale. Une fois l'éclat stabilisé, Desmond se retrouva devant les étals de viande bovine. Du bœuf en morceaux, en tranches, de la macreuse à l'entrecôte. L'endroit était des plus décalés, la vision des plus ironiques. Les pensées de l'agent furent envahies d'humour noir, un phénomène spontané qu'il ne put empêcher.

Il entra ensuite dans l'arrière boutique et trouva face à lui deux grandes portes en acier inoxydable avec des affichages à DEL sur le côté indiquant les températures à l'intérieur. Il leva la poignée qui claqua sèchement. Un léger brouillard s'échappa de l'antre noir. Le froid qui l'entourait était de plus en plus glacial. Mortel, lui susurrait son esprit.

Il alluma et vit alors les trois dépouilles alignées à terre, figées dans la position du sommeil apaisé, le corps recouvert de draps blancs afin de dissimuler l'horreur de leurs morts respectives. Seules leurs têtes étaient visibles. Le reste de la chambre avait été vidé et transformé afin de donner à l'endroit un peu de solennité.

Quand Desmond Lowery voulut aller prévenir madame Karletti qu'elle pouvait entrer, il l'aperçut dans l'embrasure de la porte du réfrigérateur géant. Dans la clarté éblouissante, il distingua enfin une partie de son visage encore dissimulé sous un grand foulard noir.

— Qui êtes-vous ?

Maintenant parfaitement visibles, les joues qu'il découvrit sous les verres fumés de la femme étaient trop lisses et d'une peau trop nette pour être celles d'une personne âgée. Celle qui s'était jusqu'alors fait passer pour madame Karletti ne feint pas l'incompréhension. Elle défit de suite le carré de tissu et les lunettes et fixa Desmond d'un regard d'émeraude qui subjugua l'agent.

La femme ne devait pas encore avoir vingt-cinq ans et rayonnait d'une beauté scandinave. Blonde. Coupés au carré, ses cheveux très légèrement bouclés encadraient un visage cristallin. Ses lèvres étaient sensuelles et le sourire qu'elle esquissa l'envoûta. Elle ne lui répondit pas et s'activa comme s'il n'était pas là. Elle posa une petite caméra sur l'étagère, dirigea l'objectif vers les frères Karletti et vérifia la vue sur l'écran d'un téléphone portable.

— Madame Karletti ? Recevez-vous les images ?

Desmond déchiffra alors le plan élaboré par la vieille dame. Voir ses enfants sans se déplacer sur l'île et ainsi sans s'exposer à proximité de celui qui voulait la tuer. Et toute la mise en scène avec les gros bras était là pour affirmer à tous qu'elle avait la détermination et les moyens pour affronter la situation sans crainte. Le message qu'elle envoyait à son ennemi et aux autres sur le continent qui souhaitaient tout autant sa perte était qu'elle avait la force pour s'imposer encore même sans deux de ses fils.

— J'ai bien compris votre petit jeu mais je ne comprends pas pourquoi vous me mettez dans la confidence en me dévoilant votre visage.

— Parce que j'ai besoin de vous, Desmond Lowery.

La ravissante blonde enleva son imperméable qui cachait une tenue plus décontractée. Elle vérifia que tous étaient restés en dehors de la boucherie. Agissant ainsi, elle avait tout d'une James Bond girl et Desmond devina qu'elle allait l'entraîner dans une aventure digne d'agents secrets. Il était prêt à tout pour la suivre…

— Je sais être le célibataire le plus en vue de tout Vinalhaven, mais qu'une exquise inconnue connaisse mon nom, j'avoue que je me sens flatté.

— Suivez-moi en silence au lieu de bomber le torse.

Elle fila dans le couloir et trouva la porte de sortie qui donnait à l'arrière de la boucherie. Desmond lui emboîta le pas, son cerveau tournant à plein régime afin de comprendre ce qu'il allait devoir faire pour elle. Car il en était certain, il allait devoir donner de sa personne.

Elle se faufila derrière la camionnette qui stationnait dans la petite cour et navigua une centaine de mètres dans l'allée en cailloux qui desservait l'arrière des magasins de la rue principale. Elle restait toujours dans la pénombre et courbait le dos derrière tout ce qui pouvait la cacher. Desmond joua à l'espion avec elle mais au bout de la rue, il posa la main sur l'épaule de la ravissante. Il y avait des limites à sa collaboration aveugle. Il voulait en savoir un peu plus et le fait d'interrompre volontairement la James Bond girl dans sa petite échappée ne pouvait que lui mettre un peu la pression. Elle se retourna vers lui, nullement essoufflée alors que lui peina à articuler.

— C'est bien gentil votre virée nocturne, mais pourrais-je au moins savoir comment vous vous appelez et où vous m'emmenez comme ça ?

— Je m'appelle Lucy. Et si vous n'êtes pas aussi bête que mauvais dragueur, vous aurez compris que je travaille pour madame Karletti et que de ce fait, vous devez m'obéir au doigt et à l'œil sans poser d'autres questions.

Le ton était ferme mais la voix de la jeune femme restait douce.

— Obéir au doigt et à l'œil, d'accord. Mais sachez que je n'aime pas trop les coups de fouet.

Son humour n'eut aucun effet sur Lucy qui avait visiblement d'autres impératifs. Elle reprit sa course à travers le centre de la ville, furetant à toute vitesse en cherchant à n'être jamais vue. Desmond la talonna, tout autant excité par cette balade particulière que par la plastique de celle qu'il suivait aveuglément. Ils s'arrêtèrent devant le poste de police. Dissimulés derrière des arbustes, Lucy était enfin encline à lui expliquer ce qu'elle attendait de lui.

— Vous allez entrer dans le bâtiment et ressortir avec les effets personnels des deux frères Karletti. J'entends les portefeuilles, les portables, les clés, les armes, enfin tout ce qu'ils portaient dans leurs vêtements et que vous avez mis sous scellés.

Desmond Lowery n'en crut pas ses oreilles. La demande de Lucy dépassait tout ce qu'il aurait pu imaginer. Elle lui demandait tout simplement de voler les pièces à convictions de deux homicides. Il dut tellement écarquiller les yeux que Lucy précisa le plan à suivre. Tout était prévu, intelligemment pensé à l'avance.

— Je sais qu'il y a plusieurs caméras qui filment les bureaux, c'est donc plus simple si tu y entres seul. Ensuite, tu prends tout ce qu'il faut dans le coffre, tu fourres ça dans un sac et tu ressors l'air de rien. Quand la PJ se ramènera, vous affirmerez que tout cela avait été usurpé par le meurtrier sur les scènes de crime. No problem.

La femme était sûre d'elle, pleinement convaincue que ses désirs étaient des ordres et que le simple fait de les prononcer ferait qu'ils seraient exécutés sans discussion aucune.

— Et qui vous dit que je vais obtempérer comme ça alors que je ne vous connais même pas et que, soyons francs, nous n'appartenons pas au même camp ?

Lucy fit une petite moue et prit un ton diplomate pour étaler quelques arguments plus ou moins percutants.

— Primo, si vous ne le faites pas, je le ferai moi-même en neutralisant la surveillance vidéo et je trouverai un moyen pour ouvrir le coffre-fort sans le code et la clé. Cela me prendra plus de temps c'est sûr, mais rien n'est insurmontable. Secundo, si vous acceptez, je m'en souviendrai. Et si je m'en souviens, madame Karletti aussi s'en souviendra. Et ma patronne sait renvoyer l'ascenseur quand un ami a besoin d'aide. Et enfin, tertio, j'ai trois amis baraqués qui m'attendent à la boucherie, pour tout vous dire, ils m'aiment beaucoup, comme une petite benjamine. Je n'aurais qu'à leur dire que vous n'avez pas été gentil avec moi et ils s'occuperont de vous comme il se doit. Ça vous va, comme ça ?

Le shérif adjoint ne pesa pas le pour et le contre très longtemps. Il apprécia les arguments à leur juste valeur, notamment le dernier. Son choix était validé mais il joua une ultime carte pour le plaisir.

— Je collabore sans discuter à une seule condition ; et c'est non négociable.

Lucy sembla amusée pour la tournure de la conversation. Le petit adjoint au shérif de province qui posait ses conditions face à la famille Karletti, il avait du toupet ou alors, il était inconscient.

— Que vous acceptiez mon invitation à dîner.

À l'énoncé du verdict, elle sourit. Finalement, ce mec lui plaisait bien et n'avait pas l'air si idiot que cela. Même si elle savait que mélanger travail et plaisir ne faisait pas bon ménage, elle accepta l'offre avec une certaine envie, une certaine curiosité.

Satisfait de son coup, Desmond marcha tranquillement jusqu'au poste de police, les mains dans les poches, sifflant l'hymne américain entre les lèvres. Une fois à l'abri des regards à l'intérieur du petit immeuble, il accéléra le pas. Lui aussi avait un plan et il n'avait pas une seconde à perdre s'il ne voulait pas que cela paraisse suspect. Il courut vers le bureau de Hanson et dénicha le double de la clé du coffre coincée dans un interstice sous le rebord du bureau. Lowery l'avait vu un jour l'y remettre alors que le shérif avait oublié son trousseau de clés chez lui. Quant au code, Hanson l'avait tapé à plusieurs reprises en la présence de ses adjoints dont il n'avait nullement le besoin de se méfier.

Ainsi, il tourna la clé, entra le code à quatre chiffres et le coffre-fort s'ouvrit sans même un grincement. Plusieurs armes et des paquets de munitions occupaient les étagères du bas. Sur celles du haut, étaient empilés quelques dossiers et de nombreux plastiques contenant toutes sortes d'éléments précieusement conservés. Il identifia rapidement ceux concernant l'affaire en cours et les étala sur la table voisine. Ne sachant pas quoi chercher, il ne mit rien de côté automatiquement, préférant, malgré le peu de temps dont il disposait, ne rien omettre. Il n'était pas dupe, si madame Karletti se donnait du mal pour récupérer les affaires personnelles de ses fils en toute discrétion, cela signifiait que celles-ci contenaient forcément des choses intéressantes ; il ne devait sans doute pas s'agir d'un quelconque aspect sentimental. Intéressantes en quoi, Desmond aurait bien aimé le savoir avant d'ouvrir l'ensemble des sachets.

Il sortit son téléphone portable, enclencha le mode vidéo et filma tout ce qu'il avait devant lui. Il manipula rapidement chaque objet devant l'objectif. Il aurait tout le temps alors de visionner les images afin d'y trouver le secret qu'elles cachaient. Alors qu'il ne pouvait s'empêcher de regarder les minutes qui défilaient sur l'écran de sa montre, il prit sur lui et ne négligea pas le contenu des portefeuilles. Il en sortit chaque carte pour les filmer recto-verso avant de les replacer à l'identique. Il termina par les deux armes qu'il prit avec un mouchoir afin de n'y laisser aucune empreinte ; il n'osait imaginer combien de personnes elles avaient déjà tuées et combien de vie elles effaceraient encore. Il approcha sa caméra des numéros de série et sans surprise, ceux-ci avaient été limés.

Quelques gouttes de sueur perlèrent sur son front avant qu'il ne termine sa besogne. Avant de tout fourrer dans le premier sac venu, il respira un grand coup et vérifia qu'il n'avait commis aucune bévue. Il s'empressa de sortir pour rejoindre celle qui avait commandité son vol.

— Samedi soir, vous êtes libre ?

Elle avait beau lui trouver une bonne tête et s'être montrée parfaitement persuasive, elle n'en vérifia pas moins le contenu du sac qu'il lui tendit. Elle n'était pas du genre à négliger sa mission et avait été élevée dans l'idée qu'elle n'avait jamais le droit à l'échec. Un leitmotiv qu'elle portait en étendard. En dépendait sa vie.

— Je ne suis pas dispo avant l'année prochaine… Mais si vous ne vous êtes pas fichu de moi et donc, si vous ne trouvez pas subitement la mort dans un accident domestique, ça pourrait un jour se faire.

Desmond pencha la tête et prit un air de chien battu. Il avait trouvé meilleure comparse que Laureen dans les répliques mémorables.

Comme un fidèle compagnon, il suivit la jeune femme dans les pénombres de Vinalhaven. Ils ne rencontrèrent personne sur leur chemin. Les seuls à errer encore à cette heure avancée de la nuit devaient œuvrer sur le port ou se réchauffer chez Zimmer. Ils retournèrent à leur point de départ, la chambre froide de la boucherie où personne ne s'était aperçu de leur disparition.

Après avoir repris son portable et signifié à sa patronne que tout était sous contrôle, Lucy enfila son imperméable et y dissimula le sac. Le parapluie grand ouvert, la fausse madame Karletti sortit la première du magasin. Hugh Hanson s'était impatienté sans jamais avoir osé exprimer son sentiment. Il n'eut pas droit à un seul mot, pas un seul regard de la vieille dame qui prit la direction du port sous bonne escorte. L'agent Lowery apparut à son tour avant de refermer la boutique. Le maire ne lui posa aucune question, certes il avait trouvé le temps très long, mais il ne se doutait guère qu'au lieu de se recueillir devant les dépouilles de ses enfants, madame Karletti avait fait une virée intéressée dans les bureaux du shérif...

18

Desmond Lowery décida de rentrer chez lui quand Zimmer ne lui en laissa plus le choix : il fermait le bar alors qu'il avoisinait les trois heures du matin. Lowery tenait debout à la caféine et il en avait tellement abusé qu'il savait que s'endormir serait un peu long. Et tout ce qu'il avait en tête ne l'y aiderait pas…

Pourtant il devait se résoudre à s'abandonner. À l'aube, Hugh Hanson préviendrait comme prévu la police judiciaire de Rockland et pas plus d'une heure plus tard, l'île serait envahie de toutes parts. Il y aurait sans doute deux équipes dédiées aux deux homicides à élucider et une troisième afin de renforcer le groupe déjà en place pour retrouver Michael Simmons. Il devrait alors raconter, guider, expliquer, épauler un haut responsable de la PJ qui le prendrait de haut. Des réjouissances en perspective.

Il retrouva sa voiture de patrouille devant l'hôtel de ville et se demanda alors comment Laureen était rentrée chez elle. À pied sans doute ; contrairement à lui, elle habitait à quelques encablures du port principal. Elle ne lui avait pas donné de nouvelles depuis plusieurs heures, mais il ne s'en était pas spécialement inquiété. Au cœur de la nuit, la plupart des personnes dorment.

Desmond mit le contact, monta d'un cran le chauffage mais ne se résolut pas encore à enclencher la première pour rentrer chez lui. Il n'avait pas envie de se retrouver seul avec lui-même dans sa petite maison isolée dans laquelle il ne s'était jamais senti à l'aise. Il avait toujours mis cette impression sur le coup de la solitude pesante. Ce soir, cela se confirmait. Pour gagner du temps face à son indécision, il sortit son portable afin de visionner la vidéo qu'il avait enregistrée un peu plus tôt.

L'image tremblait sans cesse mais restait de qualité avec une bonne netteté. Il revit défiler les effets personnels des deux mafiosi. Il n'avait plus l'esprit assez clair pour savoir quoi analyser précisément alors il se contenta de regarder les objets un à un. Les Smartphones dernier cri, les portefeuilles en cuir avec les cartes de crédit, la photo du petit Kévin pour l'un, une photo de couple pour l'autre, les clés de voiture et ces fameux flingues au passif sans doute lourd.

Était-ce simplement les revolvers que madame Karletti souhaitait reprendre ou y avait-il autre chose ? Pour l'instant, Desmond ne vit rien de remarquable et se demanda s'il avait bien fait de collaborer. Oui, il était encore en vie, peut-être simplement en sursis ; mais ces armes auraient éventuellement pu impliquer directement le clan Karletti dans différents meurtres.

Il se demanda aussi pourquoi Lucy était passée par son intermédiaire et non par celui du maire Hanson ou de son fils de shérif. Il ne vit d'autres raisons que celle de l'opportunité : c'était lui qui s'était retrouvé isolé avec la James Bond girl, le maire ne connaissait sans doute pas le code et l'emplacement de la clé pour ouvrir le coffre et enfin, Blaze Hanson était perdu dans le cœur de l'île à cet instant-là, et le temps pressait.

Dans tous les cas, quitte à avoir vendu son âme au diable, il espérait bien en tirer profit à un moment donné...

À la fin de la vidéo, il appuya de nouveau sur le bouton lecture et lorsqu'il revit la photographie de Kévin dans le portefeuille de son père, il repensa enfin à celle qu'il avait subtilisée dans la cellule de Michael Simmons. Il la retira de sa poche arrière de jean et constata qu'il l'avait froissée. Dans la prison, il n'avait pas eu le temps de s'y attarder et de la détailler. On y voyait Simmons jeune, sans doute âgé de dix-sept ou dix-huit ans, accompagné d'une adolescente dont le look un peu gothique masquait les traits. Cheveux noirs, maquillage excessif, tenue légère et provocante aux symboles anarchiques. Il ne savait pas qui était cette femme et ce simple cliché ne l'aiderait nullement à l'identifier mais l'idée que cette gamine tendance destroy ait pu aider Simmons à s'évader ne le quittait pas.

Son portable qu'il tenait encore en main vibra pour annoncer un texto. Laureen. Finalement elle ne dormait pas comme tout le monde. *Confirmation pointure 42. Modèle classique de botte militaire, malheureusement trop courant. Entame recherche noms sur ta liste.* Le message était purement informatif, direct. Froid.

D'un coup de tête, il décida de la rejoindre. Elle était en droit d'être mise au courant pour l'épisode Lucy en échange des informations qu'elle allait dénicher pour lui. Et puis la tournure qu'avait pris leur relation le dérangeait. Il vivait en homme des cavernes, plutôt reclus, mais dans le peu de relations sociales dans lesquelles il s'était engagé, il souhaitait entretenir et chérir les instants de bonheur qui y fleurissaient. Il aimait beaucoup Laureen mais elle ne pouvait pas comprendre ce qu'il ne voulait pas lui expliquer.

Rassuré de voir de la lumière filtrer à travers les persiennes, il sonna comme à son habitude. À peine avait-il posé le doigt sur le bouton qu'elle savait que c'était lui. Au bout d'une minute, il crut qu'elle avait décidé de le snober à ne pas lui ouvrir, mais elle se présenta enfin, le visage marqué par la fatigue.

— Je pensais que tu allais me laisser pourrir dans l'air humide jusqu'à l'aube.

Elle était habillée d'un tee-shirt triple XL qui lui arrivait aux genoux. Pas très glamour mais confortable. Des guitares semblaient hurler sur sa poitrine mais les dessins étaient effacés par endroits à force de lavages. Sans doute était-ce ce fameux vieux vêtement qu'elle se refusait de jeter ? Desmond avait le sien aussi et s'était toujours demandé comment il pouvait éprouver quoi que ce soit pour un maillot usé à la trame sans aucun charme.

— Tu as bien pensé mais je t'ouvre tout de même. Ce doit être ma part de charité chrétienne. Profites-en, ce n'est pas tous les jours que j'ai des élans de solidarité.

Elle lui offrit un café qu'il ne refusa pas, même s'il savait qu'à cette dose élevée c'était un vrai poison pour son organisme. Ce n'était pas le moment de vexer l'hôtesse. Elle n'attendit pas qu'il se lançât dans la conversation et s'assit directement derrière son ordinateur portable à une place encore chaude. Elle se mit à taper sur le clavier de sa main valide et semblait peu à l'aise dans ce nouvel exercice.

Quand il prononça le nom de madame Karletti, elle le regarda enfin et cessa toute activité. Il lui raconta alors l'heure qui s'était écoulée après son départ du bar. L'arrivée du bateau, le déguisement, la mystérieuse Lucy et le pacte avec le diable qu'il avait scellé pour sauver ses fesses. Il ne précisa pas que s'il survivait, la belle l'honorerait d'un rendez-vous en tête-à-tête. Ce n'était vraiment pas le jour de stipuler ce genre de détail.

— Tu lui as tout donné sans aucune contrepartie ?

Le ton était accusateur. Elle critiquait clairement sa collaboration. Il lui répéta alors les arguments convaincants de Lucy et sa collègue accusa le coup. Oui, elle aurait aussi cédé à la demande sous la pression. Une fois qu'ils furent sur la même longueur d'onde, elle lui posa mille et une questions dont il n'avait pas forcément les réponses. Mais pour l'une d'elle, il avait déjà réglé le problème.

— Et tu diras quoi à Blaze quand il verra que tout a disparu ?

— Absolument rien de plus que d'aller demander aux Karletti. Tu le connais aussi bien que moi, il n'en fera alors rien et basta.

Désormais installé comme un pacha dans le divan, il se détendit un peu tandis que son amie était repartie à l'attaque sur les touches de son clavier. Elle rassemblait le maximum d'informations sur l'un des noms de la liste qu'il lui avait donnée. Elle en avait presque terminé et lui avait demandé quelques minutes de patience.

Trop impatient, il vint à elle et se pencha au-dessus de son épaule pour lire l'écran de l'ordinateur. Elle surfait sur le site du journal régional *The Courier Gazette* dans la rubrique des archives. Plusieurs fenêtres étaient ouvertes avec chacune de vieux articles. Dans la barre des menus, des onglets s'alignaient sur toute la largeur de l'écran. Il put y lire entre autres les noms des sites du FBI, de la police judiciaire de Rockland et de Boston. Laureen savait où fureter et ne rechignait pas à la tâche, tel un rat de bibliothèque heureux au milieu d'une immense forêt de livres à dévorer.

Il baissa les yeux sur les notes qu'elle avait prises et sans le vouloir, son regard tomba dans le col du tee-shirt trop large. Il ne resta pas de marbre devant les lignes sensuelles de la poitrine de sa partenaire. Quand il se résolut à diriger son attention sur l'écran avant de se faire prendre comme un gamin qui lorgne dans le trou d'une serrure pour voler des visions interdites, il découvrit les abords d'un tatouage sur le galbe du sein droit. Il ne parvenait pas à définir la forme de l'empreinte, celle-ci remontant vers l'épaule.

— Ça va, tu te rinces bien l'œil ? Je vois ton reflet dans mon écran depuis tout à l'heure.

Faussement pudique, elle serra son tee-shirt contre elle. Il se serait bien confondu en excuses mais préféra jouer la carte de la curiosité.

— Je te promets, j'étais simplement intrigué par ton tatouage. Je ne l'avais jamais remarqué. Que représente-t-il ?

— Sache que pour quelqu'un qui a refusé mes avances, je te trouve un peu trop voyeur et indiscret. Et si j'étais rancunière, je te dirais que c'est trop compliqué à expliquer, que tu ne pourrais pas comprendre ; mais comme je ne le suis pas et que je t'aime bien, mon petit démon, je ne le dirai pas.

Prends ça dans la gueule, se maudit Desmond, honteux de s'être fait prendre certes, mais aussi de ne pas respecter son amie. Ils se regardèrent alors et la décharge d'émotions fut énorme des deux côtés. Elle en avait lourd sur le cœur et gérer leur amitié lui semblait insurmontable. Lui était dans une position des plus inconfortables ; il l'aimait aussi énormément et aurait bien succombé à ses avances. L'espace d'un instant, il fut prêt à lui dévoiler ses pensées. Mais la seconde d'après, il oublia cette idée qui n'aurait pour résultat que de compliquer encore plus leur situation.

— Je suis sincèrement désolé. Je vais te laisser, nous avons tous besoin de sommeil.

— Avant de partir, écoute au moins ce que j'ai à te dire sur Ernest Cantor.

Desmond apprécia la parole d'apaisement, il aurait détesté partir directement après sa bévue tel un malpropre. Pour oublier qu'il était minable et que parfois il ne méritait pas l'amour qu'on lui portait, il se concentra sur l'histoire d'Ernest Cantor, l'un des noms qui lui avait semblé familier dans la pile des dossiers qu'il avait vus.

— Alors j'abrège un peu l'état civil : Ernest Cantor, né en quatre-vingt à Boston, père absent, mère alcoolique, tu vois le profil. A toujours vécu là, a rapidement quitté le système éducatif pour traîner les rues. Premiers faits de délinquance à quatorze ans. Une liste longue de petits méfaits qui lui vaudra au final un an de prison ferme au centre de détention de *North Vinalhaven*. C'était en 2005. Une fois sorti, il disparaît de la surface du monde pendant deux bonnes années. Après, il est suspecté de meurtre mais est relâché par manque de preuves. Puis en 2010, il est arrêté et jugé pour trafic de stupéfiants. Grosse quantité, grosse peine. Dix ans à Shawshank. Il a encore quelques années à tirer.

En même temps que Laureen résumait la vie classique d'un malfrat, elle affichait à l'écran ses sources, notamment les articles de journaux. Il avait fait les gros titres à plusieurs reprises et étant originaire de la même ville, Desmond comprit qu'il avait dû un jour tomber sur le nom de Cantor.

— J'irai le voir dès que possible en prison.

Laureen l'observa, l'incitant à en dire plus sur ses intentions. Il ne lui avait pas encore expliqué le pourquoi de ses recherches. S'il souhaitait qu'elle travaille encore pour son compte, il fallait désormais qu'il lui dévoile ses arrière-pensées.

— J'ai une intuition. Je t'en dirai plus quand elle sera parfaitement formulée dans ma tête mais tu devines déjà qu'elle a un rapport avec le clan Karletti.

19

Blaze Hanson en avait plein les bottes. Et ce, dans tous les sens du terme. Une bonne livre de boue alourdissait chacun de ses pieds et à peine avait-il lancé la nouvelle battue qu'il en avait déjà marre.

La nuit était d'un noir intense. La tempête avait beau être repartie vers d'autres cieux, une épaisse couche nuageuse les survolait encore si bien qu'aucune étoile ne scintillait dans la voûte céleste. Juste l'obscurité, uniquement percée par les puissantes lampes torche du shérif et des hommes qui l'accompagnaient.

Blaze Hanson en avait aussi plein le nez. Partout flottait une odeur de terre humide, d'humus caverneux et d'herbe détrempée. À vous écœurer d'une balade dans la nature. Pourtant habitué aux intempéries, il n'avait jamais vu le sol autant gorgé d'eau et les ruisseaux sortir autant de leur lit. Lui qui n'aimait pas la gadoue, il était servi et se doutait que sans chaleur et soleil dans les jours à venir, le plaisir allait perdurer un long moment.

Cela faisait une heure qu'il avançait avec deux hommes dans la masse végétale, s'arrêtant à chaque maison afin de vérifier auprès des occupants que tout allait bien, qu'ils n'avaient rien vu de suspect. Durant ce temps, la station de radio qui diffusait sans cesse des messages de prévention n'avait reçu aucun appel confirmant la présence d'inconnus dans l'archipel. Hanson en venait à se demander si les individus qu'il recherchait n'avaient pas déjà quitté Vinalhaven. Et subir cette punition sans savoir s'il y avait réellement des gros poissons à attraper le mettait en rage.

Mais s'il n'y avait que ça...

Il fulminait contre ses deux adjoints. Contre son père. Contre sa connasse de femme. Il avait l'impression que le monde entier lui en voulait et redoutait de savoir quand tout cela allait s'arrêter. L'avalanche d'emmerdes, de coups bas, de prises de tête l'avait complètement enseveli. À tel point, qu'il s'était replié sur lui-même et s'était emprisonné dans sa bulle. Sa hargne envers le monde s'y décuplait alors encore plus durement et le cercle vicieux produisait son effet. En pleine nuit, par des températures très basses, il bouillonnait et était prêt à imploser à la moindre étincelle.

Quand il perdit l'équilibre sur un rocher glissant, sa colère se porta sur la salope de Finley qui lui avait broyé les couilles, qui s'était presque moquée de lui quand il avait voulu flirter avec elle. Quand il se blessa à la main en se rattrapant à l'écorce d'un arbre, sa fureur se fixa sur Lowery qui lui avait caché des découvertes essentielles pour l'enquête et qui l'avait ainsi humilié devant son père. Quand ses fesses heurtèrent violemment l'arrête du rocher, sa rage fut dédiée à son vieux qui l'avait puni comme un gamin et l'avait envoyé dans cette brousse infernale chercher des fantômes. Quand il eut des difficultés à se relever dans son pantalon collant de bouillasse, il vociféra en pensant à sa connasse de femme qui se prendrait un deuxième coquart si elle osait lui parler encore de divorce.

Oh ! Que oui, il se vengerait. Tous paieraient au centuple.

À l'approche d'une nouvelle maison, il envoya trois signaux lumineux à ses deux compères, code d'alerte. Ils rappliquèrent à l'affût, la carabine prête à dégommer le moindre intrus. Ils s'accroupirent et éteignirent leurs lampes. À voix basse, Hanson leur expliqua l'origine de ses soupçons.

— J'ai vu une lueur à la fenêtre à l'étage. Quand je me suis approché, elle a disparu. Allons-y le plus discrètement possible pour voir ce qu'il en est.

Les trois hommes avancèrent et se guidèrent à l'aide d'une seule lampe torche pointée vers le sol. Ils n'avaient pas le choix et ne pouvaient se rendre totalement invisibles, le terrain était trop accidenté et le noir presque absolu. Le rivage n'était qu'à quelques mètres d'eux, les vagues se démontaient contre les galets d'une petite plage, ce qui les aidait à s'orienter et à se diriger vers la petite maison en rondins de bois.

Se sachant vulnérables, exposés et en contrebas d'un potentiel criminel, leur assurance de chasseurs de gibier se débinait au fur et à mesure qu'ils devenaient des proies faciles à abattre. Ils avaient tous leur fusil pointé vers l'habitation, prêts à riposter à la moindre attaque. Ils se collèrent au mur et se postèrent à côté de la porte d'entrée. Hanson toqua à la vitre et héla l'individu à voix haute.

— Shérif Hanson. Ouvrez !

L'ordre se perdit dans l'étrange silence de la nuit. La faune sommeillait encore après l'orage. Seuls les ressacs calmes et incessants donnaient un rythme au temps qui filait dans cette attente angoissante. Aucun son ne sortit de la maison. Aucune lumière ne transperça les fenêtres.

Hanson décida qu'il était temps d'entrer. Il abaissa la poignée mais la porte était verrouillée. Il allait devoir la défoncer pour pénétrer à l'intérieur. Il fit signe à ses acolytes de se tenir prêts, il recula de trois pas et d'un coup sec de botte, il éventra l'obstacle. La serrure sauta facilement, ici les gens ne se protégeaient pas derrière des portes blindées, la plupart même vivaient dans des maisons qu'ils ne fermaient jamais à clé. Cette confiance aveugle allait sans doute disparaître après ces multiples épisodes qui frappaient Vinalhaven. Le havre de paix s'était transformé en camp de guerre retranché.

— Vous fouillez et sécurisez le rez-de-chaussée, je monte direct à l'étage.

Les deux chasseurs progressèrent lentement, la peur au ventre, conscients que l'animal qu'ils traquaient jouait pour une fois d'égal à égal avec eux. Chacun prit une direction au rez-de-chaussée et méthodiquement ils vérifièrent chaque recoin tandis qu'ils entendaient les marches grincer une à une vers le niveau supérieur. La maison était habitée car de nombreux objets de la vie quotidienne traînaient ici et là. De la vaisselle s'empilait dans l'évier, la poubelle de cuisine débordait, des bûches attendaient leur tour à côté de la cheminée. Roger, le plus vieux des deux chasseurs, éclaira une photo de famille sur un petit bureau. Un couple avec enfant vivait dans cette maison. Qui était l'individu qui s'y camouflait ? Qu'était-il advenu des résidents ? Les avait-il séquestrés ou assassinés ? Roger avait le cuir dur mais n'avait pas envie de découvrir des cadavres qui le hanteraient tout le restant de sa vie…

Le rez-de-chaussée était sécurisé. Les deux chasseurs se retrouvèrent au pied de l'escalier et levèrent la tête vers la trémie. Le silence prolongé les inquiétait et du regard, ils se jaugeaient pour savoir qui aurait le courage de monter le premier. Deux coups de feu rapprochés les tétanisèrent sur place avant de laisser place au vide absolu. Roger sentit son cœur monter dans le rouge quand une voix s'exclama en haut de l'escalier.

— Putain, l'enfoiré s'est barré par une fenêtre ! J'ai essayé de le tirer comme un lapin mais il était déjà loin quand je l'ai aperçu…

Blaze Hanson dévala les marches en les éblouissant avec sa lumière. Ses amis avaient encore les traits crispés mais furent rassurés d'un tel épilogue. Roger demanda alors au shérif :

— Et la famille ? Vous l'avez trouvée ?

— Quelle famille ? Non, il n'y a plus personne là-haut.

Roger retourna vers le bureau pour prendre le cadre photo. D'un coup d'œil furtif, il n'avait pas identifié la famille en question, pourtant c'était un ancien de l'île et les visages des habitants lui étaient tous plus ou moins familiers, même ceux qui ne séjournaient dans les maisons secondaires que l'été.

— Y'a le feu à l'étage !

La voix affolée de Christopher raisonna dans la maisonnette. Blaze Hanson qui tentait d'appeler au téléphone fit volte-face et vit des flammes lécher les murs du couloir en haut de l'escalier. Une épaisse fumée s'accumulait déjà sous le plafond. L'odeur leur parvint en même temps que l'image. Les trois hommes fuirent l'incendie qui ravageait l'étage et qui ne tarderait pas à se propager à l'ensemble de l'édifice.

À peine avaient-ils mis un pied dehors que le shérif les prévint :

— Soyez sur vos gardes, c'est sans doute une ruse de ce connard pour nous faire sortir et nous plomber !

L'immense torche grossit de seconde en seconde, le feu gagnant rapidement les quatre murs porteurs. La lueur orangée colora l'orée du bois d'un côté et se refléta sur les ondulations de l'océan de l'autre. Le décor dansait en accord avec le vent qui gonflait les flammes. Le spectacle avait quelque chose de grandiose dans ce noir oppressant.

Le shérif, Roger et Christopher se postèrent sur la petite plage de galets, dos à l'immensité de l'Atlantique, face au désastre qui brûlerait toute la nuit jusqu'à réduire la maison en un gros tas de cendres.

— Qu'avait-il à cacher cet enfoiré pour déclencher un incendie ?

Blaze Hanson réfléchissait à haute voix. Il sentait sur sa peau la vive chaleur s'échapper du brasier. Roger lui tendit alors le cadre photo qu'il avait gardé en main lors de sa sortie précipitée.

— C'est étrange, je ne reconnais pas les occupants de la maison. Regarde un peu s'ils te disent quelque chose.

Le shérif plissa les yeux et orienta la photographie pour l'éclairer au mieux. Au bout de quelques secondes, son visage changea d'expression. Il montra le cliché à ses compagnons et pointa le visage du père de famille qui souriait aux côtés de son épouse et d'une petite fille.

— Vous voyez le type, là ? Imaginez-le avec des cheveux un peu plus longs et une légère barbe. À qui pensez-vous alors ?

Le suspense ne dura qu'un instant. Les deux chasseurs reconnurent alors le résident de la ruine qui se formait devant eux. Leurs pensées s'entremêlèrent à toute vitesse et au final ils ne réussirent pas à comprendre ce que tout cela signifiait.

— C'est la maison de Desmond Lowery…

20

Sur la façade clignotait un néon orange formant les trois lettres du mot « bar » dans un design typique des années quatre-vingt. Cela relevait du miracle qu'il fonctionnât encore tant d'années plus tard alors qu'aux alentours, tout semblait usé, cassé, brisé. L'ensemble surplombait une vitrine par laquelle on distinguait à peine la lumière provenant de l'intérieur, tellement elle était encrassée par le temps, la pollution et les vomissures de ceux qui empilaient trop de cadavres sans avoir l'estomac assez solide. Le fait que la vitre fût intégralement grillagée des deux côtés était révélateur de ce qu'il se passait ici chaque jour. Le patron du bar en avait eu marre de voir des mecs se faire défenestrer à ses frais. Bagarre d'ivrognes ou règlement de comptes, le résultat était le même, c'est lui qui payait les pots cassés.

Quand un homme franchit la porte de ce lieu insalubre, il se dit que son blouson de cuir noir était parfaitement dans les tons. Il croisa quelques regards sans jamais paraître fuyant, ce qui aurait été un signe de faiblesse très mal venu dans ce type d'endroit, mais sans jamais paraître insistant, ce qui aurait alors été une provocation qui n'aurait pu avoir comme seule issue qu'une castagne digne de ce nom. Il s'installa directement au comptoir et, sans même regarder le barman, tapa deux fois sur le zinc. Le patron, aussi tatoué que la majorité de ses clients, lui servit une bière sans chercher à lui faire la causette. Ce n'était pas le genre de la maison.

Il but tranquillement tout en suivant la retransmission d'un match de base-ball à la télévision. Le volume était trop faible, aussi n'entendait-il que les cris des commentateurs quand un joueur marquait un home run. Il n'aurait su identifier les équipes qui jouaient, mais cela le divertissait plus que les conversations des piliers de bar qui s'épanchaient non loin de lui. Au milieu de ce léger brouhaha, lui parvenaient des chansons de country ou de rock passées de mode, crachées par un juke-box aux lumières multicolores.

Quelquefois, quand la musique se taisait, quand c'était un temps mort sur l'avant-champ du terrain de base-ball, quand les soûlards buvaient, il entendait les boules de billard s'entrechoquer et faire des bandes avant de tomber dans les poches. Il jetait alors un coup d'œil aux membres de la fine équipe qui tenaient leur queue dans une main et une fesse de poupée dévergondée dans l'autre. Ils étaient trois à se détendre au fond de la salle, dans un brouillard de fumée de cigarettes. Leur domaine privé, à en juger par la distance prise par tous les autres consommateurs.

Vers vingt-deux heures, après avoir commandé une troisième bière et avoir eu droit à plusieurs coups d'anthologie des batteurs sur l'écran de télé, il réajusta sa casquette et descendit sa visière au maximum. Les joyeux drilles du billard décampaient, laissant orphelines leurs Barbies siliconées. Ils passèrent derrière lui, un à un, tandis qu'il fixait sa bière. Quand le dernier le bouscula du haut de son tabouret, il ne broncha pas, l'autre ne fit même pas attention à lui.

La porte se referma derrière eux. Il finit sa bière tranquillement avant d'aller pisser.

Une minute plus tard, il se retrouvait à son tour dans la rue. Un quartier abandonné au fond d'une banlieue pour des paumés qui n'avaient pas le sou pour quitter cet enfer aux nuances grisâtres. La saleté, les immeubles, le visage de chaque passant. Il remonta le trottoir sans se presser, marchant nonchalamment au milieu des détritus et des excréments provenant d'animaux qui divaguaient comme leurs comparses humains.

À l'angle d'une rue, il retrouva les trois types du billard. Ils criaient en plein milieu de la chaussée. L'un d'eux, le plus petit, avec un bonnet à l'effigie des Celtics enfoncé jusqu'aux yeux, gesticulait des gestes obscènes. L'homme au blouson de cuir poursuivit son chemin tout en regardant le centre d'intérêt des trois bâtards. Un vieil homme noir qui se traînait derrière une canne.

Bien qu'il en eût déjà une idée assez précise, il n'en eut confirmation que lorsque le vent devint favorable : il comprit ce qu'éructaient les trois molosses.

— Eh ! Sale esclave, viens me lécher le cul !

Des propos racistes et obscènes que le vieillard s'évertuait à ne pas entendre. À la vitesse d'un escargot, il poursuivait son chemin, la tête haute mais sans broncher. Ces petits cons finiraient bien par trouver une autre cible de choix.

Après une dernière salve d'injures, le trio abandonna l'octogénaire en se marrant comme des damnés, d'un rire gras et diabolique. Des tarés qui prenaient plaisir à terroriser les faibles qui avaient le malheur de les croiser. Des actes gratuits, juste histoire de passer le temps avant de reprendre leur chemin.

À l'intersection suivante, le feu tricolore passa au rouge. Une voiture s'arrêta alors que la joyeuse bande traversait devant elle. Bien que la conductrice évitât soigneusement leur regard, l'un des trois – toujours celui avec son bonnet – fonça sur la portière et l'ouvrit avant que la femme derrière son volant n'ait le temps de réagir et de la condamner. Précaution que chacun savait prendre quand on traversait ce genre de banlieue. Elle n'était sans doute pas du coin et se souviendrait longtemps de sa petite visite.

Pendant que le type au bonnet extirpait la femme de la voiture, l'homme au blouson de cuir s'adossa au mur et s'alluma une cigarette, tout en veillant à rester à une distance respectable. Les cris de la femme déchiraient l'air du carrefour et de ses alentours mais rien ne s'était arrêté pour autant. Ni le temps, ni les gens, ni même la berline rouge qui passa à côté de la scène sans même ralentir. Cela ne dura pas très longtemps – sauf pour la victime – avant que la voiture ne reparte sur les chapeaux de roues en klaxonnant victorieusement.

Il continua alors son avancée, terminant sa clope, jusqu'au passage piéton. La jeune femme – la trentaine, jugea-t-il derrière l'avalanche de larmes qui déformait son visage – était en position fœtale, allongée sur l'asphalte au milieu d'une circulation automobile qui l'évitait tout en l'ignorant. Son corps était secoué de spasmes incontrôlables. Elle était sous le choc. De ses mains, elle tenait fermement les deux pans de son chemisier que le type au bonnet lui avait déchiré.

Il s'arrêta à côté d'elle, fit signe à deux véhicules de bien vouloir s'arrêter deux secondes et prit la femme dans ses bras comme on prend un enfant tombé à terre pour le réconforter. Elle ne cessait de trembler, de hoqueter, de gémir. Elle ne réalisait même pas qu'il la portait.

Il la déposa une dizaine de mètres plus loin, devant l'entrée d'une épicerie. Quand le caissier le vit, homme en noir, lunettes noires, casquette noire, il prit de suite peur et chercha son arme cachée sous le comptoir. Lui se contenta de dire d'appeler une ambulance, que la femme venait d'être agressée. Puis il reprit sa route, ne voulant plus dévier de sa mission première.

Ce fut sans surprise qu'il retrouva l'automobile volée, échouée deux cents mètres plus loin, à deux pas de l'entrée d'un club. The Paradise. Il constata que les vitres étaient restées ouvertes et que les clés étaient encore sur le contact. Petit lot de consolation pour la jeune femme, la police retrouverait facilement son bien et il était intact.

Le paradis donc. Si ses sources étaient fiables jusqu'au bout, il trouverait ces trois crétins dans la petite ruelle adjacente au club. Il traversa la rue et passa devant le gorille qui gardait le zoo duquel s'échappaient des bruits sourds, rythmés et incessants. La soirée commençait à peine et une petite file d'attente se formait pour aller passer la nuit dans ce cube sinistre.

À l'angle de la ruelle, deux mecs au look qui ne laissaient guère de doute attendaient leur tour. Avant d'aller s'éclater en boîte, ils allaient se recharger en amphétamines et autres cachets et pilules. Il se joint à eux et en profita pour sonder le lieu du deal. Sombre et désert, hormis la petite clientèle et le trio infernal. Le bonnet de service prenait les billets, le plus grand fournissait les doses tandis que le plus baraqué se tenait un peu en retrait et surveillait les échanges, prêt à intervenir à la moindre entourloupe.

Son tour allait venir quand deux gonzesses se plantèrent derrière lui à faire la queue comme au supermarché. Elles mâchouillaient des chewing-gums le nez rivé sur leurs portables. Vêtues et maquillées comme elles étaient, elles ne faisaient pas leur âge mais elles devaient à peine flirter avec la majorité légale. Il se tourna vers elles, attira leur attention en ouvrant son blouson.

— C'est occupé mesdemoiselles, repassez demain, OK ?

Plus intelligentes qu'elles en avaient l'air, elles firent simplement demi-tour en lâchant un juron.

Quand la voie fut libre, il attendit que les clients précédents s'éloignent assez avant d'entrer dans la ruelle, le flingue à la main. Le gros balaise eut juste le temps de sourciller qu'une balle traversa sa tête et que sa cervelle vint repeindre le mur derrière lui. Le deuxième tir ne manqua pas sa cible, le grand blindé de piercings aux oreilles subit le même sort, sans avoir le temps de regretter son pote. La troisième munition vint exploser le genou du type au bonnet, sans doute la tête de la bande. Il s'effondra au sol, se crispant de douleur, une main tendue en drapeau blanc vers le salopard qui avait exécuté ses deux comparses.

— Putain de merde. Arrête ! Arrête mon gars... Prends les sachets et les billets... Tu peux tout prendre, mais arrête... Déconne pas.

Il s'accroupit face au mendiant qui monnayait pitoyablement sa misérable vie. Il n'y avait aucune négociation possible mais seul lui le savait, pas le pauvre débile qui espérait encore y réchapper malgré l'état lamentable de ses clones à proximité.

— J'en ai rien à foutre de ta marchandise alors écoute bien. Si tu me dis tout ce que je veux savoir, j'aurai peut-être une once de compassion pour toi.

La discussion fut plutôt brève mais instructive.

L'acte de compassion se résuma à le dézinguer sans le faire souffrir davantage.

21

Quand Desmond Lowery se tourna sur le côté, son visage baigna dans une clarté naturelle qui le sortit du sommeil dans lequel il était plongé. Ses paupières papillonnèrent face aux rayons de soleil agressifs avant de s'ouvrir avec difficulté. Le corps courbaturé par les quelques heures passées sur le divan, Desmond dut se rendre à l'évidence : c'était le matin et il y avait de fortes chances pour qu'il soit déjà en retard.

Face aux impératifs qui l'attendaient, le shérif adjoint se força à se relever de suite avant que le sommeil ne l'emporte à nouveau pour un court voyage mouvementé dans son inconscient. Embués, ses yeux découvrirent le salon de Laureen. Des bribes de la nuit ressurgirent alors dans son esprit. Après avoir discuté des recherches effectuées par sa collègue, et vu l'heure très avancée, le sofa s'était invité à lui. Malgré les innombrables données qui s'étaient entrechoquées dans sa tête, il avait sombré en quelques secondes.

Il se colla à la fenêtre et plongea dans la lumière, finalement agréable. Le ciel était nuageux mais le soleil parvenait à se frayer de multiples chemins et inondait le paysage de sa clarté. Cette vision de nature éclatante l'aida à trouver l'énergie pour s'activer. Il était passé huit heures.

Sur la table de la cuisine, Laureen avait laissé un petit message. *Je suis partie prendre l'air. Fais comme chez toi.* Il la prit au mot et fila dans la salle de bain pour prendre une douche salvatrice. Il alluma la radio et régla la fréquence sur la station de l'île. Satisfait de se débarrasser de la sueur de la veille, il regretta de ne pouvoir enfiler des vêtements propres. Il essaierait de passer chez lui si le timing le lui permettait.

À travers le bruit familier de l'eau de douche qui claquait au sol, il tendit l'oreille quand à la radio le jingle des informations retentit. Si l'animateur avait ses renseignements à jour, personne n'avait été arrêté durant la nuit car il rappela à tous l'appel à témoins et la méfiance à adopter alors que des personnes dangereuses et armées rôdaient encore dans les parages.

Quand il finit d'enfiler son pantalon, le cri strident d'une cafetière bouillonnante lui parvint, signe que Laureen était de retour de sa balade matinale. Il s'empressa de la rejoindre.

— En pleine forme pour cette folle journée ?

Desmond y avait mis de l'entrain pour les booster. Le planning du jour était chargé et ils ne devraient pas encore compter leurs heures. Laureen lui tournait le dos et ne décrocha pas un mot, suscitant l'intérêt de son ami.

— Quelque chose ne va pas ? Si j'ai trop ronflé cette nuit, je m'en excuse…

— Non, non, ça va. Tiens, je t'ai fait du café.

Il accepta avec plaisir le grand bol qu'elle lui tendit mais ne fut nullement convaincu que sa collègue allait bien. Tout son corps affirmait le contraire. L'expression de son visage criait l'angoisse, son regard était vide et ses mains tremblaient légèrement. Si elle avait croisé un fantôme, elle aurait eu l'air plus vivante.

— Qu'y a-t-il ? Tu es toute pâle. Ça n'a pas l'air d'aller fort.

Et soudain, les jambes de la jeune femme cédèrent sous son poids et elle vacilla. Desmond en lâcha son bol pour soutenir son amie. Il la porta jusqu'au canapé où il l'installa le plus confortablement possible. Elle était consciente et lui serra la main. Il lui laissa le temps de reprendre ses esprits, lui apporta un verre d'eau et s'inquiéta vivement de son état, lui proposant d'appeler le médecin.

— Non, ce n'est pas la peine. Un coup de pompe, c'est juste un coup de pompe.

Elle ferma les yeux et respira profondément. Desmond lui ramena alors un verre de jus d'orange et des biscuits qu'il prit au hasard dans le placard. Laureen se redressa et se sustenta en silence, le regard toujours plongé dans le vague. Assis l'un à côté de l'autre, ils faisaient peine à voir tellement l'épuisement avait raison d'eux.

Desmond mit plusieurs secondes à réagir à la sonnerie de son portable. D'un ton las, il répondit sans avoir regardé de qui provenait l'appel. Entendre la voix de l'autre enflure d'Hanson lui certifia que la présence inespérée du soleil n'était finalement pas signe d'une bonne journée à venir.

— Ramène tes fesses tout de suite. Je suis devant chez toi. T'as cinq minutes ou je viens te chercher moi-même !

Blaze Hanson avait coupé la communication. Desmond se dit qu'il était littéralement dingue. Que faisait-il devant chez lui et pourquoi était-il encore plus vindicatif que d'ordinaire ? Ne devaient-ils pas plutôt aller au port afin de recevoir les membres de la PJ de Rockland ?

Devant le regard interrogatif de Laureen, il lui expliqua sa très brève discussion avec leur patron.

— C'est l'autre fou furieux, il veut que je rapplique illico devant chez moi, sans me fournir d'explications !

— Je viens avec toi.

Soudainement poussée par un regain de force, l'agent Finley fut debout avant son collègue et celui-ci eut beau s'écrier que ce n'était pas prudent qu'elle quitte son domicile en raison de sa fatigue, elle n'en démordit pas et le devança même pour monter dans la voiture.

Le trajet se fit en silence. Chacun était absorbé dans ses pensées et ils remarquèrent à peine leur île éclairée sous un nouveau jour. Elle était meurtrie au plus profond de ses entrailles. Toutes les constructions humaines avaient plus ou moins souffert. La végétation avait résisté comme elle avait pu. Seuls les rochers, immortels, qui façonnaient les côtes n'avaient pas failli sous les coups. Ils croisèrent ainsi de nombreuses personnes occupées à nettoyer, à effacer, à faire oublier le passage de la tempête.

Desmond finit par s'engager dans le chemin de terre qui desservait toutes les habitations à l'est du Bassin qui, comme son nom le laissait penser, était une grande étendue reliée à l'océan par un petit bras. Ici l'eau était calme et le vent se faisait moins sentir que face au large. L'accès serpentait au milieu des vieux sapins un peu décharnés et après une centaine de mètres, se transforma en montagnes russes entre les appendices rocheux.

Quand la ligne d'horizon réapparut au détour d'un bosquet, le Bassin se dévoila dans une légère brume qui disparaîtrait traditionnellement d'ici midi. Il en était ainsi, le décor où vivait Desmond était splendide mais aimait se faire désirer. Il continua d'avancer lentement, affrontant les ornières boueuses formées par d'autres véhicules avant lui.

— J'avoue, en habitant près du centre-ville, je ne profite pas du même cadre. Il faut le mériter pour arriver chez toi.

Desmond réalisa alors qu'il n'avait jamais eu l'occasion d'inviter son amie dans son humble petit chalet. Il n'eut pas le temps de faire allusion aux parties de pêche qu'ils pourraient partager si elle le souhaitait, qu'une vision d'apocalypse s'imposa devant eux.

— Oh, mon Dieu…

La mine déconfite, l'agent Lowery descendit de sa voiture et marcha lentement vers le mont de cendres fumant qui trônait à la place de sa maison. Il ne restait rien, excepté des extrémités de rondins de bois carbonisés qui laissaient deviner qu'un habitat de forme rectangulaire avait siégé là depuis des décennies, parfaitement intégré au paysage sauvage sans aucune trace d'humanisation. L'émotion l'envahit et face aux Hanson qui le dévisageaient, il ne sut que dire. Certes il ne vivait ici que depuis quelques mois et il n'avait pas construit de ses propres mains l'édifice, mais c'était son havre de paix, ses quelques mètres carrés qui n'appartenaient qu'à lui. Et surtout, au cœur de ses poussières encore chaudes, se trouvaient des souvenirs qu'il venait de perdre à tout jamais.

Hugh Hanson vint à lui et lui conta ce qu'il s'était passé durant la nuit. Il compatissait pleinement et regrettait que rien n'ait pu être fait pour sauver ce chalet historique.

— Blaze et ses hommes n'ont pu identifier l'individu qui s'est sauvé de chez toi, mais il faut que l'on te pose une question, Lowery...

— Tu cachais Simmons chez toi, salopard ! Tu es son complice, avoue !

Le fils Hanson sortit toute sa hargne pour interrompre son père, trop tendre et diplomate à son goût. Le shérif pointait son adjoint d'un doigt accusateur et lui lançait un regard noir qui en disait plus qu'un long discours. Son autre main était posée sur son holster, prêt à dégainer si son nouvel ennemi public numéro un jouait les cow-boys.

— La PJ va bientôt débarquer, on va tout leur dire et ils t'embarqueront comme un malpropre, Lowery !

Blaze était dans une forme olympique et déployait la même énergie qu'un boxeur au début du premier round. Prêt à tout fracasser, sans pitié et sans retenue, il poursuivit sa diatribe.

— Tu nous mens depuis ton arrivée de toute façon. Tu ne nous as jamais parlé de ta famille. Où est-elle ? Tu nous caches trop de choses pour être honnête !

Le shérif, fier de sa trouvaille, montrait la photo qu'il avait sauvée de l'incendie. Desmond lut de la démence dans les yeux de son supérieur. Ce dernier n'attendait qu'une chose, qu'il lui fonce dans le lard pour avoir l'occasion de lui tirer dessus, de le buter sur place en prônant la légitime défense. Ce vaurien en était parfaitement capable et son excitation fut à son paroxysme quand Desmond lui arracha la photographie des mains. Il était hors de question que cette ordure garde ce trésor. Desmond, plus perdu qu'en colère, s'isola au bord de la plage tandis que le shérif trépignait sur place comme un taureau prêt à charger. Seule la présence de son père l'obligeait à se contenir.

Desmond Lowery fixa le Bassin comme il adorait le faire, cela l'apaisait bien souvent. Il observa ce magnifique panorama, ces ondulations à la surface de l'eau, ces milliers de sapins dont les cimes pointues piquaient le ciel, ces quelques jetées où s'accrochaient de petites barques en bois, rudimentaires mais pratiques pour se promener sur l'étendue. Il écouta la nature, le vent sifflant dans les branchages, la faune se réveillant, le cri plaintif et hululant d'un huard qui semblait répondre à son propre écho.

Il regarda alors son épouse et sa fille sur le cliché et ses yeux s'embuèrent. L'instant immortalisé avait été capturé lors d'un séjour à New York pendant les fêtes de fin d'année. C'était à la sortie d'une pièce de théâtre sur Broadway, devant les lumières colorées et éclatantes de l'Empire State Building qu'il avait pris ce selfie. La joie et l'amour transpiraient de cet instantané de vie de famille. Une larme coula sur sa joue, il serra la mâchoire pour ne pas craquer.

Une main amicale vint se poser sur lui puis un bras l'enlaça pour le réconforter. Le doux parfum de Laureen adoucit ses pensées. Son étreinte calma son rythme cardiaque. Dans un souffle court, il dit à son amie ce qu'il lui avait toujours caché.

— Elles sont mortes il y a un peu plus d'un an… Elles me manquent terriblement…

Laureen le regarda, bouleversée devant son petit démon dont la carapace venait de se fissurer. Émue, elle essuya une larme sur la joue de son ami et tint son visage entre ses mains.

— Elles sont magnifiques. Je suis vraiment désolée. Pour tout.

Elle déposa un baiser sur son front et l'enlaça à nouveau.

L'instant dura une éternité ou une minute, personne n'aurait su le dire. Il fut perturbé par un raclement de gorge provenant d'un animal sans cœur. Blaze Hanson, lassé d'attendre et d'être spectateur de mièvreries, avait hâte d'en finir et de boucler son adjoint pour complicité d'évasion et de multiples autres chefs d'inculpation qu'il empilerait avec plaisir.

Un Desmond Lowery aux joues sèches et au regard déterminé revint vers les Hanson. Il était prêt à se défendre et pour cela, demanda des précisions sur ce qu'il s'était passé et sur ce qu'avaient exactement vu les trois témoins.

— T'es pas culotté, Napoléon. C'est toi l'accusé et tu te permets de mener l'interrogatoire, c'est ça ?

— Réponds-lui, Blaze, qu'on en sache un peu plus.

Le maire était lui aussi impatient d'en finir. Il avait tant d'autres chats à fouetter ce matin-là que la possible complicité de Lowery n'était pas pour lui une priorité. Et puis, il avait un très mauvais pressentiment.

— On a vu un type s'échapper de chez toi après y avoir mis le feu. Ça n'arrive pas à tout le monde, hein ?

— Comment s'est-il enfui ? Par où est-il parti ?

Le shérif Hanson trépignait moins sur place mais son corps n'en bougeait pas moins pour autant. Il gardait tant bien que mal une posture fière, pleine d'assurance, mais Desmond sentait son témoignage bien fragile.

— Par une fenêtre de l'étage. Celle qui se trouvait sur ce pan de mur. Et il s'est sauvé dans cette direction.

Il désigna le côté est de la maison puis pivota sur lui-même pour montrer le rideau de sapins qui cachait des hectares de forêt. Desmond s'avança vers l'ancien mur, ses pas marquant nettement la terre molle. Il inspecta le sol sur plusieurs mètres et son constat fut sans appel.

— Monsieur le maire, veuillez venir constater comme moi qu'il n'y a aucune empreinte de pas dans le sol. Or, si un individu avait bel et bien sauté de ma fenêtre à l'étage, vu sa masse et la hauteur du saut, des traces profondes de son passage seraient visibles, vous ne pensez pas ?

Hugh Hanson ne prit même pas la peine de venir vérifier ce qu'avançait l'adjoint Lowery. Il tenta de rester digne dans cet instant humiliant pour sa famille. Il cacha son ire et voulut être certain des faits avant de quitter la zone.

— Comme tu as dit « on a vu un individu », si là j'appelle Roger et Christopher, ils m'affirmeront l'avoir vu de leurs propres yeux ou diront simplement ce que tu leur as raconté ?

L'absence de réponse fut éloquente. Blaze ne baissa jamais le regard devant un banc d'accusation sûr de son fait mais n'eut étrangement plus rien à dire. Il restait extérieurement calme mais il suait la folie par tous ses pores. Desmond lui fit face et termina le cérémonial puant que venait de leur offrir le shérif de Vinalhaven.

— Tu as inventé tout cela de toutes pièces pour me discréditer et me faire arrêter. Pourquoi ? Pour te venger de quoi ? Vous êtes misérable Blaze Hanson, misérable.

Les agents Finley et Lowery se dirigèrent vers leur véhicule. En passant devant le maire, qui restait sans voix, consterné devant le nouveau scandale causé par son fils, Desmond lança, professionnel puis acide :

— Nous partons accueillir la police au port et les aider comme il se doit. Pendant ce temps, monsieur le maire, je vous conseille de faire interner cet irresponsable. C'est un putain de psychopathe.

22

Intérieurement, Desmond Lowery ne décolérait pas. Même s'il commençait à bien le connaître, il venait de constater amèrement que le shérif Hanson était encore capable de le surprendre. Cette nuit, le chef étoilé avait atteint le summum en matière d'ignominie, il avait dépassé toutes ses attentes. Il s'était surpassé et l'enflure restait néanmoins droit dans ses bottes.

En compagnie de son amie Laureen, sur le chemin du retour vers le port principal, Desmond se forçait à ne plus y penser, à passer à l'étape suivante. Hanson était un putain de caillou dans sa chaussure mais il n'avait pas le temps de s'arrêter pour l'enlever. Il était dans l'urgence de la situation et devait faire avec. L'agent Finley était assurément une alliée de taille, sa présence l'obligeait à se contenir, à tenir le cap, à se raisonner alors que des envies de meurtre le hantaient.

— Elles sont mortes dans un accident de voiture.

Laureen n'avait osé interrompre le silence. Trop d'éléments se chamboulaient dans sa tête depuis son réveil, trop d'émotions qui terminaient définitivement de la terrasser. Perdue à tenter de dénouer les événements, à essayer de comprendre cette histoire dans laquelle elle errait malgré elle, elle mit un certain temps à réagir à l'annonce de son collègue. Elle le regarda, il était stoïque face à la route, avait les yeux humides et les mains cramponnées au volant. Elle le laissa poursuivre, réalisant que son ami se livrait véritablement à elle pour la première fois.

— C'était un vendredi soir. Nous revenions d'une grande surface pour faire les courses alimentaires, comme chaque semaine. C'était en hiver, il faisait noir, froid, la chaussée était détrempée. À ce moment-là, j'étais fatigué, sur les nerfs et Boston ressemblait à une ville fantôme.

D'une seconde, j'ai grillé un feu rouge en pensant que... Et un véhicule arrivant perpendiculairement à nous a défoncé notre voiture. La berline était méconnaissable, broyée, pulvérisée.

Laureen ne trouva pas les mots pour exprimer sa compassion. Que dire dans ses instants-là qui ne soient pas des banalités ? Même sincères, ses paroles n'auraient eu aucun sens devant la détresse si profonde du père de famille qui évoquait d'une voix tremblante la mort de ses deux chéries. Desmond était un véritable iceberg, sous sa surface gisait une énorme masse de non-dits, de douleurs et de secrets.

Alors qu'ils remontaient lentement vers le centre de Vinalhaven, il poursuivit son récit, accablé et meurtri, malgré le temps qui avait passé.

— Je m'en suis sorti miraculeusement indemne. Je dois vivre sans elles mais je dois aussi accepter qu'elles sont mortes par ma faute. Je les ai tuées. Je suis venu vivre ici, loin de chez moi, pour oublier, ou tout au moins prendre mes distances. Pour ne plus avoir à traverser ce maudit carrefour sans pleurer. Pour ne plus rentrer dans mon appartement et les appeler sans obtenir de réponse. Pour tenter de minimiser cette culpabilité qui me ronge l'âme...

Desmond se gara sur le parking face au débarcadère du taxi-bateau. Le port était encore calme, la frénésie s'emparerait des quais et de l'île entière quand le rouleau compresseur de la police judiciaire prendrait possession des lieux. En regardant l'heure, Desmond se dit que cela n'allait plus tarder.

— C'est une vipère. Je devais avoir quatorze ou quinze ans à l'époque. Je connaissais un type louche qui tatouait au black. J'ai volé quelques billets et comme j'adorais cet animal, si beau, si majestueux, si sombre... Un coup de tête ou de folie, à cet âge-là... Mais heureusement, le type avait beau être carrément camé, il a fait du bon boulot, je n'ai pas honte de montrer mon corps.

Enfin, ils sourirent. À l'évocation de ces souvenirs, de ces secrets intimes, l'ambiance se détendit, la crispation s'atténua.

— Je suis vraiment navrée, Desmond. Je suis désolée aussi, je comprends mieux désormais. Je ne t'en veux pas et j'espère que toi, tu ne m'en veux pas non plus... Merci, en tout cas...

Desmond se pencha vers elle et lui déposa un baiser sur les lèvres. Un simple baiser mais qui signifiait beaucoup. Un geste qui scellait peut-être leur avenir. Un signe qu'il fallait qu'elle soit patiente, que le temps devait encore panser des plaies, et qu'un jour enfin, il se laisserait aller à nouveau au bonheur et qu'elle ferait partie du voyage.

L'arrivée du taxi-bateau à l'entrée du port fut une diversion bienvenue pour éviter tout embarras. À peine était-il en vue qu'ils remarquèrent son lourd chargement. Sur le pont, pas un véhicule n'était surmonté d'un gyrophare. Plusieurs camionnettes faisaient partie du convoi. Sur ces dernières, ils reconnurent l'emblème de la PJ de Rockland. Le débarquement pouvait commencer, fait de son armada de policiers, de scientifiques et d'un médecin légiste ; et avec eux son lot d'emmerdes, les deux agents n'avaient aucun doute sur ce point.

Sous les regards des pêcheurs, toujours affairés à effacer les traces de la tempête pour prendre le large dès qu'ils en auraient la permission, le lieutenant Earth et ses hommes posèrent pied sur les terres de Vinalhaven. De mémoire de vieux loups de mer, personne n'avait jamais rien vu de tel. Et de parole de capitaine, ils avaient intérêt à vite débusquer Michael Simmons car sinon, les pêcheurs n'attendraient pas mille ans avant de rejoindre leurs bancs de poissons. Permission des autorités ou non.

Lowery et Finley se présentèrent aux trois hommes costumes cravates qui s'avancèrent vers eux. Le chef de la bande tiqua de suite, sans même les saluer. Il avait déjà senti l'embrouille...

— Pourquoi le shérif Hanson n'est pas là ?

L'homme était bedonnant et presque chauve. Un physique qui indiquait qu'il était gradé et que le terrain, il ne le voyait plus depuis longtemps qu'à travers des photos sur papier glacé et le discours de ses hommes. Desmond n'aimait pas les bureaucrates mais il fit bonne figure et avait bien l'intention de se mettre la clique de Rockland dans la poche.

— Il est très occupé, vous vous en doutez bien. Il vous attend à son bureau. Lieutenant Earth je suppose ? Et...

Les deux acolytes leur serrèrent la main. Ils étaient secs comme des clous mais avaient une poigne de fer. Leurs yeux étaient vifs, leurs regards perçants. On aurait pu dire deux frères. Les inspecteurs Claw et Richards. À peine les eurent-ils salués qu'ils s'en retournèrent pour donner les premiers ordres aux différentes équipes. Le lieutenant Earth suivit les deux adjoints.

— Je viens avec vous, vous me brieferez déjà en chemin.

Pour Desmond, il était évident que Vince Earth n'était pas dupe. Il devait avoir le flair d'un chien de chasse, capable de renifler la moindre odeur à des kilomètres à la ronde. Sauf que lui n'était pas intéressé par les odeurs animales mais par les effluves de transpiration des menteurs. Il devait être redoutable lors d'interrogatoires... Et dans le bureau du shérif Hanson, des hommes suspects suaient à lui saturer les narines.

Au silence évocateur du shérif, barricadé derrière son bureau, peinant à tenir en place, à demi caché derrière son père ostensiblement placé pour le faire oublier de tous, Desmond avait compris qu'une sérieuse discussion avait eu lieu dans la famille Hanson et que le patriarche avait définitivement repris les rênes, laissant au fiston le soin de faire la potiche qui ferme sa gueule quoi qu'il advienne.

Ainsi, à tour de rôle, le maire Hanson et les deux adjoints résumèrent les événements s'étant succédé sur l'île ces deux derniers jours. Pendant ce temps, le visage du lieutenant aurait pu être de cire tant il était dépourvu d'expression. Voyant que Earth ne se contentait que d'acquiescer et de noter rapidement quelques informations dans son carnet, le trio crut que l'affaire était dans le sac et que tous les mensonges, les omissions et les arrangements avec la réalité qu'il servait au lieutenant étaient passés comme une lettre à la poste. Le sourire de façade de la petite bande se figea quand le lieutenant prit enfin la parole. Il trancha dans le vif avec une petite pointe d'agacement.

— Si mon calendrier est à jour et si ma montre est à l'heure, nous avons un sérieux problème monsieur Hanson, monsieur Lowery, mademoiselle Finley ou d'ailleurs je ne sais à qui m'adresser en priorité car je me demande sincèrement qui dirige la boutique. Il va falloir m'expliquer pourquoi vous avez mis autant de temps pour m'avertir de l'évasion de Simmons mais aussi du meurtre de George Karletti.

Hugh Hanson ne laissa pas une seule seconde s'écouler. La moindre hésitation lui aurait sans doute été fatale. Son assurance de politicien joua à plein régime. Desmond et Laureen ne purent éviter de se regarder.

— Tout simplement parce que toutes les communications étaient coupées avec le continent. La tempête nous a isolés du reste du monde, voilà pourquoi.

Il se garda bien d'en dire trop et ne baissa le regard à aucun moment. Earth n'insista pas mais son stylo qui s'était soudainement immobilisé sur une page blanche du carnet en disait long. Hanson ne venait de gagner qu'un répit, Earth vérifierait si les communications avaient bel et bien été interrompues entre Vinalhaven et la côte. La chose était entendue et il passa d'emblée à un deuxième problème de poids. Il se tourna vers le shérif Hanson pour défier son mutisme et tenter de comprendre sa mise à l'écart évidente.

— Sur le chemin, après leur avoir quelque peu tiré les vers du nez, vos adjoints ont laissé sous-entendre que peu d'éléments avaient été cherchés sur les deux lieux du crime et que pire que tout, l'un d'eux – la maison de George Karletti –n'avait même pas été préservé. Comment avez-vous pu faire preuve d'une telle négligence et d'un tel laxisme, shérif ?

Là encore, Hugh Hanson ne perdit pas un instant et maintint fermement sa plante verte de fils dans son pot de terreau. Mais Earth continua de dévisager le rejeton qui se décomposait à grosses gouttes. Et cette odeur qui piquait les narines…

— Je vais être honnête avec vous, lieutenant. Le nom des Karletti vous dit sans doute quelque chose, n'est-ce pas ? Il doit hanter les nuits de hauts gradés sur le continent mais il a surtout hanté nos nuits depuis le premier meurtre. Alors je n'irai pas jusqu'à dire devant un tribunal que le clan Karletti a fait preuve d'intimidations pour que la maison de George soit rendue à son épouse dans les plus brefs délais, mais dans le huis clos de ce bureau je vous le confesse. Nous ne sommes pas de taille à lutter et sommes bien heureux de vous refiler le bébé, pour tout vous dire.

Desmond analysa la stratégie du maire et ne put qu'admirer comment il savait amener le dessert raffiné après un plat principal plutôt indigeste.

— Comprenez bien qu'officieusement je peux l'entendre, mais qu'officiellement, il faudra bien rendre des comptes à un moment ou à un autre. Il s'agit ni plus ni moins d'un double homicide impliquant deux hommes aux curriculums vitae plus chargés qu'un Lance Armstrong la veille d'une compétition, donc impossible d'étouffer l'affaire et évidemment totale impossibilité que ma tête soit mise à prix à la place de la vôtre ou de celle de votre fils et de son équipe en cas d'échec.

Les deux hommes se faisaient face et l'échange de tir fit place au bruit du vent qui sifflait au dehors, aux branches qui vibraient encore ici et là sous les dernières rafales. Chacun avait ses relations, ses amis haut placés, des services à rendre mais aussi des retours en attente. Aussi, il ne fallait pas douter que dès qu'ils se quitteraient, chacun dégainerait son téléphone pour sauver sa peau et plomber l'autre à bout portant. Mais le lieutenant Earth était en position de force, il le savait et avait bien l'intention de tenir la dragée haute à toute la clique qui tremblait devant lui.

— Je pense avoir perdu assez de temps en votre compagnie alors abrégeons. À partir de cet instant je suis le seul commandant à bord, alors veuillez me remettre tous les indices que vous avez collectés et tous les rapports sur l'évasion de Simmons, le double meurtre Karletti et sur la mort de ce Lionel Black.

Pour la première fois, l'agent Finley intervint en exposant sa théorie sur l'empreinte de chaussure retrouvée près du hangar à bateau de George Karletti. Elle montra la photo sur son Smartphone mais cela n'impressionna nullement le lieutenant. Par contre, cette annonce ne laissa pas indifférent le shérif qui n'avait pas été mis au courant de cette découverte. Il fallut encore le regard meurtrier de son père pour le maintenir assis sur son fauteuil.

— Ne me dites pas que c'est votre seul élément sur les quatre affaires qui nous concernent ?

— Bien évidemment que non, lieutenant. Certes nous n'avons mené que peu d'investigations, par manque de temps et de moyens, mais nous avons précieusement conservé toutes les affaires personnelles des victimes dans lesquelles vous trouverez sans doute quelques pépites.

Fier de reprendre un rôle central, le shérif Hanson se leva muni de sa clé de coffre-fort et s'avança vers ce dernier. Il s'activa à l'ouvrir dans un silence de plomb. Le tout était un peu trop théâtral. Et enfin la porte blindée laissa entrevoir le contenu de l'armoire.

Si les Hanson avaient eu des problèmes cardiaques, Vinalhaven aurait enterré deux hommes de plus en cet hiver rigoureux. Blaze Hanson tenta bien de bredouiller quelque chose. Son père balbutia bien autre chose, comme quoi ils n'étaient pas formés pour des homicides de mafieux, qu'ils avaient été dépassés par les événements. Mais rien n'y fit, le coffre-fort était vide ; et rien n'y ferait, ils ne pourraient jamais justifier cela. En tout cas, aucune explication n'aurait pu plaire à Vince Earth qui les regarda un à un, littéralement sidéré par la situation.

Puis un silence gêné s'imposa à tous. Le lieutenant était prêt à éructer. Il réussit à maîtriser ses nerfs devant cette accumulation hallucinante. Il respira lentement, très lentement.

— Et la cerise sur le gâteau sera la disparition des corps, c'est bien cela que vous me réservez ? Une apothéose mémorable ?

Hugh Hanson reprit un peu de contenance et expliqua ce qu'il avait mis en œuvre pour la conservation des dépouilles. Les efforts à cet égard auraient été appréciés dans d'autres circonstances mais ils paraissaient bien pathétiques désormais. Il n'en dit pas plus, sachant qu'il n'y avait plus aucun meuble à sauver, que le pont sur lequel son fils et lui se trouvaient allait être dynamité au pain de C4.

Afin de confirmer ce sentiment, le lieutenant Earth invita uniquement les deux adjoints à le suivre, snobant la paire Hanson. Il quitta la pièce sans un mot pour eux.

— Allons donc à la boucherie avant que je ne commette moi-même un meurtre.

23

C'était la première fois depuis plus de deux mois que Laureen Finley quittait Vinalhaven. Cela n'avait jamais été indispensable de rejoindre le continent, sachant que tout ce qu'elle possédait et désirait se trouvait sur l'île. Et il faut dire que le mal de mer, elle ne connaissait que trop bien et que l'expérience de la traversée pour Rockland ne lui était jamais agréable. Même si le spectacle des côtes dessinées par l'Atlantique avait son charme avec la végétation et les multiples phares en ligne d'horizon, elle en demeurait insensible dans ces circonstances.

Le lieutenant Earth avait sollicité sa présence ainsi que celle de Desmond. Le shérif Hanson étant *persona non grata*, tous deux n'avaient pu refuser. Ils allaient assister aux autopsies des différents cadavres à l'institut médico-légal. Un programme qui lui soulèverait autant l'estomac que les ressacs de l'océan, elle en était certaine.

Depuis l'arrivée de la police judiciaire, Earth et ses hommes n'avaient pas chômé et avaient dégainé l'artillerie lourde. Laureen avait alors pu assister au travail méticuleux des techniciens qui avaient gelé les scènes de crime… ou récupéré ce qu'ils avaient pu. En quelques heures à peine, les hommes en blanc passèrent les environs au peigne fin. Toute la batterie de technique y passa : la polilight pour les indices invisibles à l'œil nu ; la recherche d'indices majeurs comme les traces de sang, d'empreintes, la présence de douilles ou de fibres textiles. Le photographe avait immortalisé les lieux, même s'il n'avait cessé de jurer face à l'absence des cadavres…

L'humeur des hommes de la PJ était exécrable. Ils avaient tout de suite réalisé qu'ils travaillaient dans le vent, après le passage d'une tempête nommée Hanson. Tout était souillé, rien n'avait été protégé et cela leur garantissait beaucoup d'efforts pour peu de résultat.

L'agent Finley avait eu bien du mal à se donner bonne conscience au milieu des regards de reproches et des jurons. Certes, elle n'avait aucune compétence dans le domaine et elle n'avait fait que suivre les ordres, mais il suffisait de regarder n'importe quelle série policière pour savoir qu'il y avait des choses à ne vraiment pas faire. Comme déplacer les corps sans prendre de photos au préalable ou pénétrer la scène de crime avec des chaussures boueuses.

Néanmoins, après ces dures heures à raconter dans les détails ce que Earth ne pouvait plus observer de ses propres yeux, Laureen esquissa un sourire en pensant à cet enfoiré d'Hanson, resté sur son île, obligé de l'arpenter jusqu'à l'épuisement afin de retrouver Simmons. Une punition donnée par le lieutenant qui ne se faisait désormais guère d'illusion sur la capture de l'évadé. Il avait affecté plusieurs hommes et des chiens à cette traque mais l'étendue de l'île, ses reliefs accidentés et la météo qui avait tout nettoyé sur son passage... tout cela lui inspirait qu'ils allaient perdre – là encore – leur temps. Et puis, de son propre aveu, la capture de Simmons n'était pas sa priorité, même si ce dernier restait dans sa petite liste de suspects qui comportait en tout et pour tout un unique nom. Seuls les Karletti obnubilaient le lieutenant. Il tenait là une bombe à retardement et ne savait nullement quand celle-ci lui exploserait à la figure. Il n'avait pas de temps à perdre.

— Tu devrais essayer d'avaler quelque chose, après ton coup de mou de ce matin, ce n'est pas raisonnable de rester le ventre vide.

Desmond était aux petits soins avec elle. Il mâchait énergiquement un sandwich qu'il faisait passer avec une canette de coca. Il semblait prendre plaisir au grand air océanique. Ses cheveux flottaient au vent, il avait ainsi l'allure d'un marin parti à l'aventure face aux éléments, d'un loup solitaire.

— Non merci, je crois que j'attendrai la fin des autopsies.

— Tu appréhendes ?

— Oui, forcément. Ce sera une première et j'espère une dernière pour moi. Être confrontée à l'assassinat de Black m'a déjà bien secoué. Je ne pense pas être faite pour voir la mort de trop près, dans les détails, sous la peau, sans aucune humanité, dans sa version la plus glauque.

Desmond se tourna vers elle pour lui affirmer ce qu'il avait sur le cœur.

— Les hommes qui seront allongés sur ces tables n'avaient rien d'humain quand ils étaient encore vivants, crois-moi. Prends-les pour ce qu'ils étaient réellement, de la chair sans âme qui n'ont répandu autour d'eux que le mal.

Pour Laureen, le trajet vers l'institut médico-légal se fit dans une certaine appréhension. Autour d'elle, les hommes discutaient simplement, tantôt des banalités, tantôt des retours sur l'affaire, sans être aucunement préoccupés par à ce quoi ils allaient assister. Une routine pour la plupart.

Le bâtiment était flambant neuf mais ses caractéristiques architecturales étaient aussi froides que la température dans les tiroirs mortuaires. Du verre, de l'acier, du béton. Une géométrie sommaire. Laureen s'occupa l'esprit à admirer toutes ces nuances de gris déprimantes. Le cadre était posé, elle n'était pas là pour un spectacle de cabaret. Mais pourquoi n'avait-elle pas évoqué son coup de fatigue avant de s'embarquer là-dedans ?

Le docteur Angor les accueillit, glacial. Court sur pattes, crâne d'œuf, yeux globuleux et des bourrelets par-dessus la ceinture, il n'avait pas le physique avenant et lorsqu'il enfila sa blouse blanche, sa charlotte et ses gants, la vision en était presque grotesque. Mais il y avait fort à parier que sa clientèle ne se plaignait pas.

Il était visiblement d'une humeur de bull-dog, maugréant qu'ils étaient en retard et que par leur faute, les rapports ne seraient certainement pas tapés pour le soir même. Il jugeait inconcevable de ne pas avoir de remplaçant pour son assistant porté pâle. Son caractère correspondait pleinement à son physique et Laureen comprit sans problème l'absence d'alliance à son annulaire gauche.

Quoi qu'il en soit, Laureen se focalisait sur lui, sur ses yeux injectés de sang, sur sa lèvre supérieure qui formait un pont – signe qu'il fumait depuis des lustres – afin de ne pas regarder les trois corps qui s'alignaient sur des tables en inox qui brillaient sous les lampes scialytiques. George Karletti, Nick Karletti et Lionel Black.

Le légiste enclencha son magnétophone et présenta son premier cas puis s'attarda sur son examen externe, décrivant précisément la lividité du corps et la rigidité cadavérique et analysant la moindre des égratignures et contusions. Il prit d'innombrables mesures au niveau des plaies afin de déterminer l'arme exacte avec laquelle la victime avait été tuée et avec quel angle et quelle violence les coups avaient été portés. Il gratta les résidus sous les ongles et les déposa dans un sachet plastique pour analyse au laboratoire. Si Karletti avait eu l'occasion de se défendre, peut-être avait-il griffé son agresseur et ainsi pris un peu d'ADN, ce qui permettrait peut-être d'identifier le meurtrier ou tout au moins de le confondre en cas de suspicion.

— Je ne vous cache pas, docteur, que l'un des aspects qui nous intéresse le plus est de savoir si le meurtrier s'est acharné à ce point pour se venger ou s'il a pris son temps pour le torturer…

Sans même lever les yeux, d'un ton tout aussi monocorde, Angor répondit pour clore les débats avant même de les commencer :

— Vous savez ce qu'on dit. Mon travail c'est de vous expliquer le comment, le pourquoi c'est votre boulot, lieutenant.

Jusque-là, Laureen avait jugé l'expérience intéressante, et excepté l'odeur de désinfectant mêlée à celle de la mort, elle s'en était sortie sans nausée. Mais quand le légiste s'arma de son bistouri pour commencer la dissection, elle voulut détourner le regard. Cependant une certaine fascination l'obligea à suivre les événements qu'Angor décrivait avec précision.

— Pour ouvrir le corps, je pratique une incision mento-pubienne, je dénude le gril costal et je découpe le plastron thoracique.

Lorsque les viscères s'exposèrent devant ses yeux et que le docteur Angor commença l'examen interne, elle prit de la distance en reculant de quelques pas. Personne ne sembla remarquer son malaise, ni le lieutenant, ni Desmond.

« ... de nombreuses fractures costales certainement causées par la lame... »

« ... passez-moi le costotome de Pollocks, agent Lowery... »

« ... incision du sac péricardique... prélèvement du cœur... examen des artères coronaires tous les cinq centimètres... »

Laureen avait aussi pris de la distance en se coupant du monde qui l'entourait. Mais des bribes de phrases, des bruits étranges, parfois spongieux, parfois gutturaux et ce tintement caractéristique des instruments sur le plateau métallique lui parvenaient quoi qu'elle fasse. Elle chercha de l'aide ou plutôt une distraction en se focalisant sur son ami qui malgré lui avait pris la place de l'assistant en avançant le matériel que lui demandait le légiste. La scie de Satterlee, l'écarteur de Weitlaner, le couteau, le rachitome...

Laureen ne savait pas à quoi tout cela pouvait servir et n'avait aucune envie de le savoir. Elle ne trouva pas le courage de regarder les organes que le légiste prélevait et pesait mais elle trouva le courage de quitter la pièce sans se retourner. Elle se fichait bien de ce que penserait le lieutenant. Peut-être avait-il voulu la tester, l'impressionner ou la ridiculiser en l'amenant ici ? Dans tous les cas, ce jeu morbide ne l'intéressait pas.

Ne pas vomir. Ne pas hurler. Ne pas flancher. Elle accéléra le pas jusqu'à courir puis sortit du bâtiment. Elle prit une bouffée d'air frais pour se laver les poumons de cette odeur entêtante qu'elle identifierait jusqu'à sa propre mort. Puis son estomac se retourna sur le macadam.

Laureen s'était assise sur l'une des marches en faux marbre de l'institut. Elle avait les fesses gelées mais n'y pensait pas. Son corps s'était engourdi tandis que son esprit s'était empli de mélancolie. Ses pensées avaient divagué en tout sens, des larmes avaient coulé sur ses joues. Tenir bon. Jusqu'au bout. Pour lui. Il fallait qu'elle comprenne les tenants et les aboutissants de toute cette histoire quoi que cela lui en coûte.

— Bois ce café, ça va te réchauffer.

Desmond Lowery s'assit à ses côtés et lui tendit un gobelet fumant.

— Je ne te garantis pas la qualité du produit mais il est avec sucre et lait. Comme tu l'aimes.

Elle regarda l'heure sur sa montre et constata que plusieurs heures s'étaient écoulées depuis qu'elle s'était sauvée. Les autopsies étaient enfin finies. Ils allaient pouvoir rentrer. Avant cela, elle voulait savoir ce que cela avait donné.

— On a confirmation que les deux frangins Karletti ont été torturés à mort, tous les coups de couteau ont été faits ante mortem. Sinon, rien d'inattendu pour l'instant. Des constatations évidentes uniquement. Quelques prélèvements de fibres à même la peau, mais qui mèneront au mieux aux vêtements du tueur mais pas à lui. Tout ça pour ça, comme dirait l'autre. Il faudra attendre les résultats des analyses toxico et de tout le reste pour avoir une éventuelle surprise mais notre cher légiste ne s'attend à rien de spécial.

Laureen but quelques gorgées et remercia intérieurement Desmond d'avoir sucré sa potion car elle était presque imbuvable.

— Et pour Black ?

Les mots étaient sortis de sa bouche sans qu'elle ne les sente se former au bout de ses lèvres. Son ami ne remarqua pas son léger malaise. Elle grelottait désormais, les mains serrant la tasse fumante.

— Mort par balles. D'après les trois impacts sur la poitrine, Simmons devait se trouver à une distance d'un mètre tout au plus. Calibre neuf millimètres. Les balles sont parties à la balistique. Analyse des résidus de poudre. Là encore, cela nous mènera à l'arme du crime et aux affaires dans lesquelles elle aurait servi, mais cela ne nous ramènera pas Michael Simmons.

Elle termina son breuvage infect et se releva, un peu étourdie, les jambes flageolantes. Une impression de déjà-vu. Desmond l'aida et la soutint.

— Et quand aura-t-on les résultats ?

— Avec la tempête qui a sévi, il y a eu pas mal de personnels absents ces derniers jours et il y a du retard. Donc pas avant demain soir au mieux.

Le lieutenant Earth apparut alors sur le perron et les rejoignit, un sourire ironique peint en plein milieu du visage. Elle n'eut pas besoin d'écouter ce qu'il lui dit pour savoir qu'il la vannait en bon macho. Elle ne prit pas la peine de sourire à la boutade. Quand il lui tapa l'épaule comme s'ils étaient vieux potes, elle le détesta. À cet instant, elle ne savait pas encore qu'elle n'avait pas fini de le détester...

24

Laureen avait prétexté un gros coup de fatigue pour rentrer chez elle. Dès leur retour sur Vinalhaven, elle n'avait pas résisté à l'appel de la solitude. Elle en avait eu besoin, c'était devenu urgent, elle devait pleurer toutes les larmes de son corps, une bonne fois pour toutes. Mais elle n'avait pas eu envie d'être vue, de susciter la moindre pitié ni même la moindre compassion. Elle avait voulu être seule avec elle-même quelques instants, pour se retrouver, le temps de s'effondrer, pour ensuite mieux repartir. Enfin, l'espérait-elle.

Elle se jeta donc dans son lit, comme une lourde masse inerte parachutée sur le moelleux du matelas, le sommier grinça sous le choc. Elle resta ainsi, sans bouger, désarticulée comme un pantin tombé au sol. Seules ses lèvres tremblaient au rythme de ses sanglots. Seules ses larmes coulaient et se perdaient dans le coton des draps.

Sa vie défilait devant ses yeux comme si la mort était en train de la happer. À la fin du film, il lui restait le choix de la conclusion. Mais afin de ne pas se tromper dans la dernière scène du scénario, elle devait réfléchir aux événements, comprendre certaines choses, effectuer des recherches pour résoudre les énigmes qui se posaient à elle et enfin définir les actions à mener.

Finalement, sa décision fut rapidement prise une fois les éléments tous mis à plat. Elle devait identifier tous les protagonistes dans l'affaire Karletti et avait bien compris qu'ils étaient bien plus nombreux qu'à première vue. Son ordinateur portable était à bout de bras. Elle l'alluma et le temps que la ventilation tourne à son maximum, elle avait déjà séché ses larmes et s'était redressée sur son lit. Elle cala ses oreillers dans son dos et s'installa, déterminée à trouver des réponses à ses innombrables questions. Et son ami Google allait encore une fois bien lui servir.

Elle établit son plan de bataille afin d'être la plus efficace possible. Elle avait perdu beaucoup trop de temps aujourd'hui, faute aux événements bien évidemment ; mais elle avait ses propres priorités et se devait désormais de rattraper le retard. Ainsi elle commença ses recherches en tapant à toute vitesse sur les touches de son clavier, en faisant glisser ses doigts en tous sens sur son pavé tactile. Ses yeux roulaient de gauche à droite, revenaient en arrière, partaient parfois en diagonale quand elle sentait qu'elle lisait du vide. La magie d'Internet consistait à dénicher des pépites d'or au milieu de flux d'informations qui vous submergeaient comme un tsunami. Laureen savait dompter ce genre d'événements mais se prenait tout de même quelques vagues numériques qui la faisaient dévier de sa route. Fausses informations. Fausses pistes. Culs-de-sac.

Parfois elle doutait. Certes la toile regorgeait de milliards de téraoctets de données, plus ou moins essentielles pour l'individu lambda, plus ou moins accessibles pour le commun des mortels ; mais au final, on n'y trouvait pas toujours tout, sur tout, surtout sur certaines personnes. Alors Laureen devait se résigner, malgré ses talents de hacker et les sites tantôt officiels tantôt fantômes qu'elle visitait, elle n'obtiendrait pas certains renseignements escomptés.

Plusieurs heures défilèrent sans qu'elle ne décroche, les doigts toujours aussi sautillants sur les touches du clavier, l'œil toujours rivé à l'écran, l'esprit complètement accaparé par les tâches qu'elle avait à accomplir. À tel point que Desmond dut sonner à plusieurs reprises pour qu'elle réagisse et sorte enfin la tête de sa bulle Internet. Avant de se lever pour aller accueillir son ami, elle enregistra ses travaux, ferma certains fichiers, fit le ménage dans toutes les fenêtres ouvertes.

— T'as une tête à faire peur, Desmond.

Une tête de déterré et un corps meurtri par la fatigue. Il la crut sur parole. Rarement il s'était à ce point senti vidé de toute substance. Il n'eut même pas la force de répliquer qu'elle aussi avait la gueule des mauvais jours. De ceux qui sont interminables.

Il sortit deux canettes de bière du frigo et en balança une à Laureen qui ne se fit pas prier. Oubliant toute bonne manière, il se servit aussi dans le panier à fruits comme s'il était chez lui. Une banane, histoire de maintenir son organisme hors de l'eau. Après l'avoir engloutie, il jeta la peau à la poubelle et s'avança vers son amie qui était pensive, assise dans le canapé, les jambes repliées sous ses fesses, le regard vers le plafond, un trait de mousse sur la lèvre supérieure. Il s'affala à côté d'elle et regarda lui aussi ce plafond hypnotique, couleur blanc cassé.

— Quoi de neuf, docteur ?

— Excepté que ce sont les deux dernières bières que tu avais au frais ? Rien. C'est justement ça le problème.

Il avala une nouvelle rasade et savoura la douce sensation de l'alcool réchauffant son gosier. Une bière n'est jamais aussi bonne que lorsqu'on la mérite pleinement. Et cette mousse lui semblait sacrément bonne, cela voulait tout dire. Il se laissa encore une minute de répit avant de se lancer dans un débriefing rapide. Laureen le lui aurait réclamé dare-dare s'il s'était tu plus longtemps.

— Je te la fais courte ou très courte ?

— Accouche Desmond ! Moi aussi, j'ai mon sac à vider ! Et j'en ai plein la tête.

Le ton de Laureen n'était pas désagréable mais il ne prit pas l'ordre à la légère.

— De un, Michael Simmons est toujours introuvable malgré les hommes mobilisés toute la journée et désormais une météo plus clémente. Comme ce n'est pas la priorité de notre cher lieutenant, dès demain il retire ses billes et laisse le fardeau à Hanson. Sincèrement, on pense tous qu'il a déjà levé l'ancre d'une façon ou d'une autre, mais comment en être sûr ?

Laureen se laissa glisser sur le divan jusqu'à poser sa tête sur les jambes de son camarade. Elle l'écoutait sans rien dire, ayant bien des difficultés à rester concentrée, perturbée par les milliers d'informations que son cerveau avait dû trier, traiter et retenir ces dernières heures.

— De deux, les blouses blanches ont terminé de ratisser les différents lieux de crime. Elles sont reparties avec la blinde en petites pochettes plastiques, une belle récolte, c'était magnifique. Mais je t'avoue qu'ils nous en veulent toujours à mort d'avoir saboté toutes les zones.

Sans même sans rendre compte, ses mains caressaient les cheveux de Laureen. Il appréciait le contact entre leurs deux corps. Il appréciait la vue de la jeune femme lui offrant l'esquisse de toutes ses formes. Et sans doute à cause de sa fatigue extrême, l'intensité de cet instant de tendresse fut décuplée. Il se força à reporter son regard sur le plafond…

— De trois, les Hanson font profil bas, voire très bas, si tu vois ce que je veux dire. Hugh est reparti s'occuper de ses administrés tandis que Blaze a écumé la forêt en solitaire pour se calmer les nerfs.

— Qu'il crève.

Là non plus, aucune trace d'humour. Laureen venait d'annoncer une sentence, un couperet. Desmond n'en tint pas rigueur, lui aussi l'aurait bien réduit en charpie et il avait pléthore de raisons pour cela.

— Et de quatre, je t'ai gardé le meilleur pour la fin. Demain, nous irons sur Greens Island voir Mme Karletti en personne.

Laureen se releva sans prévenir. L'annonce avait de quoi secouer n'importe quel flic connaissant le curriculum vitae du clan Karletti. Et après ses heures de recherches approfondies, elle connaissait désormais chaque ligne, chaque étape importante de l'ascension inexorable de cette famille mafieuse et de sa matriarche jusque-là invisible et intouchable.

Elle s'agenouilla à terre devant la table basse et réveilla son ordinateur. En un sursaut, elle venait de retrouver de la vigueur. Et elle avait envie de dévoiler les résultats de ses recherches.

— Je te la fais courte ou très courte ? Non, je blague. Je vais tout reprendre de A à Z afin que mon petit démon soit convaincu à cent pour cent. Tu vas voir, mon ami Google et moi-même avons fusionné nos neurones pour en arriver là. Je t'explique.

Desmond s'assit au bord du canapé, soudain, lui aussi revigoré par cet enthousiasme communicatif. Au débit important de ses paroles et à la superposition des photos, articles de journaux et comptes rendus sur l'écran, il sut d'emblée qu'il allait devoir s'accrocher. Il se frotta les yeux et respira profondément.

— Je vais tenter d'être pédagogue alors tente d'être un bon élève, OK ? Je ne vais pas faire la rétrospective de toutes mes trouvailles à partir de ta longue liste de détenus de North Vinalhaven, on en aurait jusqu'à Pâques. Je vais prendre deux exemples bien distincts mais représentatifs pour prouver la théorie que je veux t'exposer. Celui de Mark Edwards qui était emprisonné au centre de détention de 2005 à 2007 puis celui de Bobby Filmore détenu quelques mois seulement en 2011. Tu suis toujours ?

Elle lança un œil plein de malice dans sa direction.

— Oui, oui, t'inquiète, j'étais plutôt du genre premier de la classe.

Ce qui était totalement faux mais Desmond n'avait pas l'intention de s'étaler sur ses déboires scolaires ce soir-là. Il avait été en réalité l'inverse, tendance cancre en fond de salle, toujours collé au radiateur. Il n'avait jamais donné la pleine mesure de ses capacités, loin s'en faut, sauf quand le sujet le captivait, ce qui, durant les années où il avait usé ses fonds de culotte sur les bancs de l'école, n'avait pas été souvent le cas.

— Mark Edwards, originaire de Boston, dans le quartier *The Town*, je pense que t'en connais la réputation et tu imagines bien que lors de sa première arrestation, il n'avait pas encore de poil au menton. Regarde : tout juste dix ans et déjà emmené au commissariat pour des vols, des dégradations. Puis avec l'adolescence, les petits larcins se sont transformés en cambriolages et possession de drogue. Jusqu'à l'âge adulte, il a balayé tous les domaines, c'est un vrai guide touristique de la délinquance à lui tout seul. Quelques condamnations, quatre mois de prison en 2003, six mois l'année suivante. Puis enfin la montée en puissance avec braquage à main armée, il arrive à la prison de Vinalhaven le 8 mars 2005.

Pendant son monologue, Laureen étayait ses propos avec des extraits du casier judiciaire du malfrat et des articles de presse relatant certains faits divers. Desmond n'avait pas le temps de les lire mais ce n'était pas l'important, c'était simplement une façon de prouver tout ce qu'elle avançait.

— Bon, je t'avoue que des types comme çà avec le même profil, le même parcours, j'en ai à la pelle. Donc, ce n'était pas la partie la plus intéressante. Ce qui suit, risque bien de te troubler davantage.

Comme pour mieux voir et mieux entendre, Desmond s'approcha de quelques centimètres. La poitrine bombée de son amie le narguait à quelques centimètres de ses doigts. Il se focalisa sur l'écran. Rien que sur ces milliers de pixels froids et scintillants.

— Notre cher Edwards ressort du centre de détention deux ans plus tard, quelques mois avant l'échéance grâce à sa bonne conduite. Regarde, c'est une photo que tu as prise dans le bureau de Smedley. La dernière page de son dossier. C'est un peu flou mais on peut le lire ici avec la signature du directeur.

Elle pointa son doigt sur l'écran et agrandit l'image. Elle attendit que son collègue acquiesce d'un signe de tête avant de refermer la fenêtre et de cliquer sur une autre.

— Ensuite, je perds sa trace, et la police aussi vraisemblablement, pendant près d'un an. Mise au vert, retraite spirituelle dans un monastère ou recul face à la profession, je ne pense pas ! Car à l'été 2008, il est soupçonné d'avoir participé à l'assassinat de plusieurs membres d'un gang new-yorkais. Une empreinte dans une bagnole a mené la flicaille à lui. Mais pas de suite judiciaire. Son implication dans cette affaire m'a franchement paru étrange, pour plusieurs points : nouvelle montée en puissance dans l'échelle de la criminalité après un an de cure, aucun fait dans son passé ne le relie à ce gang et de ce que j'en sais, cet Edwards n'avait jamais mis les pieds dans la Grande Pomme avant cela.

L'agent Lowery suivait religieusement l'histoire que Laureen lui racontait, mais il n'avait toujours pas saisi l'aspect intrigant de cette biographie. Il attendait la chute comme un lecteur attend le dénouement d'un roman qu'il a dévoré.

— Alors j'ai creusé et me suis renseignée sur ce fameux gang. Les *Latin Kings*, spécialisés dans le trafic de drogue et la prostitution. Deux secteurs que couvre le clan Karletti dans sa large panoplie. Et vlan, ni une ni deux, dès le premier rapport de police que j'ai pu pirater sur l'affaire, la police de New York a écrit noir sur blanc qu'il s'agit sans doute d'un règlement de compte entre les *Latin Kings* et la mafia de Boston car le gang, déjà très puissant et organisé, tenterait d'étendre sa sphère sur toute la côte Est.

Laureen but une gorgée de bière et se tourna vers son acolyte d'un petit air triomphant derrière ses cernes. Devant l'absence de réaction, elle le maudit.

— T'as pas pigé, c'est ça ?

— Pour tout te dire, je suis au temps des galères romaines, je rame à mort. Trop fatigué… Excuse-moi.

— Pas grave. Il n'y a qu'avec des élèves médiocres qu'on peut juger de la valeur d'un professeur. C'est pour cela que j'avais prévu un deuxième exemple détaillé. Celui de Bobby Filmore.

— J'ai le droit de reprendre une banane ? Ça aiderait mon cerveau à tourner à plein régime.

— Dépêche-toi, le temps de reprendre mon souffle et d'ouvrir les bons documents.

Elle brossa alors le portrait de Filmore dans les grandes lignes. Rien à voir de prime abord avec Edwards. Dans ce deuxième cas, il s'agissait d'un homme d'affaires du comté de Rockland, tendance véreux, inculpé pour corruption. Petit passage par la case prison de Vinalhaven pour calmer le requin. Sorti du tombeau après sa peine fin 2011.

— Et là, idem, plus aucune trace du beau blond à costard jusqu'à ce que son nom apparaisse dans une légende de photographie illustrant un article portant sur l'inauguration d'un projet immobilier d'envergure à *Back Bay*, dans la couronne pavillonnaire chic de Boston. Tu vois là, tu le reconnais ?

Desmond confirma. *Et alors ?!* s'insurgea-t-il intérieurement, voyant que Laureen le dévisageait, attendant en silence le messie. Il comprit le petit jeu et se força à détailler la photo sur laquelle une belle brochette de cravatés s'alignait toutes dents dehors pour célébrer l'événement. Ne voulant pas être mis en échec, il recommença une seconde fois et vit enfin ce qu'il y avait à voir. Il fallait avoir l'œil.

— C'est George Karletti juste à côté de lui, c'est bien ça ?

— Bingo amigo ! Tu piges maintenant ou je reprends tout à zéro ?

Desmond se frotta de nouveau le visage comme si ce simple geste réduirait sa fatigue à néant et lui permettrait de synthétiser l'ensemble des informations pour en tirer une évidence. Il se leva et se dirigea machinalement vers la fenêtre. Au dehors, la nuit était tombée depuis longtemps. Une nuit d'un noir impénétrable, sans étoiles brillantes pour animer la voûte céleste, sans lune pour le guider. Il percevait simplement les quelques arbres à proximité dont les branches dansaient au rythme du vent. Et au vu de leur cadence, Desmond jugea que la nuit allait encore être agitée.

— Tu es en train de me dire que deux anciens prisonniers du centre de détention de North Vinalhaven, qui n'avaient au départ aucun lien avec le clan Karletti, se sont retrouvés après leur libération en relation plus ou moins directe avec celui-ci, c'est bien ça ?

— Oui, très cher collègue. Vous comprenez vite mais il vous faut longtemps ! Et j'ai pu trouver un lien assez rapidement pour une dizaine d'hommes avant de m'arrêter, sûre de mon fait.

— Et Smedley avait fini par m'avouer que c'était madame Karletti la bienfaitrice de la prison. Un mécène… Je commence à comprendre cet élan de générosité. Mon intuition ne m'avait pas trompé.

Desmond revint vers Laureen. Il s'agenouilla face à elle, fière de ses trouvailles. Il lui laissa le plaisir de conclure, elle le méritait amplement.

— En somme, les Karletti financent et utilisent la prison comme une plate-forme pour recruter voire former des hommes qui vont les servir dès leur sortie… C'est génial ! Enfin, je me comprends…

— C'est toi qui es géniale. D'avoir percé cela en quelques heures, c'est tout bonnement…

Desmond s'interrompit. Son regard s'assombrit. Une pensée venait de le traverser.

— Excuse-moi, Laureen… Ce n'est pas pour minimiser ta découverte ou mettre en doute ton intelligence mais si tu as pu établir cela aussi rapidement, ça veut dire que le lieutenant Earth ou un autre flic de Rockland a forcément compris le rôle du centre de détention dans l'organisation de la mafia Karletti depuis bien longtemps. Alors, pourquoi ce petit manège qui dure visiblement depuis au moins huit ans n'a toujours pas cessé ?

25

Le vent soufflait fort ce matin-là. La mer s'agitait et la houle venait se fracasser contre les rochers avec une violence impressionnante. Rien de rassurant pour l'agent Laureen Finley qui, une fois le pied sur le pont d'un bateau, n'en menait jamais large.

L'embarcation appartenant aux gardes-côtes de Rockland était assez grande et sécurisante, le trajet prévu n'était que de six cents mètres, la profondeur de l'eau ne dépasserait pas les dix mètres à marée basse, deux canots étaient prêts à être largués, des gilets de sauvetage remplissaient les coffres dissimulés sous des bancs à bâbord et tribord ; et malgré tout cela, Laureen ne pouvait s'empêcher de trembler d'appréhension.

Si quelqu'un lui faisait une remarque, elle prétexterait le froid intense. La température avoisinait zéro degré et avec le vent soutenu et l'humidité ambiante, celle ressentie devait être de moins cinq, moins dix. Quand des projections d'eau lui parvenaient, son corps était comme parcouru par une onde de choc suite à une vive électrisation, en provenance directe de l'Arctique.

Pour que les quelques minutes de traversée ne lui paraissent pas des heures et ne lui aspirent pas le peu d'énergie qui l'animait, elle se concentra sur l'horizon. Derrière elle, la baie qui abritait le port principal se refermait. En toile de fond, la verdure était percée ici et là de maisons en bois, couleur bleue, couleur rouge, la plupart arborant le drapeau étoilé. Puis peu à peu, les pales des éoliennes géantes qui culminaient au nord de l'île apparurent, gâchant à son goût le paysage idyllique et sauvage.

À bâbord, ils croisèrent plusieurs bateaux rentrant de la pêche. Les embarcations avaient été fouillées par la police avant leur départ. De nombreux marins s'affairaient à trier les homards et elle se dit qu'ils avaient bien du courage. Quand à tribord, elle vit le phare esseulé sur un énorme roc, elle sut que le remue-ménage ne faisait que commencer, que l'agitation de l'océan ne s'était jusque-là pas encore fait pleinement ressentir.

— On ne prend pas le trajet direct. Le capitaine doit suivre un itinéraire très précis, car le coefficient de marée est très faible. Ça va, toi ? Tu as l'air frigorifiée malgré ta doudoune.

Desmond Lowery lui apportait un café dans une tasse de Thermos. Il était brûlant mais ne le resterait pas longtemps.

— Oui, comme tu dis… Réchauffement climatique qu'ils disent à la télé. Que des conneries !

Ils rirent de bon cœur et se dopèrent à la caféine. Le temps de finir la tasse, les côtes de Greens Island s'offraient à eux. Et ils ne purent manquer ce qui se voyait déjà de loin : des petites tours construites à intervalles réguliers sur tout le périmètre de l'île. À chaque sommet, un homme guettait, une paire de jumelles pendant autour du cou. La zone était quadrillée, personne ne pouvait approcher de Greens Island sans se faire repérer. Desmond pensa immédiatement à des scènes de James Bond, l'agent secret s'infiltrant dans la propriété d'un milliardaire machiavélique en faisant de la plongée sous-marine pour passer les lignes ennemies. Tandis que Laureen avait d'autres références culturelles…

— On se croirait au temps des châteaux forts avec de braves soldats sur les remparts prêts à mourir pour protéger leur reine. En une version plus moderne certes, mais l'idée est la même. Leur demander s'ils sont armés serait inutile, n'est-ce pas ?

— Tu peux passer à la question suivante : toutes leurs armes sont-elles légales ?

Habiter sur une île avait ses avantages et ses inconvénients au niveau de la sécurité. Une quasi-impossibilité d'approcher des lieux sans être vu. Par contre la nécessité absolue de prévenir toute intrusion. Pas question de grande muraille de Chine ou de barbelés mais une petite armée de gardes pour surveiller la zone.

Alors que le bateau ralentissait à l'approche du ponton, le lieutenant Earth les rejoignit. Dans son regard, Laureen comprit qu'il détectait son état de faiblesse. Elle le fixa avec défiance. Vas-y, ose la ramener et je te passe par-dessus bord... jura-t-elle.

— J'ai oublié de vous dire tout à l'heure qu'on avait émis un avis de recherche dans tout l'État du Maine au nom de Michael Simmons. C'est donc officiellement l'USMS[1] qui est chargée de retrouver le fugitif. D'ici quelques heures, vous verrez sans doute des marshals taper à votre porte. Ils le retrouveront et le pendront haut et court !

Il rit à ce qu'il assimilait à de l'humour avec une référence cinématographique d'un célèbre film avec Clint Eastwood. Mais la blague tomba à l'eau, ses deux interlocuteurs étant bien trop jeunes pour comprendre l'allusion. Vexé, il se rembrunit et poursuivit dans les annonces.

— Les premiers résultats du labo sont arrivés sur mon bureau avant l'aube mais rien de probant, rien d'exploitable... comme prévu. Dès mon retour sur le continent, j'interrogerai en bonne et due forme les différents témoins des meurtres. Notre salopard ne s'en tirera pas comme ça, croyez-moi.

Oui, tu es le plus beau ! Oui, tu es le plus fort ! Nous, on a tout foiré, on est des merdes... pesta Laureen, pleinement convaincue des sous-entendus que le lieutenant avait glissé à chacun de ses mots. L'agent Finley était comme ça, quand elle détestait quelqu'un, elle le vomissait à chaque instant et il n'y avait aucune seconde chance.

— Et votre salopard fait partie de quel gang, quelle mafia ?

---

[1] United States Marshals Service

Le lieutenant fut surpris par le ton employé, un brin agressif, mais il fit comme si de rien était. Ce n'était pas la première fois qu'il ressentait une certaine animosité venant de la jeune agent. À vrai dire, il aimait cela. Les femmes qui lui résistaient avaient tendance à l'exciter.

— On n'écarte aucune hypothèse. Gang, règlement perso, affaire de cul ou uniquement pour le blé. Nous ne négligeons aucune piste, agent Finley, ne vous inquiétez pas pour cela. Vous êtes toute pâle, cela ne va pas ?

Face à ces échanges un peu tendus, Desmond avait tout d'abord opté pour l'observation en cachant son sourire derrière son gobelet en plastique, puis il décida de changer de sujet. Laureen et lui avaient besoin de rester dans le cercle de confiance du lieutenant pour garder un œil sur l'enquête alors il ne pouvait pas laisser s'envenimer la situation.

— Que réservez-vous au shérif Hanson et au maire pour avoir saboté volontairement le début de l'enquête ?

Le capitaine du bateau commençait à manœuvrer pour accoster sur Greens Island. Une partie du quai en bois avait cédé sous les assauts de l'océan pendant la tempête. D'ailleurs tout autour d'eux, des traces de son passage étaient visibles, la petite île étant encore plus exposée à l'Atlantique que Vinalhaven. Deux hommes au look militaire, tendance machine de guerre, comme Black, les attendaient sans broncher.

Le lieutenant Earth se tint à la rambarde et regarda Lowery au plus profond de ses prunelles.

— Pour tout vous dire, il y a deux scénarios. Si mon enquête se termine bien, ils s'en sortiront sains et saufs et je les aurai à ma botte pour des années, et ça me sera forcément utile un jour d'avoir un maire, fréquentant les hautes sphères de l'État, qui me sera redevable. Si mon enquête tourne au fiasco, soyons clairs, je les jetterai dans la fosse aux lions sans aucun état d'âme. Je ne coulerai pas à cause de deux ploucs.

À cet instant, la même question résonnait dans la tête des deux adjoints du shérif. « Et nous dans cette histoire ? ». Mais aucun ne s'abaissa à demander à quelle sauce ils seraient mangés en cas d'échec. Cela aurait été un nouvel aveu de faiblesse et ils n'avaient nullement l'intention de laisser le flic se gausser à leurs dépens.

Ils débarquèrent sur Greens Island sur le coup de neuf heures. Le lieutenant se chargea naturellement de parlementer avec les deux gorilles. Après quelques brefs échanges, ils furent tous conduits vers deux voiturettes électriques, comme ils en avaient déjà vu à la télévision sur les terrains de golf.

Un sentiment étrange s'empara d'eux quand ils montèrent à bord. Ils étaient sur l'île du clan Karletti sur laquelle un service d'ordre digne d'un président officiait. Ils se laissaient emmener bien gentiment à travers des bois touffus, puis de somptueux jardins, vers une villa sans commune mesure. Le style colonial prédominait dans cette bâtisse d'une blancheur spectrale. Elle était majestueuse et semblait immense comme la traîne d'une robe de mariée. Si la météo avait été plus clémente, avec un ciel bleu azur, l'effet somptueux aurait été encore décuplé. Oui, ils avaient un sentiment étrange, de malaise.

Laureen ne pouvait être que subjuguée par le spectacle. La pauvreté dans laquelle la vie l'avait traînée l'avait en quelque sorte conditionnée à cet émerveillement. Ses rêves de prince charmant étant jeune fille l'avaient souvent amenée à s'imaginer de tels paradis sur terre. Elle y était désormais mais l'instant était loin d'être savoureux. Elle venait à la rencontre de madame Karletti, une femme éminemment puissante, et tout ce luxe grandiose n'était le fruit que de son machiavélisme.

Desmond, lui, restait plutôt de marbre devant toute cette richesse débordante. Il s'amusait à dénicher les caméras de surveillance. À mi-chemin, il n'avait déjà plus assez de doigts pour les compter. Un écriteau aurait dû les prévenir à leur arrivée : « Souriez, vous êtes filmés ». L'arsenal visible de défense active et passive de l'île était impressionnant et il savait parfaitement que les lieux étaient truffés d'autres systèmes de sécurité qu'il ne pouvait voir. Même la ruse de l'agent 007 ne lui aurait pas suffi à atteindre le sacro-saint Graal au cœur de ce dispositif.

Une servante parfaitement habillée avec une coiffure tirée à quatre épingles les fit pénétrer dans une entrée aux dimensions colossales. Desmond imagina sans problème sa petite maison en rondins de bois – avant qu'elle ne brûle – dans cette seule pièce. Au-dessus d'eux, un lustre brillait de mille éclats. Autour d'eux, tout n'était que luxe et raffinement. Pas du tout du goût de l'agent Lowery, mais il ne pouvait qu'apprécier le soin apporté à chaque détail. Sa femme avait été décoratrice d'intérieur, certes pour des milieux moins aisés, mais par procuration il avait beaucoup appris sur l'art de l'aménagement.

Quand ils pénétrèrent dans le salon pour les visiteurs, Desmond ne vit donc aucune fausse note à la décoration et au mobilier. Des canapés en cuir blanc, encadrant une grande table basse avec plateau de verre, le tout centré devant une cheminée d'apparat en marbre, elle-même surmontée par un tableau aux couleurs vives, au rouge prédominant. Par les larges fenêtres, ils pouvaient admirer le panorama sensationnel : les pelouses puis l'océan Atlantique dans toute son immensité.

La servante revint vers eux quelques secondes plus tard, leur servant le thé dans de la vaisselle en porcelaine d'exception. Malgré le sourire sincère et le charmant accent de la femme typée asiatique, aucun des policiers présents n'osa accepter, refusant poliment. Tous étaient plus ou moins gênés par les circonstances. Aucun d'ailleurs n'avait voulu s'installer dans les fauteuils, par pudeur face à cette richesse nauséabonde ou tout simplement de peur de les souiller de leurs imperméables trempés. Être reçus comme des hôtes prestigieux dans ce cadre atypique par une famille qu'ils savaient tous mafieuse mais qu'ils ne pouvaient arrêter, cela avait de quoi perturber n'importe quel flic.

— Desmond, dis-moi ce qu'on fait là ?

Laureen lui susurrait à l'oreille son désappointement. Il la regarda, amusé et lui fit une simple moue en retour. Il n'en avait aucune idée. Le lieutenant Earth les avait invités à se joindre à lui pour cette visite au cœur de Greens Island mais il n'avait pas clairement expliqué le but de l'entrevue avec madame Karletti et ce qu'il attendait d'eux.

Pour se donner une contenance durant ces minutes d'attente, l'agent Lowery s'approcha de la peinture aux teintes sanguines. Son épouse aurait dit d'emblée que cette pièce maîtresse créait l'événement dans ce salon car c'était l'élément qui attirait immanquablement l'œil de chacun sans toutefois détonner dans un ensemble plus neutre. Il n'y connaissait strictement rien à l'art et jugea simplement cette toile comme banale, n'en déplaise à l'artiste qui avait sans doute encaissé un très gros chèque lors d'une mise aux enchères ou d'un vernissage dans une galerie réputée.

— Excusez-moi, messieurs les agents, madame, de vous avoir fait attendre.

Desmond se détourna de la figure abstraite pour être subjugué par la beauté du véritable événement dans ce salon. Une femme aux formes exquises, mises en valeur dans une robe en mousseline noire de circonstance. Un simple collier de diamants, une montre en or blanc et un vernis à ongles du même noir nacré que ses talons aiguilles complétaient l'ensemble. So chic.

Il se dévissa le cou pour l'admirer des pieds à la tête.

— Permettez-moi de me présenter, je suis Lucy Morgan, je suis l'assistante personnelle de madame Karletti. Asseyez-vous, je vous en prie.

Et personne ne se fit prier cette fois face à madame Morgan, une créature aux allures de femme d'affaires, qu'ils imaginèrent tous à l'aise, s'imposant naturellement au milieu des requins de la finance ou s'exhibant fièrement lors d'un gala de charité dans une soirée huppée new-yorkaise. Autant dire que les flics du Maine détonnaient carrément à ses côtés.

— Je quitte à l'instant madame Karletti et son médecin traitant. Je suis navrée de vous apprendre qu'elle ne pourra personnellement vous recevoir aujourd'hui, son état de santé ne le lui permettant pas. Vous comprendrez bien qu'après ces tristes événements, il faille laisser le temps à madame de reprendre ses esprits.

Desmond repensa à sa première rencontre très originale avec « Lucy », dans les salles réfrigérantes de la boucherie de Vinalhaven, face à trois cadavres. Puis à leur petite virée nocturne et enfin à leur pacte scellé sous la menace. Il avait adoré l'instant et savourait désormais ces retrouvailles.

— Néanmoins, vous n'êtes pas venus pour rien, rassurez-vous. Je vais vous laisser avec maître Piaccano, l'avocat qui va gérer le retour des corps puis l'organisation des obsèques de George et de Nick Karletti.

— Très bien. Mais est-ce avec lui ou avec vous que nous devons discuter aussi de la sécurité de la famille Karletti ? Du troisième frère Alfred et de madame Karletti en personne. Tous deux sont sans doute dans le viseur du meurtrier qui court encore à l'heure actuelle.

Laureen faillit s'étouffer en entendant de pareils propos. Elle semblait halluciner que le lieutenant proposât aux membres de cette famille maléfique qui roulait sur l'or une protection rapprochée au frais des contribuables. Le monde ne tournait décidément pas rond.

— Sauf votre respect, lieutenant, je pense que la sécurité des Karletti sur cette île est optimale et que les forces de l'ordre devraient concentrer plutôt tous leurs efforts sur l'arrestation du coupable. Toujours est-il que vous pouvez en discuter avec maître Piaccano, il n'y verra sans doute pas d'objection.

Elle se retira en les saluant d'un signe de tête. Elle fit un clin d'œil discret en direction de Desmond, à moins que ce ne fût que le fruit de son imagination. Il la dévora des yeux. De dos aussi, elle était magnifique.

— Dis-moi que je rêve ! On est là pour leur cirer les pompes, c'est ça ?

Laureen ne sut retenir plus longtemps sa haine. Elle l'avait lâchée entre ses dents pour que seul son collègue l'entende mais le regard noir que le lieutenant lui lança lui confirma qu'elle n'avait su se maîtriser.

— Je ne sais pas mais tout ce que je sais c'est qu'il faut que je trouve leur cabinet.

Desmond quitta le salon à son tour, laissant la place à un homme aux cheveux gris, au visage ridé, au costume sur mesure mais démodé, à l'attaché-case usé aux coutures. Un homme pingre, cet avocat, jugea hâtivement Desmond, les Karletti pouvaient assurément lui faire confiance pour ne pas piquer d'argent dans les caisses noires.

L'agent Lowery remonta tranquillement le couloir admirant une collection de sculptures en bronze quand une main le tira sans ménagement dans une petite pièce. Il n'eut pas le temps de réagir qu'une autre main l'empêcha de crier de surprise. La porte se referma derrière eux tandis que la jeune femme lui fit signe d'être silencieux.

— Et vous traitez tous vos invités comme cela, madame Morgan ?

— Seulement ceux trop curieux qui se hasardent dans la maison de ma patronne.

— Je cherchais simplement des toilettes avec cuvette en argent. J'ai toujours rêvé de…

Lucy posa un doigt sur sa bouche pour l'empêcher de poursuivre. Elle n'avait pas le temps d'écouter les âneries qu'il aimait tant sortir dans les situations de stress.

— Tu es toujours d'accord pour un dîner en tête à tête, comme promis ?

« Et comment ! », eut-il envie de répondre avec un enthousiasme non feint. Mais il eut un peu de retenue et joua les gentlemen romantiques pour une fois.

— Oui, bien évidemment, madame Morgan.

— Très bien. Alors quand tout cela sera fini, je vous enverrai le lieu et l'heure en temps voulu par texto. Et ce jour-là vous aurez plutôt intérêt à venir, agent Lowery, vous n'aurez pas deux opportunités comme celle-ci. Maintenant, filez rejoindre vos amis et enlevez-moi ce sourire de vos lèvres avant de sortir d'ici.

Desmond Lowery savait parfaitement qu'il n'aurait pas d'autres occasions et il n'avait pas l'intention de manquer ce futur rendez-vous pour rien au monde. Et Lucy avait raison : il fallait impérativement qu'il efface ce sourire béat au milieu de son visage avant que quiconque ne pense qu'uriner dans des toilettes argentées rende heureux à ce point.

26

Le retour vers Vinalhaven se fit dans une atmosphère chargée d'électricité. Seules les vapeurs d'essence, le bruit du moteur et les vagues se brisant contre la coque animaient le trajet. La tension était palpable et les mauvaises ondes émanaient essentiellement de l'agent Finley. Elle ne décolérait pas d'avoir assisté à une mascarade entre policiers et mafieux. Ils allaient devoir protéger des pourris contre un grand méchant loup qui voulait leur faire la peau. La venue du troisième frère Karletti sur l'île était prévue pour l'enterrement et son assassinat sur les terres de Vinalhaven serait inexcusable pour les autorités locales. Toutes les polices, celle de Rockland et celle de l'archipel, seraient présentes pour protéger un citoyen américain qui avait les mêmes droits que les autres…

— Ce sera sans doute une occasion rêvée pour le tueur d'intervenir et de tuer le reste du clan Karletti, si son objectif est bel et bien de l'anéantir. Malgré les risques extrêmes et la présence massive des forces de l'ordre, il ne pourra peut-être pas résister à la tentation. Dis-toi que nous serons là-bas pour arrêter un tueur en série et non pour être les baby-sitters de ces gens.

Desmond tenta de désamorcer la bombe Laureen mais elle bouillonnait intérieurement et ses appels à la raison tombèrent à l'eau. Si bien que lorsque le lieutenant Earth leur annonça qu'il repartait directement à Rockland pour poursuivre son enquête, l'agent Lowery en fut soulagé. Non seulement il n'aurait pas cette tension explosive à gérer mais en plus, Laureen et lui auraient plus de liberté pour mener leurs propres investigations.

— Avant de s'y remettre, on va se prendre un petit remontant chez Zimmer ?

Elle ne répondit pas mais mena la marche vers l'établissement qui semblait encore bien animé au vu du nombre de fumeurs faisant le pied de grue devant la porte. L'Amérique fabriquait les cigarettes et empochait l'argent mais interdisait sa consommation dans tous les lieux publics mais aussi parfois privés… Le maire Hanson n'avait pour l'instant instauré aucune loi interdisant de fumer devant chez Zimmer, alors tous les futurs cancéreux en profitaient à pleins poumons.

— Deux bières l'ami !

Le patron du bar les servit sans tenter d'engager la conversation. Pourtant, dès que Laureen s'absenta pour aller aux toilettes, Zimmer vint à la charge.

— Ça y est, vous êtes réconciliés ?

Desmond leva un sourcil épais dans une expression que beaucoup aurait traduit par un « qu'est-ce ça peut te foutre ? » bien mordant. Mais ce ne fut pas la première pensée qui traversa l'esprit de l'adjoint qui appréciait bien Zimmer. Tous les deux étaient des étrangers sur cette terre et avait débarqué en même temps sur l'île, l'un pour servir l'alcool aux clients trop fidèles, l'autre pour arrêter ces derniers en état d'ébriété sur la voie publique. Il se demandait pourquoi le barman lui posait cette question personnelle alors que ce n'était pas du tout son genre. Zimmer bavardait souvent mais toujours de tout ou de rien, sans jamais entrer dans l'intimité du gars accoudé à son comptoir.

— Pourquoi cette question, l'ami ?

— Oh, tout simplement pour savoir si la belle t'héberge, si tu as bien un endroit où crécher. J'ai une chambre libre à l'étage si ça peut te dépanner, mec.

Les nouvelles avaient donc parcouru l'île dans tous les sens avant de repasser dans les autres sens possibles. Tout le monde était au courant pour sa petite maison en bois désintégrée dans les flammes. Zimmer était un type bien, Desmond l'avait toujours perçu ainsi, son indiscrétion cachait la simple volonté de vouloir le dépanner si besoin il y avait.

— Merci beaucoup. Pour l'instant, ça ira. J'espère que ça tiendra le temps que je déboise une parcelle et que je me construise une nouvelle cabane.

Le barman écoutait sans jamais lâcher son torchon. Il essuyait les verres machinalement sans même avoir conscience d'en tenir un dans les mains. Il les posait sans réfléchir, les uns à côtés des autres. À peine vides, ils se remplissaient, immuablement.

— Recommencer à fumer t'aura coûté cher en tout cas.

Le sourcil de Desmond s'arqua de nouveau, comme tiré par un hameçon invisible. Son front se plissa et des lignes en forme de vaguelettes s'y superposèrent comme pour signifier ses multiples interrogations. Zimmer, beaucoup plus pertinent que la majorité de ses piliers de bar, comprit de suite la supercherie.

— Ce n'est pas un de tes putains de mégots de cigarette qui est à l'origine de l'incendie de ta maison, c'est bien ça ?

D'un signe de tête, le patron lui indiqua dans quelle direction regarder pour comprendre l'origine de cette hypothèse complètement fausse. Sans qu'il ne l'ait remarqué jusque là, Desmond découvrit alors le shérif Blaze Hanson au fond de la salle, entouré de sa bande de potes, tous aussi écervelés que lui.

Le shérif avait l'air en mauvais point. Le visage buriné par l'alcool et le manque de sommeil. Ses yeux aussi noirs que les abysses en disaient long sur ses pensées ténébreuses. Avec ses copains de chasse, ils formaient une belle équipe de perdants ! Desmond reconnut de dos le pauvre imbécile qui avait abattu un animal en pensant qu'il s'agissait de Michael Simmons, mais aussi les deux compères inséparables de Blaze, Roger et Christopher, qui avaient assisté à la flambée de sa cabane au bord du lac. Ainsi, les Hanson avaient déjà fait circuler leur vérité sur cet incendie. Desmond passait pour unique responsable du drame qui n'était au final qu'un pur accident…

Laureen revint s'asseoir à ses côtés et il s'empressa de lui raconter la dernière. Quand ils regardèrent en direction du shérif, les deux adjoints furent fusillés du regard par toute la troupe. Avec un sourire coquin, Laureen les salua en bonne copine, juste pour le plaisir de les narguer. Desmond posa sa pierre à l'édifice en soulevant son verre et en trinquant à distance. « À votre santé ! », purent-ils lire sur ses lèvres.

Inutile de préciser que de l'autre côté de la salle, ils n'apprécièrent guère la provocation.

Un homme à la cinquantaine rayonnante se présenta à eux, en jeans, blouson, basket. Le teint pâle de ceux qui voient rarement la lumière du jour. C'était DJ Max sans le déguisement qu'il s'imposait pour être à l'antenne de la station de radio. Chaque soir, avant d'aller au « taf », de s'enfermer dans son cube, derrière son micro, il enfilait ses vêtements fétiches, larges et très colorés, qui lui donnaient un style très étrange que personne ne pouvait apprécier derrière son poste radio… Là, en tenue civile, il avait l'air tout à fait normal.

— Faut-il poursuivre les messages d'alerte aux habitants concernant votre fugitif ? Ça commence à gonfler sérieusement mes auditeurs. Et pour tout vous dire, moi aussi ! Ça pollue mes ondes.

— Oui, pas de problème, beau gosse. À la seule condition que tu nous dédicaces une belle chanson cette nuit. Celle de ton choix… même si je pencherais personnellement pour un classique comme *Nothing else matters* de Metallica. Tu as ça dans tes vinyles quand même ?

— L'insulte suprême ! Évidemment que j'ai cette pépite en rayon. Pauvre type, va.

Puis il repartit comme un fantôme, le sourire aux lèvres en plus. Lui et Desmond avaient le même humour, mais ce dernier n'était pas aussi *space* que la célébrité locale.

Après une minute de silence où le fond de leur verre représenta le centre de leur univers, la conversation reprit sur un sujet qui trottait dans leur tête. L'attitude du lieutenant Earth et de la police judiciaire de Rockland en général, face à cette affaire...

— J'ai une sale impression. Celle d'avoir affaire à des flics pourris, corrompus ou à des hommes qui ont peur...

Desmond médita quelques instants. La remarque de son amie était pleine de bon sens et de sous-entendus. Il essaya d'analyser les faits en prenant le maximum de recul.

— D'un côté des rois de la mafia, identifiés comme dangereux ; de l'autre, Earth et ses hommes, dont la réputation est bonne d'après tout ce qu'on a pu entendre. Alors pourquoi cette situation étrange où les uns côtoient les autres sans qu'aucun ne sorte les crocs ? S'ils sont de connivence, il y a deux possibilités, cette dernière peut-être voulue ou forcée. Soit ils ont fraternisé et les flics touchent des pots-de-vin ou y trouvent leur compte d'une façon ou d'une autre; soit les Karletti exercent une pression sur eux par le chantage, la peur ou que sais-je encore.

Desmond observa le fond de la salle, Hanson et sa tribu, et se demanda quelles étaient aussi les véritables relations entre la famille Hanson et les Karletti. La situation était trouble. Entre collaborations, menaces ou convergences d'intérêts, les frontières étaient floues...

— La police n'a peut-être tout simplement pas assez d'éléments pour les coffrer tous et ce, jusqu'à la perpétuité... Manque de moyens, manque d'hommes, de temps...

— Ou alors, ils n'ont pas les couilles pour aller au fond des choses. La politique doit forcément jouer un rôle là-dedans, ne pas faire de vague, de mauvaise publicité, ne pas se louper face à la presse... Peut-être préfèrent-ils la stabilité relative des quartiers avec des gangs en paix, chacun sur son territoire chèrement acquis, que de donner un bon coup de pied dans la fourmilière, de dynamiter le système établi pour qui sait, ne pas réussir à contrôler ce qui en ressortira.

L'agent Finley analysait la situation tout aussi bien que Lowery, avec toujours ce côté plus cynique, plus « contre le système » que Desmond avait déjà décelé chez elle depuis qu'ils travaillaient ensemble. Mais quelle que soit la bonne hypothèse, ils n'avaient aucun moyen de la prouver dans l'immédiat. Ils n'avaient que très peu de cartes en main.

— Hop, hop, hop... Je crois que c'est le moment idéal pour s'éclipser.

Laureen désigna le débarcadère qu'elle voyait à travers la fenêtre. Un taxi-bateau venait d'accoster et des véhicules de télévision, logos criards, antennes satellite sur le toit, étaient à bord. Avec la fin de la tempête, la déferlante médiatique allait pouvoir commencer avec un temps de retard, que les journalistes allaient avoir plaisir à combler.

— Ça pue l'infiltration, tout ça. Et regarde, avec eux, il y a des bandes de curieux. À cette heure-ci, généralement, il n'y a quasiment personne qui débarque... Tu as déjà entendu parler du tourisme morbide ? On va avoir droit aux fanatiques des serial killers. Tu savais que le marché noir sur les tueurs en série était extrêmement prolifique ? Sur des sites spécialisés et réservés à une communauté restreinte, on peut acquérir des morceaux de ces démons. Par exemples des cheveux, des objets personnels, une simple lettre ou même des photos dédicacées... Ou pire, des éléments ayant appartenu aux victimes de ces monstres... Ici, avec un cinglé qui rôde et qui n'a pas terminé son boulot, ces fanatiques vont pouvoir fantasmer et vivre l'horreur presque en direct. À gerber...

Laureen savait depuis bien trop longtemps que l'être humain pouvait être pervers et pourri de l'intérieur, mais ce que lui révélait Desmond dépassait l'entendement. Comment des hommes et des femmes pouvaient en venir à collectionner les rognures d'ongles d'un psychopathe ou les petites culottes qu'un violeur en série avait subtilisées à chacune de ses proies ? De la même manière que ce fou à lier ou ce frustré sexuel passe à l'acte... par la volonté du diable qui l'habite. Chacun à sa part de Mal au plus profond de lui-même, certains n'en ont pas encore conscience, d'autres maîtrisent cette partie noire et obscure d'eux-mêmes avec plus ou moins de réussite, et une infime partie de l'humanité laisse celle-ci se répandre et prendre le contrôle absolu de leur être.

Ils décidèrent de décamper au plus vite quand ils comprirent que le premier point de chute des journalistes allait justement être leur bar... Lieu où par définition on pouvait avoir l'écho de tous les commérages possibles, où on pouvait délier n'importe quelle langue en quelques tournées générales et où on pouvait parfois trouver le shérif de la ville dans un bien triste état.

Quand ils franchirent le seuil de l'établissement, trahis par leurs uniformes, ils furent les cibles d'une équipe déjà opérationnelle. Journaliste, cameraman et perchiste.

— Pour tout renseignement, veuillez vous adresser au shérif Hanson. Il vous attend justement au fond de la salle.

Trop contents d'avoir trouvé si rapidement leur bonheur, les nouveaux venus n'insistèrent pas et foncèrent à l'intérieur, sans avoir l'idée que l'autorité suprême de Vinalhaven serait vilainement éméché et d'une humeur de chien. De quoi redonner le sourire aux deux adjoints...

— Bon courage, les amis. Et bonne chance, mon p'tit Blaze !

Quand les deux adjoints arrivèrent à leur Range, quelqu'un les interpella, ou plutôt les héla grossièrement en sifflant aussi fort qu'une corne de brume. Dans la fraction de seconde qui suivit, ils pensèrent à DJ Max revenant à la charge pour les vanner, à l'équipe de télévision préférant les interviewer plutôt que de se taper un ivrogne bagarreur, et à Zimmer car ils étaient partis sans payer leurs consommations.

Mais quand ils se retournèrent, ils firent face à un homme dont le physique était un sacré mélange entre Sylvester Stallone à l'époque glorieuse des Rocky Balboa, et de Peter Falk en imperméable Columbo. Une fusion improbable qui leur sauta aux yeux et qui manqua de les faire sourire. Cependant, la gueule un peu de travers, le cigare au coin de la bouche et le fusil à pompe dans la main, leur susurrèrent de garder leur sérieux.

— Un Remington 870 Riotgun, calibre 12 à sept coups. Où est votre insigne Marshal ?

L'homme mâchouilla le bout de son cigare en une grimace qui l'enlaidit davantage. Ses yeux n'étaient que des fentes, semblables à des meurtrières d'où il pouvait tirer sans sourciller. Son imperméable flottait au vent et claqua dans la bourrasque. Son allure de desperado à l'assaut du désert était complétée par un chapeau noir de cow-boy du Texas et des santiags.

— T'as l'œil, l'adjoint. U.S. marshal Joan April.

L'officier fédéral lui lança un petit objet d'un geste vif et précis, comme on lance un frisbee d'un léger coup de poignet. Desmond l'attrapa à la volée, par pur réflexe. Il reconnut l'insigne des United States Marshals avec le drapeau américain au centre de l'étoile. Non sans humour, Desmond imagina le président Barack Obama nommer Joan April comme U.S. marshal pour le district du Maine. Sans doute était-il costumé et cravaté ce jour-là et non sorti d'un vieux western…

— Vous venez de débarquer ou vous rôdez déjà depuis un moment ?

— Je suis là pour arrêter le fugitif Michael Simmons.

Il ne prit pas la peine de répondre à la question de l'agent Lowery. Son arme semblait le démanger. Quand il finit sa phrase, il pointa son fusil à pompe vers le ciel, prêt à tirer des coups de semonce, pour prévenir l'île entière qu'il prenait possession des lieux et que personne ne devait se mettre en travers de son chemin. Il ôta son cigare et cracha par terre avant de remettre cet appendice naturel entre ses lèvres.

— Fais-moi un topo complet de la situation et ne me fait pas perdre mon temps.

Il prenait littéralement l'adjoint Lowery pour une sous-merde. Quant à sa collègue féminine, elle n'existait tout simplement pas. Il l'ignorait royalement, comme si elle n'entrait pas dans son champ de vision. Desmond décida de répondre sans pinailler, lui non plus n'avait pas de temps à perdre.

— C'est très simple, depuis son évasion, Simmons n'a été aperçu qu'une fois et en a profité pour buter un des hommes du clan Karletti et blesser ma partenaire. Depuis, plus aucune trace de lui malgré la fouille systématique des habitations et les battues. Mais l'île principale est vaste et le cœur très sauvage. L'archipel est gigantesque et s'il a pu prendre le large à la fin de la tempête, il est peut être sur un îlot ou un amas rocheux… Ou alors, il a déjà pu rejoindre le continent. Le shérif Hanson a poursuivi les recherches cette nuit encore avec des chasseurs et des mecs de la PJ. Les chiens n'ont rien reniflé, les hommes n'ont vu aucun indice permettant de voir dans quelle direction il serait parti, la tempête a bien aidé Simmons à nous filer entre les doigts.

Desmond fit une pause et observa April qui ne manifesta aucune réaction. Sans doute se disait-il que le moment de l'évasion avait bien été choisi, au cœur d'une tempête, quand tout le système est grippé. Il pompait sur son cigare comme un nourrisson tête son biberon. Il leva d'un coup les paupières et aboya une autre question avec autant d'amour qu'un éboueur vide une millième poubelle dans sa benne à ordures.

— Et tu me parles quand de l'aide extérieure qu'a reçue Simmons pour s'évader ?

L'U.S. marshal avait déjà potassé le dossier, il ne venait pas ici en simple touriste, mais en vrai professionnel. Il ne demandait que les dernières mises à jour. Il allait être déçu.

— Rien pour l'instant. J'ai fouillé sa cellule et ai questionné l'un des gardiens, sans rien apprendre d'intéressant. Son dossier au centre de détention ne contenait que ses condamnations, aucune information susceptible de nous aider dans notre chasse à l'homme.

Desmond hésita à évoquer la photographie qu'il avait subtilisée, celle de Simmons avec une jeune femme au look gothique. Son instinct lui disait de dissimuler cette carte dans sa manche pour garder une longueur d'avance sur cet agent fédéral qui le prenait pour un larbin. Il en tirerait peut-être avantage en temps voulu… Mais le regard acéré du vautour était en train de le percer à jour, il en était certain. En un quart de seconde il jugea qu'il fallait jouer cartes sur table avec cet emmerdeur potentiel. De toute façon, la piètre qualité de la photo et son ancienneté ne permettraient sans doute pas au marshal d'identifier la demoiselle; qui plus est, absolument rien n'affirmait dans cette photo que ce pouvait être elle la complice de Simmons ; alors, pourquoi lui mentir et risquer un clash dont il était sûr de sortir perdant ?

— Ah… J'oubliais. J'ai trouvé cette photo cachée entre deux pages d'un livre de Simmons. Ni nom, ni date, un peu jaunie par le poids des années.

Il la sortit de la poche arrière de son jean, un peu plus abîmée encore qu'à l'origine. Il lui montra la photo mais l'autre ne broncha pas. Seule Laureen s'approcha, curieuse et sans doute étonnée que son collègue ne lui en ait pas encore parlé.

— Pas de suspense, c'est sa sœur. Penny Simmons. Deux orphelins qui ont navigué de foyers en familles d'accueil. Une fois adultes, ils n'ont jamais eu de domicile fixe et on a perdu la trace de la gamine. Simmons a un casier, pas elle. Elle est introuvable, tu te doutes bien que j'ai commencé par ça avant de venir me perdre sur ton île déserte !

Lowery rempocha la photo, de plus en plus énervé par l'individu qui se dressait face à lui. Sans même retirer son barreau de chaise puant de sa bouche, sans lui donner son avis, sans lui demander son consentement, April lui ordonna de retourner à la prison pour poursuivre son simulacre d'enquête.

— Tu interroges les détenus avec qui il causait, tu demandes à voir la liste des personnes venues au parloir le voir, tu fais vérifier les identités, tu visionnes les vidéos de surveillance de ces visites. Tu ne sors pas de là sans connaître l'identité de son contact, compris ?

— Et même pas de « s'il te plaît » ?

Laureen et Desmond avaient évidemment déjà entendu parler de la mauvaise réputation des fédéraux qui avaient la fâcheuse tendance à prendre de haut les autorités locales. Quand ils investissaient les lieux, ils dictaient leur loi, quitte à écraser les plates-bandes des camarades. Joan April, U.S. marshal de son état, était un exemple éloquent de ce mépris. Et il mit en valeur une nouvelle fois ce dédain en occultant la question de l'adjoint, certes provocatrice, mais hautement symbolique sur l'approche de l'agent fédéral vis-à-vis de Lowery... et de Finley à qui il n'avait toujours pas porté le moindre regard.

— Et qu'allez-vous faire pendant ce temps-là ?

— T'occupe, c'est pas ton affaire. Fais ton job, c'est tout ce que j'te demande.

April s'en retourna dans un nouveau claquement de son long imperméable. Laureen avança d'un pas, comme pour aller à sa suite, mais Desmond la retint. Il était inutile de discuter avec lui.

— Je rêve ou je suis invisible ?

— Ton régime minceur a fait des miracles, ma Lolo.

Laureen fulminait. Elle détestait les machos, les types comme Blaze Hanson, dont le comportement vis-à-vis d'elle était toujours teinté de supériorité, de perversité, de sexisme... Mais elle venait de trouver pire que le shérif en la personne de Joan April. Cette indifférence qu'il avait eue envers elle en occultant totalement sa présence, snobant notamment l'aide qu'elle pouvait apporter à la recherche de Simmons, lui était intolérable.

— Je ne sais pas s'il a un problème avec les femmes ou juste avec moi, mais ce mec est une pourriture. Décidément, on n'est entouré que de gros connards !

Elle fit volte-face et partit à grandes enjambées en direction du quai.

— Mais où vas-tu ? Viens avec moi, j'aurai besoin de ton aide !

— J'me casse. J'vais préparer le café et passer la serpillière au poste. J'vais faire ma putain de bonniche en somme ! Ces hommes, tous des cons, j'te jure !

Il préféra ne pas insister. Son amie était à bout de nerfs. Blessée par balle et sous médicaments, fatiguée par les événements, torturée par le comportement de Desmond, brusquée par le shérif, rabaissée par le lieutenant, humiliée par le marshal… La coupe était pleine. Elle avait toutes les excuses du monde pour disjoncter ce jour-là et détester les hommes plus que tout.

27

— Eh, comment va mon ami Eddy ?

Le ton était enjoué comme jamais, le sourire de rigueur, la poignée de main dynamique, comme lors de toutes retrouvailles entre deux vieux potes. Desmond Lowery se détestait quand il jouait la comédie et profitait en toute conscience de la naïveté des autres. Et puis, face à la gueule d'ange d'adolescent un peu attardé, il avait de quoi avoir honte. Quand Eddy lui répondit d'une façon beaucoup moins enthousiaste, l'adjoint au shérif comprit que son copain avait trinqué après son départ. Il avait dû payer cher le fait d'avoir ouvert le bureau de son directeur à un étranger…

Il était presque midi et l'odeur de bouffe de cantine s'était répandue dans tous les locaux. Desmond n'avait pas l'estomac fragile mais ce parfum écœurant d'huile de friture lui donna la nausée. Dehors, la prison était en effervescence. Des gardes entraient et sortaient, se relayant pour aller prendre leur repas, juste avant que la horde des détenus ne sorte de sa tanière pour aller s'aligner devant la pile de plateaux-repas.

Lowery n'eut pas le temps de s'attarder avec Eddy sur la qualité de la nourriture, servie ici aux frais du clan Karletti, que le directeur Edgar Smedley apparut, l'air sévère, toujours plein de reproches envers les deux hommes. Lors de sa dernière visite, l'adjoint au shérif avait tenté de lui tirer les vers du nez, ce que le directeur n'avait que très peu apprécié.

— Agent Lowery, je vous attendais. Joan April m'a prévenu de votre arrivée, je viens de l'avoir au téléphone.

— Charmant, l'U.S. marshal, n'est-il pas ?

Smedley, qui commençait à connaître son visiteur, esquiva la question et alla droit au but. Cette situation lui était inconfortable mais il n'avait d'autre choix que de satisfaire à toutes les sollicitations de l'agent fédéral April. Aussi, il remercia le petit Eddy qui ne se fit pas prier pour disparaître et entraîna d'emblée Desmond à travers la cour principale.

— Tout est prêt. Je vous propose déjà d'aller rencontrer Johnny Rems, l'un de nos détenus. Sans doute celui avec qui Simmons a eu le plus de contact durant son séjour parmi nous. Ils ont travaillé ensemble à la bibliothèque, à gérer les prêts de livres et de magazines. Excepté Rems, je ne vois personne d'autre avec qui il aurait pu se lier d'amitié.

Ainsi l'U.S. marshal continuait à se servir de lui comme d'un pion, mais d'un pion sans cerveau, incapable d'enquêter seul, de creuser son propre sillon. L'autre lui avait préparé le terrain et avait déjà mâché le travail en dictant les investigations précises à mener. Desmond n'avait plus qu'à ravaler sa fierté et à accepter son rôle de marionnette.

Les relents de la tempête se faisaient encore sentir. Le vent s'acharnait à souffler fort à en perdre haleine si bien que les deux hommes avancèrent le dos courbé en plissant les yeux. Le directeur ne lui avait pas offert le privilège de passer à l'abri dans les souterrains comme ce niais d'Eddy l'avait fait. Déjà, il ne pleuvait plus, ils ne se permirent pas de râler.

Dès qu'ils entrèrent dans les murs de l'aile nord de la prison, Smedley se recoiffa d'un geste machinal, retrouvant une tête impeccable de président des hautes sphères, puis il poursuivit ses directives. Desmond laissa pendre ses mèches devant ses yeux. Un jour de grand vent, Laureen s'était moquée de lui en lui proposant des nœuds en tissu de toutes les couleurs, comme celles qu'adoraient les gamines à couettes. Devant son regard haineux, elle n'avait plus jamais évoqué le sujet.

— Ensuite, je vous emmènerai auprès d'un de mes hommes qui visualise actuellement les bandes de vidéosurveillance à l'entrée des parloirs afin d'identifier les personnes venues rencontrer Michael Simmons.

Ils franchirent une porte blindée, montrèrent patte blanche au poste de garde, déverrouillèrent deux séries de grilles puis montèrent deux escaliers d'acier dans un bruit assourdissant de ferraille. Quand la centaine de détenus dévalait ces marches, ce devait être un sacré capharnaüm. La peinture rouge s'était estompée au passage de ces millions de pas traînants. Et enfin, ils atteignirent la cellule 46, celle du dénommé Johnny Rems.

Le directeur déverrouilla la porte dans un double claquement métallique.

— Eh bien, ce n'est pas trop tôt, j'ai les crocs !

Rems était petit et bien portant, pour ne pas dire obèse. Il n'avait pas apprécié qu'on le gardât en cellule alors que les douze coups de midi avaient sonné depuis un moment déjà. Quand il reconnut le directeur Smedley et un inconnu étoilé, il se ravisa et cessa ses protestations. S'il voulait aller manger avant que le service ne ferme, il avait intérêt à abréger cette visite surprise.

— Je vous présente le shérif adjoint Lowery. Il a des questions à vous poser au sujet de Michael Simmons. Répondez du mieux que vous le pouvez et vous aurez une double portion de frites, sinon vous attendrez le service suivant pour vous sustenter.

Le détenu grogna comme un chien à qui on a balancé un bon coup de pied pour le faire dégager. Un chien avec la queue entre les pattes, pas franchement courageux. Il posa sa lourde carcasse graisseuse sur le lit et invita d'un geste las l'agent Lowery à entrer dans son univers. Ce dernier s'avança tandis que le directeur s'excusa et se retira.

Desmond repéra le téléviseur écran plat accroché au mur, une multitude de paquets de biscuits et de gâteaux sur les étagères et une literie de bonne qualité. Sans domicile personnel depuis la folie du shérif Hanson, Desmond en était presque à envier l'environnement plutôt accueillant du prisonnier.

Pour mettre son hôte en confiance, Lowery s'assit face à Rems, pour être à sa hauteur, pour qu'il n'ait pas la désagréable impression d'être dominé, d'être accusé de quoi que ce soit. Le ventre bedonnant du détenu gargouilla en un long tiraillement de famine. Le directeur avait parfaitement choisi le point de pression avec Rems : la nourriture.

— Alors faisons simple, je sais que vous et Simmons aviez quelques contacts. Que pouvez-vous me dire sur lui qui pourrait m'intéresser ?

— Il n'y a pas grand-chose à dire, vous savez. Rien qui valait la peine de vous déplacer jusqu'à moi.

Desmond n'apprécia pas l'entrée en matière teintée de « je me fous bien de ta gueule, capitaine ». Comme il avait autre chose à faire, il passa tout de suite aux explications de texte et joua une partition qu'il savait d'avance gagnante.

Il se leva tranquillement, se tourna vers les étagères et prit un paquet de céréales. Il l'ouvrit et piocha quelques pétales au chocolat qu'il fit craquer sous ses dents, devant les yeux méprisants de Rems. Puis il renversa l'intégralité du sachet par terre en le fixant, les flocons s'étalèrent sur le sol, il posa le pied dessus en un crissement suppliant. Une méthode efficace pour torturer le gros balourd car il avait viré au rouge brique.

— Tu n'as vraiment rien à me raconter ? Parce que sans vouloir me faire mousser, sur les miennes d'étagères, trônent de nombreux trophées d'emmerdeur professionnel. Et je vois bien que ce qui te fait chier, c'est de gâcher la bouffe alors que tu crèves de faim.

Desmond prit un paquet de cake à la fraise. L'autre se releva d'un bond, plutôt impressionnant qu'une telle masse atteigne une telle vitesse. Rems lui arracha ses gourmandises des mains et se rassit aussitôt.

— C'était un gars plutôt dérangé. Enfin, au début, non, pas spécialement, à part son bégaiement. Mais après, il est devenu carrément instable.

Ça y est, ils allaient enfin pouvoir discuter. Mais cette fois, le shérif adjoint resta debout, prêt à s'attaquer à un paquet de friandises si l'autre lui résistait encore.

— Après quoi ? Que s'est-il passé ?

Rems vérifia que la porte était bien refermée et parla d'une voix plus basse afin que l'échange reste confidentiel.

— Il se faisait passer dessus par une bande de sauvages si vous voyez ce que je veux dire. Ça l'a complètement déglingué. Je lui ai dit de s'empiffrer comme moi et qu'ils le laisseraient alors tranquille... J'ai bien dû prendre quarante kilos depuis mon arrivée ici, ils ne m'ont plus jamais touché, je les répugne trop désormais.

Johnny Rems serra ses cakes contre lui, comme s'il y tenait plus qu'à la prunelle de ses yeux. Desmond vit la situation de l'homme obèse face à lui sous un nouvel angle et eut un léger frisson dans le dos. Il comprit aussi pourquoi Simmons avait décidé de s'évader alors que la sortie de prison n'était pas si lointaine que cela. N'importe qui tenterait le diable pour s'échapper de cet enfer.

— Et dernièrement, avant son évasion, avez-vous remarqué un changement notable dans son comportement ?

— Depuis quatre ou cinq jours, il ne cessait de me questionner sur la tempête qui s'approchait de l'île. Il n'a pas la télé dans sa cellule alors que moi, si. Alors je lui transmettais les nouvelles de la météo, mais son insistance à ce sujet était inhabituelle. Je me doutais qu'il se tramait quelque chose mais de là à penser qu'il préparait une évasion pendant le passage de la tempête... jamais.

— Qui l'a aidé à se sortir d'ici ?

Johnny Rems tenait toujours fermement ses petits gâteaux, il avait l'air d'un misérable qui s'accroche à son dernier souffle de vie. Pour qu'on ne le lui retire pas, il prit le temps de la réflexion avant de répondre.

— Sincèrement, je ne sais pas. Si vous cherchez quelqu'un de la prison susceptible de l'avoir aidé, je ne vois personne. Si vous pensez à un individu extérieur, je sais qu'il a vu plusieurs fois une femme au parloir mais il ne m'en a jamais dit plus. Je vous le jure.

Desmond décréta que l'ami de Simmons ne mentait pas. Celui-ci n'avait d'ailleurs aucun intérêt à le faire. Après tout, l'autre s'était barré sans lui, le laissant croupir dans sa cellule au milieu de pervers sexuels. Il avait même toutes les raisons de haïr Simmons…

L'adjoint passa au deuxième volet de sa venue ici. Il n'avait pas l'intention de partir sans questionner Rems sur les Karletti et le rôle de ceux-ci dans l'exploitation des délinquants du centre de détention de North Vinalhaven. Il n'y alla pas par quatre chemins, afin de surprendre son interlocuteur, que ce dernier n'ait pas le temps de se préparer.

— Que savez-vous du clan Karletti ?

Le visage de Rems déjà bien pâle vira au blanc, le même blanc qui colore la peau d'un mort sous la lampe scialytique d'un médecin légiste. Son cœur s'arrêta de battre un instant. Sa bouche s'entrouvrit, dévoilant une dentition cariée de bouche à sucre. Et l'instant dura bien trop longtemps pour que Lowery ne traduise pas cette réaction comme un aveu de terreur. Comme bien souvent, quand il évoquait les Karletti à quelqu'un. Il repensa à Blaze et Hugh Hanson, noyés dans le tourbillon de la peur quand ils découvrirent les corps des frangins trucidés.

— Vous aussi ils vous ont contacté pour que vous rejoigniez leur tribu dès votre sortie de prison ?

Rems parvint seulement à refermer sa bouche et à baisser le regard vers ses cakes. Sûr que si Lowery lui reprenait la boîte, l'autre perdrait pied définitivement. Il lui faisait bien trop pitié pour que Desmond en arrive à une telle extrémité.

— Et vous avez accepté leur offre. C'est pour ça que vous avez une cellule luxueuse. Téléviseur écran plat, mobilier neuf, nourriture à volonté, belle vue sur la mer.

Son silence était éloquent. Lowery et Finley avaient désormais une nouvelle preuve de ce qu'il se tramait dans l'enceinte de cette prison. Il n'y avait plus aucun doute possible, toute la mécanique se dévoilait peu à peu à leurs yeux.

— Tout cela, Simmons ne l'avait pas, sans doute avait-il refusé de pactiser avec le diable ou alors il n'avait aucun intérêt pour eux. Quelle est votre spécialité, Johnny ? Pourquoi purgez-vous cette peine de prison ?

Pour la première fois depuis des années, quelqu'un l'appelait par son prénom. Le fait d'entendre ces deux syllabes fut comme un électrochoc et le ramena à la réalité.

— J'étais banquier. J'ai monté un projet financier bidon pour dérober des fonds et me suis fait prendre comme un bleu. J'ai tout perdu, ma femme m'a quitté et quand je sortirai d'ici, je devrai payer ma dette à la société jusqu'à la fin de ma vie… Que pouvais-je faire d'autre que d'accepter le deal d'une possible voie de sortie ?

— Comment vous ont-ils contacté ? Qui est venu vous voir ? L'un des frères Karletti ?

Quand il vit une flamme naître dans les yeux de Rems, il eut sa réponse. Car cette flamme venait de réveiller en lui un sentiment heureux, que tout homme a quand il tombe amoureux lors d'un coup de foudre. Et dans cet univers qui faisait tant souffrir Johnny, l'arrivée de cette messagère lui avait redonné tant d'espoir qu'elle l'accompagnait jour après jour depuis cette promesse d'avenir.

Desmond Lowery connaissait cette femme et comprenait d'autant mieux ce feu qui raviva Rems du fond de ses abysses.

Elle s'appelait Lucy.

Desmond Lowery avait toujours le réflexe de s'approcher d'un feu pour s'y réchauffer. Il se frottait les mains vigoureusement et se perdait dans la danse des flammes au dessus de la bûche. Il semblait y chercher des réponses d'un air mélancolique. La chaleur dégagée par la combustion réchauffait son corps mais perturbait son esprit avec des souvenirs qui l'envahissaient. Quoi qu'il fasse, il ne pouvait y résister. Et il finissait donc toujours par s'éloigner du foyer, source de réconfort mais d'amertume.

— Venez voir le registre des visiteurs.

Le directeur Smedley s'affairait à son bureau avec l'un de ses hommes, Brad Sters, le responsable de la sécurité. Celui dont la tête serait coupée si Simmons n'était pas rapidement retrouvé... Après l'évasion, Sters participa activement aux recherches à travers l'île, affrontant la tempête et la boue des heures durant. Ce fut un échec pour lui comme pour tous les autres. Il avait ensuite enquêté sur Simmons pour identifier son complice et comprendre comment ils avaient monté leur coup de génie. C'était la première évasion qu'avait connue la prison et le boulot de Sters était de faire en sorte que ce soit aussi la dernière. Il avait alors dépensé toute son énergie à fouiller les registres des visiteurs puis à analyser les vidéosurveillances de l'entrée de la prison.

— C'est assez simple, pour Simmons, il n'y a eu qu'un seul visiteur récurrent. Regardez. Il s'agit d'une certaine Pamela Vonsped. Elle est venue au total à seize reprises, deux fois par mois, et ce, de l'arrivée du détenu jusqu'à quelques jours avant son évasion.

Desmond put en effet constater l'apparition répétée de cette femme avec à chaque fois le même numéro de carte d'identité et la même signature. Concrètement, voir le document original ne lui servait à rien mais Sters voulait faire bonne impression en prouvant qu'il avait eu une démarche d'investigation professionnelle.

— Alors ensuite, j'ai visionné toutes les vidéos des jours et heures où cette Pamela Vonsped était dans nos locaux et j'ai compilé les meilleures photos. Vous allez le voir pour vous-même, elle a toujours bien fait attention à se camoufler derrière ses lunettes de soleil, sous un chapeau, derrière des mèches de cheveux et bien souvent elle détournait la tête à l'approche des caméras.

Il fit défiler sur l'écran de son ordinateur portable des dizaines de photographies, où à chaque fois une partie du visage était masquée comme avait prévenu le responsable de la sécurité.

— J'ai bien peur que vous ayez perdu votre temps en décortiquant toutes ces images.

— Pourquoi dites-vous cela, agent Lowery ?

Sters avait passé des heures les yeux rivés sur son écran, il s'était focalisé sur l'obtention du meilleur arrêt sur image pour avoir un portrait de la femme. Peut-être avait-il loupé l'essentiel... Que tout cela ne servait à rien !

— C'est assez simple. Sur toutes ces photos, j'ai dénombré quatre tenues différentes qui changent et reviennent comme un roulement régulier, ainsi que deux paires de lunettes, de talons aiguilles... même la couleur du vernis à ongles est assortie à celle des vêtements. De plus, la chevelure est toujours exactement identique malgré l'étalement sur huit mois. Même longueur, mêmes ondulations, même couleur rousse intense, à mon avis, tout cela est loin d'être naturel, ça sent la perruque à plein nez. J'en conclus qu'on a affaire à une imposture, que cette Pamela Vonsped n'existe pas et que la véritable femme qui se cache là-dessous ne voulait pas qu'on découvre un jour son identité, et ce, dès le début de l'incarcération de Simmons...

Desmond clôt le débat en s'éloignant du directeur et du responsable. Pour lui, tout ceci n'était qu'une perte de temps qui ne le mènerait à rien. Il faudrait identifier la complice de Michael Simmons par une autre méthode. Mais là, tout de suite, il ne trouva aucune solution évidente... Le silence de Sters et Smedley en disait long sur leur déception. Le directeur remercia poliment son homme qui repartit avec son ordinateur sous le bras, ses sentiments oscillant entre colère et dépit.

— J'ai tout compris, directeur.

L'agent Lowery s'était installé confortablement dans l'un des rocking-chairs qui encadraient l'immense cheminée. Il aurait bien apprécié l'instant avec un cigare et un verre de whisky mais au vu de son état de fatigue, il n'était pas sûr que cela lui fasse beaucoup de bien. Il s'amusa de voir le visage plein d'interrogations d'Edgar Smedley avant qu'il ne lance une offensive.

— Je ne comprends pas, vous venez d'affirmer que la piste des vidéosurveillances était une impasse…

— Je ne parlais pas de cela, Smedley. J'évoquais votre relation avec les Karletti. J'ai parfaitement compris la structure de votre entreprise au sein de cette prison.

Le directeur joua l'incompréhension puis l'indignation. Une palette d'expressions que les hommes intelligents comme Smedley utilisaient toujours à bon escient, au bon moment. Mais Desmond coupa court au jeu de comédie, faisant preuve de patience depuis bien trop longtemps.

— Arrêtez de vous foutre de moi ! Je sais que les Karletti financent le fonctionnement de cet établissement, offrant un luxe inhabituel à certains de vos détenus en échange d'une association à longue durée dès leur sortie. J'ai étudié le parcours de bon nombre d'anciens prisonniers et c'est toujours le même topo. Les Karletti font leur petite sélection et recrutent dans vos locaux, ne me dites pas que vous n'êtes pas au courant !

Edgar Smedley sembla juger la situation quelques instants, observant bien avec quelle assurance le shérif adjoint le toisait. Dans son costume trois pièces un peu pincé, il se dirigea vers un guéridon aux moulures d'un siècle passé et enclencha un mange-disque, visiblement une belle pièce de collection. Un son granuleux sortit de l'énorme pavillon et se répandit dans l'air, jouant à cache-cache avec les crépitements de la bûche dans la cheminée. Un crooner vantait le pouvoir de l'amour, espérant le retour de sa tendre. L'homme au col de chemise impeccable vint s'asseoir face à lui, croisa les jambes et joint ses mains. Il avait retrouvé sa sérénité et Desmond ne savait clairement pas à quoi s'attendre de cet homme aux multiples facettes, bien moins lisse et monochrome que son allure stricte un brin ringarde ne le laissait transparaître.

— Avec tout mon respect, pour un simple adjoint au shérif, vous me semblez être bien rusé, bien plus que votre supérieur, si je puis me permettre. Vous avez effectivement compris ce qui se passe entre ses murs mais vous n'êtes pas le premier, monsieur Lowery. La police judiciaire de Rockland a flairé cela il y a déjà plusieurs années et je suis justement là pour surveiller toute cette mécanique de près.

Le directeur Smedley sembla apprécier à son tour son effet, comme une vengeance personnelle après les multiples attaques du shérif adjoint qu'il avait dû contrer. Desmond ne s'était pas attendu à une révélation de cette teneur. Il se redressa et fit face à son interlocuteur afin de sonder s'il y avait une part de mensonge dans tout cela.

— Je suis un espion, un agent de la NSA[1]. J'ai été placé dans ces fonctions il y a maintenant deux ans afin d'infiltrer le clan Karletti et contrôler au plus près leur activité de recrutement. Comme prévu, à peine quelques semaines après mon arrivée, une femme est venue dans mon bureau et m'a fait comprendre que je n'avais guère le choix que de me taire et d'obéir. Tout ceci est une infiltration de longue haleine qui a monopolisé d'énormes moyens temporels et financiers, monsieur Lowery, je vous demanderai donc d'en rester là sans compromettre ma mission. Si vous désirez vérifier ma version, rapprochez-vous du lieutenant Earth qui chapeaute cela d'un point de vue local.

La découverte de l'envers du décor laissa Desmond plutôt pantois mais cette annonce finit par le rassurer. Laureen et lui s'étaient demandé quelle position avait adopté la PJ de Rockland vis-à-vis du clan Karletti. Ils avaient sérieusement penché pour un service de police à la botte des mafieux, apeuré ou acheté. Il s'avérait qu'elle travaillait dans l'ombre, si ce n'était pour attaquer frontalement les Karletti, au moins contrôlaient-ils la situation.

---

[1] National Security Agency

Lowery serra la main de Smedley avec le respect énorme qu'un flic doit à l'un de ses pairs qui risque sa vie chaque jour pour servir son pays. Il s'excusa de l'avoir forcé à lever le masque, le mettant dans une position délicate qui aurait pu lui coûter sa couverture.

— Ne vous en voulez pas, agent Lowery. Au final, vous aussi vous n'avez fait que votre job.

28

Quand Desmond Lowery sortit de la prison, les nuages avaient forci, noirci, à tel point que le ciel semblait s'être soudainement rapproché du sol. Malgré le début d'après-midi, l'obscurité avait enveloppé Vinalhaven et apportait avec elle un vent magistral. Comme la plupart des délinquants enfermés dans les bâtiments derrière le shérif adjoint, la tempête récidivait sans cesse, avec plus ou moins d'intensité. Sur ce dernier coup, elle avait visiblement encore envie de se déchaîner et les trombes d'eau n'allaient sans doute pas tarder à se déverser.

Desmond, à la coiffure totalement hirsute dans les rafales enragées, se précipita et se mit à l'abri dans sa voiture. Quand il fut enfin isolé, que les sifflements de l'air ne saturèrent plus ses oreilles, il entendit la sonnerie de son téléphone portable. C'était Laureen.

— Hello, bellissima ! Comment va ?

— On fait aller. Et toi ? T'es enfin sorti de prison ?

L'humour de Laureen était bien là mais le ton n'y était pas. Desmond décelait dans sa voix un léger malaise, un timbre étrange qu'il ne lui connaissait pas.

— Oui, j'en sors à l'instant. Faut que je te raconte en détail ce que je viens d'apprendre mais je ne peux pas le faire par téléphone, faudra que tu patientes.

— Ah… Et c'est au sujet de Simmons ? De sa sœur ?

La liaison avait beau être mauvaise, Desmond entendait bien qu'il y avait un problème, que quelque chose n'allait pas.

— Non, de ce côté-là je n'ai guère avancé malheureusement. Qu'y a-t-il Laureen, cela n'a pas l'air d'aller ? Tu as encore eu un malaise ?

Une hésitation se fit sentir à l'autre bout du fil.

— Si, ça va. La fatigue, je suis naze, c'est tout... Et puis... Je voulais m'excuser pour tout à l'heure, je me suis sauvée et je t'ai planté là alors que tu n'avais rien fait. C'était juste cet abruti de marshal qui m'a mis les nerfs. Je n'avais pas besoin de ça, voilà tout. Et puis là, je fais de la paperasse au bureau, ça n'arrange rien !

Desmond sourit, imaginant sa collègue se coltinant la masse impressionnante de dossiers que le shérif empilait, sans jamais les compléter, les valider ou les ranger. Et vu son état d'ébriété une heure plus tôt, il n'était pas près d'aider ses larbins... Il accepta les excuses de sa partenaire, promit de la rejoindre au plus vite et raccrocha.

À peine eut-il posé son portable sur le siège passager, que celui-ci sonna de nouveau. Il sourit en s'attendant à ce que Laureen lui dise qu'elle avait oublié de lui dire quelque chose. Cela lui arrivait souvent, une tête bien pleine mais qu'elle avait souvent en l'air. Mais il s'agissait d'un numéro inconnu, non répertorié dans son téléphone.

— Ouais, alors, ça a donné quoi ?

Il aurait bien eu envie de répondre « Ouais, on se connaît ? » face à cette agression auditive mais il imagina le taré à l'autre bout de l'île qui l'appelait. L'U.S. marshal n'aimait donc pas perdre son temps et le faisait parfaitement comprendre en étant non seulement brut dans ses gestes mais aussi dans ses paroles. Desmond, qui avait choisi la voie du disciple, continua dans ce sens, afin d'écourter au plus vite leur relation forcée.

— Rien de très concluant. J'ai simplement le nom de la femme qui a rendu régulièrement visite à Simmons, Pamela Vonsped, il n'y a pas à douter qu'il s'agisse d'une fausse identité ; et un portrait, mais inexploitable car grimé à souhait.

Dans la seconde qui suivit, Desmond crut que Joan April allait couper la communication sans même commenter la nouvelle. Alors, il réfléchit et laissa son intuition faire le reste. L'idée sortit de sa bouche avant même d'être pleinement formulée dans son esprit.

— Cette femme a dû utiliser sa fausse carte d'identité à d'autres occasions. Je suis sûr que vous pouvez avoir accès à beaucoup de bases de données en tant qu'agent fédéral... Peut-être pourrons-nous la localiser ou obtenir d'autres informations sur cette mysté...

— Ouais, attends. Je tape ça en direct. Vonsped, comme ça se prononce ?

April n'avait pas le look d'un geek de service, fanatique des nouvelles technologies. Pourtant dans les poches de son long imperméable, il devait cacher une tablette numérique ou autre lui permettant d'établir une connexion sécurisée dans la seconde pour accéder aux différents sites du Big Brother.

— Bingo, mon pote ! J'ai une contravention à ce nom, ça date d'il y a cinq ans, c'était dans l'état du Massachusetts. La voiture était à son nom, une vieille Ford Thunderbird. Attends, deux secondes, ça télécharge. Double bingo, j'ai même une photo. Qualité pourrie d'un radar de nationale, le pare-soleil et l'ombre cachent une bonne partie du visage. Je t'envoie ça mais je t'offre mes burnes sur un plateau s'il ne s'agit pas de la sœurette de Simmons. Je vais creuser tout ça, faire rechercher le véhicule. Même si le PV date, avec un peu de chance...

Il raccrocha sans prévenir comme l'avait redouté Desmond une minute plus tôt. Il n'avait pas espéré un quelconque remerciement mais un simple « à plus » lui aurait suffi. Ou, un « j'te rappelle » qui lui donnait l'impression de toujours faire partie de l'enquête, qu'il n'avait pas bossé dans le vent comme un simple kleenex jetable. Là, il n'avait plus qu'à se tourner les pouces et rentrer chez lui en attendant, peut-être un jour, des nouvelles de l'U.S. marshal.

Son téléphone bipa à l'arrivée d'un MMS. Pas de numéro d'arrivant, pas de sujet, pas de message, simplement une photographie où on distinguait vaguement les traits d'une conductrice. Pas de longue chevelure rousse en vue. Mais des cheveux noirs, raides, jusqu'aux épaules.

Cela pouvait correspondre à la fille de la photo que Desmond avait trouvée dans la cellule de Simmons. Il y avait fort à parier qu'il s'agissait de sa sœur, Penny, qui avait pris quelques années.

Desmond enregistra la pièce jointe dans un répertoire spécifique afin de la retrouver facilement et vit alors dans son album photos, la vidéo qu'il avait tournée en urgences, filmant précisément toutes les affaires personnelles des deux frères Karletti assassinés. Il l'avait réalisée secrètement, avant de devoir livrer ces dernières à Lucy, sous une menace à peine voilée. Il n'y avait pas encore repensé aujourd'hui, sans doute par manque de temps mais sans doute aussi parce qu'inconsciemment il savait que cela ne servirait à rien, que cette séquence vidéo serait stérile. Néanmoins, à l'abri des rafales de vent de plus en plus enragées, la curiosité le piqua et il décida d'ouvrir le fichier multimédia une nouvelle fois. Après tout, Lucy avait manigancé un plan bien trop rocambolesque pour obtenir ces quelques affaires, Desmond pouvait raisonnablement penser que Lucy ou madame Karletti avaient plus que la nostalgie et le souvenir comme motivations.

Il visionna la vidéo où défilèrent des images tremblantes, parfois floues, des effets personnels des deux frères décédés. Des trousseaux de clés qui semblaient très classiques ; des portefeuilles qu'il avait entièrement épluchés, carte par carte, sans oublier les tickets de caisse ou la photo souvenir ; le paquet de chewing-gum pour l'un, le paquet de clopes pour l'autre ; et enfin les armes au numéro de série effacé. Lors des trois minutes trente de séquence, comme la première fois, il ne remarqua rien de spécial mais quelque chose le tracassait. Son subconscient lui envoyait un message d'alerte mais il ne le saisissait pas, comme un mot qu'on ne trouve pas alors qu'on l'a sur le bout de la langue…

Il mit le contact et enclencha les essuie-glaces car quelques gouttes de pluie se mirent à tomber. Ça recommençait… Une tempête peut en cacher une autre, disaient les anciens de l'île. Ils avaient peut-être raison car trois jours après, le ciel était à nouveau chargé à bloc et Desmond entendit le tonnerre rompre le silence océanique loin vers l'est. Il décida de rentrer au poste au plus vite afin d'éviter si possible le déluge qui allait s'abattre sur Vinalhaven.

Il ne fit pas deux cents mètres que l'orage l'avait rejoint avec son spectacle son et lumière. Il fut obligé de ralentir drastiquement puis de rouler au pas sur une route sur laquelle coulait une terre boueuse qui avait à peine eu le temps de dégorger de sa première ivresse.

Lorsque la foudre frappa à quelques mètres devant son véhicule, il pila et mit un certain temps à se remettre de cet éclair aveuglant qui venait de découper un tronc d'arbre solide comme un roc en deux tranches de pain grillé s'arc-boutant chacune de son côté. Il se dit qu'à une fraction de seconde près, la nature destructrice et dominatrice aurait pu jeter son dévolu sur lui et lui régler son compte sans aucune chance de rémission. Desmond repensa alors aux êtres chers qui l'avaient quitté trop tôt, tellement tôt… Il repensa à la photographie qui avait failli disparaître à jamais dans les flammes de son petit chalet. Son souvenir indélébile auquel il tenait plus que tout, auquel il pouvait se raccrocher…

Et soudain, aussi brutalement que l'éclair qui avait jailli sous ses yeux, il comprit le message envoyé par son subconscient. Il reprit son téléphone portable en main et lança à nouveau la vidéo, pour mettre en avance rapide jusqu'à la photo souvenir dans le portefeuille de George Karletti. Un vieux cliché de son fils Kévin sur lequel il ne devait pas avoir plus de quatre ans. Un sourire d'ange sous un regard pétillant et une coiffure stricte de petit bourgeois. Il le reconnaissait parfaitement. Il mit sur pause et agrandit l'image afin de voir nettement la date indiquée en bas à droite. 71-02-1998 ou plus vraisemblablement 11-02-1998, mais la qualité était mauvaise et le zoom manquait cruellement de netteté. Desmond constata immédiatement que la date était incohérente, impossible, puisque Kévin

Karletti était né bien après l'an 2000… Pouvait-il s'agir simplement d'une erreur de programmation de la date sur l'appareil photo ?

Cette étrangeté lui chatouillait les neurones qui se mettaient à tourner à vive allure dans son cerveau. Il avança dans la vidéo et s'arrêta alors sur la photo souvenir du deuxième portefeuille, celui de Nick Karletti. Son épouse et lui formaient un joli couple, comme on aime dire à la ville, et il affichait cette relation fièrement à côté de ses multiples cartes bancaires, mais cela ne l'avait nullement empêché d'entretenir une liaison extraconjugale depuis des années… Desmond ne s'attarda pas sur leurs visages mais plutôt sur la date qui était là aussi marquée, avec exactement la même typographie.

Il écarquilla les yeux à la lecture des chiffres qui s'alignaient les uns à côtés des autres et comprit alors qu'il avait découvert des informations importantes, un secret que les Karletti n'avaient pu emporter en trépassant, un code que madame Karletti avait tout fait pour récupérer au plus vite…

56-14-4776. Et cette fois-ci, l'arrêt sur image était presque parfait, ne laissant planer aucun doute sur l'exactitude des nombres qu'il lisait. Ce n'était absolument pas une date, pas une éventuelle erreur. Il ne pouvait s'agir là que d'un code. Desmond en était intimement persuadé : chaque frère, voire chaque membre de la famille Karletti, devait posséder un code ou la portion d'un code donnant accès à quelque chose de fondamental pour le clan mafieux. Desmond ne pouvait pas préfigurer ce que cachaient ces numéros mais il venait de faire une avancée significative dont l'adversaire ne pouvait même pas soupçonner l'ampleur…

Desmond Lowery sourit alors béatement, seul, au cœur de la tempête.

La foudre frappa à nouveau à proximité mais le shérif adjoint ne la vit même pas.

29

Laureen Finley usait ses semelles à faire les cent pas. Elle en avait plein la tête et ne savait comment faire pour ne pas être rongée par toutes ses pensées. Il fallait qu'elle s'occupe, alors elle avait fait place nette sur son bureau, vérifié chacun des dizaines de crayons qui traînaient ici et là dans les porte-crayons, empilé parfaitement les montagnes de dossiers qui attendaient une validation définitive du shérif ou du maire, vidé ses tiroirs pleins de bric-à-brac, et fait tant d'autres choses inutiles qu'elle ne saurait en faire la liste exacte.

Quand les seize heures sonnèrent, elle en était à détartrer la cafetière, qui certes en avait bien besoin mais qui aurait pu attendre quelques jours de plus. Et entre chacune de ses occupations, elle vérifiait son téléphone portable et allait cliquer sur la souris de son ordinateur pour voir si un mail n'apparaissait pas dans sa boîte de réception. Elle avait fini par craquer et avait appelé son collègue Desmond mais il ne lui avait rien révélé et l'avait mise dans une attente encore plus insoutenable.

Tandis que la vieille cafetière crachait son acide acétique, Laureen se posta devant la grande carte de l'archipel de Vinalhaven. Ces multiples morceaux de terres émergées de l'océan Atlantique, aux côtes sculptées par l'acharnement des vagues, lui firent penser à une île au trésor sur laquelle elle chassait des pirates. Ces derniers jours, elle et tant d'autres avaient parcouru cette île en tous sens, sans jamais trouver ce qu'ils cherchaient.

— Mais où te trouves-tu ?

Soudain, elle sursauta au claquement de la porte d'entrée. Elle se retourna, surprise et fit face au shérif Blaze Hanson. Il avait la tête des mauvais jours, comme bien souvent, mais ses traits étaient à ce moment-là particulièrement creusés, ses yeux noirs enfoncés dans leurs orbites profondes et sa gueule était au carré, ce qui chez lui était caractéristique de l'après-cuite.

Il ne lui dit rien et s'avança jusqu'à la porte de son bureau d'une allure traînante tel un mendiant qui vaque dans la rue sans autre but que de trouver un endroit tranquille où il pourrait se terrer et se morfondre.

Même s'il ne lui avait manifesté aucune hostilité, elle avait préféré garder le silence et s'était abstenue de lui demander d'où il venait et ce qu'il avait fait durant la journée. Avait-il eu des nouvelles du lieutenant Earth ou de tout autre provenance ? Avait-il apprécié d'être interviewé par les journalistes ? Déprimait-il parce qu'il avait été mis définitivement sur la touche pour incompétence et coup de folie ? Oh, après tout, elle s'en fichait comme de l'an quarante ! Qu'il la laisse en paix !

Laureen regarda encore avec déception son téléphone, constatant qu'il ne lui annonçait la venue d'aucun nouveau message. Elle se laissa alors de nouveau absorber par la contemplation de la carte de Vinalhaven. Et sans qu'elle puisse lutter, de multiples questions revinrent à la charge dans la dure logique de tout enquêteur. Qui pouvait bien être ce tueur en série qui s'en prenait à une famille de mafiosi ? Était-ce un tueur à gages employé par un clan rival ? Était-ce un habitant de l'île qui voulait faire justice lui-même et nettoyer son environnement proche ? Était-ce un psychopathe venu de nulle part qui voulait exterminer des confrères ? Toutes les hypothèses étaient à l'heure actuelle encore possibles et ce, malgré le travail conjoint du bureau du shérif et de la police judiciaire de Rockland. Officiellement, aucun indice ne permettait une quelconque identification… Elle se demanda si un jour il y en aurait. Elle se doutait que dans ce genre d'affaires, les enquêtes résolues étaient bien moins fréquentes que dans celles impliquant des individus lambda.

Et où se cachait ce taré de première catégorie ? Se terrait-il encore parmi la population ou avait-il filé en douce entre deux intempéries ? De nombreuses équipes avaient déployé beaucoup d'énergie à la recherche de Michael Simmons et de ce deuxième homme, mais cela n'avait jamais abouti.

Elle fut sortie de ses pensées par la sonnerie de son téléphone, ligne fixe. Elle décrocha, le souffle court, entre excitation et paralysie.

— Pouvez-vous venir dans mon bureau une minute ?

Tout d'abord déçue que ce ne soit que le shérif Hanson qui l'appelait, elle fut surprise qu'il lui demande d'aller le voir alors qu'habituellement sa tendance était plutôt de gueuler un bon coup à travers la cloison pour qu'elle rameute ses fesses. Elle resta interdite un instant.

— S'il vous plaît.

La marque de politesse la laissa sans voix quelques instants de plus. Elle attendit qu'il ajoute un « grouille-toi » suivi d'un surnom à la con mais rien ne vint ternir sa demande. Alors elle se résolut à répondre par l'affirmative, quelque peu dubitative par l'attitude de son chef qui était assurément dans un état inhabituel.

Il était assis dans son fauteuil en cuir derrière son bureau trop grand pour lui. Il semblait abattu ainsi, la tête baissée, les mains jointes sur son crâne, à trembloter. Il reniflait sa morve sans gêne, comme si elle n'était pas là. Laureen détourna le regard, ne sachant comment réagir devant une telle scène surréaliste. Blaze Hanson était un salaud de la pire espèce, un mâle brutal, un macho fier, un idiot fini, un incompétent notoire, un ivrogne à ses heures, un xénophobe assumé. La liste des qualificatifs qui défila dans l'esprit de Laureen n'en finissait plus pendant que son bon à rien lui filait la gerbe, ainsi prostré devant elle.

— Que puis-je faire pour vous ?

Après une longue hésitation, elle finit par demander ce qu'il attendait d'elle car soit il n'avait pas conscience qu'elle le regardait depuis un certain temps, soit il attendait qu'elle fasse un geste de compassion à le voir à ce point pitoyable. Il leva enfin la tête. Des larmes coulaient de ses yeux. Il fit encore plus peine à voir.

— Vous voudrez bien me servir un verre de whisky ?

Sa voix était cassée et son ton presque implorant. Cela estompa à peine la répulsion qu'elle avait pour lui. Il la prenait encore pour sa bonniche à la déranger pour se faire servir comme un roi.

— Profitez-en pour vous prendre un jus d'orange sans pulpe comme vous aimez bien. Il y en a au frais.

Elle ne sut pas exactement pourquoi elle céda à sa demande. Était-ce par pitié pour son pire ennemi ? Était-ce par curiosité malsaine afin de savoir pourquoi le shérif était tombé si bas ? Était-ce parce qu'elle en avait marre de tourner en rond et que ce cirque grotesque l'occuperait un tant soit peu ? Ou était-ce tout simplement pour sa boisson favorite ? Quelle qu'en soit la raison principale, elle se retrouva à verser une dose d'ambre dans un verre pour son chef détesté.

Il la remercia et leva son verre pour trinquer mais ne sut quoi dire alors il se contenta de se brûler la gorge d'un trait. Laureen s'installa dans la chaise face à lui et savoura la boisson fraîche. Elle était persuadée que face à elle, elle avait un homme qui avait plus besoin de parler que de boire. Son sixième sens eut raison car à peine avait-il reposé son verre sur son bureau qu'il lançait sa bouteille à la mer.

— Elle est partie.

Il n'eut nullement besoin de préciser de qui il parlait, Laureen comprit le drame qui venait de se jouer chez les Hanson. Elle eut alors une seule question à l'esprit, qu'elle ne poserait pas, car malgré l'être sans cœur qu'elle pensait avoir devant elle, Blaze Hanson semblait réellement démonté par cette annonce. Mais comment ta femme a-t-elle tenu autant de temps avant de prendre le large ?

— Elle est partie avec les enfants… Sans me prévenir. Sans même crier gare…

N'osant intervenir si tôt dans la discussion, ayant peur d'avoir bien du mal à prendre le parti de Blaze, du mari épouvantable, elle se donna une contenance en buvant son jus d'orange. Jamais elle ne s'apitoierait sur son sort au vu des milliers de contentieux qu'il y avait entre eux, en sus de tout ce qu'elle savait sur lui et imaginant tout ce que Stefanie Hanson avait dû subir durant toutes ces années.

— Je sais bien que tout n'était plus rose depuis longtemps déjà mais de là à tout quitter, moi, la maison, Vinalhaven…

Elle écouta le discours empli de demi-vérités, de non-dits, d'approximations comme il est de rigueur quand on a tant à se reprocher mais que l'on veut se poser en victime, incapable d'assumer ses erreurs. Ce monologue convenu et attendu l'endormit peu à peu et elle trouva du réconfort dans le moelleux de son siège. Il déversait ses malheurs mais, elle, ne pensait qu'aux siens. Et cette lente descente vers l'assoupissement lui fit un bien fou, celui de se sentir partir dans un monde meilleur, celui où elle ne penserait plus à tout ça. Là où plus rien n'aurait d'importance.

Alors que ses paupières se faisaient lourdes, dans une ultime tentative pour garder un œil sur ce monde, elle vit Blaze Hanson s'approcher d'elle. Elle crut qu'il lui tenait la main. À travers un long tunnel, elle crut l'entendre, mais elle n'était pas certaine de comprendre alors elle lui bredouilla quelques mots pour le rassurer.

— Laureen, vous ne vous sentez pas bien ? Que se passe-t-il ?

Sa vision se troublait de plus en plus tandis qu'elle se sentait chavirer. La chute était irrésistible, elle ne pouvait plus lutter. Elle lâcha prise.

Jusqu'à temps qu'un violent coup au visage la fasse voler par terre. Ce choc brutal la fit remonter à la surface dans un océan d'incompréhensions. Dans un chaos embrumé, elle le vit debout devant elle. Il la dominait et semblait jubiler de la voir ainsi, sans défense à ses pieds.

— Espèce de pouffiasse ! Tu t'es bien marrée jusque là, hein ? Maintenant, tu vas beaucoup moins rigoler !

La main de Blaze claqua sa mâchoire et malgré les effets dévastateurs de la drogue, la douleur fut fulgurante. Une poussée d'adrénaline parcourut son corps et son cerveau lança l'alerte générale. Elle parvint à se redresser et tenta de se traîner en arrière pour s'éloigner de ce fou furieux. Dans sa panique, elle ne pouvait s'empêcher de fixer la bête qui l'épiait et qui salivait à l'idée de jouer avec sa proie.

— Toi aussi, tu m'as humilié, dix fois, cent fois, mille fois ! Tu t'es refusée à moi, tu m'as nargué devant mes potes, tu m'as jeté à ces loups de journalistes... Tu vas le payer cher, salope !

Il lui décocha un coup qui fit saigner ses gencives. Elle sentit à peine le goût de fer du sang qu'elle cracha, écœurée. Elle ne parvenait plus à mouvoir son corps, désormais hors de son contrôle, mais son esprit sur le qui-vive gardait le contact avec la menace. Dans un désespoir noyé de larmes, elle vit Blaze Hanson se caresser le sexe bandant, puis descendre sa braguette et baisser son pantalon.

Elle sentit alors un poids lourd l'écraser de tout son long.

Sa respiration se bloqua.

Elle voulut mourir.

30

Il était assis sur le banc depuis plusieurs heures déjà. À attendre. À méditer.

Boston Common était un magnifique écrin de verdure au milieu d'un champ de gratte-ciel. Rien d'original pour une grande ville américaine, comme New York et son célèbre Central Park, sauf qu'ici l'architecture moderne côtoyait de très anciennes constructions datant pour certaines de la guerre d'indépendance, des immeubles en pierre brune emblématiques de l'époque victorienne. Un mélange unique qu'il ne se lassait pas d'admirer.

Le soleil déclinait là-bas, du côté des beaux quartiers de Back Bay et Beacon Hill. Ses couleurs enflammaient le ciel et peignaient le panorama de teintes automnales. Un décor de fin du monde en feu. Mais une belle fin du monde, apaisante et victorieuse.

Autour de lui, le monde s'agitait en cette fin de journée. Des joggeurs filaient dans les allées, des enfants jouaient au ballon dans les grandes pelouses, des amoureux s'enlaçaient dans ce cadre de rêve au milieu d'une mégalopole ressemblant depuis l'espace à une fourmilière sans cesse en effervescence. Tous profitaient des dernières soirées aux températures encore agréables. Aucun ne se préoccupait de lui.

Quand le soleil disparut totalement, que l'obscurité s'installa peu à peu dans les tréfonds du parc, faisant fuir la majorité des acteurs, il se sentit prêt. En réalité, il l'était déjà avant de s'asseoir sur ce banc, mais désormais il était serein. Il savait qu'il avait pris la bonne décision, qu'il ne pouvait plus en être autrement et qu'il pouvait poursuivre son chemin en toute quiétude. Il regarda sa montre et patienta encore une demi-heure avant de se lever.

Une fois à bord de sa voiture, il n'eut aucune hésitation. Il mit le contact et s'inséra doucement dans la circulation, plutôt chargée pour un jour de semaine, et il fila droit vers son objectif. Il connaissait Boston par cœur mais sur le trajet, il prit le temps d'observer son univers. Il savait que la roue pouvait tourner à tout instant, en profitant pour l'écraser au passage, et qu'ainsi, tout ceci pouvait être une dernière fois. Il sourit avec nostalgie devant des panneaux signalant la direction de Cambridge où il avait fait ses études dans la célèbre université d'Harvard ; il eut un brin de fierté pour sa ville lorsqu'il découvrit une immense publicité vantant les qualités du M.I.T[1], connu dans le monde entier ; il eut une tristesse sincère en remontant Boylston Street, à l'endroit même où deux bombes avaient explosé sur la ligne d'arrivée du grand marathon un certain quinze avril.

Puis il s'engouffra sur la voie rapide 1A, pour une plongée sous le Boston Inner Channel, pour ressortir de l'autre côté dans le quartier est, à deux pas de l'aéroport Boston-Logan. Il en prit la direction mais bifurqua juste avant l'entrée des immenses parkings pour s'engager sur le bord de mer où s'alignaient de vieux hangars à bateaux. Ici il n'y avait ni coureurs motivés, ni gamins traînant à vélo, ni couples amourachés, et ce quelle que soit l'heure de la journée. Après avoir remonté la rue déserte, il finit par se garer et éteignit les phares de la voiture.

Il se pencha sur le siège passager, y prit sa casquette et sa paire de lunettes à verres fumés. Il se coiffa de la première, chaussa la seconde et remonta le zip de son blouson de cuir noir jusqu'au col. Il ouvrit la boîte à gants et en sortit son revolver. Même s'il n'avait pas spécialement l'intention de s'en servir pour la mission qui l'attendait, il ne pouvait y aller sans.

Le spectacle n'avait rien à voir avec la vieille ville et sa végétation sauvegardée. Des épaves de bateaux aux coques

---

[1] Massachusetts Institute of Technology

rouillées traînaient au bord du quai. Des bâtiments de tôles dépareillées s'alignaient jusqu'à l'horizon. Et que dire de ce bruit assourdissant des Boeing qui s'élançaient pour le décollage à quelques centaines de mètres ? De cette odeur de marée basse et de marché aux poissons ? Mais l'homme au blouson de cuir noir ne réalisa pas tout cela, il était concentré et se dirigeait vers l'un des hangars, deux cartons plats entre les mains.

Un homme aussi large qu'une barrique le regardait approcher d'un mauvais œil. Dès qu'il l'avait vu, il avait sorti une mitraillette dernier modèle de l'US Army. Un joyau censé protéger les américains et non se retourner vers des compatriotes. Lui n'avait pas eu une once d'hésitation mettant bien en évidence le colis qu'il apportait à ce gros balourd qui ne pouvait y être indifférent.

— Qui êtes-vous ? C'est une propriété privée ici, dégagez !

La voix était enrouée et cachait un certain manque d'assurance. Sûr que sans son arme automatique, il aurait déjà fait dans son froc.

— Hé Oh ! Du calme l'ami. Je livre simplement les deux pizzas qu'on m'a commandées... Je suis bien au numéro 11, non ?

L'ami en question n'en avait visiblement aucune idée. Il se contentait de fixer les boîtes d'où s'échappait un parfum appétissant. Quand l'homme à la casquette s'arrêta devant lui, il douta un instant que cet individu vêtu entièrement de noir soit un livreur de pizzas ordinaire, mais l'odeur était bien trop alléchante pour résister. Il baissa sa mitraillette et voulut s'emparer des deux cartons quand une balle perfora sa boîte crânienne de part en part. Dans un simple sifflement de silencieux fixé à un Glock 18 chambré en neuf millimètres Parabellum, il n'eut pas le temps de souffrir et quitta ce monde avec son péché de gourmandise.

L'homme en noir ne lui prêta pas un regard, enjamba l'imposant cadavre et ouvrit la porte d'entrée que ce dernier était censé garder. Après un rapide coup d'œil, il comprit que l'immense volume du bâtiment était désert, presque totalement immergé dans l'obscurité. Sauf un petit local tout au fond d'où s'échappait de la lumière par une lucarne. Néanmoins, soucieux de ne pas faire d'impair, il se faufila précautionneusement entre les différentes carcasses et les pièces détachées. De la ferraille, des pots de peinture, de l'huile, c'était un véritable atelier capharnaüm. Il s'approcha de la petite fenêtre située à une hauteur de deux mètres environ. Il sortit son téléphone, le mit en mode appareil photo et fit dépasser l'objectif du rebord de la vitre. Sur grand écran, il vit alors ce qui se passait derrière le mur.

Une table autour de laquelle quatre hommes jouaient aux cartes. Des sales gueules qui avaient la tête de l'emploi. Des jetons de plusieurs couleurs étaient empilés devant chacun d'eux. Une simple partie de poker dans les docks les captivait. Ça parlait peu, ça buvait tranquillement une gorgée de bière à chaque relance, de la musique filtrait par la porte. Il agrandit l'image sur l'écran pour bien discerner les détails et il balaya ainsi la pièce. Il compta pas moins de trois flingues. Comme il ne pouvait tout voir, ce compte était un minimum peu rassurant. Seul, il ne pouvait pas se risquer dans un affrontement direct, même avec l'effet de surprise ses probabilités de réussite étaient faibles.

Il se positionna à l'abri de toute intrusion et évalua rapidement ses possibilités. Tout se dessina dans son esprit et il ne perdit pas un instant pour mettre en place son plan d'action. Il avait un objectif clair et devait se donner les moyens d'obtenir ce qu'il était venu chercher.

Il rassembla tout ce dont il avait besoin puis monta dans la camionnette qui dormait dans ce garage. La chance était de son côté, les clés étaient restées sur le Neiman. En même temps, une personne sensée ne viendrait pas s'aventurer ici pour voler une épave sur quatre roues comme celle-là. Comme tout ce qui l'entourait, elle était aussi rouillée et semblait être posée dans cet entrepôt depuis la nuit des *temps, à attendre de tomber définitivement en miettes. Il croisa les doigts et mit le contact.*

L'engin démarra dans un vrombissement sourd et un panache de fumée noire sortit de ses entrailles. Il enclencha immédiatement la marche arrière et recula la camionnette pour se coller à l'unique porte du local qui s'ouvrait vers l'extérieur. Il mit le frein à main quand il sentit le choc entre le véhicule et le mur. Les quatre salopards étaient pris au piège et personne au monde ne viendrait les en délivrer vivants.

— Hé ! Ronald, tu fais quoi là-derrière ?

L'incrédulité des convives ne dura qu'un instant. Quand ils réalisèrent qu'ils ne pouvaient plus sortir de leur clapier à lapins, ils comprirent que quelque chose ne tournait pas rond. Ils tambourinèrent sur la porte, tentant de la défoncer à coups d'épaule et de pied. Pendant ce temps, leur hôte transperça de plusieurs coups de couteau l'un des bidons d'essence qu'il avait ramassés dans l'atelier et le balança par la lucarne qui se brisa au passage.

Il ne fallut pas attendre une seconde pour qu'une déferlante de tirs transpercent la porte et la camionnette d'un côté et fassent voler en éclat les derniers bouts de verre de la fenêtre de l'autre. L'homme en noir attendit tranquillement, protégé de toute balle perdue derrière la coque épaisse d'un vieux chalutier de pêche. Eux se déchaînaient à vider leurs munitions sur un ennemi invisible. Quand une accalmie s'amorça, suivie de cris qu'il ne chercha même pas à traduire, il prit le risque de s'avancer pour leur envoyer une deuxième livraison d'essence, histoire de bien imbiber les lieux. Et une nouvelle riposte éclata instantanément. Encore plus folle, encore plus paniquée.

Il aurait pu se délecter de ces instants de détresse mais tout cela ne l'amusait pas. Il priait simplement pour que ces quatre bâtards n'aient pas l'équivalent d'un stock d'armurerie afin de pouvoir passer à l'ultime étape de son projet.

La porte se déchiquetait petit à petit, la carrosserie du vieux Ford se trouait comme un gruyère mais à ce jeu-là, ils ne parviendraient pas à se libérer avant l'aube. Néanmoins, cela leur donnait de l'espoir et les incitait à vider leurs chargeurs sur cette unique issue de secours.

Puis, de nouveau le calme, ponctué d'insultes, de grossièretés. Une angoisse qui montait au fur et à mesure qu'ils réalisaient que la partie était perdue pour eux. L'un d'entre eux tenta l'option de passer par la lucarne malgré sa hauteur. Lorsqu'il passa la tête, l'homme en noir lui fracassa le nez en lui balançant un troisième bidon dégoulinant de combustible. Un tir parfaitement cadré, digne des meilleurs joueurs de la NBA. Et là, enfin, après cette tentative d'évasion avortée par une lourde chute, aucun coup de feu ne répondit à son agression.

Ils allaient enfin pouvoir parler sérieusement.

— On dirait qu'on va pouvoir commencer à discuter.

— Putain de sale enfoiré, tu vas nous le payer !

Il pensait ne pas devoir en venir là si rapidement, mais il en avait clairement marre de se faire insulter de tous les noms. Il sortit son briquet, se grilla une cigarette et en tira une bouffée qui lui donna la force d'aller jusqu'au bout des choses. Il s'approcha de la lucarne et imagina les flaques d'essence inondant le sol, la table, le jeu de cartes et les vêtements de cette bande de salopards. À l'intérieur, un silence absolu régnait. Sans doute avaient-ils entendu le bruit caractéristique de la roulette du briquet pour déclencher l'étincelle, celle qui causerait leur perte.

— Tu es qui ? Tu veux quoi ? OK, on peut discuter mais arrête ton trip !

— J'ai deux questions à vous poser. Êtes-vous disposés à y répondre sans me mentir ?

— Oui ! Accouche enculé de ta race et t'as plutôt intérêt à nous sortir de là !

C'était toujours la même voix qui lui répondait. Un mec qui malgré sa position continuait de le prendre de haut et de lui donner des ordres. Une arrogance détestable qui dépeignait bien le personnage.

— Si tu n'as pas encore remarqué, c'est plutôt moi qui fixe les règles ici, alors baisse d'un ton et réponds sans détour à ma première question. Est-ce bien vous qui avez fait cela ?

Il siffla pour attirer l'attention et fit tomber de l'autre côté de la petite fenêtre une photographie.

— Putain, qu'est-ce que ça peut te faire ? C'est quoi ça d'ailleurs ?

Le petit ricanement incontrôlable qui sortit de la bouche de ce taré de première déclencha l'acte irréversible. L'homme en noir prit en main le dernier bidon qu'il avait préparé, celui avec un chiffon imbibé dans l'ouverture. Il y posa le bout incandescent de sa cigarette et lança le projectile enflammé dans la pièce.

Des hurlements s'ensuivirent et les flammes se répandirent dans un coin du four crématoire. En moins d'une minute, elles ravageraient l'ensemble du local et carboniseraient tout ce qui s'y trouvait.

— Oui, c'est nous ! C'est nous ! Ouvre-nous, putain, on va crever !

Cette réponse était une formalité en soi mais il devait tout de même s'en assurer. Sans perdre son calme, contrairement à ses interlocuteurs qui s'agitaient comme des rats en cage, il passa à sa seconde question.

— Qui vous a payé pour faire ça ? Quel est le commanditaire ?

Il eut à peine le temps de terminer que des hurlements retentirent derrière la porte. Un des hommes s'était transformé en torche humaine. Inutile de tenter de le sauver. Les rescapés poursuivirent leur travail de sape sur la porte en partie éventrée. Mais la camionnette empêchait toute progression. De la fumée noire épaisse s'échappait du four crématoire et une vive chaleur se répandait aux alentours, accompagnée d'une intense lumière. Les mêmes lueurs que celles du soleil couchant sur Boston Common.

— *Répondez et je déplace la camionnette !*

Il dut crier à son tour pour se faire entendre au milieu des cris de supplice qui avaient gagné au moins un deuxième homme. Et une terrible odeur de chair cramée parvint jusqu'à lui, se mélangeant à celles de l'essence et de la fumée. C'était maintenant ou jamais.

Comme pour attendre l'ultime instant pour ne pas trahir les siens, la réponse ne vint qu'après deux ou trois longues secondes, interminables pour l'un, intolérables pour les autres.

Alors l'homme en noir se tut. Il avait obtenu ce qu'il était venu chercher. Pour cela il avait dû avoir recours à la torture, ce qui le plaçait au même rang que les cochons qui grillaient derrière ce mur en béton. Mais cela ne le perturba pas, il acquiesça simplement.

Le temps qu'il termine sa Lucky Strike, les hurlements avaient cessé et les flammes léchaient désormais les murs extérieurs pour mieux se répandre dans l'entrepôt. Il était temps de partir. Il lança son mégot dans les flammes pour ne laisser aucune trace de son passage hormis des cendres.

Dans sa tête, résonnait mille fois le nom d'un clan de la mafia.

Karletti.

31

C'était la première fois que le shérif adjoint Desmond Lowery était assis de l'autre côté de son bureau et il espérait bien que ce serait la dernière car cela n'avait rien d'agréable. C'était le lieutenant Earth qui le dévisageait quelque peu, planté dans son fauteuil, derrière son écran. Il semblait dépassé par les événements qui s'enchaînaient. Ou alors était-ce tout simplement le contrecoup de la traversée en ferry qu'il venait d'effectuer dans des conditions météorologiques plus que limite ?

Alors qu'ils allaient reprendre tout à zéro afin de prendre officiellement la déposition de l'agent Lowery, deux brancards passèrent à moins d'un mètre d'eux. Desmond les suivit du regard jusqu'à la sortie, ne pouvant s'empêcher de repenser aux corps ensanglantés qui se dissimulaient dans ces sacs mortuaires d'un noir de tombe.

À la porte du bâtiment, le maire Hugh Hanson était présent. Son visage n'était ce soir que crevasses et pâleur. Son dos était voûté sous le poids des drames qui s'accumulaient dans son havre de paix transformé ces derniers jours en île infernale où la Mort rôdait, créant de plus en plus un malaise certain parmi les habitants pour ne pas dire une certaine hantise. Lui aussi suivit l'équipe du médecin légiste emporter les deux dépouilles, mais il ne manifesta aucune émotion, aucun trouble particulier.

— Alors, commençons par le commencement, si vous le voulez bien, agent Lowery.

L'un des inspecteurs sous la houlette du lieutenant venait de prendre possession du clavier et allait prendre la déposition par écrit en direct. Desmond eut envie de lui préciser que la touche « F » avait quelques réticences à vouloir fonctionner mais il lui laissa découvrir et apprécier le matériel qu'il avait d'ordinaire à sa disposition. Pour se plaindre, le maire Hanson était dans les parages, s'il voulait...

— L'U.S. marshal Joan April m'avait demandé d'aller interroger un prisonnier au centre de détention. Ce que j'ai fait. À ma sortie, la tempête s'élevait et j'ai reçu un appel de Laureen... L'agent Finley. Elle venait simplement aux nouvelles. Je lui ai dit que je mettais en route. Malheureusement, le déluge s'est abattu sur mon chemin et j'ai bien dû mettre une demi-heure pour rejoindre le bureau. Je n'ai pas l'heure précise à laquelle je suis arrivé mais à partir des vidéos de surveillance du poste, vous pourrez le savoir.

Earth acquiesça sans l'interrompre. Il écoutait le récit attentivement, son seul but était de comprendre le drame qui s'était joué dans ces locaux. Desmond, lui, racontait son histoire de A à Z sans omettre de détails afin que le lieutenant soit satisfait et ne refasse pas appel à lui plus tard pour avoir certaines précisions. Il était flic, il savait parfaitement ce qu'un flic attendait comme renseignements dans ce genre d'enquête.

— Quand je suis entré dans cette pièce, elle était vide mais j'ai tout de suite senti une odeur de poudre. J'ai l'odorat développé et ça change de la mousse et des fougères. J'ai vu que le bureau du shérif Hanson était ouvert alors, un peu inquiet, je suis allé voir. Il y avait du sang qui avait giclé sur le sol et les murs, quelques débris de verre et au milieu de tout cela, trois corps allongés. Je les ai rapidement identifiés car je les connaissais tous : le shérif Blaze Hanson, l'adjointe Laureen Finley et l'U.S. marshal Joan April.

À l'évocation de ces trois noms, Desmond fit une pause, comme une marque de respect quand on évoque des personnes décédées. D'un geste amical, le lieutenant le pria de poursuivre.

— Je me suis alors précipité pour vérifier si chacun d'eux était en vie. Je n'ai eu guère de doute pour le marshal April. Une balle en plein cœur ne pardonne pas. J'ai dû enjamber son corps afin de continuer vers mademoiselle Finley. Son visage était tuméfié et en sang, mais là j'avais espoir. Elle respirait encore mais était inconsciente. J'ai tenté de la réveiller mais n'y suis pas parvenu de suite. Je me suis alors penché vers le shérif Hanson. Il avait les poumons déchiquetés, il était lui aussi passé de vie à trépas sans souffrance visiblement.

Le lieutenant Earth vivait la scène en direct et imaginait déjà ce qui avait pu se passer. Pour lui-même mais aussi pour le confirmer à Lowery, il précisa machinalement que les deux armes de service, le Glock du shérif et le fusil à pompe d'April avaient bien servi récemment, que la balistique et les résidus de poudre feraient le reste pour confirmer le scénario qu'ils s'imaginaient tous.

— Et personne n'a accouru vers le bâtiment ? Pourtant un coup de Remington calibre douze ça détonne à mille lieux !

— L'averse a fait fuir le moindre passant et le ronflement du vent a couvert les détonations, à n'en pas douter. Sinon les journalistes qui rôdent aux alentours comme des vautours auraient foncé vers le charnier...

Earth se rendit à l'évidence et remercia même cette fichue tempête d'avoir éloigné les médias à cet instant, même s'il savait pertinemment que ce n'était que partie remise.

— Pouvez-vous décrire davantage votre collègue, l'agent Finley ?

— Elle était presque nue. La chemise déchirée... Comme ce salo... Comme le shérif Hanson, qui lui avait le froc à ses chevilles. J'ai de nouveau tenté de la faire revenir à elle. Elle a réagi mais était complètement dans les vapes, les pupilles totalement dilatées. J'ai tout de suite pensé qu'elle avait été droguée... En vous attendant, lorsque Laureen a enfin repris ses esprits, elle m'a confirmé qu'elle s'était sentie mal après avoir bu un verre de jus d'orange que lui avait justement proposé le shérif.

— Nous interrogerons l'agent Finley dès que le docteur le permettra, elle nous donnera alors sa version des faits, ne vous inquiétez pas. Quant à la présence de drogue, une prise de sang a déjà été faite et le verre ainsi que la bouteille incriminés seront évidemment analysés.

Desmond ne doutait pas du professionnalisme du lieutenant et de son équipe. Plus précisément, il n'en doutait plus, il avait encore sa conversation avec le directeur Smedley en tête. Il termina son témoignage avant d'attendre d'éventuelles questions.

— Enfin, je vous ai appelé tout de suite après avoir été rassuré sur l'état de mon amie. Je me suis occupé d'elle et j'ai fait venir le docteur en attendant votre arrivée. Je savais que vous n'arriveriez pas dans la minute alors je n'avais pas le choix. Par contre, je vous confirme n'avoir touché à rien de la scène de crime.

La précision était d'importance, surtout après le fiasco des précédentes scènes de crime. Aucun des deux hommes n'eut envie de sourire à cette évocation.

Desmond n'avait pas le cœur à plaisanter. Une heure auparavant, il avait découvert le corps dénudé de Laureen. Le gros porc de Blaze avait tenté de violer son amie et il avait été jusqu'à préméditer son acte avec une perversion – si ce n'est une lâcheté – extrême, en droguant sa victime afin qu'elle ne puisse se défendre. Heureusement, il n'avait pas eu le temps de souiller à jamais le corps de Laureen mais Desmond ne doutait pas un instant que néanmoins les conséquences psychologiques perdureraient longtemps chez son amie.

— Comment était le shérif Hanson dernièrement par rapport à l'agent Finley ? Existait-il des tensions particulières ?

— Sans équivoque, oui. Elle vous le confirmera elle-même mais le shérif avait fait des avances à ma collègue qu'elle avait rejetées sans ménagements. Depuis lors, il avait une dent contre elle. Et sincèrement, je crois que la situation actuelle sur Vinalhaven, plus les ratés complets tant professionnels que personnels du bonhomme, ont jeté de l'huile sur le feu d'une rancœur qui n'avait pourtant pas lieu d'être.

Desmond détestait les ragots et n'appréciait nullement fouiner dans la vie privée des gens mais là, l'information que lui avait donnée Laureen était capitale et avait sans doute abouti à cette agression sexuelle.

— Madame Hanson vous le confirmera sans aucun doute, mais d'après ce que Laureen a eu le temps de me raconter, l'épouse du shérif aurait quitté définitivement le domicile familial aujourd'hui même... Sans doute l'élément déclencheur... Et sans vouloir cracher sur la tombe de cet enfoiré, des dizaines de témoins au bar de chez Zimmer vont confirmeront que le shérif était déjà largement éméché ce matin.

— Nous lui avons déjà téléphoné. À l'annonce du décès de son mari, elle n'a effectivement pas paru particulièrement meurtrie. Je l'interrogerai personnellement dès que possible.

L'autre inspecteur, que Lowery avait déjà rencontré sans n'avoir nullement retenu son nom, s'excusa de les déranger. Il ne chercha pas à être discret dans la révélation qu'il apportait à son supérieur.

— Lieutenant, nous ne disposons pas de l'enregistrement de vidéosurveillance de l'entrée du bâtiment, ce dernier a été coupé vers quinze heures, juste après l'arrivée du shérif Hanson...

Le policier de la PJ de Rockland disposait d'un nouvel élément qui renforçait l'hypothèse qu'il échafaudait depuis le départ sur ce double meurtre. Elle était digne d'un duel au soleil au fin fond de l'ouest américain où on réglait ses comptes dehors, en face à face, colt contre colt, et où par la volonté des dieux du western, personne n'était sorti vainqueur de ce combat à mort.

— Faites-moi une confidence, monsieur Lowery. Pouvez-vous me confirmer que vous pensez la même chose que moi sur le déroulement des faits car j'ai peine à le croire ?

— Je pense être du même avis. Le shérif Hanson a tenté de violer mon amie et il s'est fait surprendre par l'U.S. marshal April. Ils ont dégainé tous les deux et le sort en était jeté. Vu les blessures de l'un, une balle en pleine tête, et de l'autre, la cage thoracique défoncée, il n'y a pas d'autres possibilités.

Le lieutenant Earth dut bien l'admettre, et puis, si le laboratoire corroborait tous les faits, cela classait l'affaire dans les plus brefs délais, ce qui n'était pas pour lui déplaire.

— Très bien, agent Lowery. Je ne vous retiens pas plus longtemps. Je vais interroger rapidement votre collègue et je vous laisserai tous deux vous remettre de cette sale histoire. Une putain de sale histoire qui vient s'ajouter aux autres sur cette île maudite. Comme si le diable avait élu domicile sur Vinalhaven depuis quelques jours…

32

Dès que Laureen Finley pénétra dans le bâtiment, elle chercha le regard de son ami, de son double. De son démon, comme elle adorait le surnommer. Et ce soir-là, elle avait besoin de lui encore plus que d'ordinaire. Sans lui, sans son soutien et son aide, elle ne serait plus rien qu'une victime de viol qui ne pouvait que se morfondre de ne pas avoir vu venir la bête vers elle, de ne pas avoir senti le piège se refermer insidieusement. Elle ressentait une certaine forme de culpabilité après cette agression mais Desmond l'avait immédiatement exhortée à identifier Blaze Hanson comme unique responsable.

Et ce salopard fini était mort. Il ne ferait plus de mal à aucune femme en ce bas monde.

Laureen était accompagnée d'une psychologue dépêchée par la PJ dans ce genre d'affaires. Elle avait été douce, compréhensive et à l'écoute. Mais c'était une inconnue et Laureen ne s'était pas pleinement livrée à elle, elle n'y était pas parvenue. Elle la remercia néanmoins le plus chaleureusement qu'elle pût malgré les circonstances.

Le maire Hugh Hanson fit un pas en sa direction, le visage défait, empreint de confusion, de compassion mais aussi de cette culpabilité qui habite l'entourage d'une victime ou du violeur. Son fils unique était mort dans un déshonneur total. Jamais le politicien ne pourrait briguer un poste haut placé avec une tache aussi indélébile dans son arbre généalogique. Devant les yeux sombres de Laureen, il renonça à s'avancer davantage et à s'excuser pour son rejeton. Sans doute ne saurait-il plus jamais comment agir vis-à-vis d'elle…

La shérif adjointe enlaça longuement son ami Desmond. Les personnes tout autour se détournèrent pour ne pas leur voler cet instant magique où un être puise la force de surmonter les pires instants de sa vie dans le contact avec un être cher. Le supplice n'était pas encore fini pour elle, elle devait affronter le lieutenant Earth afin de lui livrer son témoignage.

— Je t'attends.

Desmond sortit prendre l'air le temps de retrouver son amie. Ce jour scellait davantage l'étrange duo qu'ils formaient, il en avait pleinement conscience. Leur avenir commun établissait ses fondations dans la douleur, ce qui consoliderait à jamais leur union.

Dehors, la nuit était tombée. Pourtant, l'obscurité n'avait pas gagné les alentours. Derrière les rubans de sécurité installés par les forces de l'ordre, des habitants et de nombreux journalistes faisaient le pied de grue à l'affût d'une explication, d'une vision, d'un commentaire sur les nouvelles horreurs qui s'étaient perpétrées au sein même du bureau du shérif. Les rumeurs devaient aller bon train. Desmond s'en fichait, il n'était pas là pour nourrir ces bouches affamées, ils pouvaient bien s'imaginer tout ce qu'ils voulaient ou écrire tout ce qu'ils souhaitaient. Pour lui, l'important n'était pas là, il était enfermé dans un sac mortuaire à quelques mètres seulement.

Il s'adressa au médecin légiste Angor. Son crâne luisait sous les projecteurs des journalistes tenus à distance. Il semblait toujours aussi froid que ses patients, ses traits n'exprimant jamais la moindre émotion. Il fumait la pipe comme au siècle dernier, adossé à sa camionnette. Il n'avait visiblement pas envie d'être ici, sur cette foutue île, à perdre son temps à attendre que ses petits copains de la PJ terminent leur boulot afin qu'ils puissent tous rentrer par le même ferry. Il allait pouvoir s'empoisonner encore longtemps avec son tabac en attendant…

— Puis-je voir les chaussures du shérif Hanson, s'il vous plaît ?

Derrière sa pipe, Angor le dévisagea. Il ne répondit pas mais au bout de quelques longues secondes, il s'obligea enfin à ouvrir les portes de son corbillard avec des gestes las, lents, exprimant clairement ce qu'il se refusait à dire tout haut. Puis il tira le chariot et enfin fit glisser le zip du sac noir jusqu'en bas. Le cadavre de Hanson réapparut et ses chaussures avec.

Desmond s'approcha des semelles du défunt. Il portait ses grosses SWAT militaire comme bien souvent, surtout en hiver. Il gratta du bout de l'ongle des résidus de terre et découvrit la pointure de la paire de chaussures. Du quarante-deux…

Sous le regard réprobateur du docteur Angor, il sortit son smartphone et chercha la photo de l'empreinte de pas qu'avait prise Laureen sur le lieu du premier crime, chez George Karletti. Il compara alors les dessins et sculptures de la chaussure et de l'empreinte. Il prit le temps de s'assurer qu'il n'y avait plus aucun doute avant d'esquisser un sourire.

Angor ne comprenait rien à la scène et s'en fichait éperdument. Il n'avait qu'une seule envie : se barrer d'ici et aller charcuter ce flic qui avait jeté l'opprobre sur la profession.

— Merci infiniment, docteur. Vous êtes un chou !

L'agent Lowery entra dans le bâtiment avec tant d'engouement que la porte claqua contre le mur, ce qui attira l'attention à lui. Il s'excusa d'un geste de la main mais une certaine satisfaction transpirait de son visage, ce qui détonnait dans ce cadre de scène de crime. Il se planta non loin du lieutenant Earth et de Laureen, les laissa terminer leur entretien. Cependant, il trépignait tellement d'impatience que le policier, plus curieux qu'agacé, fut le moins patient et le pressa d'exprimer ce qui le galvanisait ainsi.

— J'ai deux photos à vous montrer. Regardez. Est-ce d'après vous le négatif correspondant à cette semelle ?

Devant l'enthousiasme de Lowery, Earth savait que la réponse serait affirmative, cependant, il prit le temps de comparer les deux images afin de constater qu'effectivement les probabilités de correspondance étaient élevées.

— À l'œil nu, effectivement. Après, le labo pourra vous l'assurer définitivement si besoin. Mais si vous m'expliquiez, ce serait peut-être mieux, non ?

Desmond tira une chaise à lui et s'immisça entre Earth et Finley. Il commença alors ses explications en montrant une à une les photos sur son écran.

— Ça c'est l'empreinte que Laureen a relevée chez George Karletti. Ça c'est la chaussure du shérif Hanson que je viens de photographier dehors. Elles correspondent. Je sais, vous allez dire que ce modèle de rangers en pointure quarante-deux, il y en a des milliers à travers le monde mais néanmoins... Ça éveille mon intuition.

Earth voyait déjà où l'adjoint voulait en venir et montra d'emblée son scepticisme et fut même un peu sec avec lui.

— Ce n'est pas un peu léger tout de même ? Si vous n'avez rien d'autre pour étayer, gardez votre enthousiasme, ce n'est peut-être pas le jour... Blaze Hanson était un homme détestable, je vous l'accorde, mais de là à l'accuser de tous les maux de la Terre...

— Non, il n'y a pas que ça, lieutenant. Mon intuition s'appuie sur tout un réseau de présomptions. Depuis plus de deux heures, depuis que j'ai pu constater à quel point Blaze Hanson était un véritable malade, mon cerveau tourne à plein régime. Si je fais fausse route, vous m'en excuserez, mais je ne peux me retenir plus longtemps de vous exposer ma vision.

Les deux flics acquiescèrent devant la sincérité manifeste de Lowery. Ils étaient tout ouïe, comme tout enquêteur l'est devant une démonstration de la vérité. Cependant, ils étaient aussi prêts à réfuter tout ce qu'il avancerait comme argument ou preuve car le principe d'un feu de camp entre flics était justement de voir l'affaire sous de multiples angles et diverses perceptions. Si tout le monde était en accord avec la version proposée, alors il y avait des chances pour que ce soit la bonne...

— Plusieurs éléments concordent. Tout d'abord donc, cette empreinte de pas sur le lieu d'un des crimes à un endroit adéquat pour surveiller la porte par laquelle Charline Karletti devait entrer chez elle. Ensuite je pense au sabordage volontaire de toute l'enquête sur les Karletti. Il nous a clairement empêchés à plusieurs reprises de faire correctement notre travail. Je pensais jusqu'alors que c'était du fait d'une pression plus ou moins réaliste du clan Karletti sur les Hanson pour maîtriser les événements, mais avec un nouveau point de vue on peut se demander s'il ne cherchait pas à empêcher toute avancée dans l'enquête puisque c'était lui le meurtrier. Le coup de l'enquêteur meurtrier qui anéantit toutes les preuves et les possibilités de découvrir la vérité, c'est tout de même pratique, vous avouerez.

Cette rhétorique n'amenait pas de réponse, mais le lieutenant voulait prouver qu'il était là et qu'il suivait sa logique.

— Ce n'est pas très original, mais effectivement, ça se tient.

— Ensuite, j'évoquerais la fausse piste vers Michael Simmons. Par une coïncidence grandiose, un détenu s'évade de la prison à quelques kilomètres du lieu du crime. C'est donc un coupable parfait et Hanson nous a fait foncer dans cette direction. À juste titre au départ, j'avoue, mais son insistance m'apparaît là aussi désormais abusive. Je mettrais de côté le fait que ses potes chasseurs ont tenté d'assassiner ce Simmons, le confondant avec un simple animal lors d'une battue. Effectivement, une fois arrêté, Simmons aurait évidemment nié son implication dans le meurtre des Karletti. Mais là, je spécule sans doute un peu trop...

— Je confirme. Pure affabulation.

Earth commentait et se faisait l'avocat de la défense. Il se devait d'être le plus objectif possible afin d'éviter qu'ils ne fassent fausse route et qu'ils ne perdent ensuite trop de temps à accuser un mort qui par définition n'avouerait jamais ses crimes.

— Restons sur l'opportunité de l'évasion de Simmons. Nous avons enquêté sur lui après le premier meurtre et avons rapporté au shérif le fait que celui-ci souffrait d'un sérieux bégaiement. Élément que très peu de personnes connaissaient au moment du deuxième meurtre, celui de Nick Karletti. Et là, lors de ce second acte, l'assassin change de mode opératoire et se met à parler avec un sérieux problème d'élocution, et ce justement devant un témoin qui pourra nous raconter cela... Vous pourriez me rétorquer : pourquoi était-il resté muet lors du premier crime ? Parce que la voix de Blaze Hanson est reconnaissable entre mille et tous les habitants auraient pu très facilement l'identifier.

— Ce que vous nous exposez agent Lowery, aurait plutôt tendance à accuser justement ce Michael Simmons, vous ne trouvez pas ? Rappelez-moi pourquoi ce ne serait pas lui au final ?

— Le timing est un peu trop serré. Il n'aurait jamais pu avoir le temps de quitter la prison et de traverser l'île pour aller préparer son attaque chez George Karletti. Et puis, où se serait-il procuré sa tenue de camouflage ? Pourquoi même se camoufler alors que son évasion permettait son identification ?

Le lieutenant se pencha vers Lowery et pointa son doigt pour appuyer son argument qui allait faire mouche.

— Ça, cela se tenait avant de découvrir que Simmons s'était évadé grâce à l'aide d'un complice à l'extérieur. Ce dernier aurait très bien pu fournir ces vêtements noirs et conduire Simmons rapidement sur les lieux.

Laureen suivait les échanges entre les deux hommes. Elle n'avait pas encore la force d'y participer mais restait attentive à tout cela. Ils parlaient là de l'homme qui avait tenté de la violer, il avait malheureusement désormais une place à part dans son esprit. Celle qui correspondait à la personne qu'elle aurait voulu voir brûler dans les flammes de l'enfer.

— Vous marquez un point, Earth. Toujours est-il que je suis certain que vous avez fouillé son CV, à ce Simmons, et que si vous aviez fait le moindre rapprochement entre lui et le clan Karletti vous l'auriez suspecté davantage et n'auriez pas laissé aussi facilement sa capture au marshal April. Et à ce que j'ai vu de son dossier, Simmons n'a pas vraiment le profil d'un tueur en série s'en prenant à des pontes de la mafia. Mais cela n'est qu'un avis personnel.

— Alors qu'Hanson a tout à fait le profil de psychopathe. Cette ordure est réellement capable de tout, de n'importe quel excès. Parle-lui de ta maison, Desmond. Cela illustre parfaitement l'aspect sombre et dément du personnage.

Le lieutenant interrogea Lowery du regard et écarta ses mains dans un geste signifiant qu'il devait tout lui dire pour qu'il saisisse à son tour l'ampleur du phénomène.

— Voyant que l'agent Finley et moi-même essayions d'enquêter sur l'affaire malgré son interdiction, il a voulu me discréditer complètement, voire tenter de m'accuser de complicité, en faisant croire que Simmons s'était caché chez moi. Il a alors mis volontairement le feu à ma maison et a menti en affirmant que l'évadé s'était échappé de chez moi sous ses yeux. Sauf qu'il a inventé de toutes pièces ce fait et l'a avoué devant son père, Hugh Hanson. Si vous ne me croyez pas, demandez-lui vous-même.

Devant un fait aussi incroyable et démesuré, le policier marqua sa surprise. Était-il possible qu'un shérif en soit arrivé à un tel niveau de folie ? Déjà suspecté d'un viol et d'un meurtre, s'ajouteraient à cela un incendie volontaire ainsi que – si Desmond Lowery avait raison – deux autres crimes abominables ?

— Ne pensez pas que je n'ai pas confiance en vous, mais vous comprendrez qu'il faille que je prenne toutes les précautions dans ce type d'accusation.

Alors qu'il se levait pour interpeller le maire Hanson, toujours présent à côté de la porte d'entrée, Laureen intervint à nouveau, un tant soit peu excédée et à bout de nerfs.

— À force de mettre des gants, vous ne devez plus sentir ce qu'il y a entre vos doigts, Earth !

Elle soutint le regard du lieutenant qui capitula en ne répondant pas à cette pique inattendue. Le fait qu'il ne se contente pas uniquement de leur témoignage pour cet incendie sous-entendait qu'il pourrait ne pas se contenter de sa version pour la tentative de viol qu'elle venait de subir. Et cette possibilité lui était tout simplement insupportable.

Deux minutes plus tard, après avoir discuté avec Hugh Hanson, le lieutenant leur fit signe de s'approcher. Il les rassura de suite, le maire avait mot pour mot confirmé l'épisode pyromane de son fils Blaze. Il conclut l'entretien par un direct du droit, sans doute en réponse à la remarque acide de Laureen.

— Monsieur Hanson, pensez-vous que votre fils aurait été capable de torturer et de tuer les deux frères Karletti ?

Parfait homme politique, mentalement armé pour résister à tous les séismes, toujours prêt à botter en touche lors de la moindre attaque gênante, il se contenta de répondre d'un ton plat :

— À l'heure actuelle, je ne suis plus sûr de rien, lieutenant.

Laureen Finley ne lui cracha pas dessus mais ce fut pourtant la sensation désagréable que le maire Hanson eut en prenant sa réplique en pleine face.

— Votre fils était un monstre et au fond de vous, vous le savez forcément !

33

Contre toute attente, de la lumière s'échappait des fenêtres de la maison du shérif Hanson. Lui était mort tandis que son épouse et ses enfants avaient vraisemblablement quitté le domicile et même rejoint le continent. Les quatre policiers dans le véhicule s'en étonnèrent, pensant simplement à un oubli. Étaient présents le lieutenant Earth, l'inspecteur Claw ainsi que les deux adjoints au shérif de Vinalhaven. Laureen avait souhaité ne pas rester seule et personne n'avait eu le cœur de lui dire de rentrer chez elle alors que tous allaient peut-être avoir la preuve irréfutable de la culpabilité de l'homme qui avait tenté de la réduire à un fantasme pervers, un simple objet sexuel.

Le lieutenant Earth dirigeait la manœuvre après avoir admis que Blaze Hanson pouvait effectivement être le meurtrier qu'il recherchait depuis plusieurs jours. Certes la fouille de son bureau n'avait apporté aucun élément tangible mais il fallait désormais aller au fond des choses et le passage au peigne fin du domicile était une obligation.

— Entrez.

Quand Desmond Lowery frappa à la porte, une petite voix féminine se fit à peine entendre au milieu du fracas des gouttes d'eau qui finissaient leur parcours sur un sol qui en était déjà gorgé. Il entra le premier et vit alors une veuve accoudée à la table de la cuisine face à un verre d'eau. Entre elle et lui, c'était un champ de bataille hallucinant. Des débris de vaisselle tapissaient le sol du séjour. Des coups dans les murs et les meubles étaient autant d'impacts visibles du déchaînement de violence qui avait eu lieu ici.

Les quatre policiers se frayèrent un passage jusqu'à Stefanie Hanson qui leur parla sans les regarder. Elle fixait son verre d'eau devant elle. Sans doute le seul objet intact dans la pièce. Un survivant symbolique dont elle ne saurait que faire désormais, comme des dix années qu'elle venait de perdre dans cette maison.

— Ne faites pas attention au désordre, mon mari n'a visiblement pas apprécié ma lettre lui annonçant que je partais et quittais l'île avec les enfants. En réalité, je n'ai eu le courage que d'aller me réfugier chez une amie. Puis, vous m'avez appelée…

Le lieutenant Earth prit la parole en tant que leader. Il ne connaissait pas la femme du shérif et décida d'être pragmatique et direct.

— Ça lui arrivait souvent de s'exprimer avec autant d'agressivité ?

— À vous d'en juger.

Madame Hanson le regarda enfin et il découvrit alors avec effroi son visage tuméfié. Elle avait un cerne noir, une paupière gonflée et une sévère coupure sur la joue. Le portrait type d'une épouse battue par un mari violent. Il en avait déjà vu dans sa carrière de flic, cela faisait malheureusement partie du paysage, du job, mais cela faisait toujours aussi froid dans le dos de savoir que derrière les murs d'une maison tranquille et paisible en apparence se cachait une telle maltraitance quotidienne.

— Et si je vous disais pour quelle raison il m'a fait cela, vous ne me croiriez pas. Pourrais-je simplement savoir comment il est mort ?

Le lieutenant regarda Laureen qui était restée en retrait. La situation était inconfortable mais il devait dire la vérité. Quand elle fut dite, Stefanie Hanson éclata le dernier verre de sa collection de vaisselle. Elle explosa en sanglot et s'excusa de ce qu'il avait fait. Laureen comprit alors à quel point la femme en pleurs devant elle avait été dominée et à quel point elle avait dû souffrir psychologiquement, seule face à un tel monstre jour après jour. Son propre malheur lui parut alors moins insurmontable au regard de ce que Stefanie Hanson avait enduré depuis son mariage.

— Vous n'avez pas à vous excuser des agissements de votre mari, je vous assure. Lui seul est fautif. Il n'y a qu'un coupable dans l'histoire.

Le lieutenant laissa quelques instants aux deux femmes pour encaisser leur dure réalité. Puis, au milieu de ce chaos qui leur rappelait celui dans la maison de George Karletti, il demanda à la veuve si elle leur permettait de fouiller la maison. Elle acquiesça immédiatement entre deux sanglots mais lui demanda néanmoins pourquoi. Il chercha du soutien dans les regards de Claw et de Lowery, mais d'après son statut de chef, la lourde tache d'anéantir encore un peu plus la pauvre femme lui incombait.

— Nous suspectons votre mari d'avoir assassiné George et Nick Karletti.

L'agent Lowery laissa Laureen discuter avec la veuve Hanson, toutes deux étaient désormais liées par un trait d'union nommé Blaze, leur bourreau. Desmond se joint aux deux flics de la PJ pour fouiner dans les affaires personnelles de son ancien chef. Cela ne lui fit ni chaud ni froid de découvrir l'envers du décor d'un type aussi détestable que le shérif Hanson. Il accomplit sa tâche machinalement, sans aucune émotion.

Dans son salon, les étagères n'étaient pas recouvertes de livres, de photos de famille ou d'objets personnels souvenirs de vacances. S'étalaient uniquement par dizaines des DVD de films d'action bon marché, ce que certains appelaient blockbusters, soit des navets qui n'avaient pour seule qualité que de distraire le plus grand nombre sans jamais, au grand jamais, tenter de faire réfléchir sur un quelconque sujet. Sous le meuble du salon, qui supportait une télévision surdimensionnée par rapport à la pièce, s'entassaient des jeux vidéo de combat quasiment tous interdits aux jeunes joueurs, à côté de deux consoles high-tech. Ces premières découvertes n'étonnèrent nullement Lowery car ce gavage de violence gratuite filmée en haute définition ou ultraréaliste correspondait parfaitement à l'idée qu'il s'était toujours fait de ce maudit personnage.

Tandis que Claw et Earth visitaient l'étage, il poursuivit sa besogne dans la salle de bains où le seul intérêt résidait dans l'analyse du contenu de la petite pharmacie familiale. Il reconnut les médicaments classiques que tous parents gardent en réserve pour une montée de fièvre ou un petit virus chez leur progéniture. Derrière tout cela, cachés à la vue de tous comme une honte, Desmond découvrit des flacons estampillés Zolpidem, un somnifère assez puissant ou encore Laroxyl, un antidépresseur. Il lui poserait la question mais il se doutait bien qu'ils étaient utilisés par Stefanie Hanson. Il ne trouva rien d'autre de remarquable et n'avait évidemment pas espéré trouver aussi facilement la drogue avec laquelle le shérif avait neutralisé son amie Laureen.

Desmond monta alors l'escalier qui ouvrait sur un petit palier desservant trois chambres. Le lieutenant et l'inspecteur finissaient de retourner les vêtements dans les commodes. Rien ne semblait avoir été négligé : matelas, dessus d'armoires, arrières de cadres ou encore coffres à jouets des gamins.

— Certains criminels n'hésitent pas à camoufler leurs secrets dans les affaires de leurs rejetons, pensant qu'on passerait à côté. J'ai déniché une fois des doses d'héroïne dans des couches-culottes ou encore une arme à feu dissimulée dans le ventre d'un énorme ours en peluche. Quand on a énormément de choses à se reprocher, on a forcément beaucoup d'imagination pour parvenir à cacher tout cela aux yeux des autres.

Le lieutenant Earth avait l'expérience des grands flics, ceux qui ont une carrière bien remplie et qui n'ont pas passé des années planqués derrière un bureau à faire de la paperasse. Un homme de terrain qui avait une influence et une aura mesurables à la réaction de ses acolytes. De fait, l'inspecteur Claw buvait les paroles de son supérieur et comme à l'habitude, n'en perdait jamais une bribe, conscient que dans ce genre de boulot, on apprend sur le tas mais encore mieux au contact des meilleurs.

— C'est chou blanc pour cette fois, on dirait, lieutenant.

— Je n'en espérais pas plus à vrai dire. Si Hanson est responsable de tous les crimes qu'on lui attribue, il est bien plus intelligent et méticuleux qu'il en avait l'air. Sortons et allons nous occuper de la grange que j'ai vue au fond du jardin. Ensuite on pourra s'avouer vaincus pour cette nuit.

Les trois hommes, blottis dans leurs anoraks, affrontèrent les chutes du Niagara qui se déversaient encore sur l'île comme pour la laver de tous ses péchés. Ils traversèrent le jardin au pas de course, leurs pieds clapotant dans une pelouse transformée en terrain boueux.

Desmond fit coulisser la grande porte en bois, gonflée d'eau et pourrie aux extrémités par une absence d'entretien. Puis il trouva un interrupteur et une série de néons commença à clignoter pour éclairer la petite grange. Le bâtiment était comme laissé à l'abandon avec un vieux tracteur dont toutes les pièces semblaient rouillées jusqu'à l'os, une barque éventrée couchée sur son flanc, des bidons d'huile et d'essence empilés en vrac dans un coin et un établi sur lequel s'entassaient un tas d'outils. Seule la tondeuse autoportée détonnait dans ce décor de fin de guerre, sans doute était-ce le seul appareil utilisé ici depuis longtemps, à l'automne dernier lors de l'ultime tonte.

Ils investirent les lieux, peu motivés à se frotter à ces immondices. Tout baignait dans la poussière et des colonies d'araignées avaient tissé leurs toiles dans les moindres recoins. Ils se donnèrent bonne conscience en faisant le tour des lieux sans toucher à quoi que ce soit. En toute vraisemblance, rien n'avait été déplacé ici depuis des lustres.

— Eh, venez voir !

L'inspecteur Claw s'accroupit et pointa du doigt l'arrière du tracteur. Une zone insondable, à l'ombre du vieux tireur oxydé. Earth et Lowery s'en approchèrent sans voir tout d'abord ce qu'il leur montrait. Claw sortit sa lampe de poche et mit en évidence une trappe dans le sol.

— Regardez, la couche de poussière qu'il y avait dessus a coulé derrière, elle a été ouverte récemment.

— Eh bien ouvrez, inspecteur.

Ce dernier sembla hésiter un instant, comme si une horde de rats affamés pouvait jaillir de l'ouverture pour lui sauter à la gorge. Ou alors redoutait-il une rencontre morbide qui lui cramerait les rétines ? Le vent, qui tentait d'arracher la toiture du bâtiment et qui faisait grincer la moindre planche, n'était pas là pour le rassurer. Il tira l'anneau en fer et souleva la porte dans un couinement glaçant. Il s'agissait en fait d'un grand bac dissimulé dans le sol, utilisé pour les vidanges de véhicules motorisés. À la place d'un bain d'huiles noires, ils firent une découverte qui allait sceller définitivement le dossier Karletti.

Et par là même alourdir considérablement le casier judiciaire du shérif Hanson, post mortem.

Claw éclaira tout d'abord de son faisceau lumineux un ensemble de vêtements noirs. Ils purent distinguer un pantalon, un pull, une cagoule, avec posée dessus une paire de lunettes de soleil intégrales. Puis, il dirigea sa lampe torche de l'autre côté du bassin et ce fut un long couteau, double cran d'arrêt, d'une lame étincelante d'environ dix-huit centimètres de long qui brilla sous la lumière. Et enfin, ils découvrirent des rouleaux d'adhésif épais et deux paires de menottes. Ils n'y croyaient pas leurs yeux, il y avait l'arsenal complet de l'homme en noir qui avait torturé les deux frères Karletti et épouvanté leurs proches. Tout y était.

— Je crois que nous tenons définitivement notre homme. Même si le couteau a été nettoyé, les gars du labo sauront nous trouver la moindre trace de sang sur la lame et le légiste nous confirmera que c'est bien l'arme utilisée lors des deux crimes. Mais désormais, je n'ai plus aucun doute. Dommage que ce beau diable soit déjà parti en enfer, je me serais fait un plaisir de le foutre à l'ombre pour l'éternité.

Le lieutenant exultait. Il avait là plus que le nécessaire pour clore l'affaire et il n'était pas encore minuit.

Lowery et Earth rentrèrent dans la maison tandis que Claw se chargeait d'embarquer toutes les preuves matérielles. Les deux femmes à l'intérieur discutaient paisiblement alors qu'une agréable odeur de café se diffusait dans la pièce. Personne ne résista et chacun pris sa dose de caféine dans des gobelets en plastique. Malgré la présence de l'épouse du principal suspect, les policiers en vinrent à discuter des détails de l'affaire. Des questions subsistaient et cela taraudait le lieutenant Earth qui, en attente de pouvoir rentrer sur Rockland par le bac, passerait le temps en tentant de résoudre toute l'énigme laissée par la mort de Hanson.

— Vous le connaissez tous mieux que moi alors peut-être aurez-vous la réponse. J'aimerais connaître le mobile de ces meurtres. Pourquoi un shérif en vient-il à tuer deux frères appartenant à la mafia, à terroriser leurs familles ? Que cherchait-il à apprendre ? Quelle était sa motivation ?

Personne n'eut de réponse directe et évidente à apporter. Mais Laureen se risqua à évoquer une piste qui lui semblait parfaitement plausible.

— Je pense qu'il faudra en discuter avec son père. Tous deux avaient, certes, une relation complexe, mais forte. Depuis le début des meurtres, Blaze ne faisait jamais rien sans appeler le maire. Nous l'avons surpris à de nombreuses reprises lui demander conseil ou attendre ses ordres.

— Vous êtes en train de me dire que Hugh Hanson pourrait être un complice ?

La voix du lieutenant était presque accusatrice. Ils étaient en terrain miné, ils savaient qu'il ne fallait pas faire de bourde dans ce merdier déjà colossal. Impliquer une personnalité politique qui a le bras long sans avoir des certitudes était extrêmement dangereux, Earth ne s'y risquerait pas.

— Je n'irais pas jusque-là, mais l'hypothèse que son père soit au courant ou qu'il ait compris ce que tramait son fils ne m'étonnerait pas plus que ça, vu les nombreux coups de téléphone entre eux et les agissements du shérif.

Desmond intervint pour argumenter les propos de son amie alors que Stefanie Hanson restait muette face à ce pan de sa vie qui s'effondrait définitivement telle une falaise fragilisée qui s'était émiettée inexorablement. Même son beau-père, qu'elle avait finalement bien plus apprécié que son propre mari, était mêlé à tous ces crimes. Comment pourrait-elle expliquer tout cela à ses enfants ?

— Quitte à mettre les pieds dans le plat et à balancer le maire dans le caniveau, autant tout dire... Hanson vous a raconté qu'il avait mis du temps à vous prévenir parce que toutes les communications avaient été coupées. Or, c'était faux. Il a volontairement attendu avant de vous appeler. Il nous a raconté qu'il avait téléphoné à madame Karletti et que cette dernière lui avait demandé cette faveur. Mais était-ce vrai ou était-ce de son propre chef ?

— Dans tous les cas, il n'avait clairement pas à nous cacher les faits. Il devra s'expliquer. Mais cela ne nous éclaire pas sur le mobile des meurtres...

— Bien au contraire. Tout tourne autour du clan Karletti. Ce dernier est comme une énorme pieuvre échouée sur Vinalhaven, avec ses tentacules il a mainmise sur tout. Et face à cela, le clan Hanson s'est sans doute retrouvé impuissant, à subir cette pression sans pouvoir s'en défaire et sachant que jamais elle ne s'arrêterait. Vu le profil psychologique de Blaze, violent, impulsif, colérique, il ne devait pas aimer cette situation de ne pas être chef sur ses propres terres. Accouplez-le avec un père intelligent, calculateur et manipulateur et vous avez là un duo détonant et capable du pire pour retrouver une position dominante sur Vinalhaven...

La grimace qui déforma le visage du lieutenant exprimait son scepticisme face à un tel scénario et sous-entendait que Desmond allait peut-être un peu vite en besogne. Néanmoins, son esquisse d'explication tenait la route et Earth déclara qu'il travaillerait au corps Hugh

Hanson pour démêler le vrai du faux dans cette guerre de clans.

Stefanie Hanson avait toutes les raisons de détester son défunt mari et jamais elle ne saurait lui pardonner tout le mal qu'il avait répandu tout autour de lui. Quelques mois seulement après que leur union fut célébrée devant Dieu, voire bien avant cela si elle admettait pleinement la vérité, elle avait ressenti que Blaze Hanson n'était pas une personne parfaitement saine d'esprit, au comportement toujours égal, à la réaction forcément appropriée. Les manifestations d'agressivité n'avaient eu de cesse de se réitérer et leur intensité s'était amplifiée avec les années avec notamment l'arrivée de leur premier puis de leur second enfant. À un point tel qu'elle avait fini par se confier à son beau-père Hugh, qui désapprouvait parfois ouvertement – uniquement dans le cadre familial – l'attitude parfois excessive de son fils. Le maire Hanson lui avait alors appris ce que Blaze ne lui avait dit de lui-même. Elle n'avait jamais compris pourquoi sa moitié ne lui avait jamais avoué cela alors même qu'elle était la personne avec qui il se devait de tout partager. Mais d'après Hugh, l'origine de cette rage que son fils contrôlait avec difficulté résidait dans ce non-dit.

— Je ne sais pas si cela peut vous aider d'une quelconque manière dans votre enquête, mais ces événements remontent en moi des souvenirs concernant Blaze et Hugh, leur relation parfois étrange. Et je ne pense pas que les agents Finley et Lowery comme quiconque sur cette île soient au courant.

Elle suscita l'intérêt de son auditoire qui la fixa avec des yeux fatigués puis ronds interrogateurs sous l'effet de surprise.

— Il y a quelques années, après une crise sévère de Blaze, son père m'a avoué que son fils avait été suivi par un psychiatre durant plusieurs années pendant son enfance et son adolescence mais qu'il avait cessé le suivi. Hugh n'a su m'en dire plus sur l'efficacité de ces rendez-vous médicaux et il ne m'a jamais expliqué les raisons qui l'avaient poussé à amener Blaze devant un psy.

L'assistance était médusée par cette nouvelle révélation. Elle voulait en apprendre davantage et le lieutenant nota d'emblée le nom du docteur qui s'était occupé du cas de Blaze Hanson. Pour le reste, elle en fut pour ses frais.

— Une seule fois, j'ai osé aborder le sujet avec mon mari. Je vous épargne les détails sur sa réaction mais disons que depuis, c'est resté un sujet tabou...

34

La nuit avait emporté avec elle toutes les répliques de la tempête. Le ciel s'était partiellement dégagé, les nuages avaient pris de l'altitude, le vent avait faibli jusqu'à devenir agréable. Ce spectacle matinal était de bon augure et à la radio, DJ Max, qui terminait sa traversée nocturne sur les ondes, venait d'annoncer une journée au temps sec et plutôt ensoleillée. Tous les habitants de l'île allaient pouvoir s'adonner à un nouveau grand déblayage des débris, en priant que ce soit le dernier pour cet hiver interminable.

Les quelques heures de sommeil dont avaient bénéficié Laureen et Desmond ne furent pas suffisantes pour effacer ni même estomper les cernes noirs qui marquaient leurs visages. Cependant une nouvelle énergie animait leurs corps et la belle luminosité ainsi que l'identification de l'assassin des Karletti dans la nuit participaient à ce renouveau. Les âmes étaient encore meurtries par les événements mais tous deux savaient au fond de leur cœur que ce jour-là était le point de départ d'une nouvelle vie. Une sorte d'après-Apocalypse.

Avant de parvenir au centre-ville, ils longèrent la côte ouest de l'île et miracle tenant, ils purent apercevoir au loin le continent. C'était un réel indicateur que le baromètre était retourné au beau fixe. Par contre, quand ils arrivèrent devant le bureau du shérif, la vue fut moins réjouissante et ne leur soutira aucun sourire. La meute des journalistes avait campé toute la nuit et était à l'affût des dernières rumeurs. Les fouille-merdes, comme les surnommait Desmond, allaient leur sauter dessus et les picorer jusqu'à temps d'être rassasiés.

Le shérif adjoint Lowery se retourna vers la banquette arrière et prit leurs chapeaux de fonction qu'ils n'avaient pas mis depuis plusieurs jours.

— Mets ça et on trace. Je n'ai pas l'intention de servir de nourriture à ces vautours.

Desmond enfila aussi ses lunettes de soleil et affronta la foule de journalistes qui, après une nuit épouvantable et glacée à attendre, désiraient plus que tout ne pas avoir vécu cet enfer pour rentrer bredouilles dans leurs rédactions. Comme il l'avait prévu, les charognards furent pugnaces et il dut se frayer un chemin à coups de coudes pour atteindre la porte du bâtiment. Au passage, d'un geste rageur, il baissa les objectifs des appareils photos et des caméras qui capturaient son image sans qu'il le veuille. Il n'avait rien demandé et certainement pas une quelconque notoriété à travers les médias. Et Laureen, en tant que victime, n'avait pas besoin d'être exposée et livrée en pâture à des reliquats de journalistes.

Le lieutenant Earth était déjà en grande discussion avec le maire Hanson. Le ton était vif, les visages sévères et les deux arrivants comprirent de suite la nature de la discussion. Ils ne parlaient pas du retour du beau temps mais du sujet qui allait faire couler tant d'encre dans les jours et semaines à venir : le shérif Blaze Hanson.

— Faites comme si nous n'étions pas là. Poursuivez…

Le flic de la PJ était vêtu du même costume que la veille mais en plus froissé. Il avait passé quelques heures dans l'une des chambres que louait Zimmer au-dessus de son bar. Sans aucune affaire personnelle, Earth s'était rafraîchi uniquement par une bonne douche et la barbe naissante lui donnait un air de gueule de bois. Depuis son réveil, il ne cachait pas sa mauvaise humeur et était pressé de rentrer chez lui. Le discours que le père Hanson lui débitait avait une fâcheuse tendance à l'agacer. Et ce n'était pas le jour.

— Blaze a toujours été un gamin perturbé, un peu spécial, parfois asocial, souvent détesté ou rejeté de par son comportement. Il ne savait gérer ni ses sentiments ni ses relations aux autres. C'était un chaos total à tous les étages, et bien souvent même avec sa mère et moi. Que pouvait-on y faire ? Nous lui avons imposé un suivi psy et lui avons

275

donné tout l'amour nécessaire et toute la meilleure volonté du monde pour que son état s'améliore. Malgré nos efforts, il restait un désastre ambulant qui cassait tout ce qu'il touchait. De par ma position de maire, il m'a souvent mis en délicatesse, aujourd'hui encore…

Hugh Hanson se livrait totalement et cela parut peu naturel aux yeux de Laureen et Desmond qui commençaient à bien le connaître. Comme le lieutenant, ils avaient d'emblée compris la stratégie du maire. Il voulait charger son fils au maximum afin de se dédouaner de tout reproche. Il tentait déjà de sauver sa carrière politique alors que l'œuvre laissée par Blaze venait de torpiller ses plans d'avenir.

— De tout temps, je l'ai aidé, conseillé, mais rien n'y faisait. Il n'en a toujours fait qu'à sa tête, se moquant bien des répercussions sur ses parents. Malgré cela, nous avons préféré le garder près de nous plutôt que de lui faire quitter l'île. C'est pour cela que je l'ai poussé à devenir shérif. Mais là encore, il a brisé tous nos espoirs et bien souvent je devais tout contrôler en coulisses, voire réparer ses erreurs pour sauver les apparences. Les habitants, nos voisins, nos amis, ils auraient bien compris certaines imperfections dans la machine mais ils se seraient retournés contre moi dès la première occasion.

— Vous en avez camouflé beaucoup, des incidents comme l'incendie volontaire de mon chalet ?

Desmond lui coupa la parole, avec toujours cette colère au fond de lui d'avoir perdu son havre de paix et ses objets personnels, ses souvenirs d'une famille perdue beaucoup trop tôt.

Hugh Hanson ne préféra pas répondre. Il était loin d'être un idiot. Blaze mort, il pouvait tout mettre sur son dos mais il n'avait pas l'intention de vendre ses pires secrets de famille et ainsi se compromettre devant les autorités.

Mais le lieutenant était bien déterminé à en percer quelques-uns…

— Et prévenir la police judiciaire bien longtemps après la découverte du premier cadavre, c'était aussi pour protéger votre fils et tenter de cacher sa folie meurtrière ? C'est vous qui lui avez conseillé de ruiner l'enquête criminelle aussi, de faire disparaître tous les effets personnels des Karletti ? Sans cesse vous étiez en communication avec votre fils, que vous disiez-vous ?

Les deux hommes étaient rouges de colère. L'un attaquait à coups de poing, l'autre recevait sans pouvoir cogner en retour. Hanson fusilla du regard les deux agents qui l'avaient trahi.

— N'en veuillez pas aux adjoints, j'ai tout simplement vérifié auprès des opérateurs téléphoniques les communications du shérif. Et ils m'ont confirmé que les liaisons avec Vinalhaven n'avaient pas été coupées malgré la violence des orages.

Le sexagénaire respira profondément et retrouva un calme de surface. Il ne devait pas s'emporter et avait appris depuis fort longtemps à maîtriser ses émotions.

— Premièrement, je vais être honnête avec vous. J'ai suivi les ordres de madame Karletti. Vérifiez vos listings d'appels sur mon téléphone portable et vous verrez qu'elle m'a appelé et m'a demandé de retarder l'arrivée de la police et d'anéantir les scènes de crime. J'ai obéi parce que je connais ces gens-là et je sais à quoi m'en tenir avec eux. Même moi je ne peux pas me permettre de mécontenter le clan Karletti.

Il fit une pause, marquant par son silence la pression qu'il avait alors subie de la part de cette famille mafieuse avec qui il devait cohabiter sur sa propre île.

— Et deuxièmement, non, je n'ai jamais été au courant des agissements de Blaze. Que ce soit des meurtres ou de la disparition des preuves matérielles… Jamais je n'ai pensé qu'il pût être l'auteur de ses horreurs. Je le savais capable de beaucoup de choses mais là, cela dépassait toutes mes pires estimations…

Tandis que Desmond se gardait bien d'innocenter le shérif quant au vol des affaires personnelles des frères Karletti, cette fois-ci ce fut Laureen qui interrompit le maire et lui lança une nouvelle tornade avec une hargne accusatrice.

— Vous le saviez capable de battre sa femme, n'est-ce pas ? Il la torturait psychologiquement depuis leur mariage, il la frappait régulièrement. Vous n'avez pas pu manquer cela, tout de même, vous n'êtes ni aveugle ni sourd ! Qu'avez-vous fait pour empêcher cela ?

Hugh Hanson ne sut soutenir le regard de la femme que Blaze avait tenté de violer la veille, celle qui pointait sa lâcheté de n'avoir jamais dénoncé son rejeton coupable d'un drame conjugal et familial. Pourquoi ? Pour protéger sa réputation et ses ambitions.

— Vous n'êtes qu'un beau salaud et vous ne valez pas mieux que votre fils !

Ce fut sur cette conclusion lapidaire que l'assemblée se scinda en deux. Les deux adjoints ne pouvant supporter plus longtemps le point de vue de l'homme politique qui tâchait de se mettre à l'abri sans aucune moralité ni humanité. Ils s'éloignèrent au fond de la salle et se figèrent devant la grande carte de Vinalhaven punaisée sur un panneau de liège. De multiples post-it parsemaient le document, tous indiquant la localisation des différents événements de ces derniers jours. L'épidémie s'était répandue sur tout le territoire de quelques kilomètres carrés. Impossible d'échapper aux horreurs quand on est tous confinés et isolés du reste du monde. La population de l'île aurait bien du mal à se remettre de cette série dramatique et cette dernière hanterait les conversations sur des générations.

— Tu penses que Simmons est encore ici ?

— Je ne sais pas trop... Sans doute est-il déjà loin avec sa complice. Pamela Vonsped alias Penny Simmons avait l'air très déterminée et très intelligente pour réussir le coup de l'évasion de la prison. Elle avait dû tout prévoir pour quitter l'île dans les plus brefs délais. Pas sûr qu'un autre

U.S. marshal vienne perdre son temps et salir ses rangers chez nous…

Le jeune policier qui gardait l'entrée – un bleu à n'en pas douter, pour effectuer cette basse besogne –, laissa entrer une plantureuse blonde qui le fit fondre et rougir jusqu'aux oreilles. Elle déclina son identité au jeune louveteau mais Desmond qui la dévisageait une nouvelle fois sans en perdre une miette l'avait reconnue. La tenue élégante avait encore changé ; sur son sac à main, il crut reconnaître l'écusson d'une marque de luxe française, l'ensemble vestimentaire devait lui aussi provenir de chics magasins de mode sur les avenues les plus cotées des capitales européennes.

Lucy Morgan, la secrétaire particulière de madame Karletti, s'entretint quelques minutes avec le lieutenant Earth. Elle se tenait droite sur ses talons aiguilles, ses cheveux étaient soyeux sous les rayons du soleil, ses courbes étaient finement exquises. Elle ne laissait aucun homme indifférent et Desmond Lowery n'y échappait pas.

— Je ne te dérange pas, dis-moi ?

Laureen était déjà perturbée par les propos échangés avec Hugh Hanson, alors la proximité du bureau de Blaze dans lequel tant de sang avait coulé et où elle avait été à la merci du diable la rendait véritablement nerveuse. Et désormais, voir l'homme qu'elle aimait tant dévorer des yeux une grande dame qui ne jouait clairement pas dans la même catégorie qu'elle la mettait mal à l'aise. Jamais elle n'aurait ni sa prestance, ni son physique parfait, ni son compte en banque. Elle se sentait humiliée mais tentait néanmoins de se raisonner. De quel droit pouvait-elle être jalouse ?

Desmond se tourna vers elle, plongea ses yeux dans les siens et lui sourit doucement. Sa barbe hirsute, qu'il ne pouvait plus couper depuis que sa maison et toutes ses affaires avaient brûlé, lui donnait un air charmant que Laureen aimait bien ; et les pattes d'oie qui apparaissaient à chacun de ses sourires la faisaient craquer.

— Nullement très chère. J'essaie simplement de lire sur ses lèvres, voilà tout.

Il n'essaya pas d'être convaincant mais voulait juste détendre son amie avec une touche d'humour.

— C'est cela oui… Et que lis-tu sur ses jolies lèvres pulpeuses, à cette autruche de contrefaçon ?

Le lieutenant vint à son secours en les appelant. Lucy Morgan leur serra la main avec délicatesse. Laureen y répondit avec une poigne marquée, presque virile, mais Morgan ne laissa rien paraître. Dans son monde, il ne fallait jamais laisser transparaître ses émotions et toujours faire bonne figure. Laureen grimaça.

— Comme je le disais à mademoiselle Morgan, les corps de George et Nick Karletti seront rendus à la famille dès aujourd'hui. L'enquête étant terminée, les dépouilles ayant livré si j'ose dire, tous leurs secrets, il n'y a plus de problème. Les deux frères seront donc inhumés dès demain sur Greens Island.

Les deux adjoints acquiescèrent sans trop savoir en quoi tout cela les concernait dorénavant. Lucy Morgan prit la parole et leur parla directement, les regardant l'un après l'autre pour bien marquer la sincérité de ses mots.

— Au nom de la famille Karletti, je tenais à vous remercier du travail que vous avez accompli. Grâce à vous, le meurtrier de deux êtres qui nous étaient chers a été démasqué. Le lieutenant Earth m'a affirmé que vos interventions ont été décisives dans le dénouement de cette enquête. Tous les membres de la famille qui se sentaient sous la menace peuvent désormais respirer. Nous vous sommes infiniment reconnaissants.

Laureen n'en crut pas ses yeux. Elle voulut gerber sur la robe de grand couturier de cette poupée sur échasses mais n'avait rien dans l'estomac. Recevoir des félicitations d'une représentante d'une famille mafieuse, après avoir été accueillis dans leur demeure comme des rois, était le summum de l'absurde. Elle resta impassible, souhaitant que l'instant se termine au plus vite, avant qu'elle n'éructe encore toute la colère qu'elle avait accumulée dernièrement.

— Nous compatissons aussi pleinement pour toutes les épreuves que vous avez dû endurer. Merci infiniment.

Des propos vulgaires et arrachés de ses tripes se formaient dans la bouche de Laureen. Elle ne sut pas où elle trouva la force de se contenir mais elle y parvint. Elle se contenta de regarder le lieutenant de la PJ de Rockland qui avait honnêtement partagé la réussite de cette affaire, ce dont elle ne se serait jamais doutée. Tant d'autres auraient tiré la couverture rien qu'à eux pour gonfler leur ego auprès des autres. Finalement, elle avait mal jugé le policier au départ, il avait plus de valeur qu'il n'en avait laissé paraître.

— Malgré tout ce que vous avez déjà fait pour elle, madame Karletti aurait cependant une dernière requête. Elle souhaiterait que vous soyez présents demain lors de l'enterrement de ses fils dans sa propriété, cela permettrait à madame Karletti et à son dernier enfant, Alfred, de vous saluer personnellement.

Laureen Finley écarquilla les yeux de surprise, puis de dégoût, ne sachant que penser de cette invitation empoisonnée. Elle n'eut pas le temps d'y réfléchir plus, Desmond écrivit leur destin dans un hochement de tête sous le regard bienveillant du lieutenant.

— Nous nous joindrons à vous dans cet instant de recueillement.

35

Un feu vif crépitait dans la cheminée, faisant valser ses flammèches au-dessus d'une bûche qui ne tarderait pas à craquer sous la chaleur. Le soleil faisait timidement son retour mais il fallait bien une bonne flambée pour éradiquer l'humidité infiltrée dans tous les recoins de la maison. Laureen et Desmond regardaient ce spectacle dans la cheminée, presque émerveillés, même s'ils l'avaient déjà vu cent fois, mille fois. Les flûtes de champagne qu'ils tenaient à la main ajoutaient une note très particulière à ce tête-à-tête.

Pour la première fois depuis le début de l'affaire Karletti, ils pouvaient enfin souffler, se libérer l'esprit et penser à autre chose. L'île devrait vivre sans eux pour le reste de la journée, avaient-ils décrété. Tous les habitants étaient occupés à panser les plaies de ces derniers jours sous les objectifs des caméras qui récoltaient deux moissons. Tout d'abord, l'après-tempête météorologique et ensuite, l'après-tempête meurtrière ; où plutôt dans l'ordre inverse, plus propice à faire de l'audimat. Le nom de Blaze Hanson avait filtré, les journalistes allaient s'en donner à cœur joie. Un shérif meurtrier, lui-même abattu lors d'un face-à-face. Ils allaient pouvoir noircir des pages et faire tourner les bobines un bon bout de temps. Jusqu'à la prochaine affaire, plus juteuse, plus sanglante.

Pour échapper à tout cela, les deux flics avaient bien l'intention de rester à l'abri des regards, au chaud, à se relaxer. Tout cela leur semblait mérité et même si chacun d'eux avait en tête des tonnes de pensées parasites qui polluaient cet instant, ils voulaient vivre ces quelques heures le plus gaiement possible et les marquer honorablement. Ils trinquèrent.

— Longue vie au nouveau shérif de Vinalhaven !

Le maire Hanson, en fin tacticien, en habile manipulateur, avait nommé provisoirement Desmond Lowery nouveau shérif de l'archipel en attendant l'organisation d'une nouvelle élection. Ce dernier n'avait pas eu vraiment le choix d'accepter ou de refuser. Cette promotion n'était pas un véritable honneur en soi, mais l'événement aurait tellement déplu à Blaze Hanson qu'ils se réjouissaient de cela, à imaginer la gueule qu'il était en train de tirer dans l'au-delà.

— À ma première adjointe ! Assurément le meilleur élément de toute mon équipe !

Ils rirent et s'enivrèrent des fines bulles de champagne. La sensation était douce, le goût délicieux, ils se sentirent peu à peu lâcher prise après s'être maintenus à flot si longtemps sans baisser les bras, sans se laisser abattre. Mais des questions attendaient leurs réponses et lorsque son verre fut vide, Laureen dégoupilla sa grenade sans en avoir l'air, avec un ton faussement détaché.

— Et pourquoi avez-vous accepté d'assister aux funérailles des Karletti, cher shérif ? Ce sont des mafieux, des meurtriers, ils ne méritent aucun respect de votre part !

— Oseriez-vous, simple subalterne, critiquer une décision de votre hiérarchie ?

Desmond n'était en réalité nullement offusqué et s'engagea de suite dans une explication relativement simple.

— Pour vous rassurer, jeune Padawan, je ne cherche pas du tout à fraterniser avec l'ennemi, quels que fussent les arguments et les atouts de son ambassadrice… J'ai tout simplement pris l'option choisie par le lieutenant Earth et la police judiciaire de Rockland, à savoir infiltrer l'ennemi, entretenir des relations cordiales, afin de mieux le connaître pour ensuite mieux le combattre. C'est une stratégie de longue haleine, mais en définitive quelles sont les autres possibilités constructives ?

— Tous les tuer comme a commencé à le faire Blaze.

Le ton était sans équivoque. Laureen proposait une réelle alternative sans sourciller. Desmond préféra traduire cette dernière comme une réplique d'humour noir même s'il ne lisait pas cette ironie dans les yeux de son amie. Pour faire diversion, il leur reversa une coupe de bonheur.

— Tu sais, c'est ce que font tous les flics dans les quartiers chauds des grandes villes. Ils sont au courant de tous les trafics, ils ont les noms, les adresses, ils ont les moyens d'arrêter tout le monde. Mais à quoi bon ? Briser l'équilibre de ces zones noires revient à déclencher des guerres, à relancer des luttes de pouvoir et une semaine plus tard, les têtes ont changé mais les problèmes sont toujours là et les autorités ne contrôlent plus rien. Alors, dans ces banlieues les brigades des stups jouent la carte du contrôle des flux, de la relation avec les dealers. C'est peut-être un triste constat mais on retrouve le même schéma dans les prisons où les matons acceptent un certain niveau de violence et de deals en échange d'une paix relative entre les gangs et les communautés. Ainsi donc, je rencontrerai madame Karletti lors de l'enterrement de ses fils dans l'unique but de pouvoir l'éliminer à long terme.

Desmond but une gorgée pour signifier qu'il avait terminé sa leçon de pédagogie. Laureen accepta son explication sans se laisser pleinement convaincre. Il en but une seconde avant de changer de sujet.

— Sinon, comment va ta vilaine blessure ?

Instinctivement, Laureen porta sa main à son bras pour palper ses muscles. Elle ne put retenir une grimace et un léger gémissement. Rien d'insurmontable, mais la douleur était encore vive.

— Ça va, je survivrai, ne t'inquiète pas.

— Au contraire, je tiens à ce que tout mon personnel soit opérationnel et en pleine forme. Ta blessure foire toutes mes statistiques, là, je suis à cent pour cent d'invalides chez mes agents !

Desmond exprimait à nouveau sa bonne humeur à travers l'humour qui le caractérisait. Laureen adorait cette version retrouvée de son ami ; six mois auparavant, c'étaient bien ses bons mots et ses répliques qui l'avaient tout d'abord séduite. Ensuite, il y avait eu sa sympathie, sa générosité et indéniablement son côté mystérieux, presque ténébreux. Et puis, il fallait bien l'avouer, malgré ses dix ans de plus, son physique ne la laissait pas insensible. Elle avait toujours eu un faible pour les looks sauvages, naturels. Pas homme des cavernes, mais plutôt motard. Celui des hommes qui sont simplement beaux sans vouloir paraître beaux.

— Montre-moi ça de près. Je vais t'ausculter afin de m'assurer que ma petite Lolo puisse balancer un uppercut au premier bandit qui aura le malheur de croiser son chemin.

Il l'avait appelée par son petit surnom, un diminutif débile mais qu'elle trouvait attendrissant dans la bouche de celui qu'elle aimait. Il ne la quittait pas des yeux et son sourire en disait long. Elle avait face à elle son petit démon, son ange protecteur, son âme sœur. C'était tout ce qu'elle espérait. Il lui avait déjà fait du mal, comme seul un homme peut en faire à une femme par bêtise, méprise, manque de délicatesse, souvent même sans s'en rendre compte. Mais il l'avait accompagnée dans les moindres instants sans jamais faillir, sans jamais poser de conditions, c'était pour elle le signe d'un homme bien. Elle ne voulait pas qu'il soit parfait, elle désirait qu'il soit fait pour elle.

Quand Desmond se colla à elle, elle repensa à leur unique baiser, celui des promesses. Lorsque leurs corps se serrèrent l'un contre l'autre, que leurs souffles se mélangèrent, que leurs cœurs battirent au même rythme, elle baissa la garde, sûre qu'il ne la décevrait plus jamais.

Leurs lèvres se rencontrèrent dans une délicieuse étreinte. Elle pensa défaillir quand elle sentit sa puissance la soulever de terre. Sans qu'elle ne s'en rende compte, ils s'enlaçaient sur le canapé et leurs mains se perdaient à se découvrir mutuellement, dans une fougue ardente.

Puis, l'espace d'un instant, d'une seconde pleine d'intensité, ils s'échangèrent un regard qui fixait le point de non-retour. Laureen défit le tee-shirt de son partenaire et caressa son torse, ses épaules, son visage. Il lui plaisait comme jamais. Il était tout à elle.

Desmond, la respiration vive, le cœur haletant, déboutonna le chemisier de sa belle, dans une lenteur calculée, afin d'apprécier à sa juste valeur cette magnifique offrande de la vie. Sa poitrine se dévoila peu à peu dans une lingerie de dentelles noires. Sa peau était douce, d'une blancheur parfaite. Puis quand Laureen se redressa et se dévêtit, il se laissa envoûter par le tatouage qu'il avait déjà entraperçu il y a peu. Dans une sensualité excitante, elle dégrafa son soutien-gorge et ses seins, aux courbes attirantes, firent chavirer le capitaine.

Desmond contempla l'œuvre peinte sur ce corps qui s'offrait à lui. Du bout des doigts, il suivit les lignes de ce serpent qui naissaient au creux des reins et venaient s'enrouler tout autour de son sein droit. La réalisation était d'une qualité exceptionnelle et le message envoyé était clairement sexuel. Un appel à se damner. La gueule de la vipère était ouverte, tous crocs menaçants, et semblait vouloir mordre cette pomme ferme, symbole de cette féminité assumée. Sa langue sifflait jusqu'au téton qui pointait comme une invitation. Desmond y succomba sans attendre.

Le nouveau shérif de Vinalhaven n'était pas réellement perturbé par la découverte de cette vipère qu'il avait sous les yeux. Ce n'était qu'une simple confirmation de l'identité de la femme à qui il allait faire l'amour…

Il allait faire l'amour à Penny Simmons, la sœur et la complice de l'homme qu'ils pourchassaient tous depuis son évasion.

Ses doutes étaient nés quand il avait déniché, entre deux pages d'un livre, la photo de Michael Simmons et d'une belle et ténébreuse adolescente aux accents gothiques. Le cliché avait vieilli et les personnages n'avaient pas été pris en gros plan, il était alors difficile de reconnaître une Laureen plus jeune et très différente de celle qu'il côtoyait tous les jours. Mais Penny Simmons avait visiblement l'art pour changer d'apparence car en Pamela Vonsped, elle était là aussi méconnaissable. La panoplie perruque, maquillage, lentilles colorées et des épaisseurs de vêtements différents pouvaient la métamorphoser.

Ce fut alors en examinant sur la photographie une tâche noirâtre sous l'épaule droite de l'adolescente que Desmond avait distingué un vague tatouage. Laureen en avait un aussi qui parfois, au gré d'un léger décolleté, apparaissait subrepticement. Il avait alors tenté de le voir plus précisément mais l'hiver aidant, son amie se dévêtait très peu... Et puis, il avait préféré ne pas y croire. Les coïncidences existaient. Combien de filles se faisaient tatouer le corps désormais ? C'était une mode, comme les piercings ; pas une exception.

Malgré son excitation débordante et le soin qu'il prenait à faire glisser la petite culotte en coton de sa partenaire, Desmond avait des flashes auditifs et visuels qu'il ne pouvait contrôler.

L'U.S. marshal Joan April lui rappelait de l'au-delà qu'il avait parfaitement identifié la sœur de Simmons. Il lui avait expliqué qu'il avait pu scanner tous les appels émis et reçus sur l'île ; que ses potes au bureau, des experts informatique, avaient alors analysé tout cela et en avaient sorti un numéro de téléphone dont la propriétaire était Laureen Finley. De son domicile, elle avait fait l'erreur d'appeler un portable prépayé. Pour l'U.S. marshal, il n'y avait pas eu de doute sur l'identité de l'appelant et de l'appelé. Les premiers appels avaient eu lieu le lendemain de l'évasion et duraient quelques minutes en moyenne alors que les derniers appels, plus nombreux, plus rapprochés, avaient tous débouché sur une messagerie. Michael Simmons ne répondait plus à sa sœur ou ne pouvait plus lui répondre... April s'était demandé si l'évadé était alors mort ou s'il s'était enfui sans sa frangine. L'agent Lowery avait écouté tout cela attentivement, atterré par la nouvelle, ne sachant pas comment réagir vis-à-vis de son amie et de ce qu'il pouvait juger de haute trahison...

Ainsi, celle avec qui il travaillait chaque jour, celle qu'il avait appris à connaître et à apprécier, celle qu'il aimait désormais, était en réalité un caméléon, une comédienne, une sœur entièrement dévouée à libérer son frère de prison. Il avait ri nerveusement quand il avait compris tout cela. Puis il avait repensé à son épouse, décédée.

Chamboulé dans ses sentiments depuis sa discussion avec l'agent fédéral, son cœur oscillait entre amour confirmé et réversion. Il savait ne pas avoir pleinement terminé le deuil de sa femme mais son changement de vie, l'éloignement avec les lieux du drame, le temps passant, l'amour lui était à nouveau apparu sous les traits de Laureen. Désormais, alors qu'il s'apprêtait à écrire un nouveau chapitre de sa vie, tout était remis en cause et il pouvait douter de la sincérité de la femme qui se disait amoureuse de lui.

Les visages de sa femme et de sa fille le figèrent sur place.

Lui apparaissaient-ils pour lui reprocher le bonheur qu'il avait décidé de s'accorder ? Était-il encore trop tôt ? Était-ce parce qu'il n'avait pas encore tenu entièrement sa promesse ?

Il s'en voulut terriblement et la chaleur bouillonnante quitta son corps. Laureen sentit son trouble et s'en inquiéta. Ils s'assirent sur le canapé, tous deux nus mais complètement refroidis. Elle tira une couverture pour se recouvrir, elle se sentit humiliée tandis que lui se sentait désemparé.

Les pensées de Desmond se bousculaient comme une tornade, sans qu'il puisse les arrêter. Elle a ses raisons pour vouloir sauver son frère... Tu ne peux pas lui reprocher ça ! Pas toi ! Cela ne veut pas dire qu'elle ne t'aime pas... Il se prit la tête entre les mains, perdu, triste, désorienté. Je n'aurais pas dû succomber. Pas maintenant. Je leur avais promis de tout faire pour elles. J'ai failli... Puis il se releva, sans répondre aux inquiétudes de Laureen, au bord des larmes, blessée d'une part mais désormais renseignée d'autre part. Je l'aime... J'en suis sûr, mais cela va trop vite... Tout cela n'était pas prévu. Mais c'est grâce à elle que j'ai tenu tout ce temps sur l'île ces derniers mois. Et pour la remercier, en quelque sorte, mais surtout pour lui signifier mon amour, je me suis sacrifié pour elle... J'ai tué pour elle...

Il fit quelques pas, sans savoir où allait se cacher dans ce salon. Il pleurait.

Mais ses larmes n'eurent pas le temps de couler le long de ses joues que la bouteille de champagne se fracassa sur son crâne. Sa tête claqua violemment contre la table basse quand il s'effondra, inconscient.

36

Un fluide glacial vint lui brûler les jambes et l'extirpa violemment de son inconscience. Le temps qu'il ouvre les yeux, une seconde salve remonta de ses pieds jusqu'à son bassin, lui pétrifiant le corps. Il était nu, allongé à même un rocher légèrement incliné. Quand il redressa la tête pour voir ce qui martyrisait sa chair, il sentit une vive douleur intracrânienne, comme s'il venait de recevoir un coup de marteau à l'arrière du crâne. Cette dernière n'eut pas le temps de se résorber qu'il lui sembla être à nouveau cryogénisé par les membres inférieurs. Par réflexe, il tenta de reculer, de s'éloigner de cette source qui le maltraitait mais sa tentative échoua lamentablement dans une longue plainte de son corps. Ses muscles étaient endoloris à tous les niveaux, il sentait sa peau très sensible à de nombreux endroits, il avait le goût du sang dans la bouche, il était complètement gelé. Tous les signaux d'alerte résonnaient dans sa tête, il souffrait terriblement. Sa vue redevint peu à peu nette et il comprit alors pleinement l'horreur de la situation.

Au fur et à mesure que Desmond Lowery retrouvait ses esprits et la finesse de ses cinq sens, il appréhenda rapidement le sort qui l'attendait.

Alors que l'océan jetait ses vagues aux températures polaires sur lui, dans un incessant ballet de va-et-vient, il tenta de s'échapper de ces attaques qui mortifiaient peu à peu son être mais il fut retenu par de lourdes chaînes qui l'entravaient. Quelqu'un l'avait attaché à un énorme rocher, au bord de l'immense Atlantique dans sa plus pure inhumanité. Pris d'une panique galopante, malgré les souffrances qui le martyrisaient de toutes parts, il se secoua, essaya de pousser sur ses jambes, tira sur ses liens faits d'épais anneaux métalliques, tenta de les faire glisser sur le côté pour s'en défaire. Rien n'y fit, il était parfaitement solidaire d'un roc qui devait bien peser une tonne et demi.

Desmond eut la lucidité de vite se calmer afin de ne pas gaspiller ses forces dans une lutte vaine. La détresse défigurait son visage. Que faisait-il ici ? Qui l'avait ainsi enchaîné face au large ? Qui désirait le terroriser en lui esquissant une mort lente et éprouvante ?

Il tourna la tête des deux côtés afin de découvrir l'endroit où il allait mourir. Son champ de vision ne lui offrit que des monts de rochers surmontés par la cime de quelques arbres. Dans un recoin, derrière lui, il distingua la roue d'une brouette, à deux ou trois mètres sur les hauteurs. Il comprit alors la provenance de ces multiples ecchymoses et déchirures. On l'avait transporté dans cet engin de fortune, puis traîné sans ménagement de roche en roche vers le contrebas. On l'avait installé au niveau de la mer afin qu'il puisse goûter rapidement au rafraîchissement de la marée haute qui s'annonçait...

En effet, la marée était montante et depuis les quelques minutes où il avait recouvré ses esprits, l'eau avait gagné du terrain jusqu'à sa taille. Ses membres étaient tétanisés dans cette glace liquide qui d'ici peu le submergerait. Il ne se donna pas plus de cinq à dix minutes avant de succomber d'hypothermie ou de noyade. Il ne fit aucun pari sur les pronostics et préféra crier à l'aide.

Malgré l'angoisse grandissante, il n'était pas dupe. La personne qui voulait son agonie ne l'avait sans doute pas installé dans son fauteuil de mort à proximité de potentiels sauveteurs. Il s'époumonait pour rien, mais il ne pouvait pas non plus attendre le glas sans rien faire, comme une victime qui capitulerait avant l'ultime instant. Ce n'était pas le genre de Desmond.

Puis sa mémoire lui revint, aussi marquante qu'un éclair sur la voûte céleste d'une nuit noire. Les courbes délicieuses d'un serpent. Ses crocs prêts à percer la peau fine de son amie Laureen. Ou désormais devait-il l'appeler Penny ? Ils avaient voulu faire l'amour... Avant de chuter dans les abysses, il avait senti un brusque mouvement derrière lui. Elle l'avait assommée et désormais elle voulait le tuer.

— Laureen !

Le cri venait du cœur. Comment pouvait-elle lui faire subir un tel châtiment ? Que lui avait-il fait pour réveiller en elle une telle violence ? S'était-il trompé à ce point sur son compte ? Elle, si aimante, si charmante, si sincère. Lui, réduit à attendre la mort dans un face-à-face perdu d'avance.

— Je sais que tu connais ma véritable identité, alors pourquoi fais-tu encore semblant ?

Il la chercha sans la trouver. Sa voix provenait d'au-dessus de lui, sans doute était-elle juchée sur le rocher qui serait son seul compagnon pour aller vers l'au-delà, mais il ne la voyait pas. Et ne pas voir son bourreau était encore plus insupportable. Il aurait voulu lire ses sentiments sur son visage, à travers ses yeux.

— Laureen, que fais-tu ? Qu'est-ce qui te prend ? Libère-moi !

— J'ai bien compris ta réaction tout à l'heure. Tu m'as identifiée grâce à mon tatouage et à partir de là, tu n'as pas pu me faire l'amour. Je te dégoûte donc à ce point ? Uniquement parce que j'ai cherché à sortir mon frère d'un enfer carcéral auquel il n'aurait pas survécu ?

Une grande émotion était perceptible dans sa voix. Desmond l'imaginait les larmes aux yeux. Il tenait bien à utiliser cette faiblesse, cet amour qu'elle portait en elle, pour sortir indemne de cette sentence qu'il ne comprenait pas. Le temps lui était compté, les flux et reflux de la marée grappillaient son être centimètre par centimètre. Son corps était presque entièrement engourdi par le froid.

— Non, Laureen. Tu n'y es pas. Je sais qui tu es mais cela ne change rien à ce que j'éprouve pour toi. J'avais des doutes depuis longtemps déjà sur d'éventuels secrets que tu cachais… mais comme tout le monde. Je sais que tu es la sœur de Michael Simmons depuis hier. Et alors ? T'ai-je dénoncé au lieutenant ? Non, je n'ai jamais eu l'intention de le faire.

Elle prit le temps avant de répondre, ce qui était bon signe pour Desmond. Il interpréta cela comme une réflexion, elle devait être indécise sur ce qu'elle voulait ou devait faire.

— Qui es-tu Desmond ? Moi aussi j'ai des doutes sur toi. Je parierais que tu es flic. Tu ne pues pas le flic habituel mais depuis l'autopsie durant laquelle j'ai pu voir que tu connaissais tous les instruments et le vocabulaire du légiste sur le bout des doigts, je me suis dit que tu n'étais pas un simple adjoint. Toi aussi tu mens, mais je ne sais pas pourquoi. Alors, si tu me racontais un peu avant que tes secrets se noient avec toi.

Une vague plus intense vint appuyer les dires de Penny Simmons. Pour la première fois l'eau salée éclaboussa son visage. Elle agit sur lui comme un coup de fouet cinglant qui lui aurait lacéré la peau. Son regard se focalisait sur les assauts répétés de l'océan. Il abattit une carte qui pourrait lui sauver la mise, il n'avait pas le choix, le temps jouait contre lui et c'était quitte ou double.

— Je sais où est ton frère, alors libère-moi et je te conduis à lui.

Elle apparut alors dans son champ de vision. L'annonce eut l'effet escompté. Elle ne jubilait pas de le voir ainsi prostré dans l'écume qui l'engloutirait dans quelques minutes, mais contrairement à ce qu'il avait follement espéré, elle ne pleurait pas non plus.

— Si tu me mens, tu mourras, t'en rends-tu compte Desmond ? Je ne le souhaite pas mais si tu m'y obliges, je n'hésiterai pas. Prouve-moi que tu dis la vérité !

Desmond avait pleinement mesuré l'implication, le travail et la ténacité de Penny Simmons des mois durant, afin d'arriver à elle seule à faire s'évader son grand frère de la prison. Un lien indestructible devait unir ces deux-là. Desmond avait rompu ce lien et donc il en était sûr, même si elle l'aimait, elle le tuerait.

— Je l'ai trouvé caché dans la cabine d'un bateau bâché pour l'hiver, dans un hangar proche de chez toi... Et j'en ai fait mon prisonnier, je ne pouvais pas le laisser en liberté mais je ne lui ai fait aucun mal. Je n'ai pas compris sur le coup, mais avec le recul je comprends désormais ton malaise ce matin-là, tu rentrais d'une balade. En fait, tu n'avais pas trouvé ton frère dans le bateau et il ne répondait plus à tes appels car j'avais jeté son portable dans l'eau. Détache-moi et je te mène à lui et si c'est ton souhait, je vous laisserai partir même si je désire plus que tout que tu restes avec moi.

Elle sortit une clé de sa poche de manteau. Sa sincérité l'avait touchée, elle était prête à succomber au discours de l'homme avec qui elle voulait être heureuse. D'un vif mouvement de bras, elle lança l'objet de sa délivrance loin vers le large. Il disparut dans l'obscurité grandissante.

— Non ! Mais pourquoi tu as fait ça ?

La panique était à son comble. La femme qui était face à lui était donc impitoyable. Elle venait de le condamner définitivement alors qu'il lui proposait de retrouver son frangin adoré ! Le niveau de la mer était désormais à son torse et à chaque ressac, il était obligé de fermer la bouche pour ne pas prendre la tasse.

— Dis-moi où tu détiens mon frère et si tu ne m'as pas menti, après, je viendrais te libérer.

Mais ne voyait-elle pas qu'il n'en avait plus pour très longtemps à vivre ? Qu'elle n'aurait pas le temps de quitter la côte que s'en serait fini pour lui...

— Mais il est à l'autre bout de l'île ! Jamais tu ne pourras faire l'aller-retour avant que je...

Il faillit s'étrangler avec l'eau qui venait de submerger son visage. Il recracha bruyamment le liquide salé. Il implora son amie d'avoir pitié de lui. Cependant, elle restait sur son roc, indifférente, et le dominait sans ciller. Pourtant, pour la première fois, elle haussa le ton et cria :

— Dis-moi où il est !

— Je l'ai conduit en haut de l'éolienne numéro deux, dans la nacelle. Mais je t'en prie… Ne me laisse pas mourir comme ça. Je t'aime.

Avec la force du désespoir, il parvint à faire réagir ses jambes paralysées et à se rehausser de quelques centimètres. Son menton sortit de l'eau. Son espérance de vie venait de gagner quelques précieuses secondes. Mais il n'en aurait pas plus pour la convaincre de le gracier. Sa déclaration était réelle mais surréaliste dans ces conditions. Et cette clé au fond de l'océan…

— Tu me mens depuis des mois et tu ne te résous pas à te dévoiler, alors pourquoi te croirais-je quand tu dis que tu m'aimes ? Dans cette situation, tu affirmerais ton amour à n'importe qui, même au diable en personne.

Il devait lui prouver la sincérité de ses sentiments. Il allait tout lui raconter, ainsi, elle serait forcée de le croire, et par voie de conséquence lui éviterait la noyade. Il se lança sans plus attendre alors que la mer s'agitait de plus en plus. À moins que ce ne fût son imagination, sa sensation d'affolement lui faisant perdre toute rationalité.

— C'est moi qui t'ai sauvée de Blaze.

Elle fronça les sourcils, ne comprenant pas l'argument de son bien-aimé. Il ne lui laissa pas le temps de s'interroger plus, il poursuivit son plaidoyer avec un débit rapide. Il s'efforça de se faire comprendre alors que l'océan l'engloutissait sans se préoccuper de son histoire.

— C'est moi qui l'ai tué. Crois-moi. L'U.S. marshal t'avait identifiée et il allait te cueillir au poste. Je l'ai devancé pour t'avertir afin que tu puisses te sauver. Quand je suis arrivé, tu étais droguée, quasiment inconsciente par terre et Blaze était sur toi. Je n'ai même pas cherché, je lui ai tiré dessus. Il vivait encore quand l'agent April est arrivé à son tour. Je ne pouvais pas le laisser t'embarquer. Alors j'ai pris l'arme de Blaze et l'ai abattu à son tour. Dans la panique, j'ai su rester lucide et j'ai pensé à maquiller toute la scène en un face-à-face létal entre le shérif et le marshal. J'ai aidé Blaze à se relever et lui ai tiré au plein cœur avec le fusil à pompe. La disposition des corps, les projections de sang, les empreintes sur les armes, tout était sous contrôle. Dans la bouillie qu'étaient les poumons de Blaze, je n'avais plus qu'à récupérer la balle de mon pistolet. Après, tu t'es réveillée et je t'ai menti. Puis j'ai maquillé toute la vérité face au lieutenant pour te protéger. J'ai fait tout ça pour toi, par amour pour toi, Laureen...

Desmond était désormais obligé de maintenir sa tête penchée en arrière, de tirer de toutes ses forces sur son cou pour gagner quelques millimètres, car le remous des vagues le faisait disparaître puis réapparaître, lui laissant à peine le temps de reprendre sa respiration et de terminer son discours. Laureen avait sa preuve d'amour. Elle lui devait la liberté, l'honneur et peut-être la survie et les retrouvailles avec son frère. Elle ne pouvait que le sauver devant un tel sacrifice.

Et pourtant, quand il rouvrit les yeux après qu'une vague l'eut engloutie un long instant, elle avait disparu. Il cria son prénom, une fois, deux fois, avant de plonger encore sous le tumulte océanique. Il avala des gorgées écœurantes d'eau salée, son estomac tentait de lui faire vomir cette potion mais à chaque fois qu'il retrouvait l'air, il ne parvenait qu'à puiser quelques bouffées salvatrices. Sa lutte ne faisait que prolonger son supplice.

Puis, alors qu'il forçait tout son être transi par les températures arctiques à s'étirer vers cette surface libératrice, il ne parvint plus à franchir cette frontière entre la vie et la mort. Il attendit d'interminables secondes mais son instant était définitivement venu. Il hurla dans un dernier souffle. Son long cri d'agonie s'étouffa dans l'épaisseur saumâtre et ne troubla nullement les quelques goélands qui tournoyaient non loin de là.

37

Laureen Finley ne souhaitait pas perdre de temps, alors elle grimpa dans sa voiture de patrouille et fit fumer le bitume au démarrage. Malgré des douleurs lancinantes dans son bras, elle manœuvrait la boîte de vitesses et le volant sans se ménager. À travers l'île qu'elle devait traverser de part en part, elle roulait à vive allure sur les petites routes. Les conducteurs qu'elle croisait, la voyant foncer vers eux comme une furie, n'hésitaient pas à mettre deux roues sur le bas-côté au risque de déraper ou de s'embourber. Aucun n'avait osé klaxonner en reconnaissant le véhicule à l'emblème étoilé.

Bien qu'elle se concentrât sur sa conduite, son cerveau revenait sans cesse à la charge avec des pensées déstabilisantes sur Desmond, avec ce qu'il lui avait avoué. Il avait tué pour elle alors qu'elle était en danger, qu'elle avait été démasquée et qu'elle allait filer droit dans la case prison ; laissant son frère dans la sienne, livré aux chiens enragés. Était-ce une preuve d'amour ? Ou était-ce une preuve de la folie de Desmond ?

Son côté rationnel lui affirmait qu'on ne tuait pas par amour mais par folie et qu'elle ne pouvait aimer un homme capable de tels actes.

Mais sa part irrationnelle lui rappelait insidieusement qu'elle ne valait pas mieux que Desmond. N'avait-elle pas assassiné de sang froid Black, le tueur à gages des Karletti ? Et depuis, les images de son crime dans le bâtiment électrique la torturaient jour et nuit. Le sang qui avait giclé, le regard de surprise et d'angoisse qu'il lui avait porté… Ce salopard dénué de sentiments avait beau avoir tué à maintes reprises, quand il s'était retrouvé de l'autre côté du canon, il n'avait pas eu fière allure et avait sans doute enfin compris la valeur des vies qu'il avait ôtées.

Depuis qu'elle avait tué cet homme, elle tentait de relativiser en arguant que c'était un assassin, qu'il avait lui-même assassiné d'autres personnes, des innocents, des criminels, des ordures de la pire espèce, de simples adversaires de ses patrons... Froidement, il avait abattu des gens qu'il ne connaissait pas et dont il ne savait rien. De simples noms sur un contrat en échange d'une somme d'argent. Cela aidait Laureen à surmonter ses angoisses mais cela n'était pas suffisant. Elle attendait vivement de retrouver son frère pour qu'enfin son acte ait servi à quelque chose... Qu'elle ait sali son âme pour qu'elle et Michael, les inséparables, soient à nouveau ensemble.

Elle aussi avait fait cela par amour. Jamais elle ne se serait crue capable de se prendre pour Dieu et pourtant... Mais jamais, ni avant ce jour ni depuis, elle ne s'était qualifiée de folle ou d'inhumaine. Aurait-elle dû ? Cela viendrait-il avec le temps ? Les remords la rongeraient-ils jusqu'à sa mort ? En perdrait-elle la raison ?

Dans tous les cas, la cicatrice qu'elle portait désormais au bras lui rappellerait chaque jour ce qu'elle avait commis. Elle avait tout fait pour éviter cette tragédie, elle avait lancé plusieurs appels dans son talkie-walkie pour prévenir Michael de leur arrivée, mais il était assoupi et n'avait pu entendre ses alertes. Quand Black avait pénétré le bâtiment, Michael Simmons s'était retrouvé piégé, à sa merci. Laureen n'avait pas eu vraiment le choix, enfin, c'était ce que son frère lui avait cent fois répété après les coups de feu. Puis, afin de brouiller les pistes et de s'innocenter, elle s'était elle-même tiré dessus, dans le bras, tout en veillant à ce qu'il n'y ait pas trop de dégâts. Elle avait hurlé de douleur mais une grande part de celle-ci était psychologique et venait de la marquer au fer rouge pour toujours.

Les derniers cent mètres, elle les parcourut dans un chemin très boueux où elle manqua perdre le contrôle et s'envoyer dans le fossé. Devant elle, se dressait fièrement vers le ciel obscur une éolienne qui mesurait près de quatre-vingts mètres de hauteur à la nacelle, ses trois pales captant le vent sur près d'une trentaine de mètres. Un monstre de plastique et d'acier qui l'effraya dans cette nuit tombante, sous ce pâle clair de lune.

Son frère était retenu prisonnier en haut de cette tour impressionnante et impériale face à l'océan. Sa lanterne rouge au sommet signalait la présence de l'édifice aux avions mais servait aussi désormais à guider les bateaux partis en mer, comme les phares qui délimitaient les extrémités de l'île. Quand elle monta l'escalier extérieur, elle leva les yeux vers le rotor qui tournait à bonne allure et faillit perdre l'équilibre face à ce gigantisme.

Laureen dut tirer trois munitions pour que l'imposant cadenas qui condamnait l'entrée de l'éolienne cède dans une gerbe d'étincelle. Elle n'avait pas peur de se faire remarquer, Zimmer lui avait une fois raconté que lors du lancement de ce projet controversé – car cela défigurait le paysage sauvage de l'île – le site d'installation avait été choisi le plus loin possible de toutes les habitations existantes.

La porte s'ouvrit dans un grincement lugubre et avec une appréhension certaine elle se glissa dans l'antre de la bête, la lampe de poche dans une main, son arme dans l'autre. Elle n'était pas rassurée et le décor purement métallique et froid qu'elle découvrit ne l'aida pas à se sentir à l'aise.

Sur le coté gauche, il y avait un grand tableau de commande avec de nombreux boutons, tous étiquetés pour qu'aucun technicien ne commette d'erreur. Elle appuya sur l'un d'eux et dans un léger grésillement, l'éclairage s'activa à ce niveau puis illumina petit à petit le tube infini qui la dominait. Sous ses pieds, à travers un sol en grille métallique, il y avait la partie haute-tension du système, elle devina les formes du transformateur général. Elle s'était longuement renseignée sur l'électricité ces derniers mois, afin de pouvoir, le moment venu, couper le courant qui alimentait la prison. Ainsi, elle savait que la tension qui parcourait ces câbles électriques plus épais que ses bras était de l'ordre de vingt mille volts. De quoi la griller intégralement comme un porc en moins de dix secondes. Derrière elle, elle découvrit le tableau des fusibles ainsi qu'une grande pancarte rappelant les règles de sécurité. Avant de monter l'échelle qui menait à l'étage supérieur, il était impératif de chausser des chaussures de sécurité et de se munir d'un casque, d'un harnais et d'une double longe. Sur le barreau central de l'échelle, elle joua un instant avec le stop-chute, consciente qu'elle allait gravir les marches sans aucune protection.

Elle n'hésita pas longtemps et gravit les échelons. Mais pour cela, elle dut se résigner à ranger soigneusement son arme afin d'avoir les mains libres et de ne pas faire d'impair irréparable. Le premier étage n'était constitué que d'armoires électriques toutes estampillées d'un pictogramme de danger « Attention, électrocution ! ». Elle ne s'attarda pas et continua à monter les barreaux un à un jusqu'au palier suivant.

Un brin essoufflée, le bras douloureux, elle découvrit avec un plaisir non feint qu'elle n'aurait pas à poursuivre son ascension à la force musculaire car une cabine d'ascenseur l'attendait. Pas plus grande qu'une cabine téléphonique du siècle dernier, elle était suspendue par une multitude de câbles qui filaient du sommet du mât de l'éolienne. Elle évalua l'ascension à une soixantaine de mètres.

— Michael ! Michael ! C'est Penny, tu m'entends ?

Sa voix se perdit vers les hauteurs et revint vers elle en écho qui bondissait dans cette longue gorge aux courbes parfaites. Elle n'entendit aucune réponse. Elle entra dans l'ascenseur, ferma la porte et enclencha le mécanisme qui mit en branle la cabine. La vitesse de croisière était faible, aussi le voyage allait-il durer quelques minutes.

Elle s'interdit alors de penser un instant à son petit démon qu'elle avait laissé mille lieux sous les mers. Pour accaparer son attention, elle fit ressurgir des souvenirs de Michael et d'elle. De leur petite enfance jusqu'à ce jour. Ils avaient traversé ensemble les pires tempêtes, affronté les pires monstres, s'étaient relevés des pires souffrances. Jamais elle ne pourrait vivre sans lui, comme lui ne pourrait survivre sans elle. Les liens du sang de leur fraternité étaient incassables et éternels.

Penny et Michael avaient été retirés à leur père et malgré leur jeune âge au moment de la séparation, ils en avaient parfaitement compris les raisons et n'avaient pas versé une seule larme. Par contre, elles avaient coulé lorsque l'assistante sociale leur avait appris qu'ils seraient séparés dans la foulée pour intégrer des centres d'accueil différents. Ils n'avaient pas le même âge, n'étaient pas du même sexe... Et ils étaient déjà trop vieux pour espérer qu'un jour un couple désire les accueillir tous deux, le frère et la sœur. Les statistiques n'étaient pas en leur faveur et ces simples chiffres scellèrent leur destin commun à tout jamais. Ce jour-là, le système avait voulu les séparer, depuis ce jour, ils avaient fait l'impossible pour être ensemble.

Ainsi, après avoir multiplié les fugues et les fausses tentatives de suicide, après avoir fait tourner en bourrique une administration austère et dépassée, après des grèves de la faim et avoir joué aux rois du silence des semaines durant, un miracle avait mis fin à cette tragédie. Peut-être que tous ces cris d'alerte avaient permis de faire remonter leur dossier sur le haut de la pile – çà, ils ne le sauraient jamais –, car un beau jour de printemps, un couple d'un âge avancé, d'ordinaire trop vieux pour faire partie des prétendants à l'adoption ou même à l'accueil d'orphelins ou de laissés pour compte, eut la charge de tenter de redonner goût à la vie aux deux gamins pour qui les psychologues s'inquiétaient au plus haut point.

Monsieur et madame Rosener étaient de confession catholique et pratiquaient leur religion avec l'appui de la Bible pour dicter chacune de leur décision, mais Penny et Michael s'en fichaient éperdument, ils ne savaient pas du tout ce que cela pouvait signifier et n'avaient jamais eu affaire avec le Dieu dont ils parlaient si souvent, pour ne pas dire, tout le temps.

Les retrouvailles après huit mois de séparation furent joyeuses et pleines d'espérance. Jusqu'à temps que les coups de ceinture et les privations de nourriture viennent rythmer leur quotidien fait de bénédicités, de prières, de signes de croix et bien évidement des sacro-saintes messes du dimanche. Chaque mot grossier, manque de respect, mauvaise note à l'école, regard de travers donnait lieu à des punitions et des repentirs.

Les deux enfants acceptèrent avec résignation ce côté obscur de leurs hôtes. Néanmoins, ils s'étaient toujours refusés à les appeler autrement que par « monsieur et madame Rosener » au grand dam des petits vieux qui sévissaient par derrière, dès que le père Andrew tournait les yeux pour ne pas voir l'infamie des plus fidèles parmi ses fidèles. Penny et Michael vivaient sous le même toit, mangeaient à la même table, fréquentaient le même institut scolaire et dormaient dans la même chambre. Ils étaient heureux de cela et cela leur suffisait. Le reste ne comptait pas.

Cette situation perdura plus de cinq ans durant lesquels l'éducation extrêmement stricte des Rosener fit son effet. Penny et Michael étaient aux yeux de tous des anges miraculés. Car les pseudo-parents adoptifs s'enorgueillissaient devant Dieu et ses croyants de leur réussite à avoir sorti de la démence ces deux gamins au comportement « instable » et « particulièrement préoccupant » d'après les autorités sociales. Sans l'aide de Dieu, ils ne seraient jamais parvenus à les sauver de l'Apocalypse. Ce dernier les remercia un jour de septembre en les rappelant à Lui dans un immense fracas de tôles sur une nationale, entre un trente-huit tonnes et un platane.

Ce coup de semonce ne vit naître aucune larme sur les joues des deux adolescents. Michael devenait peu à peu un homme au gabarit de gringalet et au caractère introverti mais fantasque. Penny le suivait comme son ombre et s'affirmait davantage, prenant bien souvent l'ascendant sur son frère. Elle s'intéressait secrètement de plus en plus aux mouvements gothiques, cet intérêt soudain provenant sans doute de l'esprit de contradiction de l'adolescente face à la place dominante du catholicisme dans le foyer des Rosener.

Par contre, ce nouveau tragique événement brisa la route qui les menait à un horizon plutôt dégagé même s'il n'était nullement le reflet des goûts et décisions des deux ados. L'espace de quelques heures, ils durent prendre leur destin en main. Ils étaient encore mineurs et à nouveau orphelins, leur avenir s'assombrissait et la route qui y menait se coupait en deux. Et l'idée d'une nouvelle séparation était tout bonnement impensable. Alors, sans réfléchir plus longtemps, ils firent leurs valises, prirent l'argent des Rosener caché sous le matelas et au fond des armoires et embarquèrent le pistolet et la boîte de munitions qui dormaient dans le chevet de monsieur.

Ils traversèrent trois états en sautant de bus en bus sans chercher à atteindre une destination en particulier. Ils souhaitaient simplement prendre leurs distances avec leur passé afin que jamais les services sociaux et la police ne les retrouvent. Ils échouèrent en Louisiane où leurs économies ne tinrent pas plus de quelques semaines. Ainsi, les lits miteux de motels sordides laissèrent leur place à des cartons sous des ponts. Le climat agréable de la région au printemps et en été leur permit de survivre sans engelures mais pas sans peur. L'incapacité de Michael à gérer la situation et à se projeter dans l'avenir leur promettait des années de galère... Sa stature de maigrichon ne lui permettait pas de faire face à la racaille qui leur tournait autour. Le corps de jeune femme de Penny donnait bien des envies aux vagabonds et délinquants qu'ils côtoyaient dans les rues. Aussi, leur seule solution était bien souvent la fuite. Et encore la fuite. Mais à deux, sans jamais regretter leur décision initiale.

Un jour, en Caroline du Nord, ils firent une rencontre qui les sortit des trottoirs et poubelles. Joackim n'était ni un père, ni un saint, ni un assassin. C'était un tatoueur professionnel dont la clientèle hétéroclite allait de la jeune fille bourgeoise qui souhaitait inscrire à jamais les initiales de son grand amour près de son pubis, jusqu'au motard moustachu et baraqué qui aimait les aigles et parfois le Troisième Reich, en passant par tous les paumés du coin qui venaient claquer leurs billets verts chèrement amassés au lieu de s'acheter de la nourriture saine. Il leur offrit un toit en échange d'un job à temps plein pour les deux ados. Faire les sorties des lycées pour dealer de la bonne marchandise.

Après deux ans de cohabitation, dans une insalubrité éprouvante certes mais sous la protection rassurante de Joackim, celui-ci s'aperçut qu'en fin de mois, les comptes n'y étaient pas. Il démolit la tête de Michael et voulut mettre en pâture la ravissante Penny. Il y avait du blé à se faire de ce côté-là et il comptait bien être remboursé avec les intérêts. Ni une, ni deux, ils prirent la poudre d'escampette une nuit, sans jamais regarder en arrière, avec pour seul souvenir le serpent diabolique de la jeune femme, censé envoûter sa future clientèle…

Alors que l'ascenseur devait en être à mi-chemin entre le pied de l'éolienne et la nacelle, Laureen repensait à tous ces instants qui les avaient unis comme jamais, son frère et elle. Des mésaventures et des échappées dignes d'un road-movie à l'échelle d'une vingtaine d'années. Tant d'histoires, de rencontres, de coups durs et de trahisons, qu'elle était bien incapable de lister dans l'exacte chronologie, avec les noms corrects et les bons visages.

Toujours est-il qu'un beau matin, à force d'éviter les ennuis et de prendre la route pour remonter la côte est des États-Unis à la recherche d'un inaccessible, ils étaient arrivés dans l'état du Maine. La vie dont elle rêvait était une vie simple et ordinaire, celle de ces millions d'américains qui se complaisaient dans une routine grisante avec leur famille, leurs amis, leurs attaches. Tout deux n'avaient rien de tout cela alors que les années avaient défilé aussi vite que des pages d'un calendrier. Laureen avait Michael et Michael avait Laureen, l'essentiel était bien là.

Un nouveau pan de leur histoire s'ouvrit la nuit où Michael fut arrêté par la police pour trafic de drogue. Il fut clair qu'il n'échapperait pas à la justice et à la prison. Ils n'avaient pas les moyens de se payer un bon avocat, et quand bien même, quand on est pris en flagrant délit, il y a des conséquences inévitables.

Il fut mis en détention au centre de North Vinalhaven pour une durée de vingt mois.

Laureen n'avait pas l'intention de s'éloigner de son frère alors elle entreprit de s'installer sur l'île. Avant même qu'elle ne trouve une location, elle devait se dégoter un job pour en avoir les moyens… Mais lors de sa première visite au parloir, elle avait vu le changement dans le regard de Michael, elle avait compris ce qu'il s'était déjà passé et ce qu'il allait subir tout au long de sa peine dans ces couloirs où des tarés et pervers s'adonnaient à leurs pulsions sans crainte. Elle ne pouvait pas l'accepter, ne pouvait pas laisser faire en restant les bras croisés du bon côté des barbelés.

La chance lui sourit en quelque sorte lorsqu'elle trouva dans le journal local des annonces, un article sur les deux adjoints du shérif de Vinalhaven qui avaient été licenciés pour faute grave, sans toutefois préciser laquelle. Le journaliste précisait que les deux postes étaient à pourvoir et que le shérif Hanson attendait des candidatures sérieuses. Elle se souvint parfaitement de la photo de ce dernier, fier comme un paon, qui bombait le torse devant son bureau. Elle avait clairement senti qu'il n'était pas net lors des pseudo-auditions où il avait bien plus reluqué ses seins et ses fesses que son CV falsifié. Mais jamais elle ne se serait doutée que cet imposteur de première classe ruinerait au dernier moment son plan d'évasion.

Alors que les semaines puis les mois passés dans sa cellule transformaient le corps et l'âme de son frère sans espoir qu'il puisse en guérir un jour totalement, Laureen s'évertuait à trouver une solution pour mettre fin à son calvaire. Mais comment pouvait-elle à elle seule faire évader un homme d'une prison moderne et très surveillée ? Le flash lui vint après plus de six mois, lors d'un bulletin météo qui annonçait l'arrivée d'une tempête d'envergure dans les jours à venir. Une sacré diversion pour créer un black-out total dans les murs du centre de détention et créer les conditions pour que Michael soit au bon endroit dans cette enceinte pour pouvoir alors s'en échapper.

Alors que la première phase du plan fut un succès, grâce notamment à cette tempête qui fut plus violente et prolongée que prévu initialement, ce fut Blaze Hanson qui perturba la suite des opérations. Le shérif avait lui aussi profité de l'événement pour passer à l'acte et anéantir comme bon lui semblait les frères Karletti. Sauf qu'il s'était arrangé pour rendre l'évadé coupable et jeter toutes les forces de recherche sur Michael Simmons, l'empêchant de quitter l'île discrètement.

Enfin, elle allait le retrouver. Enfin l'espérait-elle car elle n'était point certaine de la véracité des affirmations de Desmond qui avait parlé sous une certaine contrainte mêlant pression et ultimatum. Son ascenseur s'immobilisa dans un claquement métallique et un léger soubresaut. Son corps fut pris d'une sensation d'oppression et l'angoisse l'envahit. Était-ce à cause du mât de l'éolienne qui ne mesurait plus que deux mètres de diamètre et lui faisait l'effet d'un goulot d'étranglement ? Était-ce les soixante mètres de vide qu'elle distinguait sous ses pieds et lui promettaient une mort certaine si elle faisait un faux pas ? Ou était-ce l'appréhension de ne pas trouver son frère dans la nacelle ou d'arriver trop tard ? Elle sortit en trombe de la cabine, encore quelques derniers mètres à franchir et elle pourrait rejoindre son inséparable. Elle hurla son nom. Elle gravit l'ultime escalier et cessa de respirer.

38

La petite maison semblait abandonnée ou plutôt, à bien y regarder en détail, occupée mais délaissée. Une couche de poussière s'était déposée au fil du temps sans qu'aucun chiffon ou aspirateur ne vienne l'en déloger. Un amas de vaisselle sale s'empilait dans l'évier alors même que le lave-vaisselle était rempli à ras bord de couverts et d'assiettes qu'aucun lavage intensif ne parviendrait à faire briller comme neuf. La poubelle dégueulait de détritus et des sacs plastiques s'amoncelaient tout autour. Des mouches volaient en tout sens, se régalant des restes, des fourmis colonisaient le dessous de l'évier et partaient en excursion dans toutes les pièces de l'habitation.

Dans le salon, l'ampoule du plafonnier restée allumée clignotait en émettant un léger grésillement. Sur le divan, des restes de repas pris sur le pouce souillaient les tissus et des miettes incrustaient les moindres replis. Par terre, des cadavres de bouteilles en verre avaient roulé dans tous les sens, l'une d'elle s'était brisée contre un pied de meuble. Devant la fenêtre, la tringle à rideau était à demi décrochée menaçant de tomber définitivement sur le parquet.

Un homme était assis à la table de la cuisine, devant la seule surface qui était vierge de détritus. Il avait le regard perdu en direction du réfrigérateur, ou alors de la petite fenêtre voisine de laquelle on pouvait voir l'eau tomber à grand seau. La clarté matinale qui se levait à peine éclaira les lieux d'une lumière diffuse qui révéla le teint blafard d'un trentenaire qui paraissait bien dix ans de plus. Il était vêtu des habits de la veille et ne bougeait pas d'un millimètre. Il dormait éveillé et seuls les brefs mouvements de ses paupières le trahissaient. Il faisait toujours partie du monde des vivants.

Soudain, une alarme stridente sonna et se répéta, aussi agaçante que possible. Le signal d'alerte parvenait de l'une des chambres. C'était le radioréveil qui marquait sept heures sur l'écran digital. L'homme se leva de suite et traversa le rez-de-chaussée pour venir éteindre l'appareil. Il sortit de la pièce, prit un blouson sur la patère derrière la porte, vérifia machinalement que son trousseau de clés traînait bien dans la poche droite et il sortit de la maison sans que son visage n'exprime une quelconque émotion.

Un quart d'heure plus tard, dans sa vieille Chevrolet marron, il remontait Sudbury Street puis s'engageait sur un grand parking sur lequel étaient garés tout un ensemble de véhicules aux couleurs blanche et bleue marqués du logo « Boston Police A-1 » – que des modèles Ford, made in USA. Il fuma une dernière cigarette avant d'entrer dans le commissariat du district A-1 de Boston.

Il salua machinalement les quelques policiers qu'il croisa avant d'atteindre son bureau au deuxième étage. Un bureau qui brillait comme un sou neuf sur lequel tout était rangé au millimètre, chaque dossier à sa place, chaque stylo avec son bouchon dans le porte-crayon. L'ordinateur ronronnait depuis la veille. Il s'installa devant l'écran mais n'eut pas le temps d'entamer une recherche que son téléphone sonna. Il décrocha le combiné et se présenta d'une voix assez forte, qui traversa la salle encore vide d'agents.

— Lieutenant Micke, dans mon bureau, tout de suite.

Par habitude il regarda derrière lui, au fond de la salle. Il y avait de la lumière dans le bureau du patron et une silhouette se dessinait derrière les lamelles des rideaux.

Ainsi le grand boss le convoquait, d'un ton très directif mais plutôt ordinaire. D'après les légendes qui circulaient dans les couloirs du commissariat, ce dernier vivait sur place tellement son boulot lui coulait dans les veines, Micke ne s'étonna donc pas de sa présence à l'aurore. Les remarques humoristiques que lançaient les agents de police n'empêchaient nullement le respect qu'ils avaient tous pour *leur chef. Sa carrière était exemplaire et cela lui avait permis de gravir rapidement tous les échelons pour monter si haut dans la hiérarchie de la BPD[1]. C'était un pur fils de Boston et il vivait depuis son enfance à Chinatown, le quartier où la communauté asiatique prédominait largement. Sa gestion du personnel et des affaires était exemplaire et malgré ses bonnes relations avec le maire, il n'avait pas eu cette manie qu'ont d'autres hauts gradés de faire de la police politique.*

Le lieutenant Micke frappa avant d'entrer. Sur la porte, une plaque « Capitaine Fong » marquait le territoire du grand chef. Celui-ci l'accueillit plutôt froidement, debout derrière son bureau, les traits tirés par une nuit sans sommeil. Sur ce point, les deux flics se ressemblaient. Il l'invita à s'asseoir et déposa sur la table deux tasses de café noir.

— Avec une touche de lait écrémé et deux sucrettes d'aspartame, c'est possible ?

L'humour pince-sans-rire ne dérida pas le capitaine qui se limita à boire sa potion, comme pour se donner des forces avant de se jeter dans la bataille. Finalement, le lieutenant le suivit et avala le pétrole d'une traite, histoire de secouer son corps qui hurlait sa détresse et sa fatigue.

— Je ne vais sans doute rien t'apprendre mais tu dois être au courant de ce qu'il se passe depuis quelques semaines en ville ?

— Pas spécialement, mais je suis certain que vous allez éclairer ma lanterne.

Fong joignit ses mains et les posa devant lui, l'air grave.

— Tout d'abord, un proxénète s'est fait tabasser à mort. Puis, trois dealers de drogue se sont pris une balle dans la tête. Et enfin, il y a quelques jours à peine, cinq hommes faisant vraisemblablement partie du grand banditisme sont

---

[1] Boston Police Department

morts, l'un exécuté et les quatre autres piégés et carbonisés dans les flammes.

Le lieutenant gardait un air détendu, assis nonchalamment dans son fauteuil, tapotant des doigts sur les accoudoirs.

— On ne va pas se plaindre si nos petites frappes s'entre-tuent quand même ? Ça nous fera moins de boulot. Vous voulez que j'aille brûler un cierge en leur mémoire ?

Malgré les douces provocations de son agent, le capitaine garda le cap, sans jamais changer l'intonation de sa voix. Juste grave, pour marquer l'instant.

— On peut voir le problème sous cet angle. Moins de criminalité pour un meilleur bilan, soit. Cependant, je préfère l'option de la justice à celle d'un justicier.

Le silence s'imposa de lui-même. Les deux hommes se jaugeaient. Dans la grande pièce voisine, les premiers collègues arrivaient, donnant vie au commissariat de district tandis qu'une mise à mort s'annonçait entre ces quatre murs.

— Où étiez-vous mardi entre vingt-et-une et vingt-deux heures, lieutenant ?

Ce dernier cessa de jouer avec ses doigts. Il serra les accoudoirs et se redressa, pour mieux affronter les sous-entendus très clairs de son patron.

— Il faut que je demande à voir mon avocat, capitaine ? Ou est-ce une simple question en l'air pour savoir si j'ai regardé le dernier épisode de The Walking Dead ?

— À vous de voir, lieutenant. Une caméra de surveillance a pu filmer votre véhicule personnel – formellement identifié via la plaque d'immatriculation – passer non loin du hangar à bateaux où ces cinq délinquants ont péri. Exactement dans le bon créneau horaire. Alors, je répète ma question autrement : que faisiez-vous là-bas à une heure tardive en dehors de votre service ?

— Si je me souviens bien, je me dirigeais vers l'aéroport pour récupérer un ami.

— Quel vol ?

— Vol Océanic Airlines numéro 815 en provenance de Sidney.

Le capitaine Fong ne put réprimer un léger sourire en coin. Il connaissait son agent depuis de nombreuses années, son fameux sens de l'humour, son caractère de cochon parfois, son obstination. Mais il n'avait pas eu l'occasion de goûter à son fameux foutage de gueule. Comme tout américain, il avait forcément entendu parler de ce vol imaginaire s'étant écrasé sur une île déserte dans la série fantastique Lost.

— Si j'ai bonne mémoire, il devait plutôt atterrir à Los Angeles... Passons. Sinon, que faisais-tu le cinq octobre vers vingt-deux heures trente ?

— Je n'en ai absolument aucune idée. Mais je suis certain que vous, vous le savez, chef.

Fong se tourna vers l'écran de son ordinateur et le fit pivoter vers son interlocuteur.

— Une silhouette te ressemblant vaguement apparaît sur les images d'une caméra de surveillance d'une épicerie. Regarde. Le type porte dans ses bras une femme qui vient de se faire agresser, mais ce dernier repart aussitôt. Cinq minutes plus tard, à seulement deux blocs, à côté de la discothèque Paradise, les trois dealers dont je t'ai parlé tout à l'heure se sont fait buter.

Le lieutenant se pencha vers l'écran, faisant mine de ne pas y voir très clair. L'image était effectivement de mauvaise qualité.

— Vous êtes sûr qu'il me ressemble ? Pas tant que ça, si ? J'avoue que je ne sais pas si ma propre mère me reconnaîtrait.

Le capitaine cliqua sur la souris de l'ordinateur et une nouvelle photographie apparut à l'écran, plus nette, en couleurs, en gros plan.

— Et là, pensez-vous qu'elle vous identifierait ? Regardez, si on agrandit un peu l'image, on distingue ici une petite cicatrice dans le cou, sous l'oreille droite. Votre mère sait-elle que vous avez exactement la même ?

Les salopes... pensa Micke. L'une des deux garces de la ruelle l'avait pris en photo avec son portable quand il les avait envoyées promener. Le flic au blouson noir savait donc que la partie était terminée. Il ne pouvait plus botter en touche, nier ou s'inventer des alibis invérifiables. Il se leva lentement, se tenant au bord du bureau. Son capitaine l'imita, le teint livide après ce combat livré face à l'un de ses meilleurs éléments.

— Que voulez-vous, capitaine ?

Désormais il tremblait. Quand le monde s'arrête de tourner pour vous, c'est souvent ce qui arrive. On perd le contrôle de ses sens tandis que sa tête éclate.

— C'est dramatique ce qu'il vous est arrivé lieutenant il y a quelques mois. Vraiment dramatique. Je ne souhaiterais même pas cela à mon pire ennemi. Alors pour l'instant, je ne souhaite juste qu'une chose, que vous preniez vos semaines de congé et que vous alliez vous aérer, loin, loin d'ici. Vous ressemblez à un mort vivant et ce que vous faites vous mènera droit en prison sans jamais les faire revenir.

Il acquiesça, tremblant de tout son corps. Il transpirait abondamment malgré la fraîcheur de la pièce. Il était à un nouveau tournant de sa vie et prendre la décision qui enclencherait sa future destination était un acte difficile qui ne lui laisserait aucune autre possibilité, aucun retour en arrière possible.

Il sortit son Sig Sauer de son holster et le tint dans ses mains. Il fixa son compagnon qui lui avait à plusieurs reprises sauvé la vie. Puis il fixa le capitaine Fong, un flic intègre qui lui laissait une porte de sortie, il ne pouvait que la saisir. Il lui donna son arme de service et y joignit son insigne.

— Je vous remets ma démission, capitaine. Vous n'entendrez plus jamais parler de moi.

Il lui tendit la main. Fong la serra fermement sans ajouter un mot. Ce dernier savait qu'il commettait une double erreur. Celle de laisser un assassin partir, risquant ainsi toute sa carrière. Et celle de laisser cet assassin poursuivre sa vengeance en toute impunité.

Mais son agent avait ses raisons et Fong avait pesé le pour et le contre toute la nuit pour en venir à la conclusion que s'il lui était arrivé la même chose, rien n'aurait pu l'arrêter. Sans l'excuser, il le comprenait.

39

Avec le bruit de rotation de la génératrice et du multiplicateur, Laureen Finley crut pénétrer dans une usine en plein rush, alors qu'elle entrait en fait dans une nacelle d'éolienne. Ses oreilles bourdonnaient en réponse à ce ronronnement incessant et monotone. Devant elle, un tableau de contrôle se dressait avec pléthore de commandes et d'écrans. L'exiguïté des lieux fit renaître sa claustrophobie, celle qui s'était développée vers ses sept ans lorsque la cave des Rosener, noire comme les ténèbres et puant l'humidité et le moisi, devenait sa chambre pour une nuit, pour avoir eu une note sous la moyenne ou pour avoir mis ses coudes à table.

Elle regarda tout autour d'elle mais son regard se heurta à la coquille qui la recouvrait. Quand elle vit enfin une main bouger derrière le tableau de commande, elle comprit que Desmond ne lui avait pas menti et que son frère était bel et bien vivant, prisonnier ici. Elle se jeta à ses pieds et l'enlaça avec toute l'affection qu'elle lui portait. Il avait une bande adhésive sur la bouche, ce qui l'avait empêché de répondre à ses appels. Il était menotté aux énormes câbles qui reliaient l'alternateur à côté d'eux et le transformateur quatre-vingts mètres plus bas. Elle défit le scotch et le libéra de ses entraves.

— Oh, petite sœur ! Quel plaisir de te voir !

Penny Simons prit le visage de son frère dans ses mains et l'embrassa sur le front. Elle constata que son frère souffrait d'une légère déshydratation mais il semblait en relative bonne santé. Elle ne vit aucune séquelle ou blessure ce qui confirma les dires de Desmond : il ne l'avait pas maltraité, uniquement séquestré. Malgré les jours éprouvants qu'il venait de vivre, Michael était le plus heureux des hommes, la femme de sa vie, sa petite sœur, sa petite chieuse comme il la taquinait quand elle dépassait les bornes, était venue le sauver.

— Comment m'as-tu re… ?

— C'est Desmond qui m'a avoué t'avoir enfermé ici.

— Ton charmant co… équipiier t'a-t-il dit pourrrquoi il m'avait réservé ce sorrrt ?

Avec l'aide de Penny, il essaya de se remettre debout. Il dut lutter contre son état de faiblesse et ses douleurs musculaires mais la joie de pouvoir sortir de sa nouvelle cellule le galvanisa et en quelques secondes il prit même les devants en s'approchant de l'escalier.

— Non. Disons qu'il n'a pas vraiment eu le temps de tout me raconter en détail.

Surplombant le trou béant devant elle, Laureen eut un flash qui la troubla au plus profond d'elle-même. Un flash sous forme de vision du passé, une scène qui s'était gravée à jamais dans sa mémoire, un élément déclencheur vingt ans plus tôt qui l'avait menée cette nuit-là, en haut d'une éolienne, la peur au ventre. Le jour où sa mère était morte au bas d'un escalier…

— Viens vite, il faut se sauver d'ici immédiatement ! Et enfin quitter cette putain d'île.

Fuir, encore et toujours. La fuite comme seule échappatoire, comme un automate condamné à reproduire les mêmes actions toute sa vie, sans jamais avoir le choix, sans jamais s'arrêter. Recommencer, sans se laisser vivre.

Ils s'engoncèrent dans la cabine qui prit le chemin de la descente.

Penny repensa à son inaccessible, à cette vie stable et ordinaire, qu'elle rêvait d'avoir. Avoir cette sensation de sécurité à ne jamais devoir se méfier de tout le monde et surtout de ces gens qui la regardaient avec insistance comme s'ils lisaient à travers elle et savaient qu'elle était un fantôme, qu'elle n'était que de passage. Avoir cette sensation de routine, de métro, boulot, dodo que tant haïssent, elle, espérait s'y complaire. Avoir la sensation de faire partie de cette société qui l'entourait, avoir des amis, se marier, payer des impôts, acheter une maison, fonder une famille et pourquoi pas divorcer ensuite comme tout le monde ?

Cet inaccessible, elle comprit qu'elle le touchait du bout des doigts depuis qu'elle avait emménagé sur Vinalhaven, depuis qu'elle s'était amouraché de son petit démon, depuis qu'elle avait son chez-soi douillet, depuis qu'elle avait un vrai salaire.

Cet inaccessible, elle savait qu'il s'évaporerait dès qu'elle quitterait l'île. Elle ne serait plus Laureen Finley, l'adjointe au shérif, mais redeviendrait Penny Simmons, la fugitive. Au lieu d'être de la police, elle serait recherchée par toutes les polices. Au lieu de voir à long terme, elle ne vivrait plus qu'au jour le jour. Au lieu d'être, elle subirait.

Laureen n'avait que quelques secondes pour se décider. Bientôt l'ascenseur toucherait le sol et l'engrenage de sa fuite se mettrait en marche et elle ne pourrait jamais plus reculer. Elle se lança, prenant garde de ne pas se mettre à nue immédiatement. Elle devait ménager son frère et dans un premier temps, peut-être simplement gagner du temps avant de faire le véritable grand saut.

— Je ne pars pas avec toi pour l'instant. J'ai des choses à terminer ici afin de justifier mon départ, afin que je ne sois pas fichée à vie comme toi. Disparaître aujourd'hui serait synonyme d'aveu. On ne peut pas se permettre de finir tous deux en prison, il faut bien qu'il y en ait un pour libérer l'autre, non ?

Elle avait su trouver les mots justes et la touche d'humour pour le rassurer.

— Tu vas partir en avant, je te rejoindrai dans les plus brefs délais, d'accord ?

Même s'il blêmit à l'idée d'à nouveau se séparer de sa frangine, il comprenait son point de vue. Il acquiesça mollement comme il le faisait toujours.

— Je vais t'emmener au bateau. Caché sous la banquette arrière, il y a de l'argent, des papiers, des adresses, un téléphone portable, des vêtements. Tout est prêt pour que tu puisses quitter Vinalhaven et te cacher le temps que je te rejoigne.

Elle eut un pincement au cœur de l'abandonner de la sorte. Même s'il était plus âgé que lui, cela faisait bien longtemps que c'était elle qui s'occupait de lui. Elle avait la désagréable impression d'être une mère laissant sortir son enfant dehors, seul pour la première fois. Mais un enfant ne doit-il pas devenir un jour adulte et voler de ses propres ailes ?

Quand ils retrouvèrent le vent glacial de la nuit, elle sut qu'elle avait prit la bonne décision. Son choix lui appartenait et puis si elle faisait une erreur, rien ne lui interdirait de changer d'avis. Un luxe qu'elle pouvait s'offrir maintenant qu'elle était libre.

La shérif adjointe ne rencontra personne sur sa route. Vinalhaven était déjà couchée. Après les émotions provoquées par la tempête et la série meurtrière, chacun avait besoin de se réfugier dans son foyer, bien au chaud, entouré de ses proches, à se vider la tête devant une émission quelconque à la télévision. Laureen n'en demandait pas plus, elle avait ainsi pu traverser l'île en toute quiétude avec son frère à bord de son véhicule. Ils parlèrent de tout et de rien, mais à plusieurs reprises, Michael remercia sa petite sœur. Il essaya de la convaincre de partir sur-le-champ avec lui. Elle tint bon, reprenant exactement le même argument que la première fois. Après avoir accompli son devoir de le sortir de son enfer carcéral, elle voulait réellement tenter l'aventure d'une nouvelle vie. Elle avait une occasion en or et pour la première fois depuis trop longtemps, elle pensa à elle avant de penser à eux.

Elle conduisit à vive allure, prépara le bateau sans perdre de temps et abrégea les adieux. Michael eut la sensation de se faire jeter dehors, Laureen argua qu'un U.S. marshal patrouillait sur l'île et qu'ils ne pouvaient pas se permettre de traîner au risque de se faire prendre tous les deux. Il crut le mensonge sans problème, ne se doutant nullement des raisons véritables de la précipitation de sa sœur. Jamais elle ne lui avait menti, excepté pour des broutilles sans conséquence. Là, elle jouait véritablement de sa confiance aveugle et elle s'en voulait terriblement. Elle évita son regard et s'acharna sur le nœud de la corde d'amarrage qui lui résistait.

Elle lui rappela les rudiments de la conduite en mer la nuit et l'embrassa longuement. Depuis son arrivée sur l'archipel, elle avait eu l'opportunité de naviguer aux abords des côtes avec Desmond ou Blaze. Jamais elle n'avait apprécié les balades, parfois paniquée et toujours malade, mais elle en avait redemandé l'air de rien et en avait profité pour poser énormément de questions à ses collègues et assimiler tous les codes pour être aux commandes et savoir rallier le continent. Elle savait que l'ultime étape de l'évasion de Michael se ferait en bateau, elle avait donc préparé les moindres détails.

Quand les phares de l'embarcation disparurent au détour d'un amont rocheux, elle remonta la jetée en courant, traversa des talus d'épineux et se dirigea à la lueur de sa lampe torche vers le rocher où elle avait laissé l'amour de sa vie. Elle s'empara de la tenaille qu'elle avait déposé dans la brouette, elle espérait avoir assez de force pour briser la chaîne avec. Il s'était passé près de quarante minutes depuis qu'elle avait quitté Desmond, totalement immergé dans l'eau glacée. Les températures de l'air et de l'océan devaient désormais s'être égalisées autour des cinq degrés. Elle pria Dieu pour que Desmond ait survécu. Le Dieu des Rosener, celui dont on lui avait tant parlé sans qu'elle ne le voie ou qu'Il ne lui parle. S'Il devait se manifester à elle un jour, c'était bien ce jour-là.

La marée était toujours haute et elle dut s'aventurer dans l'eau jusqu'à la taille pour atteindre le fameux rocher. Comment avait-elle pu abandonner son homme dans ces conditions ? Avait-elle perdu la raison quand elle avait compris que Desmond lui avait menti sur toute la ligne ? Que peut-être, il ne l'aimait pas et ne l'avait jamais aimée ?

Désormais, elle le croyait, il avait dit la vérité pour son frère dans l'éolienne, il avait tué pour elle, pour sa survie, sa dignité, sa liberté. En plongeant les mains dans les bouillons d'eau à la recherche de son bien-aimé, elle s'en voulut terriblement.

— Desmond ! Desmond ! Je suis là…

Elle cala sa lampe sur le rocher puis palpa le visage de Desmond et vérifia de suite qu'il avait toujours le détendeur dans la bouche. Avant de le quitter, elle lui avait apporté une bouteille de plongée avec une réserve d'oxygène d'une autonomie d'une heure environ. Cela devait lui laisser largement le temps pour faire l'aller-retour et revenir le libérer s'il ne l'avait pas trahie. Elle fut soulagée quand elle toucha l'embout en plastique. Cependant, l'absence de mouvement de Desmond en réponse à ses contacts et appels l'inquiéta à la rendre malade. Se pouvait-il qu'il soit mort d'hypothermie ? Elle qui préparait toujours tout minutieusement, en calculant tout, en évaluant le moindre des paramètres, avait été prise de court quand Desmond lui avait tourné le dos au lieu de lui faire l'amour. Dans la totale improvisation, elle avait pensé à la brouette, à la chaîne, à la bouteille de plongée, à la pince coupante… mais pas à cette putain d'hypothermie !

Ses mains glissèrent à plusieurs reprises sur les manches de son outil alors qu'elle ne parvenait pas à couper un anneau d'acier. La froidure lui paralysait déjà les muscles… C'était donc impossible que Desmond ait survécu si longtemps si elle se plaignait au bout de quelques minutes. La rage de réussir et de sauver son héros lui donna la puissance nécessaire et la chaîne sauta dans un cri de libération. Jamais elle ne pourrait se pardonner si…

Elle ne réfléchit plus et laissa l'adrénaline parcourir son corps et décupler ses forces pour extraire Desmond de l'eau. Le contour de son visage lui apparut dans la pénombre mais elle n'aurait su dire s'il avait les yeux ouverts, s'il respirait. Elle le tira vers la petite plage de cailloux, il était parfaitement inerte. Elle manqua de trébucher, elle fit son possible pour ne pas cogner sa tête, elle oublia ses douleurs musculaires et réussit enfin à le hisser sur la brouette.

Laureen écouta le cœur de l'homme qu'elle avait traîné vers la mort. Son propre cœur s'arrêta de battre le temps qu'elle entende la vie parcourir le corps de celui qu'elle aimait par-dessus tout. Il était encore vivant, elle prit cela pour un miracle et remercia ce satané Dieu. Elle embrassa Desmond sur les lèvres et il réagit à cette douce chaleur en serrant faiblement sa main. Elle s'empressa de remonter le chemin jusqu'à chez elle, manquant de renverser la brouette à plusieurs reprises. Elle eut à chaque fois l'énergie pour ne pas lâcher. Dans sa maison, elle l'installerait au coin du feu comme il aimait tant, elle étalerait d'épaisses couvertures sur lui et lui ferait boire une boisson chaude.

Laureen assumait, elle était l'unique fautive, elle devrait donc réparer ses erreurs, effacer les cicatrices de sa folie et le plus important de tout : se faire pardonner.

40

Le shérif Desmond Lowery marchait lentement aux côtés de son adjointe Laureen Finley, tous deux en uniforme, l'étoile et l'arme de service bien en évidence. Autour d'eux, le décor variait entre la nature sauvage du Maine et les jardins raffinés de la propriété de Greens Island. Le bleu du ciel qui apparaissait de temps à autre entre les nuages donnait une certaine gaieté à cette journée et à l'événement qui marquait le calendrier d'une date historique. Les oiseaux chantaient l'arrivée des beaux jours et s'envolaient de branche en branche, dérangés par cette longue procession silencieuse qui défilait sous leurs yeux.

Desmond appréciait cette marche lente car il n'aurait clairement pas couru un marathon après le traitement de choc que lui avait fait subir son amie la veille, mais il serrait les mâchoires afin de ne pas faire parler ses douleurs. Laureen l'avait soigné et dorloté toute la nuit, consciente qu'elle avait joué avec la mort et elle le regrettait amèrement. Elle n'avait pas osé lui demander s'il l'avait pardonnée ; il n'aurait su dire ce qu'il lui aurait répondu dans ce cas. Il n'avait pas pris le temps d'y réfléchir, contraint de se relever de suite à cause d'un timing très serré qu'il ne contrôlait pas et dont ses actions dépendaient.

Les gens qui les précédaient ralentirent le rythme à l'approche d'une montée. Une colline se dressait devant eux et l'horizon se dégageait. Desmond devina que la vue là-haut serait plongeante vers l'océan et que le petit cimetière familial du clan Karletti s'y était établi tout naturellement. En effet, comme tous, il se laissa subjuguer par le panorama qui s'offrait à lui. Il imaginait parfaitement un peintre s'installer là durant des heures pour capturer les lumières de l'Atlantique au second plan et les verts de l'écrin de nature au premier. Sa femme aurait adoré cet endroit et se serait laissée envoûter par ses charmes jusqu'à temps qu'elle prenne le cliché parfait. Un art un brin plus moderne, sa principale passion, celui de la photographie.

La foule, vêtue principalement de noir, s'installa sur les rangées de chaises blanches. Les stéréotypes de l'événement chez les bourgeois étaient respectés à la lettre : les chapeaux mousseline et les voiles de deuil pour les dames, les cravates noires pour les messieurs. Même dans ces instants particuliers, le luxe paradait et les Rolex se faisaient concurrence. Des gens à part dans la société qui ne connaissaient pas la misère du vrai monde ou qui la méprisaient. Au milieu de ce concert de boutons de manchettes et de bijoux diamantés, les deux policiers reconnurent rapidement les intrus.

Sur le côté, raide comme un piquet, se tenait le directeur de la prison, Edgar Smedley. Il se devait de venir rendre hommage aux défunts car la famille Karletti constituait le principal mécène de son établissement pénitencier. Il pinça les lèvres et leur fit un clin d'œil quand il croisa leur regard mais n'avança pas vers eux. Les vautours tournaient à basse altitude, il fallait la jouer fine quand on jouait double.

Au premier rang, deux veuves se noyaient de larmes et de désespoir. L'une d'elle devrait élever un jeune garçon sous l'influence du clan mafieux ; l'autre serait sans doute reniée dans les plus brefs délais car entachée par l'infidélité de son mari. Et dans ce type de famille, la victime n'est pas la cocue mais l'homme qui a été obligé d'aller voir ailleurs à cause de sa femme qui n'a pas été capable de le rendre heureux et de le retenir. Quant à la maîtresse, il ne fallait pas qu'elle espère la moindre reconnaissance de la matriarche, il se pouvait même qu'elle subisse une lourde peine pour le déshonneur occasionné. Un Karletti qui est torturé, nu, devant le pieu où il sautait sa putain ; triste fin.

Grossièrement endimanché, Zimmer était un intrus parmi les intrus. À sa présence, Desmond en déduit que le propriétaire du seul bar de Vinalhaven avait sans doute des dettes envers le clan Karletti. Il imagina l'un des frangins lui proposer un prêt pour acheter le fond de commerce en échange de sombres services… Malheureusement, tout était possible sous la pression et la mainmise de tels bandits et Zimmer comme tant d'autres avait dû courber l'échine devant les menaces. Desmond ne le jugea pas, peut-être était-il tout simplement présent pour accompagner l'une des veuves dans sa souffrance parce qu'il la connaissait ?

Le shérif Lowery n'eut pas le temps d'approfondir sa réflexion que le lieutenant Earth vint à eux. Grand sourire de circonstance, il était avec Desmond, celui par qui la tempête criminelle s'était arrêtée. Même si personnellement le shérif n'en tirait aucune gloire, le lieutenant, lui, s'affichait fièrement à ses côtés au milieu de ce repaire d'hommes véreux.

— Comment va le héros du jour ?

— Enrhumé. J'ai dû me laver à l'eau froide hier, cela m'a joué des tours.

Comme venait de le faire Desmond, le lieutenant Earth ne releva pas ses propos et rit doucement, bêtement, ne sachant que répondre. Il poursuivit sa tournée des mains, aussi faux qu'un homme politique proche d'une élection cruciale, espérant gagner quelques voix à l'arraché grâce à une accolade, une blague échangée, un selfie décontracté.

Sans grande surprise, le maire de Vinalhaven était l'absent de marque et cela était bien compréhensible. Même s'il n'avait pas enfoncé lui-même le couteau dans la chair des frères Karletti à multiples reprises, son fils l'avait fait. Quand on connaît l'importance des liens de sang chez les Karletti, on ne pouvait que se demander quel sort funeste serait réservé au père de l'assassin… Desmond paria d'emblée que malgré ses ambitions, Hugh Hanson ne se représenterait plus dans ses fonctions, voire qu'il démissionnerait dans les jours à venir et qu'il quitterait l'île pour échapper à une mort accidentelle…

— T'as pas une kalachnikov, là, tout de suite ?

La question de Laureen était très provocatrice, mais Desmond comprit la pensée de son adjointe. Ils étaient au milieu de squales aux dents longues, attirés par le sang, qui répandaient autour d'eux le Mal. Certains par la drogue qu'ils distribuaient dans les cours de lycée, d'autres par les filles qu'ils soumettaient à la prostitution ou d'autres encore qui s'enrichissaient peut-être dans le trafic d'êtres humains et d'organes.

— Non. Heureusement pour la plupart de ces gens.

L'honnêteté du shérif n'étonna pas Laureen, elle s'était même attendue à cette franchise. Désormais, ils n'avaient plus rien à se cacher.

Alors que toute l'assemblée était installée dans un recueillement où seuls quelques individus conversaient à voix basse, le prêtre s'entretenait avec les veuves avant le début de son discours. Desmond avait beau s'y être préparé, avoir construit un mur épais dans son esprit depuis quelques heures avant son arrivée dans ce cimetière, les souvenirs filtraient à son insu et l'émotion le gagnait. L'intervention de Lucy Morgan l'éloigna du précipice.

— Shérif Lowery. Adjointe Finley. Laissez-moi vous présenter Alfred Karletti.

La secrétaire personnelle de madame Karletti était fidèle à elle-même, quelles que soient les circonstances sa démarche altière la rendait magnifiquement élégante et distinguée. Son trench-coat soulignait ses formes et ses bas ses longues jambes. Elle se retira d'un mètre afin de laisser place au troisième frère de la famille, un homme svelte possédant un charme certain et une aura magnétique, celle de la confiance en soi, de celui qui peut tout avoir d'un simple claquement de doigt et qui contrôle tout du haut de sa tour d'ivoire.

Il leur serra la main. Les deux policiers se contentèrent d'y répondre sans prononcer un mot. S'il escomptait recevoir leurs condoléances, il pouvait espérer longtemps. L'homme aux cheveux poivre et sel ne leur en tint pas rigueur.

—Je tenais à vous remercier personnellement d'avoir identifié le meurtrier de mes frères, sincèrement. Je regrette simplement de ne pas avoir pu lui régler son compte moi-même, ce fils de pute ne méritait rien d'autre qu'un châtiment digne de ses méfaits.

Desmond prit la remarque ironiquement, l'homme qu'il avait face à lui n'était visiblement pas prêt à appliquer son discours à lui-même ou alors il voulait mourir en martyr. Alfred Karletti ne se considérait certainement pas comme le commun des mortels, il pensait sans doute pouvoir échapper au Jugement dernier, grâce aux gardes du corps qui surveillaient les moindres faits et gestes de tous ceux qui approchaient leur Dieu ou encore grâce à une valise remplie de billets verts.

Le shérif Lowery se contenta de hocher la tête. Le seul survivant de la fratrie Karletti prit cela pour un assentiment et remonta l'allée jusqu'aux cercueils devant lesquels il fit le signe de croix.

Le regard de Desmond s'attarda un instant de trop sur les deux cercueils, l'un à côté de l'autre, sur lesquels on avait disposé de magnifiques bouquets de fleurs et deux portraits flatteurs des disparus. Ses yeux s'embrumèrent. Et derrière ce brouillard de larmes qu'il essuya le plus discrètement possible du bout de l'index, il vit bien deux cercueils mais l'un d'eux était tout petit et renfermait son bébé, sa petite Ally, et l'autre celui de son épouse. Cela faisait dix mois désormais et malgré le temps qui s'était écoulé, l'image était encore parfaitement nette, aussi percutante qu'un train qui vous foudroie à pleine vitesse. Depuis ce fameux jour où il avait enterré ses deux amours, il était terrassé par leur perte mais aussi par une culpabilité qui ne l'avait toujours pas quitté. Ce jour, il ne l'oublierait jamais.

En voyant les cercueils de ses chéries s'enfoncer sous terre, il était entré dans un processus de scotomisation assez classique chez les personnes victimes de drames aussi intenses que celui qu'il affrontait. En termes simples, comme s'était efforcé de lui expliquer le médecin du travail qu'on l'avait obligé à rencontrer, son esprit niait l'existence des faits, trop intolérables pour qu'il les assimile en tant que réalité. Cette dénégation totale le perturbait au plus haut point.

Dans les jours qui suivirent, il avait passé son temps à regarder fixement un cadre dans lequel une photo d'eux trois les représentait en bonheur parfait. Il avait si peur d'oublier leurs visages, leurs sourires… Il avait caressé le verre en sentant sous ses doigts la douceur de leur peau. Il était resté prostré au fond de son lit à sangloter et à se morfondre.

Les ténèbres du deuil s'étaient abattus sur lui et n'avaient pas semblé vouloir le lâcher avant que sa propre mort signe le glas de ce combat. Puis, lors d'une tempête qui avait secoué la ville de Boston, la plainte flûtée du vent avait envahi la maison. Dans ce chant funeste, il avait reconnu la voix de sa femme et de sa fille, en détresse. Et alors, il avait choisi la vie et le chemin de la résilience. Et pour lui, cette résilience s'était annoncée comme une vengeance. Une vengeance qui s'était résumée à tuer au lieu de se laisser mourir.

Durant la nuit précédente, alors que Laureen faisait son possible pour rétablir la température corporelle de Desmond à trente-sept degrés Celsius, il s'était épanché sur le décès des deux femmes de sa vie. Sans fard ni artifice, il lui avait conté dans les détails les plus sordides le jour de leur mort, ainsi que la raison qui les avait amenées à cette fin atroce et inhumaine. Il fallait que Laureen comprenne les tenants et les aboutissants de l'histoire de la famille de Desmond. Elle avait pleuré dans ses bras, partageant cette douleur insupportable qu'il dissimulait depuis qu'ils se connaissaient. Non, Mary et Ally Micke de leur vrai nom, n'étaient pas mortes dans un accident de voiture dont Desmond aurait été le responsable.

La vérité était bien pire et insoutenable.

La vérité sur ce passé expliquait dorénavant parfaitement le présent.

41

Le lieutenant Micke faisait un break de quelques minutes, le temps de souffler et de refroidir son cerveau qui n'en pouvait plus de tourner à plein régime depuis l'aube. Les pieds posés sur le bord de son bureau, il ferma les yeux et respira lentement. Il aurait tant aimé dormir un peu, faire un petit somme bienvenu et bien mérité, tellement il était fatigué. Il vivait une période merveilleuse grâce à son petit bout de chou nommé Ally. Elle le comblait de bonheur et il prenait son rôle de père à cœur. Mais sa chérie rendait ses nuits impossibles... Et à force de travailler comme un forcené sans avoir de sommeil réparateur, il commençait sérieusement à être à bout.

Et c'était sans compter les événements du matin...

Il sortit son portable et tapa un rapide texto à destination de son autre amour. « Retard. Reprends la petite chez la nourrice. Bisou. » Il eut à peine le temps de reposer le téléphone qu'il sonna, l'avertissant de l'arrivée d'un message. Il ne se demanda même pas comment son épouse avait pu être aussi rapide. Il en avait l'habitude, il vivait avec une femme accro à son mobile et qui tapait sur les minuscules touches plus vite que son ombre, comme il aimait à la taquiner. « Tu abuses. Tu avais promis de rentrer à l'heure. »

Oui, il savait. Et c'était une promesse qu'il n'arrivait pas souvent à tenir.

Son boulot de flic, il le vivait plus comme une passion que comme un gagne-pain et il avait bien du mal à décrocher. Quand la famille s'était agrandie, il avait fait deux autres promesses, celle de ne plus ramener de travail à la maison, car sa femme Mary ne souhaitait pas voir sa fille élevée au milieu de dossiers sanguinaires aux mauvaises ondes, et celle de lâcher prise afin qu'il puisse profiter au mieux d'elles. Il avait nettement progressé et n'avait que rarement transgressé ces nouvelles règles depuis la naissance.

Mais avec ce qu'il lui était arrivé quelques heures plus tôt, il ne pourrait pas respecter le deal. Ils parleraient forcément boulot ce soir à la maison, avant même de passer à table. Et cela le tracassait car cette histoire allait évidemment perturber au plus haut point son épouse. Il la connaissait par cœur et cela le dérangeait qu'elle se fasse du souci pour lui.

Son téléphone bipa de nouveau l'arrivée d'un texto. « Si tu n'es pas là à l'heure du dîner, pas de câlins ce soir ! » Le message était accompagné d'un smiley clin d'œil. Il sourit bêtement devant son écran et sortit immédiatement de sa pause. Il se reposerait plus tard, comme toujours.

Il se replongea dans la lecture de son rapport à remettre au capitaine Fong. Il y précisait les circonstances exactes de l'agression dont il avait été victime le matin même, s'en tirant avec une gueule pas mal amochée avec notamment deux points de suture à l'arcade sourcilière et de multiples contusions sur le corps. Lors de la tournée de ses indics, aux premières lueurs de l'aube, quand cela est très facile de secouer les cocotiers encore à moitié ivres de la veille, il n'avait rien vu venir.

Quatre types plutôt baraqués lui étaient tombés dessus par surprise, ne lui laissant aucune chance. Ils avaient discuté avant de cogner, ce qui était le seul point positif de la mésaventure. Ils avaient été directs et la menace extrêmement claire. S'il n'arrêtait pas immédiatement ses recherches, il le paierait très cher. On lui avait conseillé de clore le dossier faute d'éléments probants. Il ne devait pas poursuivre son enquête.

Il avait fait mine d'avoir compris le message, espérant ne pas trop se faire démolir le portrait. Mais à peine avait-il été recousu qu'il avait effectué les portraits-robots de ses agresseurs avec le spécialiste du bureau et son logiciel de modélisation faciale. L'excellente mémoire du lieutenant permis des reproductions très fiables de la réalité et quand sonna midi les quatre hommes avaient déjà été identifiés. Ils étaient bien évidemment fichés par la police et l'ordinateur les avait tous confondus sans problème. Une brigade d'intervention du SWAT avait perquisitionné plusieurs adresses et planques susceptibles de les abriter mais sans succès pour l'instant et dès lors, des avis de recherche avaient été lancés dans toute la ville.

Comment pouvait-il expliquer à sa femme que malgré les menaces et son nouveau visage plutôt disgracieux, il n'avait qu'une seule envie, celle de creuser davantage afin de dénouer toutes les complexités de son enquête ?

Elle ne comprendrait pas et lui en voudrait de s'exposer ainsi. Mais elle avait épousé un homme de convictions devenu lieutenant à force d'acharnement, ni elle ni ces quatre terreurs de quartier ne pourraient le changer.

Il toqua à la porte du capitaine Fong qui l'invita à entrer. D'ordinaire, ce dernier détestait plus que tout que ses hommes soient pris pour cible, mais dans ce cas il fulminait d'autant plus que l'agression avait été accompagnée de menaces concernant une affaire en cours. Il avait qualifié cette bande d'extrêmement dangereuse pour avoir osé agir en ville, à découvert, sans même dissimuler leurs traits. Un sacré toupet et une arrogance inquiétante qui laissaient présager le pire.

— Rentrez chez vous vous reposer. Votre femme mérite que vous vous occupiez d'elle. Vous embrasserez la petite pour moi.

Le capitaine Fong savait être un meneur d'hommes exemplaire mais il savait aussi être proche de ses agents et il n'était pas rare qu'il les invite pour un brunch sympathique, sans uniformes ni grades. Le dernier avait eu lieu quinze jours auparavant et il avait eu alors l'occasion de craquer littéralement sur la petite créature dans son landau. Ensemble, ils avaient eu une discussion plutôt personnelle où il avait révélé que sa femme était stérile et qu'aucun traitement hormonal n'avait pu lui permettre de *tomber enceinte et d'avoir un enfant. Aussi, Fong fondait face aux bébés qu'il rencontrait. Une sensibilité étonnante quand on côtoyait le Fong capitaine de district, mais extrêmement touchante.*

Le lieutenant lui remit son rapport complet et lui promit de vite déguerpir une fois qu'il aurait fini sa lecture des casiers judiciaires de ses agresseurs.

De nouveau installé derrière son bureau, il s'employa à être rapide et efficace. Son chef avait parfaitement raison, sa femme et sa fille méritaient sa présence. Mais la soif de savoir qui étaient les quatre hommes qui lui avaient refait une beauté était encore plus forte. Alors il lut en diagonale les différentes informations que l'ordinateur avait collectées sur le quatuor. Rien d'extraordinaire pour des curriculum vitae de multirécidivistes. Sauf peut-être le fait que l'un d'eux, Diego Flavirez, avait effectué plusieurs séjours assez longs en soins psychiatriques, notamment dans l'hôpital Aschecliffe au large de Boston. Il nota de prendre rendez-vous avec les médecins qui s'étaient occupés de lui. Et il se jura d'arrêter ces malades le plus vite possible.

Avant de refermer les différents fichiers affichés à l'écran, un point commun entre ces quatre types se fit jour à travers les multiples informations. Il vérifia qu'il ne se trompait pas : oui, ils avaient tous eu des liens avec la prostitution durant une période assez récente. Grâce à la base de données des interconnexions entre les personnes fichées, qui aidait notamment lors de l'élaboration des réseaux supposés, il lança une recherche avec comme mot clé « proxénétisme ». À partir des dossiers des quatre agresseurs, un seul nom ressortit : Pablo Montani.

Ce cher Montani était un ami commun – ou en tout cas, une connaissance commune – de ses quatre agresseurs. Et quand des bandits ont besoin de se cacher à l'ombre quelque temps, à qui font-ils appel ? À une personne de confiance. Et le lieutenant se dit que ce pourrait très bien être ce mac au look italien. En tout cas, dès le lendemain matin, il commencerait par lui pour retrouver ses nouveaux potes. Le travail au corps, il aimait ça, le Montani lui lâcherait forcément quelques informations vitales...

Il sortit un instant de ses pensées et faillit tomber de sa chaise en regardant l'heure. Il laissa tout en plan malgré son envie irrépressible de tout ranger pour faire place nette comme à son habitude. Mais il n'avait pas vu le temps passer et il avait fait une promesse, Ally avait sans doute déjà pris son dernier biberon et s'il ne filait pas illico, elle serait déjà couchée quand il arriverait à la maison. Il s'en voulut et commença à culpabiliser.

Sur le chemin du retour, il s'arrêta quelques instants chez un marchand de vin, le seul et unique installé à Boston, un vrai connaisseur qui plus est, et lui prit une bonne bouteille de rouge. Il faudrait bien cela pour tenter de se faire pardonner ! Et puis, l'alcool dissiperait ses pensées noires et estomperait peut-être les douleurs aiguës qui perçaient ses côtes régulièrement.

Malgré leurs salaires plutôt modestes, les Micke étaient propriétaires d'une petite maison dans une rue tranquille, sans toutefois être trop éloignée du centre-ville et de leurs boulots respectifs. Ils avaient pu se permettre un tel luxe à force d'économies drastiques et d'heures supplémentaires. Mais ils ne regrettaient rien et chérissaient leur petit havre de paix avec jardin. Le lieutenant de police gara sa voiture dans l'allée et s'élança vers la porte d'entrée avec son millésimé dans les mains comme laissez-passer.

Quand il ouvrit la porte, il sentit instantanément l'odeur de fumée, de la nourriture qui brûle sur le feu. Il se dit alors qu'il n'obtiendrait pas si facilement son pardon, que sa moitié s'était vengée de son retard à rallonge en laissant son plat chauffer pendant tout ce temps. Il se dévêtit et se déchaussa sans faire de bruit, la maison étant silencieuse, il soupçonna que son bébé dormait déjà. La réveiller alors qu'Ally avait des difficultés à s'endormir serait la pire des erreurs ce soir.

Il regarda dans le salon, s'attendant à trouver son épouse à demi endormie devant la télévision en sourdine. La pièce était vide, le poste éteint, le parc vide. Son œil aiguisé de flic qui ne manque aucun détail s'arrêta sur le petit boîtier blanc posé sur la table basse. Il leva les yeux au plafond et se dit que Mary avait poussé le bouchon très loin en déconnectant le détecteur de fumée. La partie n'allait décidément pas être facile... Juste à côté, il vit une bible, un livre qui ne faisait clairement pas partie de leur bibliothèque. Il en conclut que des fanatiques religieux étaient passés et que sa femme n'avait su s'en dépêtrer sans laisser quelques billets sur la table en contrepartie...

Il posa son petit présent, sachant qu'il n'aurait aucun effet et se dirigea vers la cuisine. Quand il vit de la fumée s'échapper de sous la porte, un signal d'alerte éclata dans son esprit. Certes Mary avait du caractère et n'était pas tendre quand elle avait un message à faire passer, mais là, il comprit que quelque chose n'allait pas.

En entrant dans la pièce, il pénétra dans une épaisse fumée dont l'odeur le prit à la gorge. Il se précipita à tâtons vers les plaques de cuisson mais rien n'était disposé dessus. Le panache s'échappait du four. Le thermostat était au maximum, deux cent quarante degrés. Il commença à tousser et dut retenir sa respiration. Il ouvrit le four, il n'y vit alors plus rien, tellement ses yeux piquaient. Il s'empressa d'aérer la cuisine et prit quelques bouffées d'oxygène par la fenêtre. C'était abominable. Il ne devait plus rien avoir du rôti qu'une carcasse carbonisée, noire comme la mort.

Une fois la fumée dissipée, il se retourna et comprit définitivement qu'un drame s'était joué ici. Dans la fraction de seconde où il vit les amas de gros scotch gris aux pieds de la chaise, il sut que sa vie ne serait plus jamais pareille à partir de cet instant. La table avait été repoussée contre le mur opposé et l'une des chaises avait été installée face au four. Elle n'avait rien à faire là. On y avait attaché quelqu'un, face au four... Dans une lenteur paralysante, contrastant avec l'urgence de la situation, il porta son regard sur l'origine de la fumée. Dans l'antre du fourneau. Il y faisait noir, il ne distinguait pas ce qu'il y avait à l'intérieur. Il hurla après sa femme. Sa voix partait de travers. Il n'osait pas bouger, pas s'avancer, pas regarder. Mais il savait déjà. Son estomac se retourna et il crut un instant se perdre dans la folie.

— Mary ! Mary !

D'un bond, il quitta la cuisine et traversa sa maison de part en part en hurlant le nom de sa femme. Il gravit les escaliers en sueur, tremblant à l'idée que le Mal qui avait pénétré sa demeure ne se soit pas limité à ôter la vie à son petit bébé.

Dans la salle de bains, il glissa sur le carrelage détrempé et se rattrapa in extremis au lavabo. Il y avait de l'eau partout sur le sol, des éclaboussures sur les murs et les miroirs. Dépassant du rebord blanc immaculé de la baignoire, la main de sa femme était inerte, à la couleur livide. Son alliance brillait à la lumière.

John Micke ne criait plus, il n'avait plus de voix. Il était à bout de souffle, au bord du précipice, au bord de sa vie. Il s'écroula par terre, en pleurs, son visage tuméfié ravagé par les larmes, son esprit brisé en milliards d'étoiles qui volèrent en tout sens. Devant lui, gisait le corps nu de sa tendre Mary, immergé dans une eau froide et limpide. Calme. Elle avait les yeux ouverts, elle le regardait des profondeurs de son lit de mort, elle le suppliait.

Lui pardonnerait-elle un jour ?

42

La messe célébrée par le père Nicolas dura une heure environ, durant laquelle des larmes coulèrent, des prières se récitèrent, des *Pater noster* s'élevèrent en hommage aux deux victimes, dépeintes comme telles, sans aucun sourcillement de la part de l'homme d'Église, certainement aveugle et sourd.

Desmond Lowery ne croyait plus ni en Dieu, ni en l'Homme. Et à écouter le père Nicolas, il eut une nouvelle raison de se conforter dans ses idées. Il dut prendre sur lui face à ce numéro de cirque d'un clown qui avait usurpé sa place, devant des spectateurs tout aussi cyniques. Il invoqua la pluie, la tempête et même la chute d'une météorite pour mettre fin au cérémonial, mais il dut subir jusqu'au bout ce qu'il considérait comme un outrage pour toutes les vraies victimes de ces deux salopards.

La fin de la cérémonie fut vécue comme un soulagement. Les deux cercueils furent descendus dans leurs tombes respectives et chacun s'adonna au salut d'adieu et aux jets de roses. Le shérif Lowery et son adjointe ne bougèrent pas d'un pouce. Dans l'émotion générale, personne ne remarqua leur prise de distance. Ils vivaient un véritable calvaire, ils avaient déjà la décence de ne pas troubler la messe, il ne fallait pas leur en demander plus.

Une partie de la foule se dissipa en se dirigeant vers le quai de Greens Island alors qu'une poignée de proches ou de fidèles ne parvenaient pas à quitter le lieu de sépulture. Lucy Morgan revint alors vers eux. Sans attendre de commentaires de leur part, elle les invita d'un geste à la suivre.

— Monsieur Karletti et moi-même allons vous accompagner au chevet de madame Karletti. Jusqu'au dernier moment, elle a souhaité assister à l'enterrement de ses enfants, mais son état de santé ne le lui a pas permis, son médecin personnel s'y est formellement opposé. Les événements l'ont considérablement affaiblie. Aussi elle vous recevra dans ses appartements privés. Si vous le voulez bien.

Ils lui emboîtèrent le pas et Alfred Karletti se joignit à eux. Il n'avait pas l'air si abattu que cela après ses adieux à ses deux frères. Desmond, remonté comme un ressort après la torture de la messe, décida de titiller l'ultime survivant de la fratrie, afin d'apprendre à le connaître et de savoir à qui il avait affaire.

— Vous ne semblez pas meurtri par le décès de vos frères, je me trompe ?

Tout en marchant à pas lents vers la demeure de madame Karletti, son fils ne put retenir un petit rire sarcastique.

— On peut dire que vous n'avez pas froid aux yeux, shérif Lowery. Disons que je ne suis pas un sentimental et que je ne m'expose pas en public. Néanmoins, ne pensez pas que je ne sois pas affecté par ces drames qui touchent ma chair.

Deux gorilles armés et bodybuildés les suivaient à la trace, des Ray-ban sur le nez, les mâchoires carrées prêtes à mordre à sang. Le genre de types hargneux comme des pitbulls qui ne lâcheraient pas leur proie avant d'être abattus comme des chiens.

— Avec les soucis de santé de votre mère et la disparition des autres héritiers, je suppose donc que vous allez prendre le commandement suprême des opérations familiales.

Alfred Karletti eut de nouveau ce petit rire teinté de jaune. Desmond n'aurait su dire si son adversaire appréciait sa franchise ou s'il allait le livrer en pâture à ses sbires affamés.

— Ah, si vous n'aviez pas vous-même démasqué le shérif Hanson, j'aurais pensé que vous me soupçonniez d'être le meurtrier. Vous auriez pensé que j'avais là le mobile parfait. Pour tout vous dire, je vais effectivement reprendre les affaires familiales mais c'est énormément de travail et mes loisirs vont en pâtir. Mais que voulez-vous, dans la vie, on n'a pas toujours le choix comme on dit !

L'immense bâtisse que Laureen et Desmond avaient déjà découverte se dressa devant eux, se laissant peu à peu dévoiler à travers la végétation. Même sans l'effet de surprise de la première fois, elle les impressionna encore avec ses colonnes, ses marbres, ses larges fenêtres et ce souci du détail où que l'on pose le regard.

— Par simple curiosité, quelle branche de votre société est la plus lucrative ? Le proxénétisme, le trafic de drogue, le grand banditisme, le vol d'œuvres d'art ?

Alors que Morgan et Finley le précédaient dans la villa, Karletti s'arrêta sur le perron et observa l'attitude du shérif. Il le jaugea en un instant, habitué à lire l'âme des gens sans rarement se tromper. Il sut alors ce qu'il devait faire de son nouveau meilleur ennemi.

— Vous savez, shérif Lowery, je vais être sincère avec vous. Vous me plaisez drôlement. Je pense que nous devons avoir une longue discussion ensemble. Venez donc dans mon bureau. Ma pauvre mère ne vous en voudra pas de vous faire attendre.

Le mafieux mit sa main sur son épaule et l'invita à entrer. Il se retourna et s'adressa aux deux molosses qui s'apprêtaient à les suivre afin de continuer leur garde rapprochée.

— N'ayez crainte, jeunes gens. J'ai à parler avec le shérif Lowery. Restez là.

Ils obéirent sagement, en animaux dociles. Ils se postèrent dos à la porte et fouillèrent l'horizon sur lequel se dessinaient ici et là d'autres membres de l'équipe qui assurait la sécurité sur Greens Island. Desmond paria mentalement qu'ils n'oscilleraient pas d'un millimètre durant des heures même sous la tempête.

Alors que Lucy Morgan accompagnait Laureen dans le salon et lui proposait déjà une collation pour la mettre à l'aise, Alfred Karletti indiqua l'escalier à Desmond. Les deux policiers s'échangèrent un regard. Laureen tenta de ne pas trembler alors que Desmond était stoïque et déjà pleinement concentré sur l'entretien qu'il allait avoir avec le dernier fils Karletti.

Ils gravirent les marches côte à côte. Desmond fit glisser sa main sur la large rampe en pierre blanche. Al – pour les intimes – lui servit quelques banalités sur l'architecture de la maison et des travaux colossaux que feu son père avait fait entreprendre alors que lui-même courait entre les ouvriers en culottes courtes. Il lui disait cela comme s'ils se connaissaient depuis toujours, il lui racontait ce souvenir personnel pour lui affirmer la confiance qu'il portait en lui, pour qu'un lien se crée entre eux. Il se permit alors de lui poser une question personnelle, que seuls deux vieux potes pouvaient normalement se permettre dans l'intimité. Le but était de confirmer leur amitié naissante avant de parler business et gros sous.

— Elle est plutôt pas mal votre collègue. Vous la sautez ?

— Jamais pendant le service.

Alfred Karletti rit de bon cœur. Décidément, il était sur la même longueur d'onde que le shérif. Mais tout n'était que façade et Desmond le savait pertinemment. Il savait comment fonctionnait ce genre de type. Un véritable requin capable d'ouvrir sa gueule et de vous arracher un membre en une fraction de seconde. Là, il tâtait le terrain puis il lui offrirait un verre et enfin ce sourire factice s'effacerait d'un coup et le couperet tomberait. Un chef de clan se devait de savoir manipuler son monde à sa guise.

— Vous vous doutez bien que la conversation que nous allons avoir, ma mère l'a eue avec votre prédécesseur et le maire Hanson il y a longtemps déjà. Il avait trouvé un arrangement à l'amiable afin que chacun puisse vaquer à ses occupations en toute liberté sans gêner l'autre. Il est important que nous trouvions ensemble un accord, vous êtes assez malin pour le comprendre, n'est-ce pas ?

— Dans la vie, tout est une question d'argent, vous ne pensez pas, monsieur Karletti ?

Alfred Karletti ouvrit la porte en chêne de son bureau. Il eut encore ce petit rire qu'il lâchait sans s'en rendre compte comme un tic dont on n'arrive pas à se débarrasser. Il eut la fausse courtoisie de laisser entrer son invité en premier, toujours fidèle à sa stratégie par amadouement. Il pivota sur lui-même pour fermer la porte et n'eut alors pas le temps de se retourner.

Il déglutit lorsque la lame tranchante fit pression contre sa trachée. Celle-là, il ne l'avait clairement pas vu venir.

Intelligent qu'il était, il comprit que la partie serait plus compliquée à jouer que prévu. Il avait un adversaire à sa taille.

43

Des bruits sourds et répétés semblaient provenir de l'au-delà, d'un autre monde en dehors du sien, d'un univers dans lequel il n'avait plus sa place. Des sons qui parvenaient difficilement à lui, devant sans doute traverser des champs de coton à perte de vue. Des cris étouffés, aux tonalités graves, des injonctions, des appels. Puis des pas précipités sur le carrelage comme des tirs de mitraillette pulvérisant des coussins de plume. Et enfin, une voix, plus claire, plus nette, familière.

Le brouillard épais en suspension devant lui se dissipa peu à peu, comme dilué par ces ondes sonores venues perturber ce silence si reposant, si rassurant. Une forme sombre se dessina, longiligne mais méconnaissable dans ce flou troublant. Quand il sentit un corps étranger le toucher, à son bras puis à son épaule, il cligna des paupières de nombreuses fois et petit à petit sa vision s'éclaircit. Il distingua alors une tête, un visage, des traits tirés, une gueule effrayée et effrayante. Son nom ne lui reviendrait que bien plus tard, mais il s'agissait de son chef, d'un ami, du capitaine Fong.

On lui apporta un verre d'eau. Il sentit le liquide couler dans sa gorge mais aussi dans son cou. Cela le fit tousser. Des ombres mouvantes apparaissaient et disparaissaient autour de lui, seul Fong restait avec lui et lui parlait, il semblait inquiet. Son regard oscillait de haut en bas, il ne pouvait s'en empêcher, c'était plus fort que lui d'observer ce que son agent, le lieutenant Micke, étreignait dans ses bras.

John Micke était ainsi agenouillé par terre, au pied de son lit dans sa chambre. Il tenait dans ses mains un petit corps noirâtre qui n'avait plus tout à fait une forme humaine. Derrière lui, allongée paisiblement sur le matelas, recouverte d'un simple drap, reposait son épouse. Elle ne hurlait plus à l'aide, elle ne suppliait plus, mais son visage était marqué à jamais par la marque de l'enfer et elle était partie dans une souffrance que tous les policiers imaginèrent sans mal. John l'entendait pleurer du paradis et savait que des larmes couleraient de ses joues des siècles durant sans que jamais la source de son malheur ne se tarisse. Il avait le même goût salé sur les joues, mais ses larmes avaient séché, il avait le malheur de survivre au drame.

Quand un policier de la scientifique dans sa tenue de lapin blanc vint lui reprendre sa fille Ally, il sentit le déchirement au plus profond de son cœur. On lui avait pris son enfant, sa chair, son trésor, sa raison de vivre. Le capitaine Fong l'aida alors à se relever. Il était ankylosé, à bout de force, sans souffle. Sa tête lui tournait encore mais les idées s'éclaircissaient progressivement. Il regarda une dernière fois sa tendre moitié dans leur lit et se laissa emporter vers le couloir puis vers l'air libre, vers cette touffeur d'un après-midi d'été caniculaire. Le soleil était haut dans le ciel et un bleu azur surplombait la ville. Un jour paisible pour les citoyens de la ville sauf pour la police du district A-1 de Boston.

John Micke aurait tant aimé ne jamais revoir ce soleil, tant aimé mourir avec les siens, ne pas devoir vivre sans eux, avec ce poids écrasant sur les épaules. Celui de devoir venger la mort de sa famille, de devoir tuer jusqu'au dernier tous les responsables qui avaient fait couler le sang de sa propre chair.

Le syndrome du survivant.

Son regard se perdait dans le vide. Seules les silhouettes de voitures et les lumières clignotantes des gyrophares se dessinaient dans son esprit quand un violent coup de klaxon le sortit définitivement de ses souvenirs, de ce traumatisme qui le hantait depuis des mois. À chaque fois, c'était un nouveau coup de batte de base-ball dans les côtes. Et là, *l'arbitre tentait de le relever après le choc. De nouveaux coups de Klaxon rageurs agressèrent ses tympans.*

En une fraction de seconde, il revint au présent et réalisa que sa voiture avait fortement dévié de sa trajectoire et qu'il empiétait sérieusement sur la voie d'en face. Il s'agrippa au volant et corrigea la direction dans une bouffée d'adrénaline qui fit trembler les moindres recoins de son corps. Il s'en était fallu de peu.

Pourtant, il aurait tant aimé en finir une fois pour toute. Partir, les rejoindre.

Mais au lendemain du double homicide, il s'était fait une promesse qui l'avait aidé à avancer, pas à pas, jusqu'à se tenir droit, la tête haute. Il ne put s'empêcher de poser la main sur la bible qu'il avait posée sur le siège passager, celle qui avait permis aux monstres d'entrer chez lui.

À ce jour, quelques semaines après le drame, il n'avait toujours pas tenu cette promesse et ne pouvait se résoudre à retourner auprès des siens. Sa femme ne lui aurait pas pardonné. Il avait été en retard. Il était flic. C'était lui, l'autre responsable.

Il était sur la bonne voie et avait commencé le travail d'investigation dès les corps de ses princesses sous terre. Depuis lors, rien d'autre n'avait eu d'importance que de retrouver cette bande de salopards. Et il y était parvenu, à force de persuasion et en repoussant à chaque fois les limites.

Tout avait commencé avec ce proxénète au look ringard de mafieux italien des années quarante. En plein Boston, il était reconnaissable entre mille le Pablo Montani. Sous ses coups, Micke avait fini par être convaincant et le mac de ses dames avait accepté de cracher le morceau au milieu de ses dents, sur le bitume crasseux d'une impasse. Dans une rage indicible, devenue incontrôlable, il avait lâché toutes ses forces dans la bataille et l'enfoiré avait claqué devant lui, sans sa permission. Il n'avait pas prévu cette fin mais cela ne l'avait pas spécialement secoué. Il avait eu sa réponse et elle se situait non loin du Paradise.

Montani avait entendu dire qu'un trio de blancs racistes qui se faisait appeler les Big Brothers, étaient non seulement des dealers de drogue mais aussi des langues bien pendues qui s'étaient vantées une fois de trop de pouvoir fournir de nouvelles identités à qui que ce soit moyennant quelques liasses de cent.

Il ne fallut pas plus de quelques jours pour que Micke retrouve leur trace. Un bar miteux non loin du club de discothèque évoqué par l'abruti de pseudo-rital. Il n'avait pas pris le temps d'établir un plan consciencieux éliminant tous les risques potentiels. Il s'était rendu directement dans le bistro, les avait suivis et avait improvisé comme un beau diable. Là encore, le pouvoir d'une arme à feu et de quelques bouts de cervelles éparpillées se révélèrent extraordinaires. Le leader du trio ne s'était pas fait prier pour accoucher de l'information ultime, le lieu de planque des quatre hommes qu'il recherchait.

Quand un bandit de la pire espèce tentait de sauver sa vie face au canon d'un P38, il s'avérait parfois très prolixe. Micke avait alors appris que le quatuor s'apprêtait à rejoindre New York avec de nouvelles identités, suite à un très gros coup et à une offre d'un gang très puissant. Il n'avait su dire de qui il s'agissait mais il s'était fait pas mal d'oseilles sur leur dos le temps que leur transfert se fasse à l'insu des forces de police de tout l'État qui étaient à leurs trousses.

Peut-être aurait-il dû attendre qu'ils rejoignent la grosse pomme avant d'aller à leur rencontre ? Ainsi leurs morts seraient passées inaperçues loin de Boston alors que là, elles avaient forcément attiré l'attention... Cependant la peur de perdre leur trace avait été trop forte et il s'était précipité vers le hangar où les meurtriers de sa femme et de sa fille passaient le temps en toute quiétude. Mais inévitablement, le capitaine Fong avait vite fait le rapprochement, avait mené discrètement une enquête sur tout cela, avait fleuré la vengeance de son lieutenant et avait su prouver sa culpabilité malgré ses multiples *précautions, ce qui avait précipité son départ. De toute façon, il était sur le point de quitter la ville, cela n'avait rien changé au final. Il devait juste remercier le chef de la police d'avoir fermé les yeux sur ses agissements, et il savait à quel point cela avait dû être difficile pour Fong de ne pas faire respecter la loi. Mais dans ce cas extrême, dans la balance du capitaine la justice n'avait pas fait le poids face à la vengeance d'un mari et d'un père.*

En quittant Boston, sans doute définitivement, il n'avait qu'un seul regret : ne pas les avoir regardés en face quand les quatre meurtriers avaient péri brûlés vifs.

Mais ces huit assassinats ne marquaient qu'une première étape...

La seconde étape s'appelait le clan Karletti.

La famille Karletti avait commandité son agression puis l'exécution des deux femmes de sa vie, car il n'avait pas pris les menaces au sérieux, multipliant les recherches dans la foulée. Une telle extrémité dans les actes impliquait que le lieutenant Micke avait mis le doigt sur une affaire qui le dépassait et dont il n'avait vu que l'infime partie émergée. Son enquête sur le blanchiment d'argent qu'il avait détecté les avait détruits, lui et sa famille. Il lui paraissait normal qu'elle détruise désormais tous les acteurs de cette mafia. Aussi, le clan Karletti devait-il être anéanti.

La circulation sur la route s'était clairsemée en même temps que la luminosité avait baissé. Le soir tombait comme une chape de plomb et assombrissait symboliquement son avenir. Il savait que le plus dur restait à faire. Il s'était dûment renseigné sur cette famille et avait bien compris qu'il ne s'agissait plus ici de petites frappes écervelées ou de brutes épaisses alcoolisées, mais des seigneurs en haut de la pyramide. Armés, protégés, intelligents, qui vivaient isolés du monde extérieur qu'ils pourrissaient par leurs activités mafieuses.

Dans le faisceau de ses phares, il vit une publicité pour un snack-bar à quelques kilomètres. Il allait s'arrêter pour manger et ne ferait pas la fine bouche, quel que soit le plat du jour. Il avait faim et il était fatigué. Il trouverait bien un motel hideux pour crécher quelques nuits, le temps de savoir comment il allait s'y prendre. Atteindre le cœur de la mafia sur ses propres terres n'avait rien à voir avec buter des fripouilles dans une ruelle sombre.

Quatre cibles. Les trois frères Karletti et la matriarche.

Mais il n'avait rien à perdre. Il n'avait que ces quatre objectifs en tête et c'était une pure obsession. Il ne pourrait accomplir son deuil qu'en les éliminant tous. Il serra la mâchoire et avala sa salive à l'idée qu'il n'avait pas le droit à l'erreur. C'était soit eux, soit lui.

Quand il bifurqua sur le côté, sur une sorte de parking en terre poussiéreuse sur lequel s'entassaient des pick-up et des semi-remorques, il vit des panneaux de direction qui lui rappelèrent qu'il approchait de sa destination. Les visions du corps carbonisé de son bébé et des yeux suppliants de sa femme se superposèrent au nom de la ville dans laquelle se jouerait la suite de son destin.

Vinalhaven.

44

La lame était à ce point aiguisée que la simple pression du couteau sur la peau d'Alfred Karletti ouvrit une belle entaille. Du sang chaud coula de la plaie et vint rougir le col de chemise blanc immaculé. Quelques centaines de dollars foutus en l'air. D'ordinaire, Karletti s'en moquait déjà pas mal, mais à ce moment précis, c'était réellement le cadet de ses soucis.

Il avait invité le shérif Lowery dans le bureau de son père afin de négocier une sorte de traité de paix ou de cohabitation – tout dépendait du point de vue – qu'au final, lui seul aurait écrit, que seul le shérif aurait ratifié sous la menace. Au lieu de ça, il se retrouvait là, prêt à être égorgé comme un mouton.

— Que voulez-vous ?

Le rapport de force venait de basculer, les rôles de s'inverser, le ton de changer.

— Vous tuer.

Les trois syllabes sonnèrent comme une sentence. Il n'y avait pas tergiversation.

— Qui êtes-vous ?

Al Karletti savait qu'il n'avait plus que quelques instants à vivre et qu'il devait mettre ses précieuses secondes à profit pour tenter de sortir de ce duel vivant.

— Je m'appelle John Micke mais mon nom ne vous dit certainement rien. Je suis un mari qui a perdu sa femme. Un père qui a perdu sa fille. Un homme qui n'a rien à perdre donc. Certains de vos sous-fifres à Boston les ont sauvagement assassinées, pire que des bêtes enragées. Elles n'avaient pourtant rien fait, juste eu le tort d'être ma famille. J'enquêtais sur une affaire de blanchiment d'argent après des braquages de banque. J'allais remonter jusqu'au clan des Karletti, vous, votre mère, vos frères. Vous m'avez menacé. Je ne vous ai pas écouté. C'est à mon tour de vous menacer mais sachez qu'il n'y aura aucun retour pour vous. Le clan Karletti doit être anéanti et il le sera. De la base de la pyramide jusqu'à son sommet.

— Vous devez faire erreur, monsieur Micke. Je ne suis au courant de rien...

Sa défense était pitoyable mais quoi qu'il en soit, inutile.

— Vous allez me donner votre portefeuille. Lentement, très lentement.

Alfred Karletti s'exécuta et ne tenta aucune manœuvre malheureuse. Il était soumis et se savait en position de faiblesse, sans arme et sans ses gardes du corps. Physiquement, il pouvait prétendre à un combat équitable à mains nues, mais ainsi piégé, le couteau sous la gorge, il ne pouvait qu'imaginer la souffrance qu'il allait endurer avant de mourir. Il considéra la détermination de son adversaire comme totale et ses chances de s'en sortir comme proches de zéro... Néanmoins...

— En quelques minutes, je peux vous transférer autant de millions que vous le souhaitez sur le compte de votre choix. Je peux aussi vous...

— N'use pas ta salive inutilement.

La lame s'enfonça encore un peu plus sous la peau. Karletti se tut de peur que la moindre vibration de ses cordes vocales ne lui soit fatale. Devant ses yeux, il vit le portefeuille s'ouvrir sur la photo de sa fille Anna. Sa tendre et belle. Ravissante en tenue de golfeuse sur un dix-huit trous prestigieux de Californie. Ce jour-là, il avait côtoyé le gouverneur de l'État, un ancien acteur reconverti dans la politique, une icône à l'américaine. Al Karletti pria alors son Dieu car il devinait les pensées de l'homme qui allait lui trancher la gorge.

— Je ne sais pas si tu as été un bon père, Al, mais dans tous les cas, je pense que tu tiens plus que tout à ta petite fille chérie. J'espère que tu ne l'as pas mêlée à toutes tes affaires, ton rôle n'est-il pas de la protéger ? Je n'ai pas su protéger ma fille, elle n'avait que deux mois. Avant de mourir, je t'offre une opportunité que tu ne peux te refuser. Dis-moi à quoi correspondent ces codes sous forme de fausses dates sur les photos dans vos portefeuilles, à toi et tes deux frangins, et je te promets d'épargner ta fille.

L'espace d'un instant Desmond crut que ce salopard de la pire espèce irait jusqu'à vendre sa progéniture pour emporter son secret en enfer. Mais l'autre se décida à lui cracher le morceau. Sans doute avait-il pensé aux cadavres de George et Nick. Quitte à mourir, autant ne pas trop souffrir.

— Ce sont les codes du coffre-fort, derrière la bibliothèque, là.

Il risqua un léger mouvement de la tête vers le grand meuble qui tapissait le mur derrière le bureau. Le portrait de son père, fondateur de cet empire du mal, qui trônait fièrement sur l'une des étagères, fut la dernière image qu'il vit avant de sombrer dans les abysses. Il n'eut pas le temps d'apprécier cette douce ironie à sa juste valeur que son cou s'ouvrait en deux, laissant d'une plaie béante gicler le sang des carotides et jugulaires sectionnées. Le liquide chaud et rouge fut projeté à plusieurs mètres à la ronde en un geyser impressionnant. Le sang de l'assassin dégoulinait le long des murs. Une nouvelle étape dans cette vengeance doublée d'un long chemin de croix pour accepter la mort d'êtres chers, pour pouvoir faire son deuil. Une nouvelle étape nécessaire pour Desmond, sinon autant mourir et rejoindre ses amours tout de suite.

Desmond lâcha prise et le corps d'Alfred Karletti s'écroula à ses pieds sur le vieux parquet vitrifié.

Il fallait qu'il se dépêche. Jusqu'à présent tout se déroulait comme il l'avait prévu, il avait noué contact avec Alfred Karletti et l'avait gentiment provoqué pour qu'ait lieu un tête-à-tête au sujet de leur relation à venir, puis une fois isolé de ses armoires à glace, le troisième fils Karletti ne pouvait plus lui échapper. Cependant, la chance pouvait tourner et il n'en était qu'à la première étape de son plan.

Desmond s'intéressa donc à la large bibliothèque recouverte essentiellement de livres anciens, de vieilles éditions à la couverture en cuir avec de fines dorures ; il remarqua entre autres les œuvres complètes d'Edgar Allan Poe et d'Ernest Hemingway. Il repéra un encadrement de bois qui était doublé et comprit qu'un pan du meuble pouvait s'ouvrir. Il glissa la main derrière les rangées de livres jusqu'à temps que ses doigts découvrent le bouton du mécanisme d'ouverture. Une simple pression et un léger déclic se fit entendre, libérant une portion de l'édifice.

Il découvrit sans grande surprise un coffre-fort de près d'un mètre de hauteur camouflé dans le mur. Le système de sécurité était électronique et l'écran digital comportait huit chiffres, ce qui correspondait aux codes dont disposait Desmond. Il sortit une feuille de papier sur laquelle il avait soigneusement recopié les fausses dates des deux premiers frangins qu'il avait exécutés. Fébrile, la main légèrement tremblante, il entra le premier code sur le clavier numérique. Au huitième chiffre, tout s'effaça à l'écran et son cœur se souleva une fraction de seconde. S'il s'était trompé ou si un système d'alarme s'enclenchait, c'en serait fini de lui… Mais une petite LED verte s'illumina et l'invita à poursuivre.

Il s'imagina la dernière réunion de famille entre le patriarche et ses trois successeurs. N'avait-il pas confiance en eux ? Avait-il pensé que la pérennité du clan Karletti passerait par un triumvirat d'exécutants à sa tête ? Sans doute car les trois codes détenus par les trois frères étaient indispensables pour accéder aux secrets de famille qui se cachaient derrière cette lourde porte blindée. Desmond s'avoua que l'idée était astucieuse et que sans la volonté farouche de Miss Morgan pour récupérer les affaires personnelles de Nick et George Karletti, il n'aurait jamais compris le principe du triple code et se serait retrouvé face à cette forteresse métallique sans pouvoir agir.

Lorsque la troisième lumière verte s'illumina, il tourna la poignée et tira la porte à lui. Point de lingots d'or empilés comme dans les banques fédérales. Principalement des dossiers, des piles et des piles de paperasses. Tout en bas néanmoins, s'alignaient des dizaines de liasses de billets de cent dollars juste à côté de quelques boîtes finement décorées, des bijoux de valeur sans conteste ; de quoi avoir quelques liquidités à portée de main. Cent mille dollars à la première estimation.

Cela ne faisait aucun doute pour Desmond que la valeur de l'ensemble de ses dossiers dépassait de loin la valeur de ces quelques grammes d'or, de pierres précieuses et de billets verts. Il n'avait pas le temps de détailler tout cela mais il lui était aussi impossible de tout emporter tellement la charge était conséquente ou de tout prendre en photo car il y passerait le reste de la journée. Il devait effectuer un tri rapide mais efficace et embarquer les documents qui ruineraient et anéantiraient le clan Karletti à jamais.

Depuis le premier jour où il avait mis les pieds sur Vinalhaven, cela avait été son unique objectif.

Rapidement, il fit défiler les premiers dossiers. Il s'agissait d'enquêtes personnelles sur des individus. Les premiers noms ne lui évoquèrent strictement rien mais d'autres firent clignoter une alarme dans sa tête : il y avait des rapports détaillés sur le lieutenant Earth, le directeur Smedley, le maire Hanson et son fils, le juge Ernest, le procureur Rodrigues, le gouverneur Blondel. La liste des personnalités, de hauts fonctionnaires, de politiques, de policiers et de chefs de grandes entreprises était impressionnante. Desmond s'arrêta sur certains noms inconnus, feuilleta les quelques pages écrites, regarda les photos, et comprit à la lecture des curriculums vitae que ce devait être à chaque fois des « employés » du clan… Puis, une photo d'un loubard des bas-fonds à l'allure italienne lui rappela son premier meurtre de sang froid. Un proxénète dans une petite ruelle. Ce jour-là, la rage l'avait emporté et ce dernier était mort sous ses coups. Tous les renseignements que renfermaient ces dossiers pouvaient permettre de démanteler tout l'organigramme du clan

Karletti, du simple délinquant lambda au gros bonnet insoupçonnable. Tout cela valait bien plus que de l'or.

Il s'attaqua ensuite aux pochettes de couleur rouge, crut tomber sur des documents en chinois, totalement incompréhensibles, puis saisit qu'il s'agissait de relevés de comptes, de transactions, de mouvements financiers. Certaines feuilles portaient l'emblème d'établissements bancaires dont les noms lui évoquèrent l'évasion fiscale, l'illégalité et le blanchiment d'argent. Il avait sous les yeux la fortune des Karletti, soigneusement et discrètement éparpillée dans le monde dans des comptes offshore, sous des noms de sociétés écrans. Ces informations aussi valaient de l'or.

Derrière le bureau, il dénicha une valise en cuir noir qui aurait pu appartenir à un agent comptable de premier rang. Il y enfourna le maximum de documents qu'il put entasser dans le petit volume mais dut se résoudre à en laisser une grande partie. Pour réussir à fuir Greens Island, il devait impérativement pouvoir se déplacer facilement et ne pouvait donc pas se permettre de s'encombrer de tonnes de lest. Et puis, cette ultime étape de son plan n'était pas très définie et lui imposerait sans doute la discrétion. Et se balader avec plusieurs valises ou sacs serait évidemment suspect aux yeux de tous les colosses armés qui gardaient le rocher.

Un coup d'œil tout autour de lui confirma ce qu'il avait tout de suite entrevu en entrant dans la pièce : il n'y avait aucun ordinateur ici. Et donc, il y avait impossibilité de trouver tous ces trésors en version numérique et téléchargeables sur une clé USB de quelques grammes seulement. D'un côté, il maudit le père Karletti d'en être resté aux vieilles méthodes mais d'un autre, il relativisait sa déception car il était totalement ignare en la matière et aurait été bien incapable de s'infiltrer dans un système informatique protégé. Durant toute sa carrière, il avait pu compter sur une équipe spécialisée qui se chargeait de cette partie du boulot ; désormais en solo, il regrettait cette lacune.

En pensant cela, il vit le visage de Laureen. Finalement, son cavalier seul s'était mué en duo de choc et parfaitement complémentaire. Sa nouvelle complice aurait sans doute cassé tous les codes de l'ordinateur du vieux Karletti. À cet instant, il espéra qu'elle se débrouillait bien en compagnie de Lucy Morgan. Elle avait pour instruction de l'occuper afin qu'elle ne soit pas tentée de les rejoindre et de l'avertir si elle sentait le vent tourner... Le smartphone de Desmond n'ayant pas vibré dans sa poche, il en conclut qu'il avait encore le champ libre pour quelques minutes.

Il enjamba le cadavre d'Alfred Karletti et entrebâilla la porte qui donnait sur le couloir. Personne n'était en vue et aucun bruit même sourd ou étouffé ne parvenait jusqu'à lui. La voie était libre, il se faufila donc et referma derrière lui. Il n'avait plus qu'un seul nom sur sa liste noire, celle des assassins de sa femme et de sa fille. Le nom en haut de la liste, de par sa responsabilité à être le chef de clan, la matriarche, seule qui décide de tout dans l'ombre, sans jamais s'exposer et se salir les mains. Madame Karletti.

Le shérif Lowery s'empressa de progresser dans ce couloir où il était totalement à découvert. Il hésita à sortir son arme, dernier rempart face à la mort, mais premier indice sur ses intentions. Il n'avait ni le temps de prendre des précautions supplémentaires ni le choix de prendre des risques ou pas, puisqu'à chaque fois qu'il devait ouvrir une porte, il ne savait nullement ce qu'elle dissimulait.

Mais par chance – encore une fois, il lui en fallait – la deuxième pièce voisine fut la bonne. De longs rideaux traînant à terre avaient été tirés devant les fenêtres, plongeant la chambre dans une pénombre reposante. Le regard de Desmond fut de suite attiré par le lit au centre de la pièce. Pas exactement par le lit en lui-même ni par la personne qui y était allongée, mais par les nombreux appareils médicaux qui avaient remplacé les chevets. L'un d'eux émettait un bip lent et régulier, un autre émettait un bref sifflement, lui aussi lent et régulier. Tout cela lui évoquait l'hôpital, la maladie, la mort.

Il s'approcha à pas feutrés, savourant peu à peu l'idée d'atteindre enfin son but ultime, entérinant sa vengeance. Son rythme cardiaque s'accéléra, des gouttes de sueur perlèrent sur son front malgré la faible température de la pièce. Cependant la situation lui déplaisait fortement. La femme qui se présentait face à lui était parfaitement immobile ; son visage était extrêmement maigre, les traits creusés, la peau bleutée, comme déjà momifiée. Elle était intubée et de nombreux fils reliaient son corps à ces machines qui, à n'en pas douter, la maintenaient en vie. Madame Karletti était à l'article de la mort.

— Je vous en prie, lieutenant Micke, débranchez-la.

45

Son cœur se décrocha comme dans un manège qui chute brusquement. Il pivota sur lui-même et découvrit sa plus belle ennemie. Lucy Morgan. Si elle ne le menaçait pas d'un revolver, Desmond Lowery aurait pris plaisir à se faire surprendre par une telle beauté, dans une pénombre propice à l'intimité. Mais aucun sourire ne se dessina sur ses lèvres, il venait de comprendre certaines choses et il se sentit sacrément idiot. Jamais il ne s'était caché son attirance pour la diablesse mais il ne s'était jamais avoué que ce pouvait être là une grande faiblesse. Quand il constata l'aplomb et l'assurance avec lesquels elle le visait avec son flingue, il sut qu'elle n'hésiterait pas à le dégommer et plus que tout, elle ne le manquerait certainement pas.

— John. Je peux vous appeler John, Desmond ?

Ainsi elle connaissait sa véritable identité. Ce qui signifiait qu'elle savait tout de lui, tout ce qu'il y avait à savoir. Rien ne servirait alors de mentir, de nier, de maquiller la vérité. Il garda son arme pointée vers le sol. Pour rompre le silence et satisfaire sa curiosité, il voulut savoir ce qui l'avait trahi. Comment avait-elle su ?

— Depuis quand savez-vous ?

Elle resta parfaitement installée dans le fauteuil qui faisait l'angle, les jambes croisées, sa robe moulante dessinant sa plastique avantageuse et remontant jusqu'aux cuisses. Une certaine satisfaction apparut sur son visage.

— Si je vous disais dès le premier jour où vous vous êtes installé sur Vinalhaven, je vous mentirais. En réalité, nous connaissions votre identité avant même votre arrivée officielle. Le clan Karletti m'avait chargée de surveiller la nomination des deux adjoints du shérif Hanson. Ainsi, lors des entretiens, quand tous les candidats se sont retrouvés à boire un verre chez Zimmer, j'ai récupéré toutes les empreintes digitales et à partir de là, je vous ai identifiés, vous et votre nouvelle fiancée, Penny Simmons. Une petite enquête m'a suffi à comprendre pourquoi chacun d'entre vous étiez là à vouloir ce poste. Je n'en ai rien dit à personne mais j'ai simplement dicté mes choix aux Hanson.

Lucy Morgan prenait plaisir à dévoiler son histoire, sans doute la gardait-elle pour elle seule depuis ces longs mois. Un secret est si doux à partager, si excitant à dévoiler, surtout avec le principal concerné. Cependant, malgré son entrain à entrer dans les détails, elle restait parfaitement concentrée et son canon n'oscillait pas d'un millimètre.

— Si vous n'avez jamais rien dit, notamment ces derniers jours, c'est que nous avons le même objectif je suppose ? Sans avoir toutefois les mêmes motivations.

Desmond n'osait pas bouger. Il était piégé face à une redoutable adversaire qui ne baissait pas la garde. Elle ne lui avait pas demandé de lâcher son arme, elle n'attendait donc qu'une seule chose : qu'il tentât l'impossible. Elle aimait jouer, elle était prête à disposer de sa vie comme à la roulette russe.

— Vous êtes bien perspicace mon cher John et vous avez joué votre rôle de Desmond Lowery à la perfection. Je vous donnerais volontiers un oscar pour cette interprétation impeccable. Vous avez tenu sur la durée, j'imagine à quel point cela a été difficile. Et plus que tout, votre intelligence n'a d'égale que votre patience incroyable. Attendre patiemment six mois avant de passer à l'acte… Orchestrer ce savant scénario de toutes pièces, c'est remarquable… Je suis sincèrement admirative.

— Moi aussi, je vous admire. Vous aussi, vous avez été patiente. Vous aussi, vous avez joué d'intelligence. Plus que moi, puisque dans l'histoire, c'est moi qui ai pris tous les risques, moi qui me suis sali les mains. Alors que vous, vous attendiez sagement dans l'ombre que j'accomplisse mon plan.

Tel un avocat devant le jury qui déciderait du sort de son client, Desmond se mit à piétiner lentement. Il se dirigea vers le lit de madame Karletti et fit glisser son arme sur la barre métallique. Il quitta Lucy des yeux, pour tenter de la perturber, de lui donner une trop grande confiance.

— J'avoue. Je vous dois beaucoup. Vous avez exécuté les trois fils Karletti sans vous faire prendre, en traversant sans heurts toutes les lignes de défense, une prouesse à faire pâlir le meilleur des agents secrets. Et vous êtes aussi parvenu à ouvrir ce satané coffre-fort qui me narguait depuis si longtemps. Grâce à vous, j'ai désormais la voie libre pour prendre le pouvoir. Je n'ai plus aucun obstacle face à moi et j'ai accès à tous les dossiers confidentiels de la *société...*

Desmond lui tournait le dos désormais. Il fixait madame Karletti, presque morte sous ses draps blancs. Il sentait le regard de Lucy posé sur lui. Toute tentative serait suicidaire. Mais qu'avait-il à perdre ? Il savait qu'il allait mourir de toute façon. Dans l'instant ou simplement quelques secondes plus tard...

— Vous vous demandez pourquoi je vous ai laissé votre revolver, n'est-ce pas ? C'est pour vous remercier en quelque sorte. Je voulais vous offrir l'opportunité de finir votre travail en tuant madame Karletti de par votre volonté. Ainsi votre vengeance sera entière et totale. Elle est à toi John, libre à toi de choisir le mode d'exécution.

Lucy Morgan se payait même le culot de lui proposer d'éliminer l'ultime rempart entre elle et le trône du pouvoir. Une vieille mémé sur son lit de mort qui avait déjà parcouru la moitié du chemin qui l'amènerait en enfer. Une balle logée en pleine tête lui éviterait simplement d'attendre au péage.

Un dilemme se présenta dans l'esprit de John Micke. Pour venger les morts atroces de ses deux amours, il avait été capable de tuer de sang-froid de nombreux êtres ignobles qui n'avaient pas leur place parmi les Hommes. Douze diables exactement. Même si certains étaient moins diaboliques que d'autres, il n'avait jamais hésité. Là, devant le corps à demi-mort de madame Karletti, sans aucune défense, sans pouvoir échanger un seul mot avec elle, il hésitait. À quoi rimait ce dernier sacrifice ?

Il avait toujours eu la lucidité de comprendre que toutes les étapes de sa vengeance ne ramèneraient jamais les deux femmes de sa vie, mais il avait toujours eu ce besoin vital de chercher sa rédemption dans l'anéantissement du clan Karletti. Après le drame, au fin fond d'un puits, il avait su se relever avec cette unique conviction : qu'elles ne devaient pas être mortes pour rien.

Sa résilience.

Sa vengeance devait aussi lui ôter le poids de la culpabilité. Mais face à madame Karletti, les yeux clos, les lèvres pincées, les cheveux blancs, cette culpabilité qui l'avait terrassé ressurgit et lui sauta à la figure comme un fauve soudainement hors de contrôle. Devait-il appuyer sur la détente et se libérer de tout ressentiment avant de rejoindre Ally et Mary dans l'au-delà ? Devait-il abandonner et reculer au dernier moment sous peine de remords éternels ?

Quelle que soit sa décision, une mort imminente l'attendait. Quelle que soit sa décision, madame Karletti crèverait aussi dans cette chambre.

Il n'eut pas le temps de se creuser les méninges plus longtemps et de se décider qu'il entendit le léger grincement de la porte de la chambre qui s'ouvrait. Le visage de Laureen apparut dans l'entrebâillement. Il voulut lui crier de se sauver, qu'il était pris en tenaille, mais il constata amèrement que la partie était définitivement terminée. Les traits de son amie étaient tirés, ses yeux exprimaient sa terreur. Il vit le Glock qu'une main lui collait au crâne et enfin, il découvrit l'immense supercherie dans laquelle il se débattait.

— Beau coup de tranchant, lieutenant Micke. Net et précis, Alfred Karletti n'aura pas souffert une seconde.

Desmond avait été un bon flic, considéré et respecté, parce qu'il n'avait jamais compté ses heures, parce qu'il avait un bon taux d'élucidation dans ses enquêtes mais aussi parce qu'il avait un flair redoutable pour démasquer les menteurs et les pourris, et de l'instinct pour savoir prendre les bonnes décisions dans les situations délicates. Son flair venait de lui faire défaut coup sur coup et son instinct était en panne sèche. Il était fait comme un rat.

— Lieutenant Earth... Quelle bonne surprise !

D'un coup de talon ce dernier ferma la porte derrière lui, les laissant tous les quatre dans un huis clos étouffant.

Le flic de la PJ de Rockland était donc de la partie... Desmond l'avait un temps soupçonné de fricoter avec les Karletti, d'être à leur botte. Il s'était trompé mais de peu. L'enfoiré de ripou manigançait avec Lucy Morgan pour évincer la famille mafieuse et prendre le contrôle de l'empire obscur. Desmond s'en voulait, il s'était fait avoir comme un bleu, dupé d'un bout à l'autre. Son nouvel ennemi avait été un excellent acteur encore plus compétent que lui, il n'y avait vu que du feu. Cependant, maintenant que le shérif avait toutes les cartes en main, de nombreuses zones d'ombres s'éclaircissaient...

— Edgar Smedley. Il est aussi corrompu si je comprends bien ? Le maire Hanson aussi. Tout le monde sur cette putain d'île au final !

Face à lui, Lucy Morgan ne le perdait pas des yeux tandis qu'Earth enfonçait le canon de son flingue dans la chevelure de Laureen. Lui, tenait toujours son propre revolver le long de sa jambe. Le système d'équation était insoluble sans pertes et fracas.

— Comme le disait si bien ma grand-mère, tu comprends vite mais il te faut longtemps. Néanmoins, cela a été un véritable plaisir de travailler avec vous, Micke. Vous avez mené vos opérations meurtrières avec un professionnalisme étonnant. Faire accuser ce pauvre shérif Hanson de votre folie, c'était finement joué. La tenue noire, le mutisme puis le bégaiement, le coup de l'empreinte de semelle, la cache dans la grange du shérif et enfin, son meurtre maquillé... Je reste admiratif et je vais être sincère avec vous : si je n'avais pas la nécessité de vous éliminer, je vous aurais embauché à mes côtés.

Jamais Desmond n'avait reçu autant d'éloges mais tout cela ne lui donnait que l'envie de gerber. S'il était si intelligent et si fort, pourquoi n'avait-il pas su protéger sa famille et pourquoi se retrouvait-il avec Laureen dans cette position, acculés dans l'impasse qu'était devenue leur vie ?

— Avez-vous fait votre choix, monsieur Micke ? Voulez-vous tuer madame Karletti vous-même ?

Devant une nouvelle hésitation et une absence de réponse, Lucy Morgan s'impatienta une seconde de trop. Sans avertissement, elle tira deux balles dans la tête de sa patronne. Desmond sursauta aux sifflements caractéristiques d'un flingue avec silencieux et crut que le néant allait l'envahir, se pensant visé. De la place où elle était assise, avec l'angle et la distance, il ne put qu'apprécier la justesse des tirs. Elle maniait l'arme aussi bien que lui, si ce n'est mieux. Elle se leva, présentant un décolleté plongeant ravissant. Desmond eut la certitude qu'elle avait toujours usé de ses charmes pour manipuler son environnement, essentiellement masculin. Earth avait-il succombé, s'était-il laissé tenter ou n'était-il là que pour l'appât du gain ?

— Assez perdu de temps ! Maintenant, vous déposez délicatement votre arme ou mon ami le lieutenant répand la cervelle de votre copine partout sur les murs. Vous avez deux secondes.

Desmond regarda Laureen qui le suppliait. Il ne savait pas si elle l'implorait de faire quelque chose ou de simplement obéir, mais cette vision le mit mal à l'aise. Il était pleinement responsable de la situation. Il avait entraîné Laureen dans sa vengeance, lui faisait payer l'épisode face à l'océan en capitalisant sur ses sentiments. Il eut honte. Elle allait mourir par sa faute. Elle était le symbole de son nouvel échec à protéger ceux qu'il aimait.

Il déposa les armes. Devant la détermination sans faille de Morgan, il n'avait guère le choix. Obtempérer et gagner du temps. Combien ? Il n'en avait aucune idée. Qu'allait-elle faire d'eux ? Ou plus concrètement, comment allait-elle les supprimer ?

— On y va. Inutile de vous dire que toute tentative désespérée se soldera par la mort.

Madame Morgan prenait le commandement des opérations. Le lieutenant Earth n'était qu'un exécutant qui n'avait pas son mot à dire. Elle prit l'arme de Desmond au passage. Les otages avancèrent dans le couloir sous la menace des canons, conscients qu'ils marchaient vers le peloton d'exécution.

Dans des claquements de talons sur le marbre de l'escalier, ils descendirent en fil indienne. Au bruit des pas puis à la vue des armes, les deux gardes du corps d'Alfred Karletti ouvrirent la porte d'entrée et ne cachèrent pas leur incompréhension. Le plus costaud du duo intervint avec un vocabulaire simple, des questions courtes. Sans doute était-ce sa seule façon de communiquer avec ses semblables.

— Que se passe-t-il ? Où est monsieur Karletti ?

Malgré son importante corpulence et son air de bulldozer, sa voix avait un timbre aigu qui ne correspondait pas à son physique. Lui et son acolyte n'eurent pas le temps de comprendre que la donne avait changé, que leur patron avait repeint de son sang les murs de son bureau, que madame Morgan jouait au cow-boy du far west. Les deux colosses s'affaissèrent avec un petit cratère dans le crâne, très propre, sans bavure.

— Et encore deux nouvelles victimes du lieutenant Micke ! Imaginez le scénario macabre que le lieutenant Earth tapera dans son rapport. Un parcours meurtrier où vous avez abattu le moindre opposant, jusqu'à éliminer… que dis-je, anéantir le moindre pion du clan Karletti. N'était-ce pas votre objectif ? Et vous savez quoi ? Le plus beau est que vous allez disparaître avec votre complice sans laisser de trace. C'est le plus simple. Vous serez dépeint comme une sorte de héros, de justicier, qui aura tué tous les méchants et qui restera un fantôme pour les autorités. Vous deviendrez une légende et l'Amérique entière connaîtra votre nom. Fabuleux destin, n'est-ce pas ?

Micke ne rêvait que d'anonymat et de liberté. Elle lui proposait gloire et décès.

Ils remontèrent une petite allée gravillonnée, le long d'une rangée de buissons impeccablement taillés. Ils passèrent sous l'objectif d'une caméra de surveillance mais les types derrière leur écran avaient dû en voir d'autres. Voir le bras droit de la patronne braquer son arme sur les shérifs adjoints de Vinalhaven ne devait même pas les faire sourciller. Ils étaient plongés dans un monde où la normalité n'était pas la même. Ici, ils auraient beau crier à l'aide, personne ne viendrait à leur secours ; ils auraient beau supplier leurs bourreaux, ils n'obtiendraient que pitié et dégoût.

Quand Morgan les fit monter à bord d'un des bateaux de la marina, Laureen et Desmond comprirent où et comment elle allait se débarrasser d'eux, sans laisser aucune trace, à moindres frais. Mais déjà, dans sa tête, à la vue du soleil couchant, Desmond esquissa un plan de dernière minute. Sauter par-dessus bord avant qu'elle ne leur troue la peau. Que pouvait-il envisager d'autre ? Il n'avait pas l'intention de mourir sans tenter une dernière fois sa chance.

Cependant, la très faible éclaircie dans leur horizon fut brève car sur le pont attendaient de lourds boulets de fonte. Tout avait été préparé dans les moindres détails et le professionnalisme de Lucy Morgan ne faisait jamais défaut. Elle avait assurément l'étoffe pour le poste.

— Enchaînez-vous chacun à votre entrave. Vous allez rejoindre le cimetière des ennemis du clan à près de cinq cents mètres de profondeur. Un endroit charmant, vous vous y plairez.

Desmond répondit au cynisme par un humour pince-sans-rire. Il n'avait pas l'intention de partir sans plaisanter une dernière fois.

— Hôtel cinq étoiles avec vue sur la mer et au menu poissons et crustacés, je suppose ?

— Sans aucuns frais, lieutenant Micke. À volonté et pour l'éternité.

Alors qu'Earth vérifiait qu'ils étaient parfaitement entravés, accroupi devant eux, Laureen lui cracha à la figure. C'était sa façon à elle d'exprimer sa rage et son désespoir face à la mort qui l'attendait. Des réminiscences de ses longues années dans la rue à fréquenter des voyous malgré elle. Son côté sombre.

Earth se redressa et s'essuya. Il regarda sa captive avec mépris, elle se tenait droite et fière, prête à encaisser la gifle ou le coup de crosse. Il grommela une injure et en resta là. Il n'allait pas se fatiguer, aucunes représailles ne pouvaient être à la hauteur de ce qui attendait cette effrontée.

Dès que le flic s'éloigna vers la cabine pour démarrer le bateau, alors que Morgan les maintenait en joue, Laureen glissa sa main dans celle de son ami. Elle tremblait désormais. Elle ne voulait pas mourir, là, maintenant, dans ces conditions, alors qu'elle venait de prendre la plus importante décision de sa vie. Vivre son amour en toute liberté. Son côté cœur.

Le bateau quitta Greens Island, sa villa majestueuse, ses tours de guet et les cadavres de la famille Karletti. Il fila à toute vitesse vers l'obscurité, dans la direction opposée au soleil, vers le large, vers les eaux tumultueuses de l'Atlantique. Les minutes s'égrenèrent dans le vacarme des moteurs lancés à pleine puissance tandis que l'archipel de Vinalhaven rétrécissait dans un horizon en feu, éblouissant Laureen et Desmond. Au fil de cet aller simple, l'étreinte de leurs doigts entrelacés se fit de plus en plus forte. Il n'y avait désormais plus aucun recours, leur mort dans ce coucher de soleil était désormais inéluctable. Desmond estimait qu'il était lesté d'un poids d'une trentaine de kilogrammes. Difficile d'agir en conséquence, d'autant que Morgan les dévisageait sans rien dire et ne se laissait nullement attendrir par les regards que les deux adjoints se lançaient.

À quelques minutes du trou noir, de l'inconnu, dans ce lieu que certains appellent paradis ou enfer, là où il espérait rejoindre sa famille, Desmond repensa à sa femme Mary et sa fille Ally. Parce qu'il était l'unique responsable du drame qui les avait fait disparaître, il devait se faire pardonner et il leur avait fait une promesse. La famille Karletti avait payé de son sang les atrocités qu'elle avait commanditées, mais une autre reine venait de prendre la place laissée vacante sur le trône. Le clan survivrait malgré lui. Mais à y réfléchir raisonnablement, pouvait-il en être autrement ? Pouvait-il à lui seul anéantir le Mal absolu ? Qu'avait-il espéré ? Sa vengeance l'avait sauvé car elle était devenue sa seule raison de vivre, mais au final, qu'avait-il gagné ?

Desmond espérait simplement avoir gagné le pardon de son épouse.

Puis il repensa à la longue discussion qu'il avait eue avec Laureen la nuit précédente. Épancher le trop-plein de son cœur l'avait soulagé. Deux de ses questions l'avaient principalement marqué.

— Comment as-tu pu passer à l'acte ?

Évidemment, entre un souhait de vengeance et l'accomplissement de celle-ci, il y avait tout un monde. Pour tenter de l'expliquer, il avait donné une réponse qui s'inspirait d'un livre sur la criminologie qu'il avait lu récemment :

— N'importe qui est capable de basculer. Toi et moi en sommes les parfaits exemples. Qui que l'on soit au départ et quelles que soient nos valeurs intrinsèques, tout dépend de l'état affectif dans lequel on se trouve à un moment donné et des facteurs déclenchants.

Après un temps de réflexion, elle avait acquiescé, admettant qu'elle non plus ne se serait jamais crue capable de tuer quelqu'un. Et pourtant, elle avait, elle aussi, franchi cette frontière invisible.

Sa seconde interrogation, qui l'avait meurtrie au fond de son cœur, concernait la famille de George Karletti. Pourquoi s'en était-il pris à Charline et au petit Kévin ?

Aucune réponse n'aurait pu la satisfaire et justifier le traumatisme qu'il leur avait infligé. Néanmoins, il avait répondu le plus sincèrement possible, conscient de s'en être pris à des innocents.

— Pour que ça les marque à vie. Je voulais les terroriser comme ma femme et ma fille l'ont été, sans toutefois attenter à leur vie. Mais je n'y ai pris aucun plaisir et désormais mon seul regret est de m'en être pris à eux.

Le temps que le bateau ralentisse et que les moteurs tournent à vide, la nuit avait envahi le désert océanique. Seule la lumière du premier croissant de lune perçait la couverture nuageuse. Ses faibles rayons brillaient sur les flots et mettaient en valeur la courbure des vagues très agitées. L'embarcation tanguait et Laureen sentait son estomac se retourner. Quelle triste fin ! ironisa-t-elle. Elle aurait pu se mordre les doigts jusqu'à la troisième phalange pour avoir suivi Desmond et accepté les risques associés, mais jamais elle ne regretterait son geste. C'était vivre ou mourir avec lui.

Elle l'embrassa sur les lèvres et perdit son regard dans le noir de ses pupilles. Elle y lut de l'amour, de la tristesse, des regrets mais aucunement de la peur. Elle puisa en lui la force d'affronter leur destin. Celui d'être abattus comme de vulgaires gangsters par la nouvelle patronne du clan qu'elle avait aidé à combattre. Celui d'être abandonnés tels des anonymes, sans prières ni sépultures.

Quand le lieutenant Earth revint vers eux, triomphant devant ce moment tant attendu, Desmond allait tenter une ultime négociation. Il n'avait rien à monnayer, rien à promettre mais il n'avait plus que sa langue pour se sauver. Cependant il n'eut pas le temps de sortir le moindre son que tous furent surpris par le ronronnement d'un moteur qui s'approchait à vive allure. Tous cherchèrent dans l'obscurité la provenance du bruit qui perturbait leur cérémonie d'adieu. Ils n'eurent pas le temps non plus de distinguer quoi que ce soit avant d'être éblouis et aveuglés par un puissant spot lumineux, les empêchant de voir ce qui leur fonçait droit dessus. Les décibels s'amplifièrent à travers le fracas des vagues qui se brisaient sur la coque et la lumière s'intensifia dangereusement les enveloppant dans un halo spectral.

Le temps que Morgan et Earth réagissent, le missile qui allait couler leur embarcation n'était plus qu'à une vingtaine de mètres tout au plus. Ils commencèrent à tirer sans aucune précision possible. Les détonations se succédèrent dans des tirs en rafales mais rien n'y fit, d'un instant à l'autre leur bateau allait être éventré par un autre.

Desmond profita de cette diversion pour se jeter sur le lieutenant. Son lourd boulet le freina un peu et manqua de le faire tomber mais son adversaire était tellement accaparé qu'il ne le vit pas venir. Dans le choc, Earth fut projeté au sol et son arme vola par-dessus bord. Sa tête rebondit violemment contre la rambarde et il fut sonné. Desmond en profita pour lui asséner plusieurs coups de poing enragés qui fusèrent sans retenue, avec une haine et une hargne qu'il ne s'était découvert qu'il y a quelques mois. Jamais il n'avait un jour pensé être capable du pire. Jamais il n'avait suspecté que son ADN puisse contenir des gènes aussi primaires de brutalité. Jamais il n'avait douté de faire partie des bons, des hommes qui instiguent au bien et combattent le mal. Et pourtant, le souffle court, le cœur battant à tout rompre, certains doigts cassés, Desmond Lowery continuait de frapper, encore et encore, le visage tuméfié et méconnaissable du lieutenant. Il enchaînait les coups sans temps mort sur cet être qui ne se défendait plus, ne répondait plus, ne ressentait plus. Le lieutenant Earth était sa nouvelle poupée de chiffon. Celle qui symbolisait la rage mêlée de désespoir qu'il ressentait depuis qu'il avait découvert que l'horreur la plus inhumaine avait emporté sa famille et détruit ce qu'il était, le transformant en ce qui sommeillait en lui comme en chacun d'entre nous, mais qui n'aurait jamais dû être.

— Desmond. Desmond ! C'est fini… Arrête. Arrête, s'il te plaît.

Laureen pleurait à ses côtés. Elle le suppliait du regard de cesser son entreprise meurtrière. Celle contre ce flic pourri qui incarnait le Mal mais aussi celle dans laquelle il s'était engagé corps et âme depuis qu'une fracture s'était opérée au plus profond de lui-même.

Les bras de Desmond tombèrent mollement sur ses genoux. Sa poitrine se soulevait et s'abaissait à un rythme effréné. Il regarda ses mains, couvertes de sang. Le sien. Mais aussi celui du lieutenant Earth. Les traits de Laureen peignaient la terreur qu'elle venait de ressentir en le voyant ainsi. À cet instant précis, dans les larmes qui roulaient sur les joues de son amie, il comprit toute sa monstruosité. Il n'eut plus envie de cogner mais il n'eut aucun regret.

Derrière Laureen était étendue Lucy Morgan, inconsciente. Sa coéquipière avait su mettre chaos la reine de pique sans trop lui amocher le portrait. Il fut sorti de sa torpeur par la vive secousse qui ébranla le bateau. Il en avait oublié le reste, ce fameux boulet de canon qui allait les réduire en miettes. À contre-jour du puissant spot qui éclairait le champ de bataille, il vit une silhouette enjamber le bastingage tel un pirate à l'abordage.

Laureen se releva, tremblante et enlaça l'homme qui venait de les sauver.

46

La petite lumière rouge clignotait à quelques mètres devant ses yeux noyés de larmes. Elle fixait ce point rouge pour ne pas affronter de face l'horreur qu'elle vivait et qui mettrait fin à ses jours. Le vieux caméscope immortalisait sur une bande magnétique la souffrance qu'elle exprimait et comme une actrice professionnelle, elle regardait droit vers l'objectif de la caméra. N'était-ce pas cela que son frère lui avait sans cesse répété quand ils jouaient la comédie ? Malgré ses six ans, elle avait bien appris : jouer de face, de profil, sous le meilleur angle.

Sauf qu'elle était loin d'être naïve et avait parfaitement compris qu'il ne s'agissait plus ici d'une simple tragédie. Elle l'avait lu dans les yeux de son frère. Elle savait sentir ces brusques changements de comportement ; en un claquement de doigt, il pouvait radicalement changer d'attitude. S'amuser avec elle puis la jeter hors de sa chambre. L'embrasser avant de la coucher dans son lit puis lui hurler dessus car elle avait peur du noir. Ou encore lui offrir un bonbon avant de la gifler car elle n'aimait pas les friandises acidulées. Il ressemblait tant à son père. En moins pire. Enfin, c'est ce qu'elle comprenait car personne ne lui expliquait les choses clairement dans cette maison.

D'un geste brusque, son frère lui ôta le chiffon qu'il lui avait enfoncé dans la bouche jusqu'à presque l'étouffer. Elle eut envie de cracher, elle gardait un goût amer sur la langue. Elle respira à pleins poumons une seule fois avant d'exprimer vocalement ce qu'elle ressentait. Quand elle cria de toutes ses forces, se déchirant les cordes vocales, elle vit que son frère prenait plaisir à la voir ainsi soumise, à sa merci. Il jubilait.

Alors qu'elle sentait l'haleine chaude de son frère souffler sur son visage, elle se risqua à regarder l'arme tranchante qu'il tenait dans la main. Ce bout de miroir brisé qu'il s'était confectionné plus tôt dans la cave. Elle n'avait pas saisi ce qu'il entreprenait mais désormais elle associait cet objet à la violence et à la mort. Elle avait déjà vu des couteaux comme ça à la télévision quand son père et sa mère oubliaient de la virer du salon. Elle avait parfaitement retenu ce qu'il s'en suivait. Des hurlements et du sang. De telles visions n'affectaient nullement les autres membres de sa famille, mais elle, à chaque fois, faisait des cauchemars plusieurs nuits de suite. À tel point qu'elle avait renoncé à suivre ce que diffusait l'écran de télé en présence de ses parents. Par précaution.

Quand l'arme s'abattit sur sa poitrine, qu'elle sentit la pointe faire pression sur sa peau, elle hurla de plus belle. En pleine panique, elle baissa le regard sur son corps et découvrit avec effroi le sang qui inondait sa petite robe qu'elle aimait tant porter, celle qu'elle faisait tournoyer au vent en dansant.

— Putain de merde, qu'est-ce que vous fichez là ?

À travers ses propres cris, elle reconnut le mugissement de sa mère. Elle était éméchée et articulait avec difficulté, laissant traîner la fin des mots dans sa gorge comme l'aurait fait une sorcière pour effrayer un enfant. Son corps dépassait de la trappe de l'escalier. Elle poursuivit son ascension, péniblement, se cramponnant à ce qu'elle pouvait pour avancer sans perdre l'équilibre.

— Je le savais ! Que t'allais encore monter ici en cachette pour faire tes conneries de films ! Regarde-moi çà le bordel, c'est quoi ce désastre ! Qu'est-ce que tu as fait à ta sœur ! Oh nom de Dieu de nom de Dieu !

Elle était enfin parvenue à gravir les dernières marches et s'avançait désormais vers le jeune garçon qui reculait au fur et à mesure pour garder une certaine distance de sécurité. Par simple réflexe, il lâcha l'arme du crime, comme pour certifier qu'elle n'était pas à lui, qu'il ne l'avait jamais tenue dans sa main, qu'il n'avait rien fait. Les apparences sont parfois trompeuses mais il était le seul présent dans ce grenier en dehors de sa sœur solidement ligotée. Il bredouilla quelques mots, cependant rien de cohérent ne se forma à l'orée de ses lèvres. Qu'argumenter après un tel flagrant délit ? Comment se défendre face à une femme dont le taux d'alcool dans le sang affolerait n'importe quel éthylotest – et qui même en temps normal était incapable d'écouter patiemment un enfant parler ?

— Ton pèrrre va arriver... Tu vas voirrr ce qu'il va te mettrrre, sale gamin ! Mais avant, je vais te foutrrre une dérrrouillée dont tu te souviendrrras toute ta vie, crrrétin d'idiot. Viens ici pourrr voirrr !

Dans sa hargne à vouloir punir son fils, elle retrouva un certain regain de vivacité. Lorsqu'elle posa son pied sur le bout de miroir, elle baissa les yeux et son visage, déjà enlaidi par l'alcool et la rage, se transforma définitivement en tête monstrueuse. L'arme était recouverte de sang. Son cinglé de rejeton avait poignardé sa frangine et avait fichu ça sur une pellicule. Elle décida qu'elle le démolirait elle-même, qu'elle ne laisserait pas ce plaisir à son mari.

Le jeune garçon était terrorisé et commençait à perdre pied. Sa mère fonçait sur lui comme un buffle en colère et elle tenait un outil extrêmement dangereux qu'elle pointait vers lui avec véhémence. Elle n'était pas dans son état normal, elle vacillait de gauche à droite, en passant par-dessus le bric-à-brac qui s'était accumulé au fil des années dans le grenier de la maison. Mais elle gagnait du terrain, déterminée qu'elle était alors que lui s'entremêlait les jambes et manquait de s'effondrer à chaque pas.

Ils avaient déjà fait le tour de la pièce, tournant autour de la petite Penny Simmons, comme des Indiens dansant et chantant autour d'un feu. La mère ne renoncerait pas, quoi que le gamin fasse, il aurait une sévère correction. Elle vociférait comme une aliénée perdue dans un monde qui l'apeurait. Elle avait perdu le contrôle. Elle sauta au-dessus d'un vieux fauteuil miteux au bois vermoulu. Celui-ci se renversa et entraîna un aquarium abandonné dans sa chute. Le fracas fut terrible et galvanisa davantage la mère qui continua à bondir au milieu des souvenirs d'une vie de cauchemar. Une putain de vie qu'elle détestait et que l'acte de son aîné venait de parfaitement illustrer.

— Arrête ce petit jeu, sale morveux ! Tu vas payer très cher ce que tu as fait à ta sœur !

À moins de deux mètres devant elle, le gringalet qui avait de la morve sous le nez à force de pleurnicher était épuisé par les événements. La chaleur étouffante des combles et la folie de sa mère venait de le terrasser en quelques minutes. Il tenta de nouveau de parler, de s'expliquer, de clarifier les choses, de dire qu'il n'y avait au final rien de grave mais il ne parvint qu'à bredouiller quelques syllabes. Tout était encore clair dans sa tête, or chaque son qu'il formait était hasardeux et incompréhensible. Ce constat l'horrifiait presque autant que le couteau qui brillait devant ses yeux.

Il finit par céder et ne bougea plus. Il baissa la tête, courba l'échine, serra les dents, plia les genoux et se recroquevilla dans la position du fœtus. Blotti dans un coin du grenier, il se résigna à attendre les coups. Ils allaient pleuvoir comme la pluie tombe en fin d'été, quand l'orage craque après la canicule. Il le savait et avait déjà subi ce genre de châtiment. Mais ce jour-là, il sut que ce serait pire. Il l'avait bien mérité de toute façon. Paniqué devant le couteau, il se rendait bien compte que la terreur de sa petite sœur n'avait pas été feinte. Il l'avait véritablement traumatisée…

— Maman ! Arrête ! Ne lui fait pas de mal !

La mère de famille fit volte-face. Elle venait d'entendre un fantôme. En une fraction de seconde sa peau rubiconde pâlit. Dans l'instant suivant, son pied se posa sur un rouleau de tapisserie entamé, avec des motifs de clowns de toutes les couleurs qui grimaçaient ou riaient. Ses enfants virent sa cheville se tordre et son corps se courber en un arc de cercle vers le sol. Puis elle disparut à travers le plancher dans un véritable tour de magie, en un cri ponctué de plusieurs chocs sourds. Dans l'instant, ils n'entendirent pas les os se briser et la colonne vertébrale se casser net, mais dans les nombreux cauchemars qu'ils firent dans les années qui suivirent, ces sons étaient parfaitement audibles et les réveillaient en sursaut, en sueur, en pleine horreur.

Un silence de désert aride s'installa dans les combles. Seul le léger souffle du vent sur la toiture animait cette triste scène. Le caméscope tournait toujours, il tenait encore miraculeusement sur son trépied de fortune. Les deux enfants attendirent ainsi longtemps, espérant voir leur mère ressurgir de la trappe d'escalier, les sermonner, leur botter les fesses. Rien ne vint.

Totalement désemparé, les jambes cotonneuses, le garçon se mit debout, le teint maladif, la main sur l'estomac, prêt à vomir. Il s'avança lentement vers le précipice, sans toutefois s'aventurer trop près du trou. Il étira son cou et se pencha légèrement en avant.

— Elle va bien maman ?

La petite fille sanglotait depuis sa chaise de torture. Elle avait pleuré toutes les larmes de son corps, ses membres frissonnaient sans intermittence, ses lèvres tremblaient. Son frère se tourna vers elle mais ne répondit pas. Il était blême et lui fit peur à nouveau. Mais elle sut que c'était une autre forme de peur. Cette fois-ci, elle eut peur pour lui et non pour elle.

— Viens me détacher...

Un automate sans aucune émotion défit les boucles des ceintures qui la maintenaient collée à sa chaise. Dès qu'elle put, elle en descendit, soulagée d'être libre de ses mouvements. Elle aurait voulu se débarrasser de cette robe désormais pleine de sauce tomate. Du concentré de tomates d'après la petite boîte de conserve qui traînait sur la table basse. Elle détesta cette odeur et la maudirait à jamais, l'associant à ces instants.

— Elle... est... morte.

Son frère fit un effort quasi insurmontable pour aligner ces trois mots. Il s'était concentré et avait dégluti chacune des syllabes dans la douleur. Cela ne lui ressemblait pas,

370

lui qui était si volubile et qui parlait d'ordinaire avec un débit rapide, plein d'entrain. Elle ne comprit pas pourquoi il articulait bizarrement.

Elle lui prit la main et décida d'elle-même de s'approcher du bord de la trémie. Cela lui fit penser à la fosse d'une tombe, comme celle de la tante Emma qu'ils avaient enterrée il y a quelques mois. Puis elle vit sa mère morte. Celle-ci ressemblait à une poupée disloquée, avec des membres écartés qui formaient des angles étranges par rapport au tronc. Mais sa mère ne semblait pas souffrir, elle ne saignait pas.

Soudain, une porte claqua dans un courant d'air au rez-de-chaussée. Un juron fusa de suite et remonta les escaliers. Quand il parvint à leurs oreilles, ils reculèrent d'un pas, puis d'un autre, sans même s'en rendre compte, comme poussés en arrière par un vent violent. C'était la voix de leur père.

— Je ne... vou... lais... pas.

Il éprouvait des difficultés à parler et semblait lutter contre une force intérieure invisible pour réussir à aligner ces quelques mots. Il prit sa sœur par les épaules, la tourna vers lui pour qu'ils se fassent face et se mit à genoux pour être à sa hauteur. Il continua à lui parler tout aussi péniblement.

— Je... ne... voulais... pas te... fai... reee du... maal. Tu, tu, tu le... sais ?

Les yeux embrumés, l'urine chaude coula sur ses jambes jusqu'à tremper ses chaussures. Elle secoua la tête positivement, secouée de sanglots. D'en bas, des appels rageurs de leur père les prévinrent qu'il n'était pas de bonne humeur. Il n'y avait personne pour l'accueillir, personne pour lui tirer sa chaise, personne pour lui servir une mousse bien fraîche. Et il n'y avait pas sa bonne femme pour lui taper sur les fesses. Ses pas martelèrent les marches de l'escalier qui menait au premier étage.

— Je... ne... vou... lais paaas... lui faiiire... de... mal. Tu, tu... me... crois, hein ?

371

Ils s'enlacèrent et se serrèrent fort l'un contre l'autre.

Un étage plus bas, juste en dessous d'eux, plus aucune marche ne grinça. Tout sembla immobile dans la maison. Le temps s'était arrêté, juste un instant. Les deux enfants retinrent leurs respirations, statiques, unis aussi puissamment qu'un frère et une sœur peuvent l'être dans les pires moments d'une vie. Ils espérèrent que tout s'arrête là, qu'il n'y ait jamais de suite à ce silence, que le monde s'effondre et les engloutisse pour toujours.

Le calme avant la tempête.

La paix avant la guerre.

Le recueillement avant la vengeance.

L'apaisement avant la folie.

— Michael ! Penny !

Il ne les appelait pas. Il ne leur demandait pas de venir. Il hurlait leurs noms à s'en déchirer la gorge.

Et enfin, l'échelle qui menait au grenier râla sous le poids du père Simmons. Des injures volèrent, outrancières, immondes, d'une barbarie inouïe. Heureusement, ils n'avaient pas l'âge pour comprendre tout ce qu'il disait, tout ce qu'il promettait de leur faire subir.

Michael tint la tête de sa sœur pour la forcer à le regarder lui, à ne pas voir l'ogre arriver vers eux. Alors qu'une ombre se dessina sur eux, il réussit à lui faire une promesse qu'il tint à deux reprises dans sa vie.

— Ne t'in... quiète pas... pe... tite sœur. Je, je serai, serai tou... jours là pour... toââââ. Je te... protégerai.

Épilogue

— Allô, capitaine Fong ? C'est Micke.

Une nuit noire avait définitivement enveloppé l'océan, les plongeant dans les ténèbres. La lune était désormais invisible, cachée derrière d'épais nuages. Ils avaient l'impression d'avancer à tâtons dans le néant sans aucun panorama à regarder, aucun repère auquel se raccrocher, aucune trace d'une quelconque humanité.

Michael Simmons était aux commandes et Desmond lui faisait confiance ; jusqu'à présent, il s'était plutôt bien débrouillé... Alors que sa sœur lui avait ordonné de quitter l'île, le grand frère protecteur avait finalement rebroussé chemin et décidé de ne pas abandonner sa sœur. Il n'avait pu se résoudre à se séparer d'elle après de si courtes retrouvailles et s'était interdit de la laisser seule face au danger. Il leur avait brièvement raconté qu'il les avait surveillés à distance depuis l'océan dès leur départ pour l'enterrement des Karletti. Le soir venu, derrière ses jumelles, il avait vu partir précipitamment un bateau de Greens Island et sa direction vers le grand large juste avant la nuit l'avait intrigué. Il s'était fié à son instinct et l'avait pris en chasse. Sans lui, Desmond et Laureen seraient vingt mille lieux sous les mers et serviraient de nourriture aux poissons.

Depuis maintenant une petite heure, leur bateau filait à plein régime vers le sud et enfin le téléphone portable de Desmond capta un réseau. Preuve rassurante qu'ils s'approchaient peu à peu de la côte.

— Micke ? C'est bien toi ?

Desmond imagina son ancien chef se redresser d'un bond sur son fauteuil, aussi surpris que face à un revenant. Il voyait ses petits yeux s'écarquiller et il se doutait que, d'un instant à l'autre, le capitaine jouerait avec le premier stylo venu. Il ne prit pas la peine de répondre, il savait que Fong avait parfaitement reconnu sa voix. Il chercha ses mots un instant, ne s'étant pas préparé à ce dernier entretien et n'ayant pas appréhendé la vague d'émotion qui le submergeait.

— Où es-tu, Micke ? Que se passe-t-il ?

Il observa tout autour de lui l'obscurité oppressante et rit doucement.

Au milieu de nulle part.

À l'orée d'une nouvelle vie.

— Je quitte Vinalhaven.

Desmond entendit les tapotements du stylo cesser à l'autre bout du fil. Son capitaine venait de saisir la situation.

À ses côtés, à l'évocation de ce départ définitif, Laureen serra davantage la taille de son ami et détourna le regard pour qu'il ne la voie pas pleurer. Elle se promit que ce serait ses dernières larmes.

— Ils en parlent beaucoup aux informations. Cela m'a tout l'air d'un grand nettoyage dans les hautes sphères mafieuses.

Le capitaine Fong prit un ton détaché et évita soigneusement de parler des choses qui fâchent. Il savait. À quoi bon épiloguer sur un sujet qu'il avait suivi en détails depuis l'annonce très médiatique des meurtres des frères Karletti ? Il avait immédiatement compris qui se cachait derrière l'homme en noir que la presse décrivait. Il l'avait reconnu sur une photo dans un journal, même avec un chapeau de shérif, de longs cheveux, une barbe et des lunettes de soleil.

— Je tenais à te remercier, Fong.

Silence gêné du capitaine. Se pouvait-il qu'il soit placé sur écoute dans une enquête des fédéraux suite à la disparition d'un de ses lieutenants, soupçonné de plusieurs meurtres sur Boston ? Ou ne disait-il rien car il n'avait pas envie d'être remercié et donc d'être mêlé à cette affaire sanglante ? Laisser faire était une chose, prendre part en était une autre.

— J'ai un service à te demander, capitaine, en souvenir du bon vieux temps. Un service qui te permettra d'obtenir une sacrée belle promotion. Une sorte de cadeau de départ.

Desmond sentit l'autre se crisper légèrement. Il se souvint avec plaisir de son professionnalisme et de l'ardeur qu'il mettait toujours au travail, ce qui l'avait fort logiquement porté haut dans la hiérarchie de la police de Boston. Fong avait déjà fait beaucoup pour son ancien lieutenant, de par simplement son silence, il s'était rendu complice et cela l'avait mis mal à l'aise depuis que Micke avait disparu des radars. D'ordinaire, jamais il n'aurait fermé les yeux sauf pour Desmond, pour sa femme, pour sa fille.

— Envoie tout de suite des hommes sur Greens Island, l'île des Karletti. Des hommes à toi ou le FBI ; mais ne prévient surtout pas la PJ de Rockland, elle est infestée de taupes.

Desmond entendit le frottement d'une mine de crayon sur une feuille de papier. Fong prenait note et serait réactif comme Desmond s'y attendait. Il poursuivit sa requête.

— Au premier étage dans le bureau du vieux Karletti, il y a un coffre-fort ouvert et dans une chambre voisine une valise. À l'intérieur, il y a de quoi incriminer toutes les strates de l'organisation avec du beau linge en prime. Au large de l'île, il y a un petit yacht avec deux sbires menottés qui t'attendent aussi.

Face à lui, une faible lueur esquissa les pourtours de l'horizon. Une teinte variant d'un blanc laiteux à l'orange de feu semblait danser par-dessus les ondulations de l'eau comme une flamme de bougie qui scintille et se meut dans la brise. La côte était en vue. Desmond fut à nouveau submergé par les souvenirs, il était prêt à flancher, à s'épandre en larmes et en cris. Il déglutit et serra les dents mais l'émotion fut plus forte que lui et sa voix se perdit dans un sanglot étouffé.

— Je compte sur toi pour anéantir définitivement le clan Karletti.

Après plusieurs secondes d'un silence respectueux où chacun refit surface, le capitaine Fong montra son inquiétude et Desmond sut qu'elle était sincère, sans reproche, sans sous-entendus.

— Comment vas-tu, Micke ?

Desmond respira profondément. À chaque fois que son ami l'appelait par son vrai nom, cela était une véritable déchirure. Son ancienne vie, ancrée dans un passé qu'il ne pouvait plus rêver, ni même toucher du bout des doigts, l'assommait. Son long séjour à Vinalhaven n'était qu'une douloureuse transition, il l'avait su depuis le premier jour mais il quittait l'archipel avec un certain regret, celui de laisser à nouveau derrière lui une vie qui aurait pu lui plaire et l'aider à se reconstruire. Néanmoins, il en repartait avec ce qu'il y avait trouvé de plus beau. Laureen. Il l'observa quelques secondes. Elle lui sourit. Il savait qu'elle tenait à lui, qu'elle comptait sur lui. Elle savait qu'il aurait toujours Ally et Mary dans le cœur et était prête à composer avec. Même s'il savait que le chemin serait semé d'embûches, qu'il lui faudrait énormément de temps avant de se sentir en phase avec lui-même, il ferait absolument tout pour ne pas la décevoir.

— Adieu, capitaine.

Il coupa la communication et lança son téléphone portable aussi loin qu'il put dans les remous de l'océan. La page était tournée. Le chapitre était fini. Les feuilles suivantes étaient parfaitement blanches, vierges de toutes écritures et de toutes projections.

Au loin, les lumières d'une grande ville s'intensifiaient et des buildings se dessinaient, grimpant vers le ciel. Ce ne serait pas leur ville mais elle constituerait le point de départ de leur nouvelle vie. Certes, il faudrait fuir encore et encore, tantôt au hasard tantôt à l'instinct, mais au final tout cela n'avait que peu d'importance pour eux car ils se savaient accompagnés des personnes qu'ils aimaient.

Et c'était bien là l'essentiel.

FIN

AUTRES LIVRES DE L'AUTEUR

Le sanctuaire d'Ombos

Frankenstein revisité dans une alliance diabolique entre polar et paranormal !

Berrighton (Maine, USA). Des événements dramatiques se succèdent : disparition d'Emma Rickson, meurtres abominables, incendies inexpliqués. L'enquête va délibérément prendre une tournure ésotérique et cauchemardesque, alors que des membres de la famille de la jeune femme sont assassinés. Désormais, tout l'accuse. Mais de nombreux indices à caractère ritualistique, l'enchaînement de phénomènes paranormaux et l'évasion d'un serial psychopathe font invariablement replonger le shérif Neman dans les affres d'un terrible passé...

Les héritiers des ténèbres

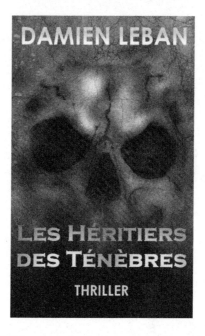

Andrew White, jeune enquêteur succédant à son père assassiné, se retrouve propulsé à la tête d'une difficile enquête. Les unes après les autres, des femmes sont enlevées, séquestrées et sauvagement assassinées par leur bourreau, surnommé « l'homme à la porcelaine ».
Les corps sont découverts avec des numéros gravés à même la peau. Des tatouages qui, telles des marques des ténèbres, évoquent ceux des camps nazis. Plus effrayant encore, ces crimes rappellent une affaire non classée qui s'est déroulée trente ans plus tôt.
Andrew White doit tout faire pour arrêter enfin le tueur psychopathe. Il réalise bientôt que leurs destins sont intimement liés...

Un bourreau impitoyable, un héritage macabre entre vengeance et oubli.

Printed in Great Britain
by Amazon

44838316R00220